Ronso Kaigai
MYSTERY
208

ロードシップ・レーンの館

THE HOUSE IN
LORDSHIP LANE
A.E.W.MASON

A・E・W・メイスン
鬼頭玲子［訳］

論創社

The House in Lordship Lane
1946
by A.E.W.Mason

目次

主要登場人物

セプティマス・クロトル……ダガーライン汽船の会長
ジョージ・クロトル……セプティマスの甥
ジェームズ・クロトル……セプティマスの甥
ロザリンド・リート……セプティマスの娘
アラン・プリーディー……ダガーライン汽船の弁護士
ダニエル・ホーブリー……英国国会議員
オリヴィア・ホーブリー……ダニエルの妻
フィリップ・モーダント……もと近衛歩兵の大尉
ブライアン・デヴィッシャー……海で遭難した男
ジュリアス・リカード……引退した実業家
モルトビー……ロンドン警視庁《スコットランドヤード》警視
アノー……パリ警視庁警部

ロードシップ・レーンの館

第一章　ブルターニュのリカード氏

リカード氏は、とあるバーの外に置かれた鉄製のテーブルセットの席につき、コーヒーを口に運びながら、甘くて濃厚なリキュール、カルヴァドスを味わっていた。それでも、リカード氏はご機嫌だった。「だれも信じないだろうな」と軽く含み笑いをする。しかし、ここはフランスのブルターニュ、季節は夏だ。「ブルターニュで、ブラウニング（英国ヴィクトリア時代の代表的詩人）をお供に、ぶらぶらしている」洒落た気分で頭韻を踏んでみる。「ここまでは順調だ、『ジェームズ・リーの妻』（前述ブラウニングの代表的詩集『登場人物』の一編）にも会っていないしな」リカード氏は一人きりだった。大きな荷物はエクサンプロヴァンスから自宅に発送済みで、スーツケース一つを積んだ立派な大型ロールスロイスと運転手がリカード氏を乗せてブルターニュ経由でシェルブールへ向かっていた。シェルブールからは海峡を渡る定期船に乗り、リカード氏の好みに合う方法でイギリスへ入れるはずだった。ところが、車の調子が悪くなり、故障してしまった。そのため、リカード氏は聞き慣れない名前のこの小さな町に、三日間の足止めをくらったのだ。とはいえ、乗る予定の定期船は四日後でなければ到着しない予定だったし――ここはブルターニュで、季節は夏だった。

　さらに、このレザルドリユーの眠たげな小さな広場は、リカード氏の感興を強くそそった。リカード氏が座っている一段高くなったテラスのある広場は、三方に店や家々が並び、なにもない残り一方の先は、砂土と灌木の切りたった崖になっていて、レザルドリユー川の淵へ落ちこんでいる。まるでオペラの舞台のようだった。崖の下から、指揮者がこつこつと指揮棒を鳴らす合図の音が聞こえてきそうだ。広場をのんびりと横切っている、真っ赤なシャツを着たあの少年は、今にも歌いはじめるのではないか。ただ、その期待にこたえたとしても、空振りに終わったにちがいない。がっちりした中年女が大きな封筒を手に、よたよたとバーから出てきて、リカード氏のすぐそばまで来ていたのだ。

「旦那さん、うちのカフェーをレザルドリユーでの滞在場所だって教えたのかい？」

「そういう電報は打った」リカード氏は認めた。「まだ町に宿が見つかっていなかったのでね」

「じゃあ、たぶんこの手紙は旦那さん宛でしょうよ。イギリス人の紳士はもう一人いるけど――」

「モーダント大尉だな。たしかに。そこの淵の小さなヨットの持ち主だね。手紙を見せてくれないか。どっち宛か、わかるだろうから」

滅多にない手紙なんて代物を間違って渡してはならないと力が入るあまり、その女は手紙をしっかり胸に押しあてたままだったのだ。表書きを見せられたリカード氏には、その筆跡に見覚えがあった。

「わたし宛だ」リカード氏は軽く声を弾ませた。渡し渋る女の手から手紙をひったくって、手で開封する。

書き出しはこうだった。

親愛なる友へ

招待を受けるのは気が咎めますが――

リカード氏は椅子にもたれ、寛大な気分で思い返した。「そうだ、あの男は決まってなにかを咎める。そういう性質なんだ——イギリスの貴族気どりの署名があるぞ、見なくてもわかる」リカード氏は手紙を裏返した。あった。〝アノー〟。ただ〝アノー〟だけ。恐るべき男の名前だ。

「やれやれ」リカード氏は独りごちた。おかしそうな笑みが、口の端に一瞬浮かぶ。

だいたい、グロヴナー・スクエアで休暇を過ごさないかと、パリ警視庁のアノー警部を招いてから一年が経つ。アノーは一年前に招待を受け入れて、自分を咎めることができたはずだ。が、咎めなかった。後日咎めたくなるかもしれないと、その機会が来るまで保留しておいたのだ。そして、機会到来というわけだ。

「だけど、こっちは知らないぞ」リカード氏はむっとして言った。カフェーの女主人に顔を向ける。

「マダム・ロラールだったね？」

そうですよ、とマダムは答えた。そのくせ、リカード氏はマダム・ロラールのことを考えてはいなかった。困りものの手紙を、指関節で叩く。

「そんなことをしちゃいけませんよ」

「そうかね？」

「そうです」

「わが家はホテルじゃないんだよ」

「そうなんですか？」

「とんでもない話だ」

リカード氏の悩みを見抜いたかのように、マダム・ロラールは頭を振った。その度に、体がゼリーのようにぷるんぷるんと揺れた。

「検討してみなければ」リカード氏は腹立たしげに言った。

「そう、そう」マダムは答えた。「考えなけりゃなりませんね、カルヴァドスが景気づけになるはずですって」そして、よたよたとバーへ戻っていった。

二杯目のカルヴァドスを飲みながら、リカード氏はアノーからの手紙の続きを読んだ。そのなかの一文が、リカード氏の苛立ちをきれいに消し去った。「休暇に合わせて、ちょっとした仕事があるのです。ささやかな難問を解決しなければならず、お力添えを願いたい」手紙はひらひらとリカード氏の膝に落ちた。大きく息を吸ったその顔は、十歳も若返ったようだった。ささやかな難問だって！経験がないとでも？　リカード氏は侮辱され、笑いものにされ、ひどい目に遭い、煙に巻かれて恥をかかされ、いいように使われるだろう。それでも、スリルと、興奮と、危険がある。人生は再びトルコ石からきらめくトパーズへと変わる。大胆不敵な犯罪者を運の尽きまで追い詰める手助けをするのだ。自分とアノー、いや、より正確には、アノーと自分が。

リカード氏は再度手紙に視線を落とした。そして、すぐに飛びあがった。アノーは英仏海峡を渡る蒸気船に乗り、明日にはドーバーに到着する。五時までにはロンドンに入り、五時半にはグロヴナー・スクエアに着くだろう。が、リカード氏はここ、レザルドリユーに取り残されている。大急ぎで郵便局へ駆けこみ、家政婦に電報を打った。自分が気分屋で、アノーと同じ航路を選んで旅を続けてさえいたら！　ルアーブルから真夜中に出る船はあるが、そこまでたどり着けまい。リカード氏は広場に戻ってきた。ああ、もう二日、あの鉄製のテーブルセットに座っていることなどできない。それに、ブルターニュにすっかり夢中になっていたせいで、最初は真実に目をつぶっていたが、正直なところカルヴァドスは口に合わないのだ。すっかり気落ちしたリカード氏は、広場の端まで歩き、淵を覗きこんだ。浜に引きあげられた漁船、錨泊している漁船、そのなかに――そうだ、間違いない――小さなケッチ（二本のマストに縦帆を張った小型帆船）があった。淵の水は非常に深く、ケッチは物見高い輩の目を引かないようにと、崖の真下と言ってもいいほど近くに停泊していた。しかし、リカード氏の物欲しげな目には、その船腹のつやつやした黒い塗料や白い甲板、光り輝く真鍮製品は、辞書のようにたしかに見えた。

「あの船がわたしのものだったら」リカード氏は声をあげ、風がどれほど穏やかで、空には雲一つ見あたらないかを、しっかり心に留めた。

おまけに、なんということだろう！　甲板に動きがある。ケッチはゆっくりと舳先《へさき》を海のほうへと向けていく。三人の男たちが前部の上甲板からあがっていき、帆や舵輪から覆いを外し、付属の小舟を右舷へと引っ張っていた。

リカード氏が背後に目をやると、モーダント大尉が広場を横切って、砂土の崖を斜めに浜へとおりる道へ向かってくるところだった。

「モーダント大尉」リカード氏は大尉の横へと近づいた。記憶によれば、カクテルパーティーを渡り歩くもと近衛歩兵の大尉で、親しい友人は一人もいないようだった。不満げで嫉み深く、世間への愚痴ばかり並べていた。が、今は不平そうな様子はなかった。顔つきは晴れ晴れとして、唇には笑みが浮かび、親しみのこもった態度だった。

「やあ、リカードさん」

リカード氏は川を見下ろした。乗組員が一人、小舟を櫂《かい》で漕いで浜に向かってきた。

「あれは、あなたの船ですよね」

　モーダントは頷いた。

「アガメムノン号です」と笑う。「トロール船の持ち主たちが、仰々しい名前をつけるのを好んだ時期があって。買ったときに名前は変えませんでした。ただ、浴室を追加しましたが」

「それは便利だ」礼儀正しく、リカード氏は答えた。

「絶対に必要でしょう」モーダントは答えた。「浴室のないアガメムノンなんてね？　なければ、今でも生きていたはずです（トロイ戦争のギリシア軍総大将アガメムノンは凱旋した際、妻と情夫に浴室で殺された）」

　古典への知識が限定的なリカード氏は、軽く笑うのが上策だろうと判断した。そして、話を続けた。

「イギリスへ渡るのですか？」

　モーダントは軽々しく答えなかった。空を見上げる。それから、リカード氏に視線を移した。

「あなたも渡りたいのですか？」

「そうなんですよ」

　モーダントは頷いた。

「そうですか」考えながら、説明する。「予備の船室がありますし、ケッチの状態は良好で、天候も問題ないようです。それでも、八月の四週目ですからね、天候はあてにできない。嵐に遭遇したりしたら、こんな小型のケッチはあっちこっちへ、少々飛び跳ねるでしょう。もちろん、水面のすぐ近くまで――」

　リカード氏は片手をあげて、異を唱えた。

「わたしもヨット乗りの端くれですから」いわゆる仲間同士のように、笑みを浮かべた。

たしかに、リカード氏には友人の屋根船《ダッチ・バージ》でブライトリングシーの港を出入りした経験が数度、六月の穏やかな快晴の日にライドからウェイマスまで海の旅をした経験が一度あった。が、ヨット乗りとは、明らかに言い過ぎだった。モーダントはややあからさまに、うさんくさそうな顔をしたが、受け入れた。

「いいでしょう」モーダントは答えた。「時間はあと三十分」と、腕時計を確認する。「三時に小舟が迎えにきています」

「ありがとう」リカード氏は喜色満面で、慌てて宿に戻った。

が、喜びは煙のように消えていった。結局、自分は必要もないのに急いだのではないか？　一日たりとも単独で捜査をさせておけないとは、アノーは何者なんだ？　泡を食っていたのは間違いない。ケッチとしてはちっぽけなアガメムノン号は、たしかに淵でも波に振りまわされていた。リカード氏は思った。あんなちっぽけなアガメムノン号に無理やり浴室をつける代わりに、最初から浴室のあるもっと大型のアガメムノン号を買っていたら、モーダント大尉はより満足のいく結果を得られたんじゃないだろうか。

「三十分ですよ、リカードさん」モーダントが念を押していた。

「三十分ですね」リカード氏は復唱していた。

リカード氏はお抱え運転手に指示を与えて金を渡し、スーツケースを詰め、小舟の舳先が接岸したときには、浜で待ちかまえていた。

第二章　海泡石《メシャム》

ケッチはプロペラをまわしながら、浮標《ブイ》と灯台の間を通って、レザルドリユー川をするすると十マイル下り、河口で水面下の板状の岩を避けるために東へ向きを変え、のらりくらりと広い外海へ出た。安定した風が梁《ビーム》へ吹きつけていた。エンジンのスイッチが切られ、帆が揚げられる。測定儀（船の速力と航程を計測する器械）が繰りだされて、進路はイギリス南海岸のスタート・ポイント岬に設定された。陸地は視界から沈んで消えた。

リカード氏がケッチの船尾にある予備の船室へと向かうと、モーダント大尉がついてきた。

「差し支えなければ、早めに夕食にしたいのです。船員は全部で四人しかいない。船長、航海士、司厨員、それにわたし。ところで、夜間、イギリス海峡を渡っているときは、天候に問題がなくても、甲板に二人は待機させたい。厚手のコートとヨット航海用の帽子をご用意できますが」

変化の最初の兆しがあったのは、二人が小さな船室でクッションのきいた長椅子に並んで夕食をとっている、まさにそのときだった。突然、船が浮きあがり、重い衝撃音とともに落ちた。予想外のうねりに巻きこまれでもしたのか。ちょっと間を置いて、メーンスル（メーンマストの主帆）が、巨大なキャンバス地の翼をひっこめたかのように、甲板でばたばたと音をたてた。モーダントは、頭上に固定されている吊り羅針儀を見やった。

「風が北向きに変わっている」と言う。

穏やかな海限定のヨットマンは、船主を不安そうに見やった。「それは――」リカード氏は言葉を探した。「不都合なんですか?」声の震えがばれないようにと願いながら、尋ねる。なにはともあれ、ここは陸からはるか遠く離れた場所なのだ。

モーダントは肩をすくめた。

「航海時間が長くなる。葉巻はどうですか?」大尉は後ろの棚にある箱へ手を伸ばした。「デーツのブランデー漬けをどうぞ！　コーヒーもありますから」そして、ベルを鳴らした。

しかし、二人がコーヒーを飲んでいる間に、船の動きは激しくなってきた。前方にジャンプしては大きなばりばりという音をたてて落下する、リカード氏にはそう思えた。モーダントは軽く笑った。「行く手には、少々風があるようだ」続いて、こう声をかけた。「あがって、見てきましょう。厚手のコートを着たほうがいいですよ」

小さな甲板室から甲板へ出てみて、リカード氏は不安に駆られた。

「まぶしいですな」舵輪の前にいる船長のハムリンが言った。たしかに、まぶしかった。太陽が西に沈んでいく。輝きのない皿のようだった。昔のスペードギニー貨（ジョージ三世時代の金貨）のように黄色い円板。空から優しさはすべて消え去っていて、太陽が沈むと、赤みがかった残光と冷たい海、この小さな船だけが取り残された。

モーダントはトップスル（トップマストの下から二番目の帆）を見上げた。

「気象情報が聞けるまで、帆を張って進んだほうがいいだろう」と言う。当時は大戦前で、ＢＢＣ放送本部は警報や吉報を近海のすべての船に伝えていたのだ。

九時には、夜が迫ってきた。リカード氏は甲板室の隅に座っていた。モーダントは回転式の台に載せられた小さな受信機に身を乗りだしていた。ハムリンは大柄な体で戸口を塞ぎ、頭を下げるようにして聞き耳をたてている。そして、びっくりするほど突然に、すぐ近くの暗がりから、耳新しい声がはっきりと天気予報を伝えはじめた。

「アイルランド上空の発達した低気圧が、速いスピードで南東に移動しています。今夜はイギリス海峡で強風が吹くでしょう」

「普通なら、三十分の余裕がある」ハムリンが言った。

ハムリンとモーダントはすぐに甲板室を出ていき、取り残されたリカード氏は、不吉きわまりない知らせを告げた晴れやかで屈託のない声に、胸が悪くなるほどの怒りを覚えていた。

「わたしたちが玩具みたいな船でこんな遠くにいるのを、わかっていないのか？」リカード氏は怒鳴った。「こいつは家に帰って夕飯を食べるんだな――快適な暖かい部屋で、美味しそうな熱々の料理を――陸地で！　ここにいるわたしたちは、溺れ死んだも同然だ」

とはいえ、甲板では対策が着々と行動に移されていた。嵐用の船首三角帆が張られ、トップスルは外されて、大きな船首三角帆と一緒に畳んで物入れに片づけられた。主帆とミズンスル（ミズンマストの縦帆）は縮められ、舷灯はそれぞれ張りだし棚で光っている。乗り心地はまずまずで、乗組員たちは防水服に長靴姿だった。

リカード氏は甲板室の戸口に立ち、屋根越しに前方を見やった。途切れることのないうねりに、船はやはり上下していたが、前方の暗闇では、左右に延びる波頭の白い線が何本もびっくりするほどの速さで繰りだしてきた。

「来たぞ」モーダントが声をかけた。顔をあげて、左舷のミズンスルの索具を見やる。舵輪の前にいるハムリンは、そろそろと風上に船を向けた。モーダントはリカード氏ににやりと笑いかけた。

「わたしなら、動ける間に船室へ下がって、寝台に入りますが」大声で言う。

リカード氏は頭を振った。とんでもないことだ。

「もう少し、甲板室にいたい」もっと勇ましく付けくわえた。「これは、はじめての経験ですから」

リカード氏は甲板室の長椅子にうずくまり、片足を昇降口の手すりにかけた。ややあって、強風が軍隊のように吹きよせてきた。船は波に襲われて、激しく揺れた。波頭が派手に飛んで、左舷船首を乗り越え、甲板を流れくだる。波の本体は、怒り狂ってのたうつ白い炎のようで、竜骨の下から風下へ轟音とともに通過していく。

「当て外れだ、まさに」リカード氏は愚痴りはじめたが、その先は言えなかった。

四方八方から耳をつんざくような音がしていたのだ。信じられないほどの轟音でありながらも、すべてが一つに重なってすさまじいハーモニーを奏でていた。波はどうどうと打ち寄せ、咆哮をあげる。風は地獄に堕ちた魂の宴会のように、索具を通過しながら金切り声をあげている。船の外側の平板は、もう一瞬だってくっついてはいられないと、軋んで絶叫している。とりわけ耳につくのは、帆を吊る綱が風をはらんだ主帆を叩いて発する、百丁の拳銃を発射するような音だ。

リカード氏は怯え、なすすべもなく絶望の淵に沈んでいた。

「こんな状況が続くはずがない」リカード氏は甲板室内のものに手あたり次第につかまりながら、自分に言い聞かせた。「それだけのことだ。続くはずがない」

だが、続いた。何時間も何時間も続き、結局、リカード氏は本当にうとうとしてしまった。目を覚ますと、大いに愉快だが、まったく信じられない出来事があった。船長は左舷の索具の近くにいて、モーダントが舵輪の前だった。これまでになく猛烈な大波を迎え撃つためにモーダントは船を減速させた。塩水が鞭のように二人の顔を打つ。二人は頭を下げた。

「きつかった」船長が叫んだ。

「猛獣だな！」モーダントは答えた。そして、驚いたことに、二人は笑ったのだ。敗者の歪んだ笑いではなく、心から楽しそうだった。

「まあ、たぶん、なんだかんだ言っても――」リカード氏は考えた。モーダントの助言に従って、寝台にいなくてよかった、と思った。そうしていたら、恐怖で身も凍る思いをしていただろう。この甲板室でも温まるとは言えなかったが、人の温もりがあった。ちょうどよいときに、笑える人が身近にいた。リカード氏は再びうとうとして、目を覚ました。今度は航海士が舵輪の前にいて、モーダントはその横で凍えた指を伸ばしているところだった。ハムリンは反対側に立っている。不意に、三人が揃って顔をあげた。微かな光が世界に広がった。リカード氏はついに最後の審判の日が来たかと思いかけた。それほどその光は曖昧で、見上げる三人の顔は蒼白だった。が、航海士の断言がそのひときの厳粛さをぶちこわした。「夜明けですね」他の二人はそのお気楽な考えに返す言葉もなく航海士をまじまじと見つめていたが、やがて笑いとからかいの声が戻った。この航海士は、人を和ませる天才だ。天空のどこか、不安の届かないところ、そして信念も届かないのではと思われるところ、紺碧《こんぺき》の空に満月が浮かんでいて、その輝きが一筋こぼれたのだ。リカード氏は昇降口をよじのぼっていき、両手でつかまりながら、屋根越しに前方を見た。目に入ったのは、山の連なりのような見渡す限りの黒い海で、荒れ狂う泡のなかで激しく追いかけっこをしていた。頭上では揺れるトップマストが、今にもセメントでできた灰色の天井を、引っかいてぴしゃりと弾きそうにみえた。雲の天蓋はそうみえるほど、みっしりと低く垂れこめていたのだ。が、リカード氏が見ている間に空の裂け目は再び閉じ、光はすべて消え、残るのは波の白い炎とコンパス架台のランプのもう少し人懐こい光だけになった。

リカード氏は甲板室の片隅へと這い戻った。頭がもっと楽にもたれるように、背中にクッションを引きあげる。

「ともかく、まだ浮かんでいる」リカード氏は物思いに耽った。「船酔いにもなっていないし」これは取り乱していたからではなく、自分のヨットマンとしての才能のせいだろうとの判断を下した。「それにあの三人はゆったり構えているが、油断はしていない」

もう船員たちは油断していないどころではないのではないか。舳先からの叫び声の回数が、だんだん増えてきていた。

「前方に光が見えます」

舵輪からの答えの回数も、ますます増えてきた。

「了解！」

船は、ブルターニュ沖のウェサン島からロンドン港まで流れる重要な幹線航路の山場を横切っているところだったのだ。

船員たちの大声を聞きながら、リカード氏は眠ってしまい、だれかに肩を揺すられてようやく目を覚ました。モーダントが身を屈めていた。

「スタート・ポイントの光が見えますよ」と言う。

船の動きは弱まっていて外の音も恐怖の響きはなくなり、みなが陸地の庇護を感じ、強風もおさまってきていた。再びリカード氏は甲板室の戸口に立ち、前方を見た。真っ暗だったが、数秒後に、長くて黒い鉄パイプの先を見ているように、小さな光が現れた。光は広がって、美しく輝く蛾のようになり、また縮んで見えなくなった。横にいたモーダントが数えはじめた。

「一、二、三――」

二十まで数えると、光は再び輝いた。

「そう、スタート・ポイントです」モーダントが言った。「もちろん、まだまだ距離がありますがね」

リカード氏はそのまま甲板室の戸口から動かず、その夜を一層忘れられなくした出来事、忘れさられたアノーにとっては長く悩みの種となる出来事の目撃者となった。

年代物の錆びた鉄製の大型蒸気船が、西からアガメムノン号の舳先を横切って、邪魔をするように現れたのだ。が、スタート・ポイントの長い岩礁に避難しようか、フランスの海岸を目指して離れていこうか迷っているように、船首を左右に振っている。

「気をつけて！」ハムリンが、舵輪の前のモーダントに鋭く声をかけた。「イタリア野郎の船だ。給仕が船長をしてて、残りはみんな眠っちまってる」

夜と朝ぼらけの間の、怪しげな気配の時間帯で、すべてが大きくなり、数ヤードが数マイルにも思えた。モーダントは船を減速させようとし、吹いていた風を帆から払い落とした。幸運だった。船首斜檣《しゃしょう》（帆船の船首から突きだした帆柱）が危うく鉄製の怪物の脇腹をこっぴどくこするところだったのだ。

「ほら、だから言ったでしょう！」ハムリンが大声で言い、光に照らされた救命ブイの船名を指さした。「イタリア野郎の船だ！」

全員がその名前を読むことができた。『王《エル・レイ》』。が、それもつかの間だった。叫び声、泣きわめくような声が、切羽詰まった調子で風に乗って運ばれてきたのだ。

小さな船で航海をするものは、夜の闇や悪天候の際、陸地などないのに陸地の光を見ることに慣れている。だれも溺れていないのに、海から声が聞こえることもある。日常茶飯事なので、馬鹿げた話をしていると思われないように、口には出さない。だからこそ、今もモーダントと乗組員は顔を見合わせ、なにか聞こえた様子はあるかと探りあった。が、叫び声は再び聞こえた。さっきより弱々しいが、もっと近い。左舷船首のすぐ向こうだ。

航海士が叫んだ。「つかまれ！」メーンマストの索具から救命ブイを切り離し、力一杯投げる。ケッチは一時停止の状態で、船首を風上に向け、帆をはためかせていた。ハムリンは溝から舷檣《げんしょう》のパネルを外して荷役口の舷門を開け、うつぶせになって船端から身を乗りだした。航海士と司厨員も駆けつけた。一人は膝をつき、もう一人はかぎ竿を手にしている。舵輪の前にいるモーダントからはまるで見えなかったが、なにか、もしくは何者かが船上に引きあげられていた。

何者かだった。細身の若い男で、髪は黒檀のように黒く、顔は一度も日光を浴びたことがないかのように青白い。モーダントがそんなことを考えているうちに、救助された男が甲板に寝かされた。男は生きていたが、疲労困憊して、空気を求めて必死で息をしている。灰色の綿のシャツ、カンバス地の上着とズボンという服装で、裸足にゴム底靴を履いていた。

「ブランデーだ」モーダントの声に、司厨員は昇降口に飛びこんだ。グラスを一杯にして戻ってきて、男の肩を片膝にもたれさせ、唇にグラスをあてた。若者の顔は長く、体は皮膚に包まれた骨ばかりの首と胸が見えていた。ブランデーを一口飲み、男は司厨員の膝に載せた頭をのけぞらせて、咳きこんだ。

「エル・グレコ（一六～一七世紀に活躍した、ギリシア出身のスペインの画家）が描いた殉教者みたいだな、聖人らしさはないが」モーダントは言った。この見知らぬ青年は人の話を聞くどころではないだろうと思ったのだ。

「イタリア野郎だ」船長のハムリンが言った。

男はハムリンに目を向けた。

「どこに目をつけてるんだ！」紛れもない英語で言うと、男は気を失った。

モーダントは指示を出した。

「下に連れていったほうがいいな。熱いタオルでマッサージをして、予備のパジャマを。リカードさんの寝台に寝かせて、湯たんぽを入れるんだ。構いませんね？」

リカード氏は構わなかった。逆に、手伝おうとうろうろしては、みんなの邪魔になっていたところだった。助けになろうとして航海士のクラストンや司厨員を悩ませる一方、リカード氏も同じくらい頭を悩ませていた。あの船の名前、エル・レイ、『王』。どこか聞き覚えのある響きなのは、なぜだろう？　エル・レイ――エル・レイ――だめだ、わからない。

リカード氏は再び昇降口をのぼって、甲板に出た。スタート・ポイントの明かりは消えていた。夜が明けたのだ。ケッチは航路に従って風下へ向かっていた。

「スケリーズの浮標に気をつけてください、大尉」ハムリンが声をかけていた。「潮目で、東に向かうようになってます」

「わかってる」モーダントが答えた。ほどなく、ハムリンが続けた。

「妙ですね。あの若いのは、ちょうどあっちの船がこっちの舳先を通過しはじめたときに、船尾から落ちたはずだ。潮がやつをまっすぐこっちへ流したわけだ。運がいいね、まったく」

モーダントはにやりと笑って、首を振った。

「いや。タイミングがいい、だな」

それを聞いて、リカード氏の記憶が動きだした。エル・レイ！　なにかで読んだのだ。南米の国々――ベネズエラ、コロンビア、ボリビア――が、エル・レイ号を借りあげたのだった。望ましくない外国人をそれぞれの国へ送り返すために。船はスペインとフランスに寄港し、イギリスに入ることになっていた。それから、残りの乗客とともにバルト諸国とドイツに向かうはずだ。口にはしなかったものの、全員がきな臭さを感じていたある問題点に、これで説明がついた。見知らぬ男の右くるぶし上には、ぐるりと黒い幅広の縞がついていたのだ。重い鉄の足枷が何年間も肉に食いこんでいたかのように。

第三章　モーダント、手紙を書く

モーダントは、ダートマスの町とキングスウェアの鉄道駅とを結ぶ連絡船乗り場の上流側で、ダート川に錨をおろした。よく晴れた朝だったが、どちらの町もまだ、その点に注意していなかった。モーダントは甲板室の奥にある仕切り棚の一つを探って、黄色い無地の旗を引っ張りだした。

「ほら」そう声をかけられて、ハムリンはモーダントの手から旗を受けとった。外国から直接出港してきたすべての船に掲げられる旗で、港湾当局が入港許可書を出すまでは乗客も船員も船を離れられない。船長のハムリンは畳んだままの旗を手のひらにうまく載せた。モーダント大尉とアガメムノン号はしょっちゅうダートマスを出入りしているから、陸の人間はだれも出港地など気にしないだろう、とハムリンは思っていたのだ。黄色い旗で合図しなければ。

「こいつを出すべきですかね?」ハムリンは下唇を突きだした。

モーダントは頷き、ゆっくりと付けくわえた。

「そうだ」

「やることは一杯あるでしょう、モーダント大尉。係船して、ロンドンまで行き、長い間留守にしてたんだから、雑用を片づけたり――」

「にしても」モーダントは遮った。「規則は規則だ」

二人とも、霧の夜明けに船へ引きあげられた、足首の上に黒い縞がある見知らぬ男のことを考えていた。

「税関職員が乗りこんできたら、あの男は当然届けるしかなくなる」モーダントは言った。「わたしが引き留められる理由はないだろう」

それでもハムリンは不服そうに手に持った旗を撫でていた。モーダントは今回規則によってダート川で引き留められるべきではない、それが重要なのははっきりしていた。モーダントは急いで言い添えた。

「旗を出してもらっている間に、わたしがあの男を起こしてこよう」モーダントが昇降口階段の一番下まで来たときにはもう、黄色い旗がマストで炎のようにたかだかと翻っていた。

ところが、見知らぬ男には起こされる必要はなかった。髭を剃り、靴まで履いて座っていた。服はモーダントのものだった。

「こちらの司厨員が貸してくれまして」男は言った。

「それは結構」モーダントは笑顔で答えた。

テーブルの上には煙草の詰まった箱と灰皿があり、モーダントは箱を男のほうへ押しやった。「吸わないんですか?」

「いや、吸いますとも!」

「でしたら、一本どうぞ」

男の細長い指が箱へさっと伸びたが、そのすばやさにはどこかしら狡猾な感じがあった。ただ、その指を箱の縁で押しとどめ、リズムを一節叩いてから物憂げに紙巻き煙草の一本にかけるという自制心は、もっと衝撃的だった。それでも、男は煙草に飢えていた！　ともかく、頭上の本棚から抜きとった公式報告書を読んでいた、もしくは読んでいるふりをしていたリカード氏は、ひっそりと座りながら結論を出してしまった。モーダントもやはり心を決めていた。そして、愛想よく言い添えた。

「好きに吸ってくれたらよかったのに」

海から来た男は首を振り、笑った。

「それでは、こっちの立場が不利になりすぎるでしょうから」

男はマッチを擦り、煙草に火を点けた。肺まで煙を吸いこむと、満足げに小さく呻く。

「ああ――ああ」

煙草の銘柄を確認した。

「トルコ煙草ですね」

「そうだ」

見知らぬ男は目を閉じ、煙を深々と吸いこんだ。彼にとってこの楽しみが取り戻されてから何年経ったのだろうか、とリカード氏は訝しんだ。いや、単なる楽しみ以上のようだが、感覚的なものらしい。リカード氏が最前から見てとっていた疑い、恐怖、すべての人が敵意を持っているとの考えを、煙草は消し去ったようだった。座って煙草をくゆらしているのは、気力を取り戻した人間だった。モーダントはおもしろがっているような視線を男にちらりと投げ、テーブルの引き出しを開けた。

「君に話がある――ところで、わたしの名前はモーダント、フィリップ・モーダントだが――」

モーダントは少し間を置いた。そのあと、やや長めの気まずい沈黙が続いた。結局、男は答えた。

「わたしはデヴィッシャー――ブライアン・デヴィッシャーです」

「結構！」

モーダントは先程開けた引き出しから書類入れをとりだし、紙幣で十五ポンド分を数えた。

「本題に入る前に」モーダントは続けた。「もっと対等な立場になれれば、ありがたい。この金をわたしから借りる気はありませんか？」

デヴィッシャーの白い顔にゆっくりと赤みが広がった。

「お名前はフィリップ・モーダント、でしたね？」

「そう——大尉だ」デヴィッシャーが室内を見まわしているのに気づいて、モーダントは吸い取り紙用の紙挟みに何枚か紙を載せてデヴィッシャーの目の前に置き、テーブルの引き出しから出した鉛筆を添えた。そして、クラブの名前を教えた。

デヴィッシャーは住所を書き留め、その紙をポケットにしまった。金も同じようにした。

「ありがとう」デヴィッシャーは言った。申し出に恩着せがましさはなかったので、受けとる側にも卑屈さはなかった。

「さて」モーダントは切りだした。物入れ上部に棚が作り付けられている壁に背を向け、寝椅子に座っている。一方、デヴィッシャーはその右側、テーブルの上座の椅子に座っていた。「さて、今の状況はこうだ。税関の係官が乗船してくるまでは、だれもこの船を離れてはいけない。役人たちはもう一時間ほどは来ないでしょう。まだ八時になっていないから。それでも、連中が来たら、君は一部始終を説明するべきだ」

「わかってます、はい」デヴィッシャーはマホガニーのテーブルに視線を落とした。声はもともとしゃがれていたが、苦々しさを拭いきれていない。それでも、目に浮かぶ猛々しい怒りは隠せたようだ、とリカード氏は判断した。

「たとえば、船外に落ちたこととか」

「そうだ」

「パスポートもなく」

「そうだ」

「船は、エル・レイ号だったと」

「そうだ」

　モーダントにとって『エル・レイ号』の名前は単なる形式的な情報でしかないことは、船室の反対側にいるリカード氏と同じく、デヴィッシャーにもはっきり伝わった。

「足首の周りに幅広の足枷の黒い痕が深く刻まれていて、死ぬまで消えそうにないこととか」

　リカード氏は座り直した。いただけないな、リカード氏は内心で思った。今までの言葉はすべて、まっとうな精神によって発せられ、まっとうな場で使われてきた。が、つけていた本人がこうやって足枷を話題にするのは――いただけない！　より上品な礼儀作法に対する感受性の欠如であり、下品だ。おやおやだ、デヴィッシャーさん。

　が、モーダント大尉は客の品性の欠如を意に介していないようだった。デヴィッシャーの話しぶりと同じように、あっさりと笑った。

「それはそちらの問題ですね。君が申告しようとしなかろうと、税関の職員がどうやったらその点を罪に問えるのか、わたしにはわからない」

　気軽な口調の言葉だったが、気軽には受けとめられなかった。デヴィッシャーはこれまでずっと感情を表に出さないできたのだが、今回は両手で顔を勢いよく挟み、凍死するほどの寒気に襲われたかのように身を震わせた。モーダントは不快そうに身を引いた。

「ぜひとも言っておきたい」デヴィッシャーは荒々しい大声を出し、力をこめて両手を顔から引きはがした。モーダントはますます不快そうになった。この場面――モーダントは嫌悪感を抱き、あらゆる手を尽くして避けようとしてきたのだった。

「わたしの名前はデヴィッシャー、ブライアン・デヴィッシャーだ。間違いない。ただ、エル・レイ号の事務長の船室にあるパスポートに、その名前は書かれていない」

「じゃあ、ここで本当の名前を言うんだな」モーダントが口を出したが、デヴィッシャーの耳をほぼ素通りし、少なくとも注意を払われることはなかった。

「わたしは遠いベネズエラの地で革命に参加した」若い男は勢いこんで続けた。砕ける波のように、言葉が泡となって口から飛びだしてくる。「絶好の機会だった、本当に。革命が求められていた。なのに、失敗した。独裁者のビセンテ・ゴメスが勝った、いつもそうだったように。わたしは首都のカラカスに潜伏したんだが、裏切りにあって――だれが裏切ったのかもわかっている気がする――鉄のおもりを六年も引きずって過ごした、カスティロ・デル・リベルタドールで。入り江にある島の刑務所で、監房は水面より下なんです。死の六年間だった、そしてビセンテ・ゴメスが死んだ。わたしたちは解放された。海に捨てられた鉄の足枷や手錠が何トンあったことか。が、しばらくして、あのエル・レイ号が借りあげられ、わたしは強制移送になった」

二人の聞き手にとっては、その話は本当だった。デヴィッシャーの真っ白な仮面のような顔は、何年間も日光にも風にもあたっていないものだった。足首周りの黒い輪を別にしても、その顔が今の話を裏付けていた。その二つが暗示する恐怖は、二人の目にははっきりと映った。

「そうは言っても、現地の公使がいるじゃないか。領事が」リカード氏が強く反論した。

「君は助力を求めることができた」モーダントが加勢した。

デヴィッシャーは肩をすくめた。

「無理ですよ！　自己紹介ができる時期にはしていませんでしたし。その上――」デヴィッシャーはふてくされたように目を伏せ、ちょっと間を置くと、感情を逆撫でするこすからい笑みを浮かべて顔を歪めた。

が、モーダントはもう我慢の限界だった。そのこすからい笑みが、おしゃべりに完全な終止符を打った。懺悔《ざんげ》はカーテンを閉め切った告解室の闇のなかで、司祭を相手に行うものであり、八月の朝のダート川に浮かぶケッチの狭苦しい主船室はふさわしくない。モーダントは立ちあがった。

「いや、もういい！」大声で制し、激しくベルを鳴らす。

デヴィッシャーが言葉を継ぐ前に、司厨員が食料品貯蔵室から姿を現した。

「ペリー、熱い風呂に入りたいんだ。それから、全員分の朝食を頼む」

朝食。それこそが全員に必要なものだった。熱々の美味しいベーコン・エッグとコーヒーを腹に収めれば、みな生き返った気持ちになるだろう。蛇口から流れるお湯の音が、右手の小さな船室の奥の風呂場から聞こえてきた。モーダントは立ったままだったが、新しい考えを思いついた。腰をおろし、引き出しから便箋と封筒、万年筆をとりだす。

「そうだな。待っている間に、手紙を一通書かせてもらいます」そして、吸い取り紙の綴りを引き寄せ、モーダントは書きはじめた。ゆっくりと言葉を選んで書き進めるその姿はいやに静かで、だれも邪魔はしなかった。デヴィッシャーが口を出さなかったのは、激しい言葉を封じられてしまったからだろう。リカード氏の沈黙の理由は、目の前にいるモーダント大尉と、六時のシェリー酒のパーティーで何度となく見かけたモーダントを一致させようとしていたせいだった。パーティーでのモーダントは口を開けばゴシップや愚痴ばかりの、皮肉屋で負け犬のような男だった。同年代の男たちが自分を置き去りにし、名声を手に入れていると思いこんで、「天からの使命さえ見つけられれば、すぐに連中を見返してやるのに」と不満を漏らしていた。が、今のモーダントは威厳に満ち、揺らぐことはなかった。この船の主だからとか、操船術を心得ているからではない。レザルドリユーにいたときでさえ、以前はなかったモーダントの落ち着きとそれに伴う快活さに、リカード氏は気がついていた。「さて、正体を見極めるとするか」リカード氏は鷹揚に構えた。人の性格の見極めについてはすばらしく鋭い観察眼を持っていると、自負していたのだ。

　風呂の用意ができたと司厨員が知らせに来たときには、モーダントは手紙を書き終えていた。便箋を畳み、封筒に入れ、宛名を書く。そして、立ちあがった。

「朝食が運ばれたら、お先にどうぞ。急いで風呂から戻るつもりはないので」次いで、不意にデヴィッシャーへと向き直った。

「わたしの知る限りでは、君は山ほど面倒を抱えて、ほとんど友人がいないのかもしれない。わたしは君の力になりたい、海からこのわたしの船にやってきたのだから」

「海泡石《かいほうせき》（白っぽい粘土鉱石で、乾燥すると水に浮くほど軽い。彫刻に向いていて、パイプなどに加工される）みたいですね」デヴィッシャーが口を挟んだ。「ただ、価値は半分もないけれど」

　モーダントは話を逸らされたりはしなかった。

「とはいえ、わたしはイギリスからいなくなる。だから、援助はできない。ただ、力になれるとしたら、この人だ」モーダントは書きあげた手紙をデヴィッシャーに渡した。「偏屈な老人だ、まさに一八七〇年代という感じでね。そうは言っても、切れ者です。すべてを打ち明ければ、君にもう一つの救命ブイを投げてくれるかもしれない」

モーダントは返事を待ちはしなかった。デヴィッシャーがまだ封筒の宛名を読んでいるうちに、船室のドアが閉まる音がした。デヴィッシャーは困惑した口調で、その宛名を読みあげた。

「セプティマス・クロトル様」

リカード氏は好奇心と紳士的な遠慮の義務との板挟みになっていたのだが、軽く飛びあがった。デヴィッシャーはようやくリカード氏に気がついたらしい。

「知り合いですか？」

「セプティマス・クロトルかい？」

「他にだれが？」

「いや、知り合いじゃない」

「でも、わたしが名前を読んだら、飛びあがったじゃないですか？」

「本当に？」

リカード氏はにっこり笑った。自分の反応に重要性を感じる相手が好きなのだ。

「飛びあがりましたよ。まあ、どうでもいいですが」

リカード氏はむっとした。

「よくないかもしれない」と言い張る。

「そうなんですか？」

デヴィッシャーは笑顔だったが、礼儀正しい無関心さが表れていた。

「セプティマス・クロトル氏は、ダガーライン汽船のオーナーだよ」リカード氏は教えた。

デヴィッシャーの顔から無関心さが消えた。

第四章　アガメムノンの風呂

モーダントは、スエード革の袖無し胴着《ジャーキン》、丈長の防水ブーツ、その他の暴風を防ぐための装備を脱ぎ捨て、風呂に滑りこんだ。海や風と闘ったあとで、熱いきれいなお湯のビロードのような抱擁は、ローマ皇帝へのもてなしだった。モーダントは髭を剃り、手足を石鹸で洗い、頭の上で繰り返しスポンジを絞った。苦難を耐え抜いてゆったりと風呂に入る、これに匹敵する喜びが他に存在するだろうか。

が、これは〝アガメムノンの風呂〟だった。たしかに、大なたを持って浴室のドアをこっそり開ける貴婦人はいないし、道でびくびくしながら聞き耳をたてて、大なたが容赦なく振るわれたとき、「ああ、嘆かわしい。なんと卑劣な！」と悲しむ村の者たちもいなかった。それでもやはり、この風呂もそれなりに運命を左右した。モーダントは体を伸ばし、筋肉を緩め、手足を湯に沈めて、目を閉じた。いったん開けたが、また閉じる。遠くから櫂のたてる水音が聞こえ、手漕ぎ船がケッチの横腹をこする音がした。それから人のか細い声が耳に入った。灰色の絹地の百のひだを通してしゃべっているみたいだったが、口調は陽気だった。

「やあ、着いたのか。また戻ってきたんだな、アギー坊や」

アギー坊やなんて名前じゃないぞ、モーダントはまじめに自分に言い聞かせた。

「ちゃんと対処しなくてはな」モーダントはちゃんと対処する気持ちのままのつもりが、ドアを激しく叩かれ、はっと目を覚ました。司厨員の緊張した声が聞こえた。

「朝食が冷めますよ、モーダント大尉」

モーダントは既に風呂も朝食と同じ状態になりかかっていることに気づいた。身震いして風呂から出ると、十五分で上陸用の青いスーツに着替え、主船室でコンロからおろされたばかりの朝食の席についた。

リカード氏は船室の反対側で、煙草を吸っていた。

「食事中に、気になりますか？」リカード氏は煙草を振りながら、尋ねた。

「ちっとも」モーダントは答えた。と、突然声をあげる。「デヴィッシャーはどこです？」

「出ていったようですが」

モーダントは立ちあがり、昇降口の下からハムリンを呼んだ。ハムリンはにんまりしながらおりてきた。

「デヴィッシャーさんは？」モーダントはぶっきらぼうに質問した。

「こういう事情なんです、大尉。税関職員はこっちをよく知っているので乗船しなかったんですよ、挨拶をしただけでね。紳士方二人は下の主船室にいました。ですが、すぐにあの――あの人の名前はわたしの舌には合わなくて――あの外国船からの客が、あがってきたんです。わたしは黄色い旗をおろしてたんですが、どうしたらいいかと尋ねられましてね。で、引き揚げ斜面のそばにある港湾長の事務所を教えてやったら、そこへ行って、上陸できるかどうか届けてくるって言ったんです。仕事を探して小舟を漕いでる船方がいましたんで、舷門まで来てくれと声をかけたら、紳士は行ってしまったわけです」

　モーダントは今一つすっきりしない顔だった。

「そんなにあっさりか？」と問いただす。「一言の断りもなく？」

「そうなんですよ、大尉。あの人の言い分では、あなたは風呂に入っていて、邪魔をするのはまずいと。手紙を書くと言ってました」

　モーダントは笑った。

「わかった」朝食の続きにとりかかる。「結局は、われわれの手間を省いてくれたわけだ」

「遅れも、です」すかさずハムリンが付けくわえた。「ここに一日中引き留められたでしょう。何度も何度も同じ話をさせられてね」

　モーダントとリカード氏の二人には、はっきりわかっていた。好機到来とみるや、船長はデヴィッシャーにケッチの船端を越えるようにしむけたのだ。デヴィッシャーが港湾長や他の港湾職員の事務室を訪れるはずがないと知っていながら。ただ、モーダントは本気で気に病んでいるようだった。リカード氏は再度驚いた。一年前にカクテルパーティーで見たモーダントの姿が目に浮かんだ。他の人の噂話をかき消す大声で、自嘲を交えながら愉快そうに自分の話をしていた。そのモーダントが、悪党とまではいかずとも胡乱《うろん》な人物を世に放ってしまったのではと、心配している。

「まあ、行ってしまったわけだから」ようやく、モーダントは言った。

「セプティマス・クロトル宛の、あなたの手紙を持って」リカード氏は付けくわえた。今度こそ、モーダントは腹の底から笑った。

「セプティマスなら、切り抜けますよ」と断言する。「それに、日曜の夜にはわたしがセプティマスに会うつもりですから。あの男より先でしょう」

　モーダントはマホガニー製の箱から葉巻を一本とりだし、先端を二本の指で強く押して破った。火を点け、笑みを浮かべながら椅子にもたれる。セプティマスの肖像が、悪党の肖像を頭から払いのけてしまったかのようだった。

「セプティマス・クロトルを知っていますか？　ひどい変人のじいさんですよ。かつては船長で、現在はダガーライン汽船のオーナー――昔はリーファ・ジャケットの暴君だったが、現在はブロードクロスのフロックコートを着た暴君というわけです。娘たちのだれかを追いまわしにきた若者は、みんな門前払いをくらう。財産狙いの連中だからってわけじゃなく、父親に仕えるのが若い娘の務めだからなんですよ」

「立派な家長だ」リカード氏は言った。

「たしかに家長ですが、立派ではないですね」モーダントはまた笑った。「日曜の夜のセプティマスを見てみるべきですよ。得意の絶頂ですから！　ただ、抜け目もない。力も貸してくれる――」モーダントはいったん言葉を切った。「もちろん、あの人の忠告に従って行動した場合ですよ。セプティマスは絶対に迷うことがないんです」

　モーダントはもう、セプティマス・クロトルの滑稽な面を馬鹿にしているのではなかった。リカード氏は、さっき自分をあんなに混乱させたモーダントの変化の説明をいよいよ聞けるのではないかと思った。モーダントの態度には、困惑とためらいがあった。

「セプティマスとの出会いについて、説明したことはありませんでしたね。いや、もちろん説明していない。そのときわたしは、ヘルフォード川でこのケッチに乗っていました。複数の小型ボートを持った有名な船乗りが、そこで家を建てたんですよ。仲間の何人かが、その人の誕生日祝いのために近くで停泊することになっていて。ヘルフォード村の上流や下流、向かい側の淵に四、五艘のヨットが錨をおろしました。セプティマスはスクーナー船で来ていた。わたしたちのどの船よりも深い喫水でしたね。ヘルフォード・パッセージ村近くで停泊していました。その晩、どうしてそんなことをしたのか、自分でもわからない。午後に庭でセプティマスを見かけたんです。年をとっていて、旗竿みたいにまっすぐで傍若無人。昔は船長で、今はダガーライン汽船のオーナー。そんな人がいたわけです。結局、その日の夜はヨットの一艘で行われたパーティーには欠席の通知をして、一人で食事をとり、パッセージ村のスクーナー船まで自分の小舟を漕いでいったんです」

セプティマス・クロトルは甲板船室の風よけのなかで、腰に膝掛けを巻いて座っていた。そして、なぜ立派な若者がひとりぼっちの偏屈なじいさんと一時を過ごすために、すばらしい仲間たちから離れて船を漕いできたのだろうかと、少々怪しんでいるようだった。が、理由は訊かずに、モーダントに大きなハバナ製の葉巻を渡した。モーダントがポケットからライターを出すと、セプティマスは止めた。

「近くにある木製マッチの箱を使ってくれないか」

モーダントは振り返った。小さなテーブルが音もなく椅子の横に置かれていて、その上には灰皿とブライアント・アンド・メイ社のマッチがあった。一本の葉巻に対する並々ならぬ敬意は、モーダントに反応を求めているようだった。モーダントは葉巻を吸ったが、たしかに反応せずにはいられなかった。

「すばらしい葉巻ですね、クロトルさん」称賛する声が上擦った。

「最高級品だよ」セプティマスは自信たっぷりで、あっさりと答えた。「わたしのものだからな」

モーダントは自分の衝動的な行動が有意義だったとは感じていなかった。それに対して、尖った鼻と顎のセプティマスは、年下の男が自分の隣に黙って座っていることに、すっかり満足しているようだった。スクーナー船の外板に、波が打ち寄せて調べを奏でている。上流のヘルフォード村のそばの淵では、ヨットの天窓からの明かりが黒いベルベットに収められた宝石のような輝きを放っている。一艘からは、さわやかな朝のクロウタドリを思わせる生き生きと澄んだ女の声が聞こえた。星にぶつかるほどの喜びに溢れ、空を駆けていく。気づけば、モーダントは低い声で自分の屈託をぶちまけていた。彼が道を見失った、世間での曲折を。

一番若い大尉たちの一人だったモーダントは、一九一四年から一九一八年までの第一次大戦のあと、人生や将来の計画を考えるつもりで退役した。下院議員になってもいい。ドーセット州に家と土地があり、機会はあった。でなければ、事業を、ロンドンのシティで大規模な事業をはじめてもいい。でなければ、作家――ウィリアム・コングリーヴの『世の習い』とともに語り継がれる喜劇。ロバート・ブラウニングの壮大な物語詩『指輪と本』と同じ棚に並ぶ叙事詩もいいか。イギリス小説の父と呼ばれるヘンリー・フィールディングの再来と人々が歓呼するような小説かも。その一方で、モーダントはなにもしなかった。いつかはとりかかる。偉業へと続く道筋に確信が持てたら。そう言いながら、モーダントはパーティーからパーティーへと渡り歩き、他の若い男女に自分が実行するつもりのすばらしい計画について吹聴した。が、一人、また一人と、若者たちはモーダントを追い越して、別のもっと忙しい分野へと進んでいった。下院議員に選ばれ、最初の演説が町の話題となったもの。批評家を感動させ、一年間劇場を満員にした芝居の脚本を書いたもの。人々に読まれると同時に売り上げも好調な本を書いたもの。もちろん、連中はみんな戻ってくるのだ、花火が消えたら。が、彼らは戻ってこなかった。モーダントは残り、相変わらずパーティーからパーティーへと渡り歩き、やっかみ、不満を抱え、空き缶のようにうつろなままだった。セプティマス・クロトルが耳を傾けているうちに、星が空から滑り落ち、淵のヨットの明かりが消えた。そして、セプティマスは静かにこう言った。

「偉大な創造者たちだ！　わたしにとっては、神の拡声器だな」モーダントに目を向ける。「君もその人たちの仲間なのかね？」

「わかりっこないでしょう？」モーダントは少し間を置いて、質問で返した。

「連中には特徴的な印がある」

「たとえば？」

「自分の名声よりも、目の前の仕事のことを考えている」

モーダントは乾いた笑い声をたてた。認めるしかない、そう、自分は除外されたのだ。どうやったら認めずにいられる？

「まあ、自分で求めた結果だ」と独りごちる。そして思った、もっと求めてもいいんじゃないか、オリバー・トゥイスト（チャールズ・ディケンズの同名小説の主人公。オリバーは救貧院でおかゆのお代わりを請い、追いだされる）のように。そこで、むしろ傲然と言い放った。

「きっと他にも印はあるでしょう」

老セプティマスは、年下の友人の尖らせた唇にはまったく取り合わなかった。

「もちろんだ」モーダントにちらりと目を向けたあと、セプティマスは暗い水面を見やり、最適な言葉を選んでいた。

「連中は不満をだらだらと引きずらない」セプティマスは続けた。「建設的な仕事をするのに、手一杯なのだよ。五分間、腹立ち紛れに悪態をついて、そのあとは仕事に邁進《まいしん》する」

その晩は二度目になるが、フィリップ・モーダントは顎に一発くらったような衝撃を覚えた。ウィスキーのソーダ割りを飲み、セプティマスの休息時間に長々と邪魔をしたのではないといいのだが、と挨拶した。

ところが、セプティマスのほうは、モーダントが来てくれたことを光栄に思ったと打ち明けた。「だいたい」舷門の前に立ったセプティマスは言った。「だれだって、助言を与えるのは楽しいものだ。相手が聞きにきた助言ではないと、はっきりわかっている場合にはな」

モーダントは舷梯の一段目で足を止め、再び甲板へあがった。

「そうなんです」と、意外に思いながら答えた。「妙な話ですが、わたしは気落ちはしていません。逆に、気が楽になりました」

小舟を漕ぎながら自分のケッチに戻る間も、モーダントは安らいだ気分のままだった。翌日の朝になっても、安堵感は変わらず強かった。老セプティマスは、この頃は苦悩へと化けていた多くのすばらしい夢の扉をぴしゃりと閉めてしまった。その上で、モーダントに自分で別のドアを見つけるよう促したのだ。モーダントがなんらかのドアをちゃんと発見したことを、リカード氏ははっきりと悟った。

話を締めくくり、モーダントは料理用コンロの奥にある壁掛け時計を見やった。

「トーベイ急行に乗りたいのでしょうね」と言葉を継いだ。「キングスウェア駅から出ていますよ。

ハムリンが列車の昇降段であなたを降ろして、荷物を客車に運び入れるでしょう。フランスからもっとよい旅を提供できなくて、残念です」

第五章　ダニエル・ホーブリー

その日の午後四時過ぎ、ロンドンのケンプストン選挙区の下院議員、ホーブリー氏は、下院から自分の事務所に向かって歩いていた。ホーブリーは確実に自分のためになること、また、おそらく国のためになることを、二つやり遂げていた。質問を一つして、採決で投票したのだ。採決は全会期を占める政府の必要性に基づいたものであり、質疑が終了した直後に起こる定例のことだった。というわけで、抜け目のない男なら、有権者と国家に対する義務を果たす確固たる決意の証拠を、一時間という限られた時間内でしっかり示せるのだった。そして、ホーブリーの抜け目のなさは折り紙付きだった。採決が形式的であっても、なんら問題はない。政府が全会期をかけた重要な問題についての採決に立ち会うつもりがないことは、もっと問題ではない。ホーブリーは採決の名簿にきちんと名前を記載したし、その採決のせいで政敵は一日欠席し、有権者には自分たちの代表として一番の適任者を選んだとの信念を強めさせることになった。

このように、ホーブリーは自分の義務を果たし、セント・ジェームズ・パークを横切って、キング・ストリートにある自分の事務所にのんびり向かっていた。ホーブリーは肥満体で重そうな尻に短足、つま先を交差させて鳩のように歩く。頭をあげるまでは、まず目立たないが、猪首の上にある大きな赤ら顔はかなり人目につく。それというのも、力強く気品のある目の下までは皇帝のように貫禄があるのに対し、そこから下は獣性と卑しさが妙な具合に混じっていて、全体をすっかり台無しにしていたのだ。たとえば鼻だが、小さくて丸い。上唇は長く、膨れた顎は貫禄があるというより獣めいている。つまり、巨大な猿人のような顎がローマ皇帝シーザーのような額にくっついていて、通行人からほとんど注目されないあまりにも下品でだらしない体に続いていたのだ。ただし、ホーブリーを知らなくとも、彼の隣人たちよりは確実に少し敏感な人々もいる。その人たちは、ホーブリーが近づいてくると寒気を感じる。悪魔の宴会の伝説で、冷たいオーラが悪魔の人を包んでいるかのように。ホーブリーはお仲間の鳩のいる湖の周りをゆっくりよちよちと歩いてマールバラ門へ向かい、よそ者が来ない暗いアーケードを抜け、キング・ストリートにある立派な鏡板張りの事務所へと入っていった。

ホーブリーは不安だった。排除すべき危険があったのだ。それほど深刻な危険ではない。ダニエル・ホーブリーはレザルドリユーの砂州よりもっと危険な砂州を進むのに慣れていた。が、この午後の危険を排除するためには生け贄を差しださなければならないだろう。丸々と太って、食べ頃の生け贄を。黄金の木の果実を。そして、ホーブリーはそのような犠牲を払うのがなによりも嫌いだった。事務員用の事務室を抜けて、ホーブリーは自分の聖域へと入った。磨きあげた紫檀の板が張られた壁。ゆったりした安楽椅子は濃赤色のダマスク織りで、ふかふかだった。クルミ材の巨大な書き物机は弓形のアン女王様式（十八世紀に流行した曲り脚が特徴の家具の様式）で、同時代の付属の整理棚には彫刻が施されて、小さな扉が並んでいる。机が陣どっているのは、オービュソン織りの絨毯だった。

ホーブリーは戸口でちょっと足を止め、きらびやかで贅沢な聖域のしつらえで不安な思いを紛らわせた。

「こんな事務室はそうそうないな、フォスター」すぐ近くで名前の一覧を読みあげている事務員に、ホーブリーは声をかけた。

「おっしゃるとおりです」

フォスターはグレイスチャーチ・ストリートから来た昔気質の事務員で、大儲けとは豪奢な事務室より、すり切れたリノリウムの床、まっすぐなヴィクトリア調の椅子とインクの染みがついた書き物机に結びついていることが多いと心得ていた。

「五時にリカード氏にお会いになりますか？」

「リカード氏？」

ホーブリーは押し黙った。リカード氏！　聞き覚えがない。心あたりがないものは、いつだって危険だ。

「都合がよくない」ホーブリーは答えた。「今日の午後は邪魔をされたくないんだ」

ホーブリーはドアを閉めた。書き物机の上には最終版の『イブニング・スタンダード』紙が置いてあった。ホーブリーはさりげなくみえるように注意しながら近づいた。用心深い人物は、たとえ一人きりでも芝居をするときがあるのだ。無関心なていでページをめくり、必然的に船舶関連のニュース欄にたどり着いた。あった。その欄のはじめに一報が出ていた。


南アメリカの港を出たエル・レイ号は、デヴォン州南のプロール・ポイントを午前六時に通過。

ホーブリーはその一報を予期していたが、それでもぎくりとした。神の意志が邪魔をするべきだったのだ。ホーブリーの身辺で、しょっちゅう律儀に邪魔をしてきたように。とはいえ、神の意志にやる気があっても、ちょっとした手助けを必要としている場合があるものだ。国会議員的な言いかたをすると、当方で、「あらゆる手段を講じる」必要がある。ホーブリーは戸棚に近づいて、開けた。二段の棚があった。上の段にはグラスが半ダースと小さなペンチが一つ。下の段には下ぶくれの瓶が半ダース並んでいた。きのこ型のコルクを包む黄金色のホイル、細長い紙の印刷部分には一流の産出年が記載されていた。

コルクのぽんと抜ける音が、外の事務室まで聞こえた。ただ、道化者の事務員でさえ、酒がグラスに注がれるシュワシュワという音を今さら真似しようとはしなかった。

ホーブリーは自分の聖域でボトルの半分を空けた。その上で、電話のフックから受話器をとり、LEDの〇〇四五番にかけた。すぐにドアが乱暴に閉められる音が聞こえ、その音にかぶさるように、張り切った甘い声がした。

「君かい、美人さん？」

ホーブリーは歯茎までむきだしにして笑った。が、声は愛想がよかった。

「いや、そんな並以上の器量じゃない。ただのつまらないダニエル・ホーブリーだ」

電話の向こう側は、黙りこんだ。口も利けないほど驚き、恐怖で顔を灰色にした男を思い描いて、今度こそホーブリーは本当に笑った。

「伝言は受けとったかな？」ホーブリーは続けて言った。

「ああ」

「個人番号にかけたりして、すまなかったね」

「だれが教えたんだ？」

ホーブリーは冗談を言った。少なくとも、そのときは冗談に思えた。

「リカードさんだよ」と答える。事務所に入った際、最後に耳にした名前だった。それ以上質問する間を与えず、ホーブリーは電話を切った。

ホーブリーはシャンパンの瓶を飲み干した。椅子にもたれ、紫檀のテーブルの下で短い足を組む。リカード氏の名前を二本目の瓶で祝いたいような気分だった。なんにせよ、午前十一時より前に飲みだすのでなければシャンパンはそれほどの障りにならないと、ホーブリーは立証する気満々だったのだ。シャンパンは計画に閃きを与え、軽率な行動を抑えてくれる。

しかし、今日は行動が必要だった。ホーブリーは椅子を引き、引き出しの鍵を開けて、薄い黒檀の板に画鋲で留められた小さな海図をとりだした。海図には五本の黒いピンが刺さっていて、ホーブリーは六本目を追加した。スタート・ポイントのちょうど七マイル西。今朝の六時にエル・レイ号はテムズ川の河口へ向かう旅で、プロール・ポイントの信号所を通過したのだ。海図を引き出しに戻す。次に、パーク・レーンにある自宅のフラットへと電話をかけた。妻を呼びだし、電話口に応答があると、机に向かっているホーブリーは突如別人のようになった。唇にも目にも笑いを湛え、声には音楽の弾むような調子まであった。

「オリヴィア、君かい？　ああ。君の声を聞いたら、他のことはすべて頭から消えたよ――聞くんだ、急ぎの用なんでね――ああ、ところで、三十分と経っていないんだが、君が美人さんと呼ばれるのを聞いた――おや、それを伝えるために電話をかける必要はないだろう？――君はちっともわかってないな――個人番号で君が美人さんと呼びかけられるのを聞いたんだよ」ホーブリーは嬉しそうに含み笑いをした。小さな悲鳴が返ってきた。

「わたしの手紙を読んでたのね！」

「わたしが？」ホーブリーはむっとして大声で反論した。「番号はリカードという人から教えられたんだよ」

「だれですって？」

「リカードという人だ。待て、切るな。まじめな話なんだ。今夜、ロードシップ・レーンの館に行く必要がある。少なくとも、わたしはね。君にもぜひ来てもらいたい。二人とも、今夜は予定がなかっただろう？」

ハイド・パークを見下ろす部屋で、キング・ストリートにいるデブのロミオの半分の年齢のオリヴィアは、その言葉を聞いて、微笑んだ。

「ええ、行くわ」次はまたロミオが話した。

「今夜はそこで休もう、いいな？　満月だよ。あの大きな樫の木立が草地に黒い影を投げかけて、奇妙な模様を織りなす様子が目に浮かばないか。八月の末だから、君が近くにいても鳥たちが全部黙ってしまうことはないだろう」

ありふれたからかいだったが、柔らかな笑みを震える唇に湛えたオリヴィア・ホーブリーを見たものはだれでも、「美人さん」と呼びかけてしまっただろう。

「どういう予定なの？」オリヴィアは尋ねた。

「小さい車を運転して、七時半にここへわたしを迎えに来てくれないか？　ミラン・グリルで夕食をとって、九時半には向こうに着くようにする。十時半頃に、わたしは玄関の鍵をかけるよ。そうしたら、あのすばらしい静けさのなかで二人きりだ――美人さん」

妻が大きく息を吸う音を、ホーブリーは聞いた。その他の返事は無用だった。電話を切り、有権者を前にした九月の大会のために演説の草案作成にとりかかった。そして、風呂に入って髭を剃り、夕食に備えて略式夜会服《ディナー・ジャケット》に着替えた。奥様がお待ちですとフォスターが告げたときは、まだ準備万端とはいかなかった。ホーブリーは使いに海図を持たせ、ピンを外さないよう気をつけてくれと妻への伝言を命じて車に向かわせた。その上で、アン女王様式の机の秘密の引き出しから、封をされた大判封筒を出し、上着の内ポケットにすっぽり収めた。

ホーブリーはコートを羽織り、再度戸口に立って、部屋のあちこちを眺めた。単純にそのきらびやかさと贅沢さを堪能したのだ。自分が二度とその部屋を目にすることがないだろうとは、思いもせずに。

第六章　落ち着かぬ夜

リカード氏は三時半にロンドンに到着した。列車で一眠りして、友人のムッシュー・アノーと二人で美味しい軽めの夕食をとりながら、ブルターニュとダート川を往復する定期船、アガメムノン号での夜の冒険をおもしろおかしく報告するのを楽しみにしていた。

が、なんということだろう！　愉快な逸話にまさしく身も凍るような恐怖を滲ませ、航海士の夜明けの誤算を大げさにはやしたてる場を入念に下稽古したのに、骨折り損のくたびれもうけだったのだ。夕食の時間にグロヴナー・スクエアに到着したのは、アノーの旅行鞄だけだった。

ただし、鞄と一緒に、東方の客の失意を伝えるヴィクトリア駅からの手紙もあった。鉛筆の走り書きだった。アノーは電話や訪問の用事ができ、そのあとでモルトビー警視との話し合いに参加しなければならず、夕食まで引き留められるだろうとのことだった。

リカード氏は、腹立たしさとありがたさの相反する感情を抱いた。まず自分は、主人としての義務を果たすために、長く暗い一晩、あの白く波頭をたてた黒い大波の衝撃を耐え忍んできたのではなかったか。その一方、リカード氏は膝にナプキンを広げたときでさえ、まぶたがくっつき、船を漕いでいた。実際に疲れ切っていたのだ。夕食のコースが終わるとすぐ、リカード氏はベルを鳴らして執事を呼んだ。

「トンプソン、わたしはもう休むつもりだ。ムッシュー・アノーが到着されたら、必要なものがすべて揃っているかどうか、気を配ってくれ。朝食の好みも確認しておくように。わたしについては、八時にいつもどおり寝室で朝食をとったあと、九時半に階下に来るつもりだ。そう伝えてくれるかな?」

「かしこまりました」リカード氏は年代物のポルト酒を一杯飲んで力をつけ、堂々と階段をのぼっていった。グロヴナー・スクエアのだれもが、昨夜底の浅い小舟で暴風に立ち向かっていたわけではない。アノーには軽く扱われたときもあったが、もう過去のことだ。自分に注目させてやろう。目を離せないように、全身を耳にさせてやるんだ。

まさにリカード氏の思ったとおりだったのだ! 仮にアノーがアガメムノン号と風呂にまつわる手に汗握る話の一部でも小耳に挟んでいたら、モルトビー警視とソーホーの怪しげな食事から逃げだして、グロヴナー・スクエアのとっておきのご馳走へと飛んできていただろう。

ただ、疲れ切っていたのに、リカード氏はあまり熟睡できなかった。何時頃だろうか、わざわざ正確な時間は確かめなかったのだが、近くの人を起こさないように気を遣っていながらやけに耳につくあのひそひそ声の会話で、リカード氏は目を覚ました。

「やれやれ」リカード氏はうとうとしながら呟いた。「静かにしゃべっていてくれたら、まだ寝ていられただろうに。まったく、ハーハーとかシューシューいうあの声ときたら、地下鉄が走りはじめた頃を思いだすね。悪党どもが悪党だった昔の夜とか。筒抜けじゃないか」

だれもいない部屋に向かってこう言いながら、アノーが到着し、明日の朝は早く起こしてくれと頼んでいることを理解した。

「もちろん、わたしの寝室に電話はありますね？」

間があった。アノーをたしなめるための、威圧的な間だった。トンプソンは氷のように冷たい声で続けた。

「アノー様、お忘れのようですが、リカード様は電話の音に敏感ですので」

「ああ、そうだろうね！」

「当家には電話機が三台ございます。使用人たちの区画に独立した回線のものが一台。二台目は廊下にございます。そこから書斎への切り替え電話が三台目になります。闇の時間帯にロンドン警視庁《スコットランドヤード》とお話し合いをされるおつもりでしたら、廊下の電話をお使いになったほうが、障りにならないかと存じます」

そのとおりだ、リカード氏は嬉しく思った。トンプソンは一番毅然とした表現を採用している。リカード氏は眠りに落ちた。が、しばらくして、また覚醒と夢の中間点に来た。ドアの前をこっそり通過して階段をおりていく密かな足音が、耳に入ったらしい。が、トンプソンは間違っていた。書斎はリカード氏の寝室の下だが、床は建築家のトーマス・キュービットの手によるもので、音は上階の部屋へ一切伝わらない。それに対して、廊下は家具も少なく、がらんとしているので、音が響いてきた。というわけで、リカード氏はジーという音を聞いた。もう一つ、またもう一つ。

「地区の局番だな」リカード氏は思った。

ダイヤルの回転音が四回聞こえた。

「加入者番号だな」さらに思った。そして、トンプソンの言いまわしを借りて、笑みを浮かべながら実況してみた。「アノーが闇の時間帯にスコットランドヤードと話し合いをしている」

トンプソンは音の響きの問題で勘違いをしていたが、アノーの電話の相手についても勘違いをしていたかもしれない。ただ、リカード氏は眠くてそれどころではなかった。言葉は一つも聞きとれないまま、別の世界へと遠く漂っていった。アガメムノンが巨大な電話機を片手に真っ黒な海から現れ、「夜明けだ」と叫んでいるのだった。そのあとのことはなにもわからないうちに、カーテンリングが音をたて、ブラインドが引きあげられ、紅茶のカップがベッドの脇で湯気をたてていた。

リカード氏は丁寧に、身支度を整えた。友人がその日の朝にはもう到着しているという事実だけでは、急いだり手順を省略したりはしなかった。リカード氏は九時半に書斎へおりていき、目を白黒させた。『タイムズ』紙に身を乗りだすようにして座っているのは、田舎でのイギリスの一日に向けて着飾ったアノーだった。派手な黄色の粗い生地のスーツに、サッカー用の長靴下、登山靴。リカード氏はその姿を見て、笑いがこみあげると同時に嬉しくなった。おなじみの黒い煙草の青い紙包みでさえ、懐かしい光景だった。その鼻をつく臭いに気づいて、マレー人が久しぶりに母国に戻って最初にドリアンの臭いを嗅いだときのような気分になった。

「事件の手伝いにと、わたしを待っていてくれたのかな。それはありがたい」

が、アノーは、リカード氏が慣れて、いや、望んでいたよりも、心温まる挨拶をしたあとで、悲しげに続けた。

「ところが、手伝ってもらう事件がないのですよ。大した事件はまったくなかったのです。一人のパリ市民に正義をもたらすために、個人的に手を打つというちょっとした用事で、同時に友人に会える機会になりまして。ただ――」アノーが肩をすくめる間もなく、電話が鳴りだした。

「あとで説明しますよ」アノーは、受話器を耳にあてたリカード氏に声をかけた。

リカード氏は承知の合図に頷いた。「君宛の電話だよ」

アノーはリカード氏から受話器を受けとった。

「もしもし《アロー》、もしもし《アロー》！　ああ、これはこれはモルトビー警視でしたか。はい、両方の耳で聞いています（傾聴しているの言い間違い）。そうですか！」

リカード氏が見ていると、最初は集中していた友人の顔つきが呆然とした表情に変わった。アノーは受話器を耳に押しあてた。そして、ようやく言った。

「三十分以内に？　はい、行きます。ありがとうございます」のろのろと受話器をフックに戻す。アノーの顔を見ているうちに、リカード氏にはこの部屋からくつろぎが消えた気がした。いやにしんとして、冷えこんでいる。

「あの人物と知り合いですか？」アノーは尋ねた。

「どの人物？」

「ダニエル・ホーブリーです」

リカード氏ははっとした。「知ってはいるよ」と答える。ロンドンに住んでいて知らないものがいるだろうか？　慎重に付けくわえた。「一つ教えておこうか。その男の足下に警察が迫っているって話だ」

「いやあ、そんな！　その情報は間違っています」アノーは強く否定した。「あの男には足下なんてない。金に汚い鮫ですから」

リカード氏は、パリ警視庁から来た友人を不機嫌そうに見やった。アノーはいつも相手の揚げ足をとらなければ気がすまないのだ。

「それで、ダニエル・ホーブリーが今度はなにをしたんだい?」リカード氏は仏頂面で尋ねた。

「ああ、それが問題です」アノーは頷いた。

「なにがどうなってるんだ?」

「ホーブリーは自分の喉を切ったんです」

リカード氏は椅子を引いた。

「死んだのか?」

「昨晩ね」アノーは暗い顔で続けた。「わたしはその家に行くつもりです、ね。ただ、手間をかける価値があるでしょうか? アノーに現場の部屋を見させるほどの? ある、警視はそう考えています。『アノーなら、われわれが見落としたなにか、とらえがたいものを発見するかもしれない。この自殺を説明するものを』ですが、わたしにとってはまさに悲劇で」アノーは途方に暮れて、両手をあげた。

「どういうことだい?」

「数年前に、とあるパリ市民をだました二人の悪党がいまして。一人がホーブリー。もう一人の年下の男は、南米の刑務所から釈放されたばかりで強制移送となりました。その二人が揃わなければ、証拠がないんです。二人揃えば、起訴は求めない。目的は金の弁済ですから。今回、ホーブリーが自分の喉を切り裂いてしまい、南米の男は――」

「ブライアン・デヴィッシャー」リカード氏がさりげなく言い添えた。

「そう」アノーが答えた。「それがそいつの――」

アノーは言葉を切って、ぽかんと口を開けてリカード氏を見つめた。リカード氏はこれほどの勝利の栄光を一度も味わったことがなかった。血が喜びに沸きたつように体を駆け巡る。が、表面上は、先程までと変わらず冷静なふりをしていた。

「ブライアン・デヴィッシャーがどうしたと?」リカード氏は訊いてみた。

「溺死したんです、昨日の朝――」

「スタート・ポイント岬の灯台沖で、エル・レイ号から落ちて」リカード氏が先まわりした。

アノーはおもしろくなさそうに頷いた。

「デヴィッシャーが上陸したら、話し合う手配をしてあったのですよ。それから一緒にホーブリーのところへ行って、ツケを払わせる。ところが、ホーブリーは喉を掻き切り、デヴィッシャーは溺れ死んだ」

「いや、デヴィッシャーは溺れ死んでいない」

アノーは言葉を失ってリカード氏を見た。と、電話をつかみ、乱暴に番号をまわしながら、話しかけた。

「一緒にダニエル・ホーブリーの家へ来ますか? ね?」そして、通話口に向かって言う。「アノーです。モルトビー警視さんをお願いできますか?」またリカード氏へ。「こちらの車を使うでしょう、ね? で、途中で、このデヴィッシャーについて話してください。あなたですか、モルトビー? わたしはここ、グロヴナー・スクエアに滞在しています、親しい友人のお宅に。保証しますが、その友人は多くの扱いの難しい問題でわたしの役にたってくれまして」アノーは通話口にウィンク一つしなかった。「はい。その友人にぜひ力を貸してもらいたいのです。そうです、ロンドンに来るとき、グロヴナー・スクエアで一緒に滞在しています。もてなし役として、最高にすばらしいんです」

「やれやれ」リカード氏は照れて顔を赤らめながら、くすくす笑った。

「名前ですか？」アノーの話は続いていた。「ジュリアス・リカードさんです」

電話の反対側でなにか一騒ぎ起きたようだった。笑いか？　驚きか？　喜びか？

「わたしたちはリカードの車で行きます。ロールスロイス。とても速い、とても立派。住所をもう一度教えてください」アノーはメモ帳に書き留め、電話を切った。

「なんという偶然だ！」リカード氏はにこにこしながら強調した。「デヴィッシャーにわたし、君、ホーブリー！」

「ほうほう」アノーは男子生徒のように冷やかしの声をあげた。

「百回に一度しか起こらないかもしれないぞ」リカード氏は言い張った。

「そうだとしても、毎日百回に一度は起こってます」アノーは答えて、もう少し奇抜でない服に着替えるために、そそくさと出ていった。その間に、リカード氏はロールスロイス二号を玄関前に呼びだした。

第七章　小さな問題が大きな問題となる恐れ

アノーと一緒に車でエンバンクメント（ロンドンのテムズ川沿いの道路）に向かいながら、リカード氏は若干もやもやした気分だった。警察当局は、たとえ単純な事件であっても、原則として捜査に素人が加わることをそう簡単に容認しない。が、さっき電話越しに聞いたモルトビー警視の声は、好意的だった。名前を聞いて、はっとしたようだった。「リカードさんだって！　君はグロヴナー・スクエアのリカードさんにお世話になっているのか？　ぜひ連れてきてくれ、アノー。お誂え向きだよ！」

好意的――間違いない。むしろ、乗り気でもあった。が、少々動揺していたような気もする。

「当然と言えば当然だが、社会的知識が必要だったり、繊細な感受性が求められるとき、わたしがアノーにささやかな力添えをしたことがあったと耳にしているのだろうな。世の中、わからないものだ。ともかく、ぎょっとしていたな。そう、わたしが犯罪者だったみたいに」リカード氏は軽く笑った。ワームウッド・スクラブズ刑務所の厳めしいドアが目の前で開いたような、不安げな軽い笑いだった。

「さてさて」アノーがリカード氏の膝を叩いた。「ブライアン・デヴィッシャーのこと、教えてくれるんでしょうね？」

「もちろんだよ」

車はバタシー・ブリッジを渡っていた。陽光が水面で踊っている。カモメが独特の美しい飛びかたで旋回し、急降下する。上空にも、周囲にも夏があった。夏の香りと、夏の熱気が。このまぶしい季節を背景にして、海からの放浪者がケッチのアガメムノン号にいかにして乗りこんだかを、リカード氏は話した。

「口に出すのは失礼だろうが、心のなかでわたしはデヴィッシャーを海泡石と呼んでいたんだよ」そんなことは一切していないリカード氏は言った。「わかるかい？　海泡石さ」

が、そのときはリカード氏の洒落っ気に反応はなかった。アノーは背筋を伸ばして座っていて、髭を剃った大きな顔は生真面目そのものだった。「そうですね。そんなにとげのある言葉を口に出すのは礼儀違反だったでしょう」答えたものの、自分の言葉には上の空で、リカード氏に向き直る。

「そのデヴィッシャーという男ですが。本当に船から落ちたんですか？」

リカード氏はおもむろに口を開いた。「アガメムノン号の乗員たちには、デヴィッシャーは一か八かの賭けをしたと思われていた」

「ものすごく不利な賭けなのに？」アノーが訊いた。

「まあね」

アノーはポケットに両手を突っこんだ。混乱しているようだ。

「たしかに嬉しくはないでしょう、グレイヴゼンドで反社会的な人物として上陸させられるのは。ただ、生きてはいられる」

アノーは両手をポケットから出し、あげた。「死んだら何にもならない」

「他にも告発されていたのでは？」リカード氏は意見を言ってみた。「グレイヴゼンドで待ちかまえられていたとか。パスポートの名前は偽名だと話していたし」

その意見を、アノーは手を振って却下した。別の問題で頭を悩ませているのだ。

「それから、ダートマスに一人で上陸した、ポケットに十五ポンド入れて？」

「そう」

「港湾長の事務所へ行きましたかね？」

「港湾長の事務所に近い引き揚げ斜面で上陸したが、事務所に行ったとしたら、役人がわたしたちの船に来て、デヴィッシャーの話を裏付けるかどうかを確認したと思うね」

アノーは頷いた。その上で尋ねる。

「モーダント大尉は本当に風呂で眠りこんだと思いますか？」

リカード氏も同じ疑問を抱いていたが、もう結論は出ていた。

「そう思う。モーダントが冬に備えてケッチをドックに入れようと急いでいたのはたしかだ。だが、デヴィッシャーは当局に対して自分の立場を明確にしなければならないと、モーダントは本気で考えていたよ」

それでも、アノーは全面的には賛成しなかった。

「そうなるでしょう。そう、たしかにね。ただ、やはりモーダント大尉と少し話をしてみたい」

リカード氏は首を振った。そう簡単にはいかないだろう。日曜にモーダント大尉はセプティマス・クロトルの有名な夜会の一つに出席する予定にはちがいないが、ジュリアス・リカードは彼らの仲間ではないし、アノーを連れて無断入場者になるつもりはなかった。で、こう答えた。

「その点では力になれないんだ、アノー」

「それは残念」アノーは答えて、窓の外を見つめていた。が、不意にリカード氏に視線を戻す。

「あのトーベイ鉄道は？　彼は三時半にロンドンに着くんでしょう？」

「そうだよ」リカード氏は言った。

「で、あなたは彼に乗ってきた」

「そのとおり」

「で、食堂車で昼食をとった。ね？」

「いや。車室で眠っていたよ」

「デヴィッシャーはその列車に乗ってましたか？」

「さあ。客車が何両もあったから。見かけなかった」

「だとすると、あなたの知る限りでは、ブライアン・デヴィッシャーは昨日の午後三時半にロンドンに到着していたかもしれない？　いいですか？」

「そのとおりだね」

アノーは体をひねって大きな肩を揺すり、不機嫌そうにぶつぶつ唸った。

「どういうことか、わかってるでしょう」アノーは、ちっともわかっていないリカード氏に大声で言った。「わたしには小さな問題があります。それに決着をつけて、暇をとるんです。素敵でしょう、休暇になったら。なのに、そうならない。わたしは自分の小さな問題をそちらの大きな問題にしたくありません。嫌なんです」

「じゃあ、そうなるんじゃないかと心配している？」リカード氏は驚いた。

アノーは思い入れたっぷりにリカード氏の腕に手を置いた。

「とても心配で、ゲートルになりますよ（不安〔ジッター〕になる、の言い間違い）」大まじめに言う。

リカード氏は正しく意味をくみとったが、悩んでいる友人の顔を見て、訂正している場合ではないと悟った。

「その小さな問題を説明してくれないかな」

「そうしますか」アノーはポケットから煙草の青い紙包みを引っ張りだした。「このメリーランド煙草を吸いながらね」と差しだしたが、リカード氏は毒入り料理のように尻ごみした。アノーは火を点け、話を続けた。「七、八年前のことです。ダニエル・ホーブリーはもっとささやかな商売をしていましたが、あれこれと儲け話に首を突っこんでましてね。よくある話ですが、大金が手元に置かれなければならない日が来ることになった。ホーブリーはその日がいつかを承知していた。一万ポンドが手元に置かれなければ——なのに、ホーブリーは木ぎれ《スリバー》一つ持っていなかった」

「びた一文《スタイバー》」リカード氏は訂正した。

「わたしが言ったとおり、木ぎれ一つ、ですよ」アノーは落ち着き払っていた。「ハバードおばさんは丸裸だった、わかりますか（『マザーグース』より。ハバードおばさんの戸棚は空っぽだったとの一節がある）？」

「もちろんだ、無一物ということだな」リカード氏は答えた。

「結構。ただ、ホーブリーには仲間たちがいた。正確には事務員でもないし、相棒でもない。英語で言う通勤客《ストラップ・ハンガー》ですね」

「手下《ハンガーズ・オン》とも言うが」リカード氏は口を挟んだ。

「そのなかに、ブライアン・デヴィッシャーがいた。ダニエル・ホーブリーにとっては利用価値のある男だった。礼儀正しくて見た目もよく、若い。それに常識外れでもなかった。パブリック・スクールを出ていて、ホーブリーが玄関先までしか知らない家に出入りすることができた。話についてこられますか?」

「大丈夫だよ」リカード氏は窓からの景色を追っていた。バタシー・ブリッジは通過してしまった。車はハイド・パークを迂回し、大通りを横切って、南の方向のとある通りへ入った。テラスハウスに続いて、小さな庭つきの小さな家が並んでいる。アノーが本題に入る前に、旅の終わりを迎えてしまうかもしれない。「先を続けたほうがいいね」

「続けますよ」アノーは座席で上下に跳ねながら、事実を整理していた。そして、厳めしい態度で指をたてた。

「第一に、歴史ある真珠一揃いが消えた。第二に、デヴィッシャーがパリ一区のヴァンドーム広場の宝石商グラヴォに、一万ポンドでそれを売った。ダニエル・ホーブリーの手元には一万ポンドあった。第一幕です、わかりますね?」

リカード氏は頷いた。

「が、真珠の紛失が発覚した」アノーは続けた。「ヴァンドーム広場のグラヴォは真珠を返却しなければならなかった。法律ですから。グラヴォは真珠を返したものの、デヴィッシャーに怒りを持っている」

「わかるよ」リカード氏は相づちを打った。

「が、デヴィッシャーはいない。姿を消してしまっていた。ホーブリーが首を突っこんでいた儲け話の一つに、ベネズエラの革命があった。革命が求められていたが、失敗した。デヴィッシャーはカスティロ・デル・リベルタドールに入れられ、一生、あるいはビセンテ・ゴメスが生きている限りそのままとなった。おかげで、面倒になりました。デヴィッシャー本人がいなければ、ホーブリーが手元に置いた一万ポンドがヴァンドーム広場のグラヴォから支払われた一万ポンドだったという証拠がない」

「それじゃあ――宝石店は――」

「店はだめになってしまった《ダウン・ザ・ドレイン》んですよ。下水に流されるなんて、リカードのおもしろい表現ですよ。文字どおりです。いやいや、なんて理解が早いんでしょうね、リカードは――だれが彼に捕まるのだろうか？　待ち伏せをする、眼鏡が鼻の上で曲がっていますが。それっと飛びかかる、ジャガーのように。犯人か？　哀れなやつです。一件落着」

リカード氏はもじもじして顔を赤らめ、笑った。軽い、遠慮がちな笑い声だった。

「哀れなやつ、たしかに」リカード氏は指で膝を叩いて、軽くリズムをとった。「一件落着」

「ただ、グラヴォにとっては」お世辞がうまくいって、アノーは話を続けた。「もう何年も経った話です。今求めているのは、血の復讐ではなく、自分の金なんですよ。だから、さっきも言ったとおり、わたしたちは友好的解決を目指してきたんです」

リカード氏は眉を寄せて、その点をじっくり考えた。

「そうだな。今のダニエル・ホーブリーなら、一万ポンドは融通できたはずだ」

「でも、ホーブリーは喉を切り裂いた」すかさずアノーが言った。「その点を説明してください。なにしろ、普通の行動ではないので」

「普通ではないね」リカード氏も賛成した。

筋が通らない、とリカード氏は思った。たとえアノーがイギリスに到着したとしても――。

「ところで」リカード氏は確認した。「ホーブリーは、君がロンドンに来たことを知っていたのかな？」

「いえ」

アノーはきっぱり言い切った。モルトビー警視は知っていたし、同僚の一人か二人は知っていただろう。それから弁護士一人。ただ、他にはいない。

「さっきも言ったとおり、起訴は望んでいないのです。ヴィクトリア駅を出たあと、当初の事件で雇われていたプリーディー事務弁護士を訪ねましたが」

リカード氏は再び黙りこんだ。小さな庭の小さな家々が、大きな庭の大きな家々にとって代わられていく。大きな木もあった。栗の木、樫、ブナ。高い位置に葉や枝がレースのように生い茂り、道路の上でさえ、緑の世界の涼やかな爽快感を覚える。が、朝の喜びのなかでも、明らかにアノーは心楽しめないようだった。

「教えてください」アノーが尋ねる。「デヴィッシャー――ブライアン・デヴィッシャーは、ケッチでなにか話しましたか？」

「ああ、少しね」

「たとえば？」

「少し待ってくれないか」

リカード氏は焦った。リカード氏は、焦るはめになるのが大嫌いなのだ。なにか言われた。心の奥に引っかかっていて、今にも思いだせそうだ。実際、焦っていなければ思いだせただろう。と、いきなり記憶が蘇った。

「デヴィッシャーは言っていたよ。革命が失敗したあと、逃げおおせたかもしれないのに、裏切られたと」

「ホーブリーに？」

アノーがすかさず切りこんできた。

「そうは言ってなかったが、心あたりはある様子だった。そうだ、思いだしたよ。一段と青い顔になって、目を見開いて、唇を歪めながら妙な薄笑いを浮かべていた」リカード氏は急に身震いした。「ケッチの船室で言われたときは、震えたりしなかったのだが。

アノーは車の座席にもたれた。ややあって、のろのろと口を開く。「やつは賭けに出たんですね。賭けに出たのはきっと、わたしかモルトビーがグレイヴゼンドでエル・レイ号が錨をおろすのを待ちかまえているかもしれないからではなく、ホーブリーが待っているかもしれないと思ったからです。あるいはホーブリーの友人とか。わかりますか？」

リカード氏ははっきりと見てとっていた。デヴィッシャーの見開いた目やねじれた薄笑いだけでなく、それらが駅の到着ホームの人混みへと消えていくのを。三時半、トーベイ急行！　デヴィッシャーはあの錆びついた大型汽船よりも午後分——そして一晩分、時間を稼いだのだ。ホーブリーに午後分——一晩分の先手を打った。自分を六年間カスティロ・デル・リベルタドールの地獄へと売り渡した男に。

「それでも、わたしは七年前の小さな事件をホーブリーの大きな事件へと拡大させたくないんですよ」アノーはすっかりご立腹の様子で両手を広げ、主張した。「だめです。なんてことだ《サペリポペット》！　そうしたくないんだ！」

アノーは青い紙の包みから黒い煙草を一本とりだして、火を点けた。ライターがかちりと鳴る音と一緒に、疑心暗鬼を大きな肩から振り落とす。

「まあ、わたしたちはなんの根拠もなく怯えているんです。ホーブリーのような男たちですからね！　連中はとても愚かな真似をします。よく奇妙な通り《オッド・ストリート》に陥るんですから」

「金に困った状態《キーア・ストリート》」リカード氏が訂正した。

「そう言いました」アノーは言い張った。「でも、あなたはがっかりするでしょうね」と、友人に向かって悲しげに首を振る。「この、リカードはね。犯罪に一役買うのが好きだから」そして、笑いながらリカード氏のあばらを突いた。

なにが嫌いと言って、リカード氏にはこんなふうにふざけ半分に肘で小突かれるほど大嫌いなことは他にあまりない。いつもなら肘打ちがあたらない程度の距離を、アノーとの間に確保しておく。ところが、今はロールスロイス二号、小さいほうのリムジンに乗って移動しているので、身を守るための肘掛けもなく、不意打ちをくらったわけだった。

「がっかりするのは、わたしだけではないだろう」リカード氏はつっけんどんに言い返した。

「他にだれが？」

「ヴァンドーム広場のグラヴォだよ」リカード氏は答えた。

アノーは軽く笑った。

「それは違うでしょう。このダニエル・ホーブリーには、奥さんがいますから。いずれ、なんとかなりますよ。奥さんは償いをしたいと思うかもしれません」

奥さん！　ホーブリーに妻がいる話は、リカード氏には初耳だった。馬を持っていることは知っていたが、妻とは！　リカード氏は、心が重くなるのを感じた。奥さんが現場にいて、尋問を受けて嫌な思いをし、涙に暮れているかもしれないとわかっていたら、おそらくアノー一人で探索の旅に行かせただろう。が、来てしまった。リカード氏は思った。警察は自分に来てもらいたがっている。電話越しに聞いたモルトビー警視の熱心な要請を思い起こし、今は安堵を覚えた。門前払いをくらうことはないはずだ。

「英国が期待するのは――」リカード氏は心のなかで呟いた（トラファルガー海戦におけるイギリスのネルソン提督の言葉と思われる。「英国が期待するのは、各員がその義務を尽くすことだ」と続く）。自分が知らない決まり文句などあっただろうか？　そして、覗き見根性を発揮して不安を紛らわせようとした。ホーブリーは、情熱が燃え、世界が亀のようにひっくり返されるのを待っていた若い頃に結婚したのか。あるいは年を重ねてぷっくり膨れたがま口のような外見になった、分別盛りの時期だろうか。前者の場合には、自分と釣り合う階級だが、より教養に欠ける若い娘と結婚しただろうし、後者の場合は白魚のような指をした、尊大で貪欲な田舎娘が相手だろう。

　どっちにしても、ちりほども気にならないが。陳腐ながらもわかりやすい言いまわしに、リカード氏は含み笑いをした。

　走行中の車の右手に、巨大な学校のグラウンドがあった。大きな校舎も二棟あり、立派な講堂を挟んで屋根付きの渡り廊下でつながっていた。全体が濃い色の赤煉瓦と白い石でできていて、副幹線道路に面していた。この道路も、車は渡った。続いてもっと細い、なだらかな坂道に入ると、アノーは金属製の表示板の名前を読みあげた。

「ロードシップ・レーン。ここです」

　左側には、塀や背の高い月桂樹の奥で、木々に隠れるように大邸宅が建っていた。右手はところどころに巨大な樫や栗の木が生えた草地で、なだらかな上り坂が低い生け垣と二階建ての小さな白い家の側面へ続いていた。家の向こう側には、すばらしく密度が濃く背の高いセイヨウヒイラギの垣根があり、近隣を隔絶する幕の役目を果たしていた。

「白い納屋《ホワイト・バーン》です」アノーが告げた。

警官が敬礼した。車は門で曲がって敷地内に入り、玄関ドア前の砂利敷きの庭で停止した。既に二台の車が駐まっていた。

第八章　ホワイト・バーンと鍵のかかったドア

ホワイト・バーンは、切り妻屋根や装飾もない、地味だが住み心地のよさそうな長方形の家だった。地下部分も、玄関前の階段もなく、背の高い生け垣と家の間の表側には、調和を乱すことなく車庫が建てられていた。二百年ほど前に作られた、二階までしかない小さな領主館《マナー・ハウス》だ。家の中心に玄関のドアがあり、両脇には大きな窓がある。玄関のドアは少し開いていた。アノーはドアを押し開けた。

「失礼します――？」アノーは声をかけた。

地味な顔だちに鋭い灰色の目をした中年の男性が、迎えに出てきた。

「待ってましたよ」

「これはこれは警視、あなたがここにいるとは――」

「フランスに敬意を示すためでね」

このように丁寧な挨拶を交わしながら、アノーはリカード氏を紹介した。途端に、警視の地味な顔に生気が溢れた。世界中の注目を求めているみたいだと、リカード氏は思った。

「リカードさんですか！　嬉しいですな。とりあえず今はなにも聞きませんが、後ほどご協力いただけるものと信じていますよ」

モルトビー警視の目は不安を感じさせるほど見開かれ、リカード氏を見据えていた。

「こちらは刑事係警部のハーバートです」モルトビーは平服の副責任者を手で示した。「で、こちらはヒューズ巡査部長」制服姿の細身の男は笑みを浮かべ、リカード氏とドアの間へと移動した。

「どうも」リカード氏は答えたが、いたたまれない気分になった。なんだか捜査の司令台の高みから、甲板へ転げ落ちてしまったような気分だった。法律違反を犯した記憶を掘り起こす前に、またしても礼儀知らずな肘が鋭くリカード氏のあばらを打った。

「おいおい！」リカード氏は目を白黒させた。危うく、「無罪です、裁判長」と叫んでしまうところだった。

　ところがアノーはまったく気づかないまま、動揺するリカード氏に助け船を出した。

「この家は素敵です、ね？」アノーは言い、リカード氏も心から賛成した。

　実際、木の幹の間からはじめてこの家を見たとき、リカード氏は飾り気のないあっさりした美しさに驚いたのだった。玄関からの廊下も同じだった。廊下は大文字のＴの形をしていた。玄関のドアに背中を向けたリカード氏の位置からは、Ｔの長い縦棒の部分がまっすぐ見通せた。途中に階段があり、正面奥には台所のドアがある。捜査関係者たちが揃って立っている広い横棒の部分は、間口分の長さがあった。玄関ドアの両脇には前庭に臨む大きな窓があり、向かいあう位置の内側の壁にそれぞれマホガニー製のドアがあった。リカード氏の右側、ロンドン側にあたるドアは、庭と、有料高速道路《ターンパイク・ロード》の端まで続く草地を見渡す部屋に続いている。左側のドアを入った部屋は、セイヨウヒイラギの生け垣からのほのかに緑がかった光が満ちていた。廊下の床は磨きあげられた濃色の樫材で、その厳めしさを二、三枚の東洋の敷物が和らげている。トーマス・シェラトン（十八世紀イギリスの家具デザイナー、牧師）作のサイドボードが右側の窓の下で優美な姿を広げ、小さな書き物机が左の窓からの光を浴びていた。マホガニー製のドアと長い廊下の端までの間には、それぞれ暗赤色のシルクが張られたトーマス・チッペンデール（十八世紀イギリスの代表的家具デザイナー）の椅子が置かれ、上品な調和を保っていた。

「ここですか！　ホーブリー一家はここに住んでいたんですか？」アノーが言った。「てっきり、パーク・レーンだろうと。あるいは、ピカデリーとか」

　リカード氏は笑みを浮かべた。ホワイト・バーンと、金融業者ダニエル・ホーブリーの派手でうさんくさい、なにかと世間を騒がせる経歴との間にやはり違和感を抱いていた。

「実際はパーク・レーンに住んでいたんだ」モルトビー警視が認めた。「この小さな家に関しては、たぶんミセス・ホーブリーが——いや、いずれ話を聞けるだろう」

　警視が話している途中で、階段の奥のドアが開いた。左側の部屋からの第二の扉にちがいない。台所までの距離が短くなるのだ。身幅が広くがっちりとした中年の女性が、綿のフロック・ワンピースに大きなエプロンをつけ、朝食の盆を持ってよたよたと廊下に出てくると、台所へ消えた。

「ミセス・ウォレスです」モルトビーが説明した。「通いの家政婦だ。毎日八時にここへ来て、二人が帰ってしまったあと、部屋の換気をして、ベッドを直す。わたしたちが来たときには、ミセス・ホーブリーと一緒だった」

「マダム・ホーブリーには会ったんですか？」アノーが尋ねた。

　モルトビーは首を振った。

「まず死体を搬出して写真撮影や指紋採取をすませてしまったほうが、気の毒な奥さんは一息つけるんじゃないかと思ったのでね。さて、ミセス・ウォレスの話を聞こうか」

　家政婦が廊下を通って、こちらへ来た。泣いていたように目は赤く、顔色はまだらだった。が、死体を発見したショックは和らいでいて、自分抜きでは事情の説明がまったくされないままなのだと考えはじめていた。警視は椅子に座るように勧め、家政婦は腰をおろして鼻をすすった。警視の気遣いに対する感謝の表れだったかもしれないし、〝ご主人〟を亡くした悲しみのせいかもしれない。

「二人はここにちゃんと住んじゃいなかったんです」家政婦は話しはじめた。「でもね、結婚したばっかりの頃はここにいてね、旦那様がこの家を手放さなかったんです。思い出のためですかねえ。で、ときどき、特に夏には、ロンドンで早めに夕飯を食べて、奥様が車で旦那様をお連れしてました。旦那様は全然運転しなかったけど、奥様はそりゃあお上手で。パーティーやスピーチやおかしな出来事があったりするんで、一緒に静か的になるために来てたんだと、思うんですけどね」

「夫婦仲はよかった?」警視が質問した。

「そりゃあ、とびきり」ミセス・ウォレスは言った。「美女と野獣、なんてあたしは呼んでてね、今じゃあ、ちょっと失礼みたいな気がしますけど。朝、二人がそれはそれは楽しそうに笑ってるのが聞こえて。いつも言ってるとおり、心が通じ合っていない限り、朝食前に一緒に大笑いするなんてできっこないから」と意外そうに続けた。

警視はミセス・ウォレスの愛の哲学に感心しながら、ホーブリー家の習慣を説明するように水を向けた。

「ホーブリー夫妻がいつ宿泊しにくるか、わかってたのかな?」と尋ねる。「たとえば、電話があったとか?」

「いいえ。旦那様は、そういう手配中だっておっしゃっていました。旦那様のお望みは、け、い、と、う、か、でしたから」ミセス・ウォレスは体裁ぶった言葉を注意深く、一音ごとに口にした。「そうなんですよ、旦那様は系統化に夢中で。系統化がなければ家でシャンパン、一九〇六年もののポメリーは飲めないし、銀行に一ペニーも預けられないってね。あたし、おかしくておかしくて。旦那様ったら銀行のお金より、シャンパンの瓶を先に持ちだすんですから。あたしがそう言うと、旦那様も笑ってました」

「そうだな、ホーブリーさんにはさぞおもしろかったにちがいない」警視は素っ気なかった。「で、昨晩のことだが」

「あたしは、普段どおりのことをしました」ミセス・ウォレスは答えた「庭に出られる客間《ガーデン・ルーム》は別だけど、寝室も他の部屋も全部電気ヒーターがあります。ガーデン・ルームには薪と紙を用意して、火を点けるだけにしておきました。台所には携帯用小型コンロ《プリマス・ストーブ》を準備して、新鮮な卵をいくつかと、切ったベーコンをガラス瓶に入れておきました、ロールパンとバターとコーヒーも。要するに、軽い夜食がほしくなったらってこと。もちろん、皿に、カップとソーサー、グラスにナイフとフォークもね。戸棚にはポメリーの瓶も何本かありましたよ。二人はシャンパンしか飲まないし、絶対に一本以上にはならないんです。ただね、あたしの見たところじゃ、旦那様があらかた飲んでるんですよ。そちら様たちの言いまわしを借りると、奥様は唇を湿らすくらいでしたから。朝になったら、奥様のグラスにお酒が半分残っていて、瓶は空っぽなんてこと、ざらでしたんです」

「友人を連れてきたことは?」モルトビーが尋ねた。この悲劇にできるだけ多くの角度から光をあてられるかもしれないと、もう家政婦に好きなようにしゃべらせている。

「いいえ、一度も」ミセス・ウォレスが答える。「ここにはくつろぐのに来るだけなんですから。一緒に静か的になるために来てただけなんですよ。だからあたしは、全部用意して、家を閉めて、いつもどおりに五時には引きあげたんです」そして、先を続けた。「それで、今朝八時きっかりに戻ってきて、自分の鍵で家に入ったんですけど」

「持ってますか?」警視が聞くと、ミセス・ウォレスはキーホルダーにつけた小さなイェール鍵を出した。

モルトビーはしばらく、鍵を手のひらに載せていた。

「この鍵は何本あるんです?」

「三本です、警視さん」家政婦は答えた。「旦那様と奥様がそれぞれ一本ずつ持ってるんです」

モルトビーは頷き、鍵を返した。

「で、家に入ったら?」

ミセス・ウォレスは大きく息を吸った。大舞台を演じるつもりなんだな、間違いない、とリカード氏は思った。身の毛のよだつ細かい話も、一つとして省かれはしないだろう。ミセス・ウォレスはすぐ、台所に向かった。携帯用小型コンロに火は点けられておらず、卵は紙袋に、ベーコンはガラス瓶に入ったままだった。バターは蓋付きの妙な形のガラス鉢に入れられていたが、受け皿に置かれたままだった。「アイルランド製だと旦那様は言ってました。ホワティファーと旦那様は呼んでましたが、あたしは〝意味不明《ホワット・イット・フォー》〟って呼んでたんです。鉛的なものだとか。田舎向きじゃありません、絶対に。あたしたちがコップをほしがるときは、コップがほしいんですよ。わかります?」

「ああ、よくわかる」警視は優しく相づちを打った。まるで自分の家に一分でもワティファーの欠片があれば耐えられない、と言わんばかりの口調だった。

「で、なにもかも、そのまんまだったんですよ」ミセス・ウォレスは続けた。「あたしは上着とボンネット（顎紐付きの婦人帽）をドアの裏の釘にかけて、コンロに火を点けて、水を入れた薬罐を載せたんです。自分に美味しい紅茶を一杯入れるつもりでね。『マリア、今日は気楽な日だね』って自分に言って。なのに、言い終わらないうちに、お酒用のグラスがないって気がついたんです。二つあるはずなのに、二つともないんです。おまけに、戸棚の扉が開いてるんですよ。いつもなら、鍵がかかってて、鍵穴に鍵が差してあるんですけど。グラスが二つなくなってて、瓶は一本もなくなってなくて。旦那様らしくありません。いつだって、瓶はガーデン・ルームに持っていくんですから。間違いないです。『じゃあ、今この家にいるってことね』ってあたしは言ったんですけど。『薬罐を火にかけてちょうどよかった、二人の朝の紅茶に』あたしはこれっぽっちも変だと思わなかったんですよ。本当に！ これっぽっちも」

「そりゃそうですよ。当然でしょう?」警視は同情するように言った。

ミセス・ウォレスはガーデン・ルームの窓を開けて、空気の入れ換えをしようと急いで廊下を戻ったそうだ。そして今、リカード氏の右手、廊下の窓の向かい側にあるドアを、芝居がかった仕草で指さした。

「ちょっと開いてたんです」ミセス・ウォレスが言う。「それに、明かりが点いたままで」

ミセス・ウォレスは悲劇女優のミセス・シドンズよろしく、勢いよくドアを開けたのだった。一歩、室内に入って、「お気の毒なご主人」が椅子に座ったままなのを見つけた。が、ホーブリー氏は目の前にある小さなテーブルに突っ伏していた。吸い取り紙綴りがテーブルの端から押しやられ、腕は投げだされていた。喉がぱっくり裂けていて、伸ばした手のちょうど下あたり、大きな血溜まりにはナイフがあった。

「刃の長い、恐ろしいナイフでした。握りはね、ハマースミス・ブリッジの下のケンブリッジ大学のボートそっくりな水色で（毎春ロンドンのテムズ川で行われるケンブリッジ大学対オックスフォード大学のボートレースのこと。ケンブリッジのスクールカラーは水色）。あたしは悲鳴をあげたんです」ミセス・ウォレスは声を張りあげ、空中で両腕を振りまわした。「あんなの、今まで見たこともありませんでしたよ。目の前が真っ暗になって。ふらふらっとしたんです。気絶するとこだったんですよ、あたし。そのとき、二階のお気の毒な奥様を思いだしたんです。『あんたの義務だよ』って自分に言い聞かせて、ドアにぐっとつかまってちょっと体を支えて、よろよろしながら二階の寝室にたどり着いたんです。そうしたら、ドアに鍵がかかってたんですよ」

「鍵がかかっていた？」いきなりアノーが鋭い大声をあげ、警視に向かって頭を下げた。

「鍵がかかってたんです」ミセス・ウォレスはアノーを睨みながら答えた。「そんなこと、今まで一度もなかったのに。一度も！　二人が国王と王妃だったみたいに、あたしはいつもきちんと朝のお茶を持っていってたんです。それなのに、あのときはドアに鍵がかかってたんですよ」

　アノーは頷いたが、困惑しているようだった。説明の必要な、なにかがある。そう、ドアに鍵をかけてその奥にこもった妻と、水入らずでやってきて喧噪から離れた郊外で一緒に〝静か的〟になって翌朝には〝それはそれは楽しそう〟な夫婦についてのミセス・ウォレスの話を、アノーはうまく結びつけられなかった。

「ドアに鍵がかかっているのに気づいてどうしたんですか、ミセス・ウォレス？」警視が家政婦に話を進めさせようと尋ねた。

「叩きましたよ」ミセス・ウォレスは答えた。「『開けてください！　大変です、奥様。ああ、お気の毒な旦那様！』って叫んで。そうしたら、ミセス・ホーブリーの返事が聞こえたんです。低い声で、なんだか本当に床のあたりから聞こえて。『待って、今入れるわ』奥様はドアにぶつかったようで、鍵を開けてくれました。でも、開けたらまた、『待って！　待って！』って声がしたんですよ。それから、ベッドに倒れこむような音が。で、ようやく、『お入り』って声がしたんです」

「それから？」再び、モルトビーが先を促した。

「入ったら――びっくりするような有様でした。ベッドが二台あって、旦那様の使うベッドは、布団が折り返されたままで。フジヤマって旦那様は言ってたんですが――日本語でしょ（パジャマの言い間違い）――それが、あたしが広げたとおりに広げてありました。奥様はベッドで毛布を顎まで引きあげていました。シーツみたいに白い顔で震えていたんです。まるでトレーラー海《アーティック・シー》（北極海「アークティック・シー」の言い間違い）の氷山みたいで。『ああ、なんてかわいそうな』同じ身分になったみたいに、あたしは声をかけたんです。それで、ありのままを話したら、奥様はこう言ったんです。まだすっかり冷え切った体で、歯を鳴らしながらね。『ガウンをちょうだい。警察に連絡しなければ』あたしたちは一緒に階段をおりました。で、ガーデン・ルームを指さして、小さな声で教えたんです。『あそこです』って。でも、奥様は首を振って、警察に電話をかけました」

「内容は覚えてますか？」

地方警察管区のハーバート警部が、ミセス・ウォレスに代わって答えた。「こちらで記録してあります」ヒューズ巡査部長へと目を向ける。ヒューズはノートのページを逆向きにめくっていき、声に出して読んだ。「『こちらはホワイト・バーンのミセス・ホーブリーでございます。係の方を寄こしていただけませんか？　主人が亡くなりました――不慮の死です』」

ヒューズ巡査部長が、そのあとの経緯の説明を家政婦のマリア・ウォレスから引き継いだ。

「通報は極めてはっきりした口調で、ヒステリーの気配はまったくありませんでしたが、切迫した様子で動揺が感じられました。直ちに署員、写真係、指紋係を派遣し、警察医のクラクストン医師に電話で連絡をしました。庭へ通じるフランス窓には鍵がかかっており、ホーブリー氏が自殺をしたような状況でした。ホーブリー氏は下院議員であり、有名な実業家でもありましたので――」ヒューズ巡査部長はその便利な言いまわしを口にする際、必要以上の間を置いた。「こちらはロンドン警視庁《スコットランドヤード》に連絡し、モルトビー警視と連絡をとることになったのですが、警視はあいにくまだ――」

「その話はもういい」警視がいくらか横柄な口調で遮った。

「了解」巡査部長は警視の気に障った台詞を抹消した。警視は咳払いをした。

「言うまでもないことだが」警視は言い訳した。「仮に一晩中起きていて――」

「病気の友人に付き添っていた場合とか」巡査部長がその先を引きとった。また、無表情な目を壁に向けている。ユーモアを解する警視は、ヒューズ巡査部長の評価に高い点をつけた。

「モルトビー警視の到着時には、雑多な仕事は既に片づいてました」ヒューズ巡査部長はノートの続きを読みあげた。「警察医のクラクストン先生は故ホーブリー氏のかかりつけ医、コーニッシュ医師とホワイト・バーンで面談済みでした。二人はざっと検査をして、被害者が完全に絶命していることを確認しました。警察が必要な計測等を終えたあと、クラクストン医師が遺体を署の救急車で死体安置所へ搬送し、コーニッシュ医師とは後ほど完全な検死解剖に加わってもらうという話になったそうです。死体が搬出され、指紋の採取や写真撮影が行われている間に、ハーバート警部がコーニッシュ先生にミセス・ホーブリーの診察を依頼しました、モルトビー警視が奥さんに何点か質問を希望するはずなので、事情聴取に備えるようにと」

「それじゃあ、今まで」モルトビーが口を挟んだ。「昨晩、ここでなにが起こったかについて、だれも説明を受けていないのか？」

「そうです、警視」

「ミセス・ホーブリーがドアに鍵をかけていた以上のことは」リカード氏は付けくわえた。もうわかっている事実だったけれども、ミセス・ウォレスの長話から切り離して指摘すると、新たな重大性が感じられた。間があく。さらに人々の態度が緊張し、沈黙が続いた。

とはいえ、リカード氏はこの時点まで、仲間に教えてやりたいと望んでいた、新事実の閃きをまったく感じていなかった。ホワイト・バーンの最初の印象で、ずっと頭が混乱していたのだ。ホーブリーとこの屋敷をどうにも一致させることができない。ましてや、この家を夫婦が〝一緒に静か的になる〟ための避難所して保有していた話は、しっくりこない。それでも、そういった細かい点をなんとか受け入れると、今度はミセス・ホーブリーが一人で寝室にあがってドアに鍵をかけたという事実で、ひっくり返されるとまではいかないが、やはり受け入れがたくなる。二人は喧嘩をしたのだろうか？そうだとしても、ホーブリーの自殺の理由にはおよそ弱すぎる。ホーブリーと妻――派手な経歴と家庭的な背景――ストランド（テムズ川に平行に走るロンドンの大通り。ホテル、劇場などが建ち並ぶ）にあるベンターノの店の一九〇六年産ポメリーとロードシップ・レーンでの家庭的な幸福。人生を学ぶものにとっては興味の尽きない事例だが、妻が寝室のドアに鍵をかけていたのだから、謎だ。

沈黙を破ったのは、アノーのひどく遠慮がちな声だった。

「質問してもいいですか？」

「もちろんだ」モルトビーが応じた。「君の協力は大歓迎だよ。ただ、ホーブリーの事件はこちらの手に負えないほどではないと思うが」

「ありがとう」アノーが答えた。

二人とも丁寧で気持ちがいいほどだなとリカード氏が考えているそばで、アノーは家政婦に向き直った。

「マダム・ホーブリーが今朝警察を呼んだのは、この電話を使ってでしたか？」

アノーのほぼ左側、窓の下の書き物机に電話機があった。

「はい、そうです」

アノーは受話器の握り部分に目をやり、ヒューズ巡査部長に軽く頭を下げた。

「指紋採取の粉末が残っていますね」

「ミセス・ウォレスが指紋採取に応じまして、同一の古い指紋がいくつか検出されました。新しく、非常にはっきりした指紋も一組あって、ミセス・ホーブリーのものだろうと考えております」ヒューズが答えた。

「それでは」アノーはまた家政婦に顔を向けた。「家にある電話はこれ一つですか？」

「いえいえ、ムンシー（ムッシューの言い間違い）。こちらはフランスの方でしょ？　これはね、あたしが石炭だの食べ物だのを注文するときに使う電話です。ただ、客間、つまりガーデン・ルームに内線電話があって、旦那様たちは必要なときにそっちを使ってました。でも、ほんの時たまでしたけど」

「ですが、電話がかかってきたら、ここのも鳴るのでしょう？」

「もちろんだ」モルトビーが少し苛立って応じた。ガーデン・ルームで自分の喉を掻き切った男の事件と電話に、なんの関係があるんだ？　それでも、家政婦は情報を与える気満々だった。こんなわくわくする気分、この先の人生でいつ味わえるというのか？

「そうなんですよ、ムンシー。電話はここのと、ガーデン・ルームのが鳴るんです。どっちからでも出られますよ」

「それでは、どこにいようとあなたの耳に入る？」

ミセス・ウォレスは笑った。

「あのベルが聞こえないなんて、ポストにでもならなきゃ無理ですよ」と答える。「出火警報みたいにうるさくって。台所のドアは閉められるけど、一度も閉めたことはないし。だいたいね、あのベルが鳴りだしてそのままにしておいたら、電話に出るまでここには静か的はないから」

「『静か的』」リカード氏は家政婦に向かって重々しく頷いた。「それが鍵となる言葉ですね」

「なんの鍵です？」警視が尋ねた。リカード氏はなんの考えも用意していなかった。

が、アノーが急いで助け船を出した。

「リカードの言うとおりです」まじめそのものの顔つきで、廊下にいた全員が若干怖じ気づいた。

「この事件全体には、『静か的』すぎることが相当あるとわかるでしょうね」

「鍵のかかったドアのことかな？」モルトビーが水を向けた。

「それも、一つです」アノーは答えた。「ただ、一つでしかない」

またしても、間があった。やがて、モルトビーが自分の意志に反して感じたとらえどころのない恐怖を、肩を揺らして振り払い、足を踏みだした。

「そのガーデン・ルームを見せてもらおうか」

モルトビーは右手、シェラトンのサイドボードが下にある窓の向かい側のドアへ向かって歩きだした。厚いマホガニー製のドアで、ガラスのノブがついていた。モルトビーはハンカチを出してノブに巻きつけた。が、ヒューズ巡査部長が止めた。

「そのノブに付着していたのは、書き物机の電話にあった例のはっきりした指紋と同一のものだけでした」

「じゃあ、ミセス・ホーブリーのか？」モルトビーが確認した。

「はい」

「で、一組だけ？」突然、アノーが口を挟んだ。

「はい」

「二階へ向かうとき――ドアに鍵をかけるために出たとき？　そうだ、そうにちがいない」アノーが大声をあげた。「だが、夜ここへ到着したときは？　ほら？　夫婦で静か的に夜を過ごすために来たときです。どちらがこのドアを開けたんでしょう？」

「オリヴィア・ホーブリーに決まっています」巡査部長が、丁寧だが恩着せがましく言った。

「ああ、決まっているんだね」アノーの大きな声には、丁寧さはまったくなかった。「マダム・ホーブリーは親切で、二階の自分の部屋に行って鍵をかけて閉じこもるときと、ノブのまったく同じ場所に指を置いて、わたしたちの手間を省いてくれた、と。それは妙です、ね？」

ヒューズ巡査部長は決まり悪そうな顔をした。モルトビー警視は言葉に詰まった。

「そうだな、その点はわからないな」モルトビーは苦り切った口調で答えた。「もちろん偶然に起こりうる。あるとき――」

アノーが遮った。「そのとおりです。あるとき《ワンス》――月が青くなったとき《ホエン・ザ・ムーン・イズ・ブルー》（滅多にないこと〔ワンス・イン・ア・ブルー・ムーン〕の言い間違い）」

モルトビー警視は、やれやれといった様子で、ガーデン・ルームの扉を勢いよく開けた。

第九章　秘められた言葉

六人は艶《つや》のある白い塗装の壁の、長方形の部屋へと入った。一つか二つ、燭台付きの鏡と水彩画が、壁を飾っていた。絨毯は厚く、温かみのある濃い葡萄酒色だった。厚い絹地のカーテンと金具覆《ベルメット》いの幕も、色を揃えてある。白い大理石の暖炉には、炉棚の下に人が描かれた青いウェッジウッドのパネルがついていた。リカード氏は最後に部屋に入った。戸口に立って、目をしっかり閉じて自問した。

「この部屋は、わたしになにを訴えるのだろうか？」

なにもないようだった。雑念を追い払ったが、なんの訴えも心の琴線を鳴らすことはなかった。その上、家政婦のミセス・ウォレスがべらべらとしゃべっていた。

「この部屋、明かりが点いてカーテンが閉まっていたんですよ。まだ夜みたいに。そこでお気の毒な旦那様がテーブルに倒れてて、血がどっさり——生まれつきの肉屋になりたいって思ったことでしょうよ、本当に。気分が悪くならないようにね。で、あたしは悲鳴をあげて部屋を飛びだしたんです」

ミセス・ウォレスの気分が悪くなったことを、リカード氏は不思議には思わなかった。きちんと覚悟していなかったら、自分でも少し気分が悪くなったはずだった。右手にはフランス窓が二つあって、気持ちのいい緑の庭に出られるようになっており、低い生け垣の向こうには広い草地が続いていた。鳥はもうさえずっていなかったが、ミヤマガラスが一本の樫の周りを旋回し、カーカーと鳴いていた。枝が揺れると、太陽が草の上に絶え間なく変化する模様の垂れ幕を投げかけた。恋人たちが一緒に〝静か的〟に過ごせる、牧歌的な場所だ。ことに、夜になってカーテンが閉められ、炉床に薪の火がかぐわしく燃えているときには。今は小さなテーブルが押しやられ、血液が白い壁にまで飛び散り、絨毯の上で大きな水溜まりのように凝固していた。螺鈿《らでん》細工の表紙の吸い取り紙綴りがテーブルから転げ落ち、子供のテントのような形で、乾いた血溜まりの縁に立っていた。その脇には、ワイングラスの破片があった。リカード氏には、テーブルに突っ伏している太った男の姿が見えるような気がした。ナイフが落ちていた位置を示すために置かれたボール紙の覆いの真上あたりで、右腕を投げだしていたはずだ。

テーブルがあったのは暖炉の近くで、壁に背を向ける格好でホーブリーが座っていた椅子もあった。テーブルは小型で、手紙や書類が床に散らばったはずだと思うところだ。そもそも、腕の下から覗く形で、ペン先がむきだしになった万年筆が置かれていたのだ。

「書類はありませんでした」ハーバート警部が説明した。「妙だな、と思ったんですが」

警視は暖炉に近づいて膝をつき、灰を探った。そして、そのまま腰を落として正座する。「たしかに妙だな」警視はおもむろに口を開いた。「焼いたのなら、完全に灰にしたようだ。ここには古い葉巻の吸いさししかない。ホーブリーはそれを火に放りこんで、すべてを終わりにしたにちがいない」

アノーのほうは、部屋の調度品にもっと関心があるようだった。ホーブリーが向かっていたテーブルは、ドアから見て暖炉の奥側にあり、さらに奥の壁際の一角には、クッション付きの肘掛け椅子があった。ドアからは部屋の奥への対角線上にあり、椅子の背のクッションにはしわが寄っていた。その角から窓までの壁際には、長いテーブルがあった。暖炉の向かいにはソファというか背付きの長椅子が置かれていて、そこのクッションも乱れていた。長椅子の脇には、マホガニー製の丸テーブルがあり、半分残ったシャンパンのグラスが載っていた。

「どうやら、マダム・ホーブリーはシャンパンのグラスを手近に置いて、一度はここに座っていたようです。家政婦さんのお話どおりに」アノーは家政婦にちらりと目を向けた。「奥さんはいつもと同じ量しか飲まなかったようです。それに、そこの床には、ホーブリーのグラスの破片がある。とはいえ、こともあろうにホーブリーはなぜ瓶を戸棚に戻したりしたのでしょうか？」

モルトビー警視は頷いた。

「わたしたちは自分たちで問題点を作りだしたくはないんだよ、そうだろう？」

警視にとって、これは波瀾万丈《はらんばんじょう》の人生を歩んだ男の疑いようのない自殺だった。そういう男は、気づいたときには死ぬか、長期間の懲役以外に選択肢がない状況に陥っていることがままある。「細かいことじゃないか」

「ただ、まだあるんですよ。もう一度発言させていただいてもいいですか？」

アノーは満面の笑みを浮かべた。慇懃《いんぎん》そのものだった上、全面的に警視殿の意向に従うと言わんばかりだ。当の警視殿は、このでかい図体のフランス人を招いた判断は賢明だったのだろうかと考えはじめていたが、その思いを表に出さないようにしていた。

「もちろんだ」モルトビーは答えた。「君の労を惜しまない捜査法はわかっているよ、アノー。上着の袖に付着した一本の毛髪、鍵がなくなったとか、見つかったとか——」

「なくなったとか、見つかったとか」アノーが声をあげた。「こんなに適切で、意味深長な言葉があったでしょうか、警視！」

アノーはさっさと部屋を横切り、奥の壁際にあるテーブルに近づいた。そこには現代風の電話機があった。受話器と送話器が一体になって受け台に載っており、ダイヤルが下の位置にある。が、アノーを惹きつけたのは電話機ではなかった。完全にではないが、ほぼ真後ろに、なにかが光っていたのだ。

「そう、もう一つ細かいことで、まったく場違いなものが」アノーは得意げな調子を声に出さないようにする男ではなかった。キーホルダーの輪をちょこんとつまんで、鍵の束を掲げる。

「ここにイェール鍵が一つ下がっているのがわかりますね。ホーブリーさんがズボンのポケットの鎖にくっつけて持ち歩いていたのはこの鍵束ではないのですか？　ね？　いかにもそんな感じでしょう。ハーバートさんなら、教えてくれるのでは？」

「それがそうです」ミセス・ウォレスが答えた。「何度も何度も見たことがあります」

モルトビーが頷くのを見て、ヒューズ巡査部長が鍵を受けとり、部屋を出た。戻ってきて、モルトビーに報告する。

「表玄関の鍵です」

モルトビーは壁際のテーブルに近づき、アノーの目が鍵束をとらえた場所の上で、ポケットから出したチョークを構えた。

「ここが発見場所？」と尋ねる。

「そうです」

モルトビーは印をつけ、二人は一瞬途方に暮れて立ちすくんだ。なんにせよ、なぜホーブリーはいつも持ち歩いていた鎖から鍵束を外していたのだろうか？

「たとえばの話ですが、ドアの錠が固かったとしたら」アノーが口を開いた。「ね。束から外したほうが、まわしやすかったでしょう」

「いえ、錠は固くありませんでした」ヒューズが答えた。「それに、なんだってあのテーブルに置いたりしたんです?」

　三人ともテーブルの上のチョークの印を改めて見つめた。もう一つの細かいこと。が、異常なことだ。だからこそ、説明が必要だ。

「たしかに、妙だ」モルトビーが語気を強めた。やや気色ばんで家政婦に向き直る。「鎖から外したところを一度も見たことがないんだね?」

「一度も」ミセス・ウォレスはきっぱり言った。「親指にかけて《クロス・マイ・サムズ》（神にかけて〔クロス・マイ・フィンガーズ〕の言い間違い）」

「でも、ありうるだろう?」

　ミセス・ウォレスはにやにや笑った。

「そうねえ、豚やチョコレートクリームが空から降ってくることもありうるかも」と言う。「でも、そんなことはないでしょ」

「もちろん」モルトビーは家政婦の愉快でない口答えを無視した。「ホーブリーは電話をかけたかったのかもしれない。ダイヤルしたあとまっすぐ立っていたら、テーブルの端があたって、鍵束が腿を圧迫したのかもしれない。そこで、鎖のフックから鍵を外して、放りだした。落ちていた場所にね。ちょっと考えすぎかな」ヒューズ巡査部長に尋ねる。上司の突然の型破りな飛躍に、ヒューズは少なからず戸惑っているようだった。

「いいえ、警視。考えすぎなどでは」と答える。「ただ——」そして、議論の余地のない事実をいきなりぶちまけた。「その電話は昨晩使われなかったんです」

ミセス・ウォレスはまた、にやにやと笑った。が、口を開いたのは、アノーだった。少し驚いているようでもあり、困惑しているのは間違いなかった。

「その点はちゃんと確認しておきたいのですが」と、静かな口調で言う。

「わかりますよ」巡査部長は答えた。「それ――その、あの受話器とやらは指紋の検査をされたんです。指紋はまったくありませんでした」

「ないわよ、そりゃそうでしょう」ミセス・ウォレスが大声で割って入り、腕組みをした。「夕べ使われなかったんなら、ないですよ。昨日の朝、埃を払ったんだから、あたしが。あたしが埃を払うときは、埃はなくなるの」

「受け台から受話器を外した？」

「外しました」ミセス・ウォレスは答えた。「そのフックを押してたんです、ほらね？　左手で。それで、受話器とやらを外したんです。で、二冊ある電話帳のうち一冊を、そこを下げておくために載せました。それから、徹底的にきれいにしました。送話口も受話口もどこもかしこも。そのあとで、戻したんです」

ミセス・ウォレスはアノーを険しい顔で睨みつけた。が、アノーは宥《なだ》めるような態度で頭を下げた。

「マダム。あなたを少しも疑ったりしていませんよ。この部屋はすべて、主婦へのよい見本ですからね」

ミセス・ウォレスは怒りを和らげた。次には、笑顔になった。ヒューズ巡査部長がさらに褒め言葉を贈ったのだ。

「そのとおりです」ヒューズが言った。「こんなにきれいな家具は、見たことがありません。わたしたちが把握している限りでは、死者の椅子とテーブルに本人がつけた指紋があり、炉棚やミセス・ホーブリーがシャンパンのグラスを持って座っていた長椅子の肘掛けからもいくつか指紋が発見されました。廊下の電話にあった指紋と一致しています。が、それ以外は一つもないんです」

「たぶん、例外が」アノーが意見を述べた。「あの角にある椅子、クッションが乱れています。あその肘掛けに、指紋がいくつかあったでしょう?」

ヒューズは一瞬、面食らった。

「いえ」やや間を置いて、答える。「妙なんです、たしかに。指紋採取係が作業をしている間、わたしもここにいました。あの椅子にはまったく指紋がなかったんです。クッションは椅子に向かって投げつけられたのかもしれませんね。テーブルの後ろの椅子から、ホーブリー自身に、とか」

が、アノーはその問題に興味を失ってしまったようだった。

「そうかもしれませんね」肩をすくめ、頷く。「細かいことです。警視の賢明な助言どおり、あまり考えすぎてはいけませんね」

廊下でベルが鳴り、表のドアでノッカーが音をたてた。

「警察医でしょう」ハーバートが言った。モルトビーは家政婦に頷いた。

「通してくれますか。そのあとはもう、仕事の邪魔をする必要はないので」

家政婦はすぐにがっしりした体格にだらんとした手足の男を案内してきた。愛想のよい、ざっくばらんな態度の人物で、濃い色のスーツは手足よりもさらにだらんとしていた。

「クラクストン先生です」家政婦が告げた。

「ご協力ありがとう、ミセス・ウォレス」モルトビーは礼を言った。「ベルを鳴らしたら、ミセス・ホーブリーに面会可能か確認をしてくれるかな?」

ミセス・ウォレスが部屋を出る前に、クラクストンはモルトビーに細長いボール紙の箱を差しだした。

モルトビーが蓋を外し、全員が刀身の長い光るナイフを目にした。アノーが一歩近寄った。それを受け、モルトビーが詫びを言った。

「本署の警部が、これを見てもらいたいと」

「失礼しました、クラクストン先生。こちらはパリ警視庁のムッシュー・アノーです」

「お目にかかれて光栄です」クラクストン医師はアノーに鋭い目を向けながら、応じた。

「こちらはリカードさん」モルトビーはややぞんざいすぎる態度で手を振った。

しかし、クラクストン医師はリカード氏に笑顔で向き直り、片手を差しだした。

「グロヴナー・スクエアの?」と尋ねられ、リカード氏は有頂天になった。万一病気にかかることがあったら、ロードシップ・レーンまで医者を呼びにやったらおかしいと思われるだろうか。とりあえず、その重要な問題を解決する時間はなかった。モルトビーが床のぬらぬらした血痕のそばに膝をついたのだ。

「その老人にこんなにたくさんの血があろうとは、だれが想像しただろう?」リカード氏は『マクベス』から引用した。

「死んだホーブリーは老人じゃありませんよ」モルトビーが言った。

「リカードさんは指紋採取が行われる前の時代の、規範となる事件から引用しているのですよ」クラクストン医師が言った。

リカード氏は喜びの溜め息をついた。この部屋ではやや疎外感を抱いていたのだ。アノーでさえ、自分の厄介な考え事に没頭していて、友人を絶えず話し合いに引っ張りこんだりはしなかった。ようやく、仲間ができたのだ。

「ところで」モルトビーが肩越しに声をかけた。「ナイフの柄の指紋は?」

「ホーブリーのでした」医師が答えた。

モルトビーは床の血痕から覆いを外した。彫刻用粘土で作ったようにはっきりと、長いナイフの形が赤でかたどられていた。モルトビーはポケットからハンカチを出し、箱から慎重にナイフをとりだした。血痕の空間に、ぴたりと形が一致した。リカード氏には、そのナイフがこの上なくまがまがしい凶器にみえた。刃の片側はカミソリのように鋭くて薄く、反対側は重みを出すかのように普通より幅広で厚い。そのナイフに妙に邪悪な雰囲気を与えているのが、柄の薄い青さだった。子供の玩具に似せた死の武器。ミセス・ウォレスのようなほぼ想像力のない女性でさえ、その明るい鮮やかな色に、特に目を留めていた。『ハマースミス・ブリッジの下を通過するケンブリッジ大学のボート』。

「たしか、ボート大会のあるとき」リカード氏はふと考えた。「勝利が続いてオックスフォードが照れくさがっていたな」

この興味深い問題を追及することはできなかった。アノーが眉を寄せ、難しい顔を医者に向けたのだ。

「ナイフの刃と柄のつなぎ目に、蝶番《ちょうつがい》はないようですね」

「ありません」

アノーは頷いた。鋭い目をリカード氏に向け、また医者を見る。

「なるほど。南米のものだと思いませんか？」

このガーデン・ルームという厳密な境界線を越えたアノーの探索旅行に、警視はまたもや苛立ちの気配をみせた。クラクストン医師は危険な当てっこ遊びから手を引いた。

「知りませんな。意見もありません」医師はぶっきらぼうに答え、モルトビーは頷いた。

「それが健全な態度だ。当て推量は会話の極意かもしれないが、警察の一警視にとっては、信用できない幻みたいなものだ」

アノーには少しもしょげた様子はなかった。非難の言葉などまったく耳に入らなかったかのように、床、長椅子、炉棚に視線を向ける。

「帽子を探しているのなら、廊下に置いてあったよ」モルトビーはにこやかに声をかけた。ハーバート警部が声をたてて笑う。アノーは申し訳なさそうに微笑んだ。

「帽子？　ええ、そちらにありますね。彼は逃げはしませんよ。ですが、警部。鞘は逃げるようですね」

「鞘？」ハーバートは声をあげた。

「そのとおりです。ナイフは、自分で閉じるような格好ではなかったから、持ち運びには鞘に入ったでしょう。死体が持っていたのでは？」

「ありませんでした」医者が言い、「なかったです」と警部も言った。モルトビーが語気を強めた。

「ホーブリーが座っていたテーブルには、引き出しがあった。見逃したのかもしれない」

モルトビーはテーブルの奥にまわり、不必要なほどの力をこめて、引き出しを引っ張りだした。

「ない」モルトビーは堅苦しく頭を下げて、アノーの疑問点を認めた。「ただし、どこかにあるはずだ」部屋にいた全員がすぐに探しはじめた。

「軟らかい革かもしれませんよ」ハーバートが注意した。

「硬い革かも」リカード氏が役にたとうと口を出した。リカード氏は巡査と一緒に膝をついていた。椅子やテーブルの下を覗き、絨毯の端をめくり、カーテンをさっと引いてみた。モルトビーは吸い取り紙綴りを拾いあげて振るい、戻した。アノーは長椅子の脇や背を片手でさすって確認した。ハーバートが死者のポケットから回収したもの――小さな覚え書き帳、金色の鉛筆、半クラウン硬貨数枚、仕切りに数ポンド入った黒い紙入れ、端にズボンのボタン用のつまみがついたスチール製の鎖――はすべて炉棚の上に並べてあった。が、水色の柄のついた恐ろしい武器の覆いの類いは、影も形もない。

「わたしを混乱させる、もう一つの細かいことにすぎないのですが」アノーは言ったが、医師が応じた。

「とはいえ、これは死者の使ったナイフに間違いありません」医者は主張した。「疑問の余地はありません！　ホーブリー氏は喉を左から右へ掻き切っている。頸動脈を切断した。血液がそこから激しく噴出したはずです、ポンプのように。ほぼ即死だったでしょう」

「時間は？」アノーが鋭くたたみかけた。リカード氏ははっとして、体を起こした。

この部屋に入った瞬間からアノーがずっと頭を悩ませていた疑問こそこれなのだ、とリカード氏は悟った。「時間は？」まさにそこだ！　自殺の評決を受け入れがたくさせる細かい事柄の発見など、他のすべては、一つの図案を編みあげていたのだ。質問への答えがそれを解く鍵となる。リカード氏の知る限りでは、あの真珠の小さな事件をはるかに深刻な殺人という犯罪に巻きこませるのは、アノーの本意ではないのだ。が、アノーの人生の明確な道理が、否応なくアノーを駆りたてた。殺人は暴かれなければならない。どこであっても、だれが咎を負うとしても。では、ホーブリーはいつ死んだのか？　死亡時刻は？　答えを！

医師は答えた。

「必ずしも正確な時間を出せるわけではないのですよ。が、ある程度までは、正当だと認められます。今回は有名な外科医であるコーニッシュ先生も、全面的にわたしの意見を支持してくれました。わたしたちはダニエル・ホーブリーの遺体を死体安置所で今朝十時に検死しました。死亡したのは十二時間から十時間前、という意見で一致しました」

「では、零時以降はない？」

「零時以降は考えられません」クラクストン医師は断言した。「また午後十時前も除外されます。それ以上は絞りこめません」

アノーは医師の顔から視線を落とした。そのまま、下を見つめて立っている。やがて、暖炉の下手の安楽椅子にどさりと腰を落とし、屈託ありげに灰を見つめた。芝居をしているのではなかった。気落ちしているのは、正直さと同様に疑いようがなかった。部屋にいるだれもがアノーにちょっかいを出したりしなかった。それどころか、身動き一つしなかった。

「失礼しました」アノーはごく穏やかにモルトビーに声をかけた。「それでもたぶん、最後には、『アノーか。厄介者だが役にたつ』と言ってもらえると思うのですが」

「厄介者だなどと、言うつもりはないよ」モルトビーは笑顔で返した。

「心のなかで言うかもしれませんがね」アノーは言った。「ともかく、あなたをじりじりさせておくつもりはありません。決して。昨日のわたしは、このホーブリーとのちょっとした揉め事の決着をつけたくてやきもきしていました。大陸の列車でロンドンに着いてすぐ、ホーブリーの事務所に電話をしたんですよ。名乗りませんでしたが、緊急の用件だと言ってね。ホーブリーは不在でしたが、ホワイト・バーンの電話番号を教えてもらいました。夕飯をあなたと、モルトビーと一緒に食べ、そのあとで、グロヴナー・スクエアの家に行きました。が、眠れませんでした。自分にこう言ったんです。『あのホーブリーは油断のならないやつだ！　ローマに行く夜行列車に乗らなかったと、どうしてわかる？』それ以外にも、ホーブリーが逃げかねない理由があったんです。ですから、午前二時半に――」

「二時三十五分」リカード氏が訂正した。

「聞いていたんですか？」

「階段をおりて、電話で番号を呼びだしているのは聞こえたが、番号まではわからなかった」

「よかった。これで裏付けができた」アノーが声をあげた。「ここの番号ですよ――ホワイト・バーンの」

「この家に電話をかけたのか？」モルトビーが大声で詰めよった。

「そうです」

「午前二時三十五分に？」

「はい」

「で、応答があった？」

「なにがあったか、説明しますよ。時計のように、かちかち、かちかち、と音がしました。それから、音がやんだんです。ですから、だれかが受け台から受話器を持ちあげたことになります。わたしは言いました。『ホーブリーさんですか？　夜分にどうぞお許しください。極めて緊急の用件でして』答えはなく、受話器がとられたのは、単に家中にベルが鳴り響くのを止めるためだけではという気がしはじめました。そうしたら、一瞬かもう少し間を置いて、受話器が受け台に戻される微かなかちりという音がして――電話は切れました」

アノーはまた沈黙で迎えられた。刑事係警部のハーバートが訊いた。

「ミセス・ホーブリーだったのでは？」

アノーは首を振った。

「あのウォレスさんの話を聞きましたね？　この家には二台しか電話機がないんです。一つは廊下、もう一つがここです。廊下の電話にはミセス・ウォレスの古い指紋と、一組――いいですか、一組だけですよ――ミセス・ホーブリーの指紋がありました。今朝、電話で警察に通報したときの」

だれ一人、アノーの主張の重大性を受け入れたいとは思わなかった。アノー自身さえも。アノーは明るく居心地のよい部屋をぐるりと眺めた。白く塗られた鏡板の壁、クッションが置かれた深い椅子、天井の石膏の繊細な編み目飾り、きれいに刈りこまれた芝生と広い草地を臨む長い窓。窓の外では太陽の光と樫の木が金色と黒に分かれてすばやい追いかけっこをしている。

「ということは？」モルトビーが先陣を切って挑みかかった。

「ということは」アノーが繰り返した。「今朝二時半、この部屋で――明かりが灯っていて、カーテンは閉められ、炉床では明々と火が燃えていたかもしれない。部屋は暗く、窓は影と銀の光に向き合っていたかもしれない。今は影と金色の光に向き合っているように――だれかがあのテーブルのそばに立ち、受話器、送話器、好みの呼びかたの部分を覆った手で持ちあげた。話を聞くためではなく、家中に電話の呼び出し音が響くのを止めるために」

「だれか？」ハーバートが鸚鵡《おうむ》返しに尋ねた。「では、ミセス・ホーブリーでは？」

アノーは慎重に答えた。

「それでも、マダム・ホーブリーだったとは思えないのです。考えてみてください！　ホーブリーは死後三時間から四時間経っていたんですよ。この部屋にいただれかが、電話の音を聞き、受話器を持ちあげ、答えないまま戻した」アノーは部屋の奥にあるテーブルを指さした。「だれかが鍵をテーブルに放りだしたのは、そのときだったと思いますか？」

モルトビーは降参した。

「ムッシュー・アノー、君の頭のなかでは」質問よりは意見を言っているような口調だった。「その場の様子が浮かんでいるんじゃないのか？　たぶん、そのだれかの名前も」

「その場！　とんでもない！　名前については、たぶん。ある人物がいた——今回も、たぶん、ですよ——ダニエル・ホーブリーを憎む大きな理由を持っている人物が」

モルトビーの顔を当惑の色がよぎった。

「デヴィッシャー？」

「ブライアン・デヴィッシャーです」アノーが答えた。

「だが——だが、わたしたちは知っているじゃないか。グレイヴゼンドで、やつは乗船していなかった。夜の間に海で行方不明になった」

「それも、本当でしょう。ですが、彼は昨晩この家にいたかもしれないんです。リカードに説明してもらいましょう」

　アノーはくるりと振り向いて、メロドラマのように人差し指をリカード氏に突きだした。全員が振り向き、信じられないと言わんばかりに目を瞠って、否定する言葉を待った。

「やれやれ」リカード氏は口ごもった。慌てて唾をのむ。このスポットライトの当然の分け前に反対だったわけではない。ただ、徐々に、少しずつ光が強まってくるほうが好みだったのだ。いわば、光のなかへそろそろと進みでていくべきだった。あるときは人目につかず、次の瞬間にはサー・マーマデュークの幽霊のように光のなかに現れる――まったく、やれやれだ！　これはアノーと友人であることに伴う罰金だ。とはいえ、記憶に残るべき時間になる。リカード氏は腕時計に目をやった。十二分を持ち時間として、時計が十二時を打ったとき、説明を終えた。

「助かります」警視が心をこめて礼を言った。「大変重要な情報だ。多くの話を聞いてきたわたしに言わせてもらえば、非常によくできた説明でした」

　リカード氏は喜んだ。アノーが頭を下げて、自分が褒められたかのようににやりと笑わなければ、もっと嬉しかっただろう。「なるほど、わたしはリカードの腹話術用の人形かもしれませんね」と皮肉を言う。

　モルトビー警視は暖炉に近づいて、ベルを鳴らした。

「デヴィッシャーがここにいた証拠はない」モルトビーは言った。

「ありませんね」アノーが認めた。

「さて、今度はミセス・ホーブリーがなにを教えてくれるのか、聞くとしよう」モルトビーが言ったとき、家政婦がドアを開けた。

「伺ってもいいかと、ミセス・ホーブリーに訊いてきてくれないか？」頼まれた家政婦が出ていってから、モルトビーは言葉を継いだ。

「わたしとしては、ブライアン・デヴィッシャーの件には触れないほうがいいと思う。リカードさんがわたしたちに話してくれた海での話についても、におわさないほうが」

モルトビーの言葉はにおわせているのではなかった。はっきりした命令だった。モルトビーは同席者たちへ順繰りに目を向けて、服従の約束を求めた。

「結構」モルトビーが言い、家政婦がすぐに面会するというミセス・ホーブリーの伝言を持ってきた。リカード氏は尻ごみしたが、モルトビーが笑顔でリカード氏の腕をとった。

「大活躍でしたな。決して無分別な発言をしませんでしたし。三十分間、わたしの秘書になってもらえませんか？　では、行こう！」みなが一列になって部屋を出た。

全員がずっと思い浮かべていた言葉、殺人という一言は、心のなかに秘められたままだった。

第十章　オリヴィア

窓からヒイラギの生け垣を臨む部屋で、オリヴィア・ホーブリーは立っていた。が、生け垣から窓までは充分な空間があって、日光がその間の砂利敷きの道へと金色に降りそそぎ、部屋をうららかで優しい光で満たしていた。

「必要以上に辛い思いをさせるのは、こちらとしても本意ではありませんので」モルトビーが穏やかに声をかけた。オリヴィア・ホーブリーは厳粛な顔でその挨拶を受けた。

「お務めですから、警視さん」

オリヴィアは背が高く、紺色の上着とスカートに襟付きの白いシャツという服装だった。黒髪には大ガラスの羽のような青みがかった艶があり、真ん中で分けて、耳の上部を隠すように緩やかに後ろでまとめてあった。その豊かな髪の下の顔は血の気がなく、長い上向きの睫毛の下の大きな目はやはり夜のように黒く、夜のように計り知れなかった。リカード氏は下卑た悪党の夫よりもこの屋敷に似つかわしい人物だろうと予想していたが、それでも驚いた。秀でた額、目の間の広さ、鼻や鼻孔の繊細さ、短い上唇や頬骨と顎の曲線が美しさの源だ。が、動作の柔和な上品さ、ほっそりとした姿、長くて白い両手は絶世の美女にふさわしい。オリヴィアはランベス・ウォーク（労働者階級が住んでいる地域の中心で、市場が開かれている）の出身でも、破産した名家の出でもなかった。リカード氏は珍しく想像が膨らんで、オリヴィアは高級磁器の窯のあるセーヴルの町で生まれ、彼女自身にひけをとらぬほど美しい、ほのかに花の色をまとった彫像の間で迷子になってしまったのだろうと思いを巡らせた。ロンシャン競馬場とオートゥイユ競馬場のレースの合間の休日、ホーブリーはそこで彼女を買ったのだ。彼女が生身の人間で、他の像と違って買価をはるかにしのぐ価値があると気づいて。だが、オリヴィアの声はリカード氏の夢物語をだめにしてしまった。銀の鈴のように軽やかな声であるはずなのに、実際は情感たっぷりの低い声だった。

「おかけください、警視さん——もちろん、ご友人も」

友人という言葉の使いかたに、どことなく疑問符がついていただろうか？　リカード氏はそうでないことを願った。なによりも願い下げなのは、この部屋から追いだされることなのだ。モルトビーは遠まわしに確認した。

「誤解がないようにしておきたいのですが、ミセス・ホーブリー」と続ける。「わたしに対して、事務弁護士の立ち会いの有無にかかわらず、あなたには一切の供述を拒否する合法的な権利があります。あなたに否応なく答えを求められる唯一の人物は——」

「検死官」オリヴィアが遮った。「ですけど、隠すことはなにもありませんのよ、警視さん」

オリヴィアはテーブルの反対側に腰をおろした。窓の向こうの鮮やかな緑の生け垣が、その背後に見えている。男たちは評議会の大勢の理事のように、向かいの席についていった。が、モルトビー警視は、気がすんでいなかった。正々堂々たる行動をイギリスの信条としていたのだ。たぶん、ブライアン・デヴィッシャーに関しては例外だろうが。

「こちらは」と一瞬、アノーの腕に手を置いた。「パリ警視庁のムッシュー・アノーです。あなたはアノー氏の立ち会いを拒否できます。判断はお任せしますよ」

オリヴィア・ホーブリーの目が、ゆっくりと大柄なフランス人へ向けられた。敵意はなく、静かな顔つきにも変化はなかった。

「わたしとしては、とりわけムッシュー・アノーはこの場にいるべきだと思います」オリヴィアは言った。「アノーさんは、この――」大げさな言葉を使うのが嫌なのか、オリヴィアは言葉を切った。

「この悲劇に関わっているのですから。たぶん、自分で思っていらっしゃる以上に」

アノーはうろたえた。尋ねるようにミセス・ホーブリーに目を向け、軽く頭を下げた。そして、ややのろのろと腰をおろした。「まるで形無し、だな」リカード氏は言ったものの、自分にしか聞こえないように、だった。

「奥さん。昨晩ここでなにがあったのか、お話しいただけるとありがたいのですが」モルトビーが言い、ヒューズがすぐさまノートとインク鉛筆《インデリブル・ペンシル》（一定の時間が経つと消せなくなる鉛筆）をとりだした。

「なにからお話ししたら――？」オリヴィアが尋ねた。

「ホワイト・バーンに宿泊された理由から。奥さんとご主人にとって、予告なくこちらへ来ることは特別ではなかったと承知しております。それでも、昨日は特別な理由があったとか？」

「はい」オリヴィアは即答した。「昨日の午後、ダンがキング・ストリートから電話を寄こしたんです」

「キング・ストリート、セント・ジェームズ・パーク近くの？」モルトビーが確認した。

「そうです」

「事務所からですか？」

「ええ。ウィザートンズ・ルームズから。そこは前世紀の三〇年代には、名士が食事と賭けをしたそうです。昨日のダニエルは一九〇六年のポメリーのグラスを空けて、賭けをしただけですけど」

ゆっくり浮かんだ悲しげな笑みは、驚くほどオリヴィア・ホーブリーの顔を変えた。冷徹な穏やかさとともに、青白い像のような雰囲気も消えた。薔薇の花弁のような桃色が表情を和らげ、優しいユーモアが両目できらめいた。あまりお行儀のよくない男の子の悪ふざけを、否定的というよりはおもしろがって見ていたのかもしれない。

「で、ご主人はなにか困ったことに巻きこまれていた?」モルトビーが質問した。

突然オリヴィアの目に涙が溢れ、睫毛できらめいたのに、リカード氏は気づいた。オリヴィアの声が詰まり、一瞬震えた。

「かもしれません。ホワイト・バーンまで車で連れていってくれないか。あそこでは数え切れないほどの困りごとが魔法のように消えていったからと。もちろん、連れていきました。特別な手配はされていませんでした。ダニエルは事務所でディナー・ジャケットに着替えていたんです。わたしはそこでダニエルを拾って、サヴォイ・ホテル（ロンドンの高級ホテル）まで行きました。食事はグリル・ルーム（前述のホテルの有名なレストラン）で。時間はたぶん、七時半だったと思います。主人は夕食のときはなにも言わなかったんですが、お酒をいただきました——ね、正直にお話ししていますのよ、警視さん!——普段よりも多く。九時少し前に、ホテルを出ました。小さなホールで時計が目に入ったんです。劇場が混みはじめる時間でした。ですが、バタシー・ブリッジを越えると、車の往来はぐっと少なくなって、ホワイト・バーンには悠々と九時半前に着きました」

「ロードシップ・レーンでは、知り合いに気づきませんでしたか?」

オリヴィアはびっくりしてモルトビーを見た。

「いいえ。どなたもお見かけしませんでした」すぐに答える。「一人も。門は開いていました。開けたままにしてありますので。わたしは正面玄関前の空いた場所へ車を乗り入れて、車庫へ下がれるようにと、そのまま駐めておきました」ダンが車から降りて、玄関のドアを自分の鍵で開けました」

「キーホルダーについていたものですか？」

「ええ」その一言で一瞬ためたあと、オリヴィアは続けた。「間違いありません」

「そして、そのキーホルダーは鎖につけ、ポケットに入れて持ち歩いていた？」

オリヴィアの答えの淀みない流れが止まった。モルトビーの顔から目を逸らしはしなかったものの、急に用心深くなった。

「大勢の人がそうしていますね」モルトビーはさりげない口調で付けくわえた。

「ええ、そうだったと思います」オリヴィアは答えた。「いずれにしても、ダニエルはドアを開けて、車庫へ戻っていったんです」

自分の観察眼の鋭さを大いに買っているリカード氏には、わかった。これまで、夕食の正確な時間やら道路の交通状況など、ごくつまらない細かい点での説明では、あんなにお上手だった――リカード氏は心のなかでその好ましくない形容を採用した――ミセス・ホーブリーが今や疑心暗鬼になり、迷っている。答えがなにかと悩んでいるのではなく、答えとなるべきうまい言いかたを探しているのだ。

「それで、ホーブリーさんは車を車庫へバックさせ、また施錠した？」

「そうだったと思います」

「運転はできたのですか?」

「ええ、もちろんです。主人は決して運転はしませんでした。ピカデリーのど真ん中で仕事のほうへ意識が向いてしまうからと。でも、運転はできたんです」オリヴィアは答えた。「主人が車をしまっている間に、わたしはガーデン・ルームへ入って、暖炉に火を点けました。外はもう真っ暗でしたが、月が雲のない黒い空に金のように浮かんでいて、最後の夏の夜を閉めだしてしまうのは残念だな、と思いました。でもダンは、本人の言いかたを借りると、『ぬくぬくとくつろぐ』のが好きだったんです。暖炉に火を燃やし、ブラインドをおろしてカーテンを閉め、ダンにとってこの世で唯一のお酒の入ったグラスを手元に置くのが」また、おもしろがる感情と愛情の半分ずつ混じった笑顔が、オリヴィアの表情を和らげた。

「昨夜はご主人とシャンパンを分け合ったんですよね?」モルトビーが訊いた。「分けると言っても、半分ずつという意味ではありませんが」

オリヴィア・ホーブリーは頭を下げた。

「ええ。でも、すぐにではありません。ダンが入ってきたのは、わたしが暖炉の火をおこしたときでしたから」

「ドアは開けっ放しにしていたんですか?」

「はい。主人が入ってきたあとで、閉めました。ダンはテーブルの奥の椅子に体を投げだすように座りました。ポケットから万年筆を引っ張りだし、吸い取り紙綴りを開いたんです」

「その先を伺う前に、一つ質問してでも?」モルトビーが尋ねた。

「もちろん、結構ですわ」

「ホーブリーさんはコートと帽子をどうされたんですか？」

オリヴィアは記憶をたどろうとしているように、天井を見上げた。そして、突然その目をリカード氏に向ける。自分に目を留めたのかどうか、リカード氏にはどうしてもわからなかった。

「帽子はそもそもかぶっていなかったと思います」オリヴィアは説明した。「でも、サヴォイ・ホテルを出たとき、ディナー・ジャケットの上に茶色いコートを着ていたのは間違いありません。廊下でかけてきたのではないかと思いますが」

「では、ガーデン・ルームでは着ていなかった？」

「はい、着ていれば気がついたはずですから」

ホーブリーは部屋に入る前に、コートを脱いでいたようだ。

「それで、あなた方は二人ともガーデン・ルームにいたんでしたね」モルトビーが話を戻した。

「主人は苦しい立場に追いこまれていたんです。もうおしまいだと言っていました。アノーさんが刑事告発のためにパリからこちらへ向かっている。有利な評決を勝ちとったとしても、自分の人生は終わりだろうと」

アノーはまるで信じられないという顔で、椅子にぐったりともたれた。

「いえいえ、マダム。そんな途方もない。あれはご主人にとって、些細な問題でした。このわたし、アノーにとっても。ちょっと話し合って、不正をただそうと――」

オリヴィアは冷たく答えた。「夫はそんなに軽く考えておりませんでした、ムッシュー・アノー」

アノーは両手をあげた。

ここで、モルトビーが主導権を取り戻した。

「ホーブリーさんはどなたからムッシュー・アノーの渡英を聞いたのですか？」と尋ねる。

「さあ」オリヴィアは答えた。「ダンはとても悩んでいるようでしたので、質問攻めにするのは控えたのです。やがて、ダンは急に立ちあがって、シャンパンを一杯やればいいかもしれないと言いました」

「それで？」モルトビーは少し身を乗りだした。テーブルの下で膝にノートを載せている巡査部長のヒューズへ、すばやく視線を向ける。「それで？」

「ダニエルは台所からシャンパンのグラスを二つ持ってきて、自分の分を一息で飲み干しました」

「ガーデン・ルームにいたのは、あなた方二人だけ？」

「ええ。ダンがヒステリックな笑い声をあげて、こう言ったのを覚えてます。『こんなシャンパンにふさわしい飲みかたじゃないな。誓ってもいい、アノーのわたしに対する仕打ちは、すべて自業自得なんだ！』」

「ご主人がそんなことを？」アノーが警視に断りもなく、大声で口を出した。

「はっきりと覚えています」オリヴィアは断言した。またしても、アノーが椅子に沈みこんだ。ただし、今回はすっかり感心した顔だったので、リカード氏はどう解釈したらいいのか、途方に暮れた。

「そうおっしゃるなら、反論はできませんね」アノーは頭を下げた。今度は、オリヴィアが一瞬うろたえた。「それで、ホーブリーさんはこれまで一度もやったことがないことをやったわけですね。一九〇六年のポメリーの瓶を半分残して戸棚に戻した」

リカード氏は腹がたった。アノーは礼儀というものを心得ていない。もちろん、アノーはフランス人だ。その点は大目に見てやらなければならない。しかし、男が魅力的な女性を面と向かって嘘つき呼ばわりすることがあるとすれば、その男こそパリ警視庁のアノーなのだ。ホーブリーが半分飲んだ瓶を戸棚に戻したなどとは、アノーは信じていない。普通ではない？　たぶん、そうだろう。実際に人間は普通ではないことをするのだ。たとえば、リカード氏自身もわずか二晩前に英仏海峡を小舟で渡ったばかりではないか。ともかく、オリヴィア・ホーブリーが話を再開していて、やや俗っぽい印象のパリの縄張りから離れたらアノーはどれだけおかしな間違いをするのだろうかと思案するよりも、オリヴィアの音楽的な低音の声に耳を傾けているほうが楽しかった。

オリヴィアは話していた。

「ダニエルは少し気を取り直していました。以前にも同じように面倒な厄介ごとから抜けだしたことがありましたし。自分の心を落ち着かせてくれた、この家に戻ってきたせいだと思っていたんです――そうは言っても、大きな戦いがその犠牲となるすべてのものに値するほどの価値があるのかと、悩むこともありました」ここで、声を詰まらせることも、動作や表情に前触れとなる変化もないままに、オリヴィアは小さく泣き声をあげて、両手で顔を覆った。頭が垂れ、指の間から涙がこぼれて、テーブルを濡らす。すすり泣く声はしなかったが、両手をしっかりと顔に押しつけていた。それでも涙を抑えることはできなかった。この場でオリヴィアを見て、心を痛めないものは一人もいなかった。これまで、極めて穏やかに落ち着いていて、ホーブリーのことを話しながら一、二度は悲しげに笑みまで浮かべていたのだ。そして今、門が決壊したかのように、この悲しみの洪水となった。

モルトビーはためらいながら、声をかけた。

「申し訳ありません。このような事情聴取はどうしても精神的な負担を強いることになりまして。おそらく、少し時間をおいたほうが――」

「いいえ！」オリヴィアは突然荒々しく叫んだ。「終わらせましょう」顔から手を放し、目を拭いて、涙をのんだ。次に、取り乱したことを謝った。「おっしゃるとおりですわ。当然、精神的負担になるのです。でも、もうすぐ終わりです。ダニエルが落ち着いてきたのを見て、わたしは寝室にあがったのですから」

「では、それは何時でしたか？」モルトビーがさりげなく尋ねた。「時間に気づかれましたか？」

「もちろんです。ガーデン・ルームの炉棚の上には、時計がありますから。十時半でした」

「ご主人も来ると思っていた？」

「ええ」オリヴィアは答えた。「普通は、四十五分くらい経ってからです。ですが、その晩は疲れたので、ベッドに入るとすぐ、わたしは寝てしまいました」

今度はアノーが両手で顔を覆った。ただし、溢れる涙ではなく、にやつくのを隠すためだった。アノーの判断では、これまでオリヴィア・ホーブリーは抜け目なく説明をしてきた。が、今や目の前に木が倒れている。オリヴィアがそれをどう避けて進むのか、アノーにはわからなかった。

「で、ぐっすり眠りこんだ」

「ぐっすりすぎるほどに」後悔しているように、オリヴィアは言った。

「ぐっすりすぎるほど――夫婦喧嘩のあとだったから？」

オリヴィア・ホーブリーは面食らった。目をあげて、ぼんやり警視を見やる。それから、すべてを飲みこむと、面食らった態度はわざとらしくなった。最初、オリヴィアは驚いていた。今は、芝居の驚きだ。

「仮に喧嘩があったとしても、ガーデン・ルームで別れる前におさまっていました」こう答え、罠の仕掛けが跳ねるのを待った。モルトビーはそうするしかなかった。

「では、どういうわけでしょうか？　喧嘩をしていなかったのなら、四十五分でご主人が寝室に来ると思っていたのなら、なぜ寝室のドアに鍵をかけて閉めだしたんです？」

「でも、鍵はかかっていませんでした」

その穏やかで静かな答えに、モルトビーは椅子のなかで飛びあがった。アノーはテーブルに視線を落とした。顔に浮かべた笑みが、さらにわかりやすくなったからだ。オリヴィアは答えを用意していたのだろう、間違いない。おまけに、とてもよくできた答えを。

「ですが、奥さん」モルトビーは口を開いた。今回、その声には硬い響きがあった。モルトビーは、言われたことを黙って信じなければならないフランネルの半ズボンをはいた私立小学校《プレパラトリー・スクール》の児童ではないのだ。「こちらの家政婦、ミセス・ウォレスが今朝、寝室のドアに鍵がかかっていたのを発見していますよ」

「でも、そう言っただけではありませんよね」オリヴィアは反論した。

「ええ、他の話もしていました」モルトビーは認めた。

「やっぱり」オリヴィアは続けた。「ドアには鍵をかけずに閉めておきました。わたしが寝ていることに気づけば、ダニエルは音をたてないように気をつけてくれます。わたしは眠っていて、悲鳴で起こされたんです。恐怖の悲鳴でしたわ。どきどきして、体を起こしました。見れば、ブラインドの周りから太陽の光が漏れているのに、電気が点けっぱなしで。それに、ダンのベッドには寝た様子がないことに気づいたんです。上掛けは折り返してあって、その上にダンのためのパジャマが広げられたままでした。なにか恐ろしいことが起こったんです。わたし、ベッドを飛びだして、怖くなって、反射的に鍵をかけたんです。ウォレスさんが泣いたり、大きな声でなにか言っているのが聞こえましたが、言葉までは聞きとれなくて。そして――」肩をすくめた。「女性がする愚かな真似をしたんです。気を失ったんです。たしかですわ。だって、気がついたときは床の上に倒れていて、ウォレスさんがどんどんとドアを叩いていたんですから。倒れていたのはほんの数秒だったはずですが、それでも――」その瞬間を思いだして、オリヴィアは身震いした。「体が氷のように冷え切っているような気がして。ドアの鍵を開けてから、ベッドに戻るまで待ってくれと、ウォレスさんに声をかけました」

全員の視線を浴びながらオリヴィアは座っていた。不必要な悲嘆を交えることなく話すよう、集中していた。もし女性がすべての真実を、真実のみを話すことがあるとしたら、今こそそうなのだ、とリカード氏は信じた。午前二時半に電話が鳴ったとしても、オリヴィアは応答するために階段を駆けおりたりはしなかったのだ。リカード氏は誓ってもいい心構えで、手を胸にあてた。モルトビーでさえ、感心したようだった。

「わかりました」とのろのろと答える。続いて、もっと軽い話題に振り替えようとするような態度になった。「お二人でガーデン・ルームにいた一、二時間に話を戻してもらいたいのですが?」

「結構です」

「その間に、ご主人はポケットの鎖から鍵を外しましたか?」

オリヴィアの額にしわが寄った。一度、二度と深く息を吸う。

「外さなかったと思いますが」

「ありがとうございます」モルトビーは続けた。「最後にもう一つだけ、しなければならない質問があります。ただ、あなたにとって、最も辛い質問ではないかと心配なのですが」そして、ヒューズ巡査部長に片手を差しだした。

小さく息を呑み、オリヴィアは囁くように答えた。

「しかたのないことですから」

ヒューズはモルトビーの手に、長くて白いボール箱を置いた。金の線の飾りがあり、華やかに輝いていた。美の円盾と武器の覆い。情熱的な目につけこむ、いや、すばらしい口元を敵意に染める、優美にきらきら光る玩具。が、それがきれいにみえればみえるほど、オリヴィア・ホーブリーは怯えた。

モルトビーが箱をマホガニーのテーブルに置き、じっとオリヴィアを見つめたまま、「はい！」とややゆっくりした調子で囁いた。本当に手品師だったのかもしれない、とリカード氏は思った。モルトビーは前触れもなく箱の蓋をぱっと外した。現れたのは彩色した鳥の皮紙と翡翠の取っ手のついた豪華な扇かと思いきや、血のこびりついた長い刃とケンブリッジ大学の水色をしたまっすぐな柄のナイフだった。

オリヴィアはテーブルの端に手をつき、椅子をぐっと引いた。ナイフがコブラで自分がウサギだったかのように。すっかりすくんで、オリヴィアはナイフを見つめていた。

「そのナイフに見覚えはありますか、奥さん？」

オリヴィアは頭を振った。もう一度、もっと強く振った。が、モルトビーとしては、答えを口に出してもらい、ヒューズのノートにきちんと記録する必要があった。

「つまり、奥さん。一度も見たことがないんですね？」丁寧な口調だが、あくまでも答えを求める。

「ええ、そういうことですわ」オリヴィアは答えた。モルトビーが箱に蓋を戻すと、オリヴィアは安堵の溜め息をついて、椅子のなかで突然体を揺らした。リカード氏は声をあげた。戸口の近くで、オリヴィアが椅子から滑り落ちそうになっていたのだ。「倒れるぞ！」リカード氏は怒鳴った。が、アノーは言葉にこそとげがあったかもしれないが、とっさの救助が必要なときには、足の動きが非常に速かった。早くもオリヴィアの隣に行って、支えていた。

「わたしがなにを考えているのか、わかりますね？」アノーは訊いた。

「わからないね」モルトビーが答えた。

「一九〇六年のポメリーの瓶が、ミセス・ホーブリーにはもってこいだと考えているんですよ」

途端にオリヴィアが飛びあがった。

「いえ、結構です。大丈夫ですから」そして、モルトビーに目を向ける。「お話が終わったのなら、帰宅したいのですが」

モルトビーは頭を下げた。

「質問にお答えいただいて、大変感謝しております。当面、この家は封鎖して、見張りに巡査を残しておかなければなりません」次に、ハーバート警部に向き直った。「ミセス・ウォレスにも退去してもらわなければならないな。鍵を預かってきてくれるか？」

ハーバートは役目を果たすために出ていった。オリヴィア・ホーブリーが言う。

「もちろんわたしの鍵も必要なのでしょうね、警視さん？」

「預からせていただいたほうがいいかと。ここに必要なものがあれば、わたしか、ハーバート警部にそう言ってもらえば結構ですので」

「ありがとうございます」オリヴィアは答えた。

そして、椅子の上に置いてあった紺色の帽子をとりあげ、鏡の前で帽子ピンを使って留めると、べールをおろして目元を隠した。オリヴィア・ホーブリー、家政婦のミセス・ウォレス、モルトビー、アノー、リカード氏、ハーバートとヒューズが廊下に集まった。ミセス・ウォレスが最初に引きあげることになった。

「ハーバート刑事係警部が、住所を控えていますので」モルトビーが声をかけた。「もちろん、検死審問には出席していただくことになるでしょう。通知が送られます」

オリヴィアは歩きだし、ハーバートが車庫の扉を開けた。

「燃料は大丈夫ですか、奥さん?」

「充分余裕があります」オリヴィアはドアを開け、乗りこんだ。次に、小さな車を広い場所へ出し、停車した。

「ムッシュー・アノー」オリヴィアが呼びかけると、車庫の扉のそばでみんなと一緒にいたアノーが進みでた。「隠すほどの話ではありません」オリヴィアが付けくわえると、全員が聞けるようにアノーはその場で足を止めた。「贖わなければならない不正のことをおっしゃってましたね」

「はい、マダム」

「数日、待ってください」

「もちろんです。わたしが暇になってからずいぶん経っています。そちらの準備ができるまで、もう一、待ちしますよ」

一瞬、オリヴィア・ホーブリーは目を瞠った。

「ご住所を伺いたいのですけど」

アノーは微笑んだ。ざっくばらんな態度をみせるときだった。住所は教えたところでほぼ役にたたない。リカード氏の世話にならなければならないのは、確実なのだから。「グロヴナー・スクエアです。角にある家」

「まあ！」オリヴィアはちょっと唇を曲げた。「今はグロヴナー・スクエアにも警察署があるんですか？」そして、門に立つ警官の前を通過して、車はロンドンへと向かった。栗の木と庭が見えなくなるにつれて、オリヴィアの顔から洒落っ気が消えた。単調で無味乾燥な都会の生活。オリヴィアはそれに慣れなければならない。ダンはいなくなったのだから。ダンの悪行も、調子のよさも、非常識な要求も、妻に対する独特の誠実さも。遅かれ早かれ、ダンは長期間刑務所に入らなければならなかっただろう。そう、結婚する前から、オリヴィアはちゃんと承知していたのだ。それでも、まさか死ぬなんて。血を見るのが嫌いだったダニエルが、よりによってこんな血にまみれた非業の死を迎えるとは！　バタシー・ブリッジを越え、国会議事堂の前を通過したとき、オリヴィアの顔には三つ目の表情が浮かんだ。今回は、激情がオリヴィアの瞳で燃えはじめた。


警官たちは屋敷に戻った。上階の部屋は手洗い、召使いの部屋が二つ、ホーブリー用の着替えの部屋《ドレッシング・ルーム》と大きなダブルの寝室で、目新しい発見はなにもなかった。モルトビーはすべての部屋に施錠し、鍵を抜いた。ガーデン・ルームの窓、ドア、食堂と台所のドア。すべてが間違いのないように手を打たれた。

「検死審問が終わるまで、外の一人に加えて、家のなかにも一人配置しよう」こう言って、モルトビーは鍵をハーバート警部に渡した。

「署で、そのように手配しておきました」

全員が廊下に揃い、モルトビーが玄関のドアを開けると、アノーが大声で制した。

「ちょっと待って《アーフ・ア・モー》。忘れてることがありますよ？　ね、違いますか？」

アノーは駆け戻っていった。外国人の妙なふるまいに、余裕の笑みがモルトビーの顔に広がっていたが、それが突然凍りついた。アノーはまっすぐ壁に埋めこまれた戸棚に向かっていったのだ。鍵はかかっていなかった。アノーは扉を引き開けた。と、全員の目に飛びこんできたのは、掛け釘にかかった薄手の茶色いコートと白い絹のスカーフだった。

「ほら！」アノーが大声で言った。「ホーブリーのコートですよ！」

アノーはコートを裏返し、裏地と胸の内ポケットが見えるようにした。つま先立ちになって、内側を覗きこむ。と、いきなり掛け釘から絹のスカーフをひったくり、さっと振って、手のひらの上で広げた。コートの胸ポケットを触り、ちょっとの間、仲間に背を向けた。俯き加減の頭、丸めた肩が辛い敗北を告白していた。

アノーが恥知らずにも自分の発見を隠そうとして、パリ警視庁全体の名誉を汚すつもりではないか、リカード氏はそこまで心配した。しかし、リカード氏の間違いは、珍しいことではない。アノーは使命感の塊だった。犯罪の暗い迷宮を容赦なくたどっていくだろう。それでも、手強い障壁をのぼらなければならないとき、嘘をついたりはしなかった。うまく説明のつけられない一つの単純な事実がアノーの不意を突いて急停止させ、事件の幕がおりたとき、失敗を否定したことも決してなかった。アノーは終止符とセミコロンの違いを理解していた。そこで、見つけた秘宝をスカーフに隠したまま、ゆっくりと仲間のほうへ近づいていった。セミコロンか？　少なくとも、それは間違いない。終止符か？　たぶん、そうだろう。

「終わりです」アノーはスカーフを巻いた手を差しだした。

モルトビーは戸惑っている様子だった。

「事件が？　事件だったとしてだが？」と確認する。

「そうです。いずれにしても、検死官にとっては」つまり、セミコロンだ。「終わりです」

アノーはそろそろと慎重に、スカーフのひだを折り返した。手のひらに横向きで載っているのは、長いナイフ用の厚くて硬い鞘だった。広がった端の部分にケンブリッジ・ブルーの糸の縫いとりがあった。

「それがホーブリーのコートに？」

「そうです」

モルトビーはほっとした笑顔をハーバート警部に向けた。

「じゃあ、一件落着だ」

ナイフはホーブリーの手の真下の床に落ちていて、柄にはホーブリーの指紋が付着していた。鞘は、ホーブリーが車でロンドンから来る際に着ていたコートのポケットに入っていた。事実。その他はすべて途方もない推測だ。

「検死官にとっては、そのとおり」アノーは繰り返し、スカーフと鞘をヒューズ巡査部長に渡した。

しかし、最高裁判所の判事にとっては？　これで終止符が打たれるのか？　アノーには確信が持てなかった。

第十一章　盲導犬

砂利敷きの玄関前で、リカード氏のロールスロイス二号は、速度は出るものの目立たない警察車両の隣に駐車していた。アノーは大きな白い手を太鼓腹の上で広げた。

「グーグー言ってます」と言う。「昼食の鐘ですね」

リカード氏はモルトビー警視に心をこめて頭を下げた。

「ご一緒していただければ、光栄です」熱心に誘ったが、モルトビーは首を振った。「警視庁《ヤード》に戻らなければならないので。他の件もありますから」モルトビーは、アノーの顔が曇るのを見て、急いで付けくわえた。「指摘された興味深い点を決してほったらかしにはしないよ。ハーバート警部がすべてを網羅した報告書を提出するから、その写しを一部、グロヴナー・スクエアの角の家で受けとれるだろう」その妙な住所の滑稽さを、筋肉一つ動かさずにモルトビーは表現した。「それに、キング・ストリートにあるホーブリーの事務所へぜひご同行願いたい。三時半では？　リカードさんと一緒に、その時刻の少し前にわたしのところへ来てくれるかな？　その間に、ブライアン・デヴィッシャーの手配をしておく。やつがなにか情報を持っている場合に備えてね。ミセス・ホーブリーの経歴の細かい点についても、ヤードですべて揃っているといいんだが」

アノーの顔はどんどん明るくなってきた。事件のファイルは閉じられて、棚にしまいこまれてしまうわけではないのだ。

「ありがとう」アノーは感謝した。

モルトビーは麻の短い紐が結びつけられた鍵を持っていた。門で見張りに立っている、巡査を呼ぶ。

「家政婦の鍵だ、君が責任を持ってくれ。交代はハーバート警部が手配する。警部かわたしの許可がない限り、この家にはだれも入れるな」

巡査は敬礼し、鍵を受けとった。

「だれも、ですか？　ミセス・ホーブリーでも？」

アノーが音をたてて息を呑んだ。

「あの人ですか！　特にだめです」アノーが囁くと、モルトビーはすぐさま命じた。

「とりわけ、ミセス・ホーブリーはだめだ」

巡査はもう一度敬礼して、門へ戻っていった。モルトビーは不思議そうにフランス人を見やった。

「どちらかと言うと、君は奥さんの味方なんじゃないかと思ったんだが」と言う。

一瞬、アノーは答えを迷った。話すべきだろうか？　話さないべきだろうか？　が、アノーは感情的になっていた。ともかく、話さなければならないのだ。

「あの人ですか！」感心した響きがその大声に強く表れていた。「彼女はね、並外れた人物ですよ。魅力ある女性です、たしかにね。箪笥の一番上《ザ・トップ・オブ・ドロワーズ》から出てきた人です」

「やれやれ」リカード氏はびっくりして声をあげた。

「慣用句ですよ。彼を使ったんです」アノーはにこやかに答えた。

「では、ちゃんと使うように」リカード氏は注意した。「彼女は上流階級《ザ・トップ・ドロワー》の出だ、だよ」

「そう言いましたよ」アノーは言い返した。夢中になって話し続ける。「あの人はどれだけ嘘をついたことか！　いいですか、あの人はムッシュー・グラヴォにお金を返しますよ、たとえ自分が食べ物に困ったとしてもね。ヴァンドーム広場の名にかけて、その点は尊敬しています。でも、どれだけわたしたちに嘘をついたか！　しかも、いけじゃあじゃあと！　家政婦が悲鳴をあげた。奥さんは寝ぼけ半分にベッドから飛びだし、ドアに鍵をかけて気を失った。そうだったのか？　いやいや、ありえない」アノーの顔から滑稽さが欠片もなくなった。声はすっかり興奮している。「いや、ありえない」ともう一度呟いた。どこか遠くの手も足も出ない犯罪現場を見ているかのように、まぶたを半分閉じている。

「モルトビー、あなたがあの長いボール紙製の扇の箱を奥さんの目の前のテーブルに置いたとき、わたしはとても気をつけて見ていたんですよ。奥さんは中身がなにかを知っていたと思います。奥さんがうっかり態度に出したのは、驚きじゃありませんでした。あなたがどんなびっくりする発見をしたのかを読みとろうと、顔をじっと見上げたりはしていなかったんです。そう、彼女は箱をじっと見つめていました。気を引き締めて、足をしっかり地面につけ、両手を握りあわせていた。まさしく、愕然とするほどのショック、嫌悪の反動、あの残酷な武器をもう一度見ることに立ち向かうために。奥さんは椅子を引きましたね――そう、適度な荒っぽさで。その荒っぽさは自然でしたが、驚きはまったく感じられませんでした」

　モルトビーとハーバートは、見るからにおもしろくなさそうな顔で聞いていた。アノーの言葉が、ありがたくない自分たちの疑いを強めただけではない。アノーのもっさりした顔つきには光があった。アノーの囁き声にさえ、彼らの判断を左右せずにはいられない重みがあった。

「ボール紙の箱の中身がなにか、ミセス・ホーブリーが知っていたと考えているのかね？　それがどういうものかを？」リカード氏が語気を強めた。

「そう考えています」アノーはおもむろに答えた。「奥さんは現場にいたんでしょう、あの凶悪な犯罪が行われたとき――」

「ホーブリーがやった？」モルトビーが声をあげた。

「デヴィッシャーがやった？」リカード氏が言い直した。

「わかりません」アノーは答えた。

「だいたい、事情を知っているなら、どうして奥さんは黙ってるんだ？」モルトビーが追及した。

「それも、わかりません」アノーは同じ答えを言った。

が、アノーは自分の直感を捨ててはいなかった。どちらかと言えば、直感は強まっていた。周りを見まわす。真昼の日差しのなか、クロドリとツグミが庭から呼びかけているとき、アノーは突然身震いに襲われた。

「わかってさえいれば」思い悩んで、アノーは声をあげた。この屋敷も静まりかえり、小道や草地、芝生に落ちた影以外に動くものがないとき、月が世界を銀色に染めあげていたとき、ここでなにがあったのだろうか？「説明をさせてください、わたしが――わかったことを。あの人、オリヴィア・ホーブリーは犯罪が行われて、この家にだれもいなくなったとき、階段をのぼって自分の部屋に向かっていたんです。まだ十二時前でした。長い長い夜を、やり過ごすんです。ベッドで休まなければならない。もはや気遣う必要のない男を気遣って、明かりは点けたままにしていた。寝返りを打ち続ける。もうそろそろ夜明けのはずだが？　突然、電話のベルが家中に響き渡る。階下の部屋で倒れている人物をも起こすほどのけたたましさで。彼女は時計を見て、まだ夜が半分も過ぎていないことに気づいたでしょうか？　そして、いきなり電話の音が止まる。いきなりすぎるし、早すぎる！　この家に、彼女自身と死んだ男の他に、だれかがいるのだ。友人か？　そうではない。殺人犯が戻ってきたのだ、彼女の言葉を信じず、念押しするために。第二の犯罪で念押しするために。できるものなら、マダム・ホーブリーの怯えようを想像してみてください。彼女はベッドから飛びだし、自分と死を隔てるドアに鍵をかけた。そのあと、気を失って床に倒れたんです。何時間もあとになって、悲鳴とドアをばんばん叩く音で目を覚ました」

アノーは言葉を切り、沈黙が落ちた。その呪縛を最初に振り払ったのはモルトビーだったが、やはり困惑していた。軽い口調で話そうと努めていたものの、声はその思いを裏切っていた。

「事実だよ、ムッシュー・アノー！　わたしたちは事実にしがみついていなくてはならない。たとえどれほど上出来であっても、想像ではだめなんだ」

アノーは微笑んだ。

「ええ、事実ですとも、モルトビー。それと、事実を理解するための、想像力が少し。引き綱のついた想像力――それは盲導犬ですよ」

アノーはリカード氏の車に乗りこみ、例の鼻につく煙草の青い包みをとりだした。

「では、三時半の少し前に」

「三時半の少し前に」モルトビーは警察車両の窓から大声で返事をした。「そうそう、ムッシュー・アノー。午後の間にもっと慣用句を聞けるのを期待しているよ」

第十二章　大儲けと乱高下の儲け

ストランドのシニョール・ベンターノのレストランで、二人用の小さなテーブルにつき、ナプキンの端を襟と首の間に挟み、アノーは食前酒としてポルトを飲んでいた。料理が有名な店で、夜には回廊のオーケストラや、劇場に向かう途中の大勢の客で邪魔されるのが玉に瑕だ。が、昼間のお客の大部分は、もっと陽気で冒険心のある実業家たちだった。

「ホーブリーが昼食をとった店は、ここなんですね」アノーは店内を見まわした。「結構！　これで雰囲気を味わうことができますし、それで充分です。食事をして、目を配り、バレエやフィレミニョン（ステーキ用の牛のヒレ肉）がラリュのレストランと同じくらい軟らかいかについて話をしましょう」

そのような調子で、食事はクロドタール（ブルゴーニュ産の赤ワイン）の瓶をお供に、充分楽しく平らげられた。食事の終わりに、アノーはお決まりの黒煙草の青い包みをとりだした。が、リカード氏は頑として譲らなかった。

「それはだめだ」リカード氏は言った。「ものには限度がある。クロドタールの余韻にはオヨ・デ・モンテレイの葉巻は合うが、その不快な煙草は許されない」

アノーはすっかり満腹で、素直だった。葉巻に火を点ける。

「ペパーミントのリキュールは許されるんですかね？」と尋ねる。

リカード氏は鷹揚に微笑んだ。

「構わないよ。わたしはシニョール・ベンターノのブランデーを一杯もらうとする」

アノーはリキュールを飲みながら、にっこり笑った。

「あなたの国のグラッドストーン首相は一八八四年になんと言っていますか？」

「それは絶対に知れ渡らない」リカード氏はきっぱりと言った。議論する心づもりになっていなかったのだ。三時には、シニョール・ベンターノのお客は娯楽なり、仕事なりに戻ってしまっていた。三時十五分、リカード氏は勘定をすませ、二人はロールスロイスでロンドン警視庁《スコットランドヤード》へ向かった。ヤードではモルトビーとハーバートが待っていて、モルトビーがアノーに封筒を手渡した。

「オリヴィア・ホーブリーについて、こちらで把握していることはすべて、そのなかの書類の写しに書いてある。それで知りたいことはわかると思うが」

アノーは封筒をポケットにしまった。セント・ジェームズ・パークの旧ウィザートンズ・ルームズへ向かったときは、まだ三時半前だった。

目立たない装飾の小さな事務所では、長身の灰色の人物に迎え入れられた。クエスチョン・マークのように痩せて背が曲がっている。糊のきいた襟、灰色の絹のネクタイ、濃灰色のモーニングコートの三つ揃いのすっきりした着こなしだ。細い灰色の中国人ふうの口ひげの先端が口に垂れ、それを噛んでは、疑問に思う必要のないものの存在を確認しているらしい。ホーブリー氏の経歴における波瀾万丈の悪事に似つかわしい要素はほとんど見あたらず、四人の男たちは揃って相手を債権者の会社から派遣された番犬役だろうと判断した。ところが、その灰色の男は立ちあがって、軽く頭を下げた。

「モルトビー警視とお見受けします。この事務所を警視の指示どおりにするよう言いつかっております」

「では、フォスターさんですか？」

「はい」

「五年間、ホーブリーさんの秘書だった？」

モルトビーの口調にはまだ驚きが残っていて、フォスターの口元に小馬鹿にしたような笑みが浮かんだ。

「ホーブリー氏の事務長です」片手をあげて訂正する。「ホーブリー氏の事業は概して個人的なもので、ご自分で管理をしておられました。わたしが長い間雇われ、高給を支払われていたのは、正直であり、ホーブリー氏の活動に自分の意に染まないものがあったとしても、無関係のことに口を出さなかったせいではないかと思いますね」

「そうですか」モルトビーは素っ気なく受け流した。「秘密の情報を求めてあなたを尋問しても無駄なわけですな」

「はい。なにも知らないのですから」フォスターは部屋のドアに近づいて、からかうような仕草で、勢いよく開けた。「みなさん、こちらがホーブリー氏の事務室です」

四人は一人ずつ室内に入り、目を瞠った。モルトビーが唇をすぼめて、口笛を鳴らす。壁を飾るのは紫檀の鏡板、家具は赤いダマスク織り仕立て、革製の肘掛け椅子がアダム様式の暖炉の両側に置かれ、部屋の中央のオービュソン織りの厚い絨毯の上には美しいクルミ材の大型書き物机が鎮座していた。机の天板は半円形で、小分けの整理棚と引き出しがついている。

「アン女王様式だ」リカード氏は羨ましそうに眺めた。

「ええ、どれも豪奢で高価です」モルトビー警視の口笛に応じて、フォスターが答えた。モルトビーは事務所の豪奢さよりも、この扱いにくい事務員ともっと良好な関係を築く必要性に気持ちを向けていたのだが、フォスターの声に滲む皮肉には気づかずに、最も不幸な間違いをしでかすことになった。感心したように室内を見まわす。

「ほう！」モルトビーは声をあげた。「大儲けですか？」気づけば、フォスターの顔はすっかり軽蔑の色に染まっていた。

「シティで四十年間生きてきた結果、大儲けと結びつくのは用件がすみ次第さっさとお引きとり願うような家具だと考えております」

モルトビー警視の働きかけは間違っていた。それでも警視は、うまく投石機に入れることさえできれば、攻撃をしかけられる弾をもう一つ持っていた。ともかく、今のところ、フォスターは矛盾する隠喩を使っているわけではなかった。直接的な表現だったのだ。

「ホーブリー氏は他の欠点を補うユーモア感覚をお持ちで、この部屋のしつらえと大儲けとはなんの関係もないことを、ご自分でちゃんと承知していました。あえて言わせていただきますと、わたしが警視と同じ勘違いをして、差しでがましくホーブリー氏を諫めていたら、ホーブリー氏はこう答えたでしょう。『フォスター、君が慣れ親しんできた客たちは、この部屋を見て身震いするにちがいないさ。ただ、わたしが想定している客たちは、ここを貴族の書斎の模作だと思うだろう』」

リカード氏は胸がすいたような気分になった。なんだかんだ言っても、警官が身の程をわきまえさせられるのを見るのは、いつだって気持ちがいい。

「大儲けですか」フォスターはその題目を蒸し返した。部屋の奥へ行き、戸棚の鍵を開け、一気に扉を開く。棚の一つにはグラスが並んでいた。薄いガラスの大ぶりなゴブレットだ。別の棚には、一九〇六年もののポメリーが何本も並んでいた。「ご覧なさい！」フォスターが大声で言う。そして、断固として首を左右に振った。「大儲けでコックは引き抜かれませんよ」

ここでリカード氏はぜひとも注釈を加えなければならないと感じた。

「もちろん、フォスターさんが言っているのは、コルクは抜かれないと――」が、それ以上続けられなかった。

「いやいや」と、アノーが大声で制したのだ。「今のままの言いまわしがいいですよ。大儲けではコックは引き抜かれない。意味深長ですね」アノーはフォスターに向かって頭を下げた。「ありがとうございます。使ってみますよ」

だが、フォスターは物珍しそうにアノーを見つめていた。そして、警視に声をかける。

「たしか、こちらの紳士お二方をご紹介いただいていないのではないかと」

「ああ、すみません」モルトビーは少々気まずそうに答えた。「こちらはパリ警視庁のムッシュー・アノーです」

ここで、言葉を切る。その目はフォスターを射るように観察していたが、フォスターの顔には戸惑ったような表情しかなく、ホーブリーの敵が目の前にいることに気づいた様子はなかった。名前に聞き覚えさえないようだ。

「ムッシュー・アノー？」フランス人に尋ねるような視線を投げかけ、フォスターは鸚鵡返しに言った。「ですが、警視。先程も言ったとおり、ホーブリー氏は一人で仕事を取り仕切っていたものですから」また、すばやく視線をフランス人の顔へ向ける。「失礼ですが、貴殿の突然の渡英が――昨晩の重大な事件の引き金ですか？　この質問が的外れでしたら、どうぞお忘れください」

「極めて的外れです」アノーは笑顔で応じた。「とはいえ、質問してくださったのは、ありがたい。どこへ行っても、わたしは疑いの目を向けられ、疑いの言葉を聞くものですから。昨日フランスから来ましたが、完全に職務を離れた理由です。わたしのことは、だれも知らないのです。たしかにホーブリーさんには会いにきましたが、小さな用件でして」

フォスターの視線が疑わしげに移動した。

「そして、こちらが」モルトビーが紹介した。「リカードさんです」

「おや！」フォスターが声をあげた。「それはそれは。昨日の午後、ホーブリー氏に電話をかけてきましたね」

「わたしが？」仰天したリカード氏は大声を出した。

「そうだ」モルトビーが鋭い口調で割りこんだ。「その電話の詳細について聞きたいのですよ、リカードさん」

リカード氏はぽかんとして警視を見やった。

「ご存じだったんですか？」

「もちろんだとも。最初にこの事務所へ連絡したとき、聞かされた。昨日、リカード氏と名乗る知らない人物から電話があって、そそっかしい事務員が郊外にあるホーブリーさんの別宅の住所を教えたと。さてさて！　あなたはその件をおくびにも出さなかったが、こちらはずっと待ちかまえていたわけでね」

モルトビー警視、事務員のフォスター、ハーバート警部が揃ってリカード氏に、断固とした態度で迫ってきた。リカード氏は手錠の鳴る音を聞いたような気がした。喉を潤すために、刑務所の房にある水差しを探しかけたほどだ。

「ノートを出してくれ、警部。昨日の午後、リカードさんがホーブリーさんと話した内容を記録するんだ」

「わたしはホーブリーさんに用はなかった」リカード氏は言い張った。

「それと、ロードシップ・レーンの家の住所を知りたがった理由だ」ハーバートが詰めよった。

「リカードさんが電話してきた時間は？」モルトビーがフォスターに尋ねた。

「五時をちょっと過ぎた頃です」フォスターが答えた。そのとき、悩めるリカード氏の心に、大いなる光が差しこんだ。

「そりゃそうだろう。ヴィクトリア駅からかけたんだ」怒りのこもった目でアノーを睨みつけ、リカード氏は決めつけた。「大陸からの列車は、定刻に着くに決まっているから」

アノーはまるで動じなかった。

「たしかに、わたしがヴィクトリア駅から電話をかけました。騒ぎを起こしたくなかったので、自分の名前は教えなかったのです」

「だからと言って、わたしの名前を使う理由にはならない。だいたい、なぜ君の名前で騒ぎが起きなければならないんだ？」リカード氏は膝を伸ばし、アノーの自惚れを鼻であしらった。

アノーは首を振り、悲しそうに咎めた。

「おや！　あなたは気の毒なアノーを踏みつけにするのですな。外国人で、控えめなこのわたしを。いや、なんと不当な話でしょう！　混乱、早とちりですよ。グロヴナー・スクエアのリカードのところのものですと名乗れば、たちまちリカード氏本人と受けとられる。みなさん、理解できるはずです」

リカード氏に理解できたのは、刑務所の壁が消えていったことだった。モルトビー警視に理解できたのは、重要視していたホーブリーの自殺への有望な証拠がすっかりだめになったことだった。

「ええ。勘違い、ですね」フォスターは眉を寄せ、思案しながらモルトビーに目を向けた。「わたしたちは大儲けではなく、浮き沈みの激しい儲けかたをしていたのです。上がり調子のときもあれば――」

「コックが引き抜かれる」アノーが口を出した。

「で、銀行はにんまりです。下り調子のときもあります。債権者がキング・ストリートに詰めかけ、ホーブリー氏は雲隠れし――たぶん、モルトビー警視もそんなに遠くにはいないでしょうな」

「で、今回はどうだったんです?」モルトビーがすかさず質問したが、フォスターも負けずにすばやく返答を避けた。肩をすくめる。

「先程も言ったとおり、個人的なことですから。会計士が報告書を作成したらわかるでしょう」冷たい口調で続ける。「ただし、大儲けを期待してもだめですよ。こちらの立派な紳士たちでも――」フォスターは壁にかかっている馬の写真を指さした。「オステンド競馬以外ではレースに勝ったことはなかったんですから」

「そうそう」モルトビーはようやく機会をつかんだ。「わたしならいつでもウェンブリー・スタジアムのラグビーの試合を見るほうを選びますな」

フォスターは息を呑んだ。モルトビー警視のまじめな一面の下に、通じ合う一面を見つけたのだ。

「そうなんですか」フォスターの声が大きくなった。

「もちろん！　あなたは違うんですか？」

二人の顔がまたオステンドの優勝馬の写真に向けられた。が、二人とも王侯のスポーツ、競馬とはなんの関係もないことを考えていた。フォスターは心のなかでラグビーの名勝負の名場面をたどっていた。モルトビーは気を引き締めて自分に言い聞かせていた。「やつを引っかけたぞ。慎重に扱え」いつも用意周到なモルトビーは、その日の朝早くホーブリーの使用人の詳しい調査を命じていた。その発見のなかでは、これが一番役にたつ情報だったようだ。古狸の事務員と仲間のような関係を築けた。

「イングランド対スコットランドの最後の試合を覚えてますか？」フォスターが張り切って尋ねてきた。

「もちろんですよ」モルトビーは熱心に応じた。少年時代以来、ラグビーの試合は一つも見ていない。

「あれは圧巻だった！」

「一方的な試合で、最初から」

「最後まで」モルトビーは危うく付けくわえるところだったが、天井に向かって笑みを浮かべることで幸運にも高評価を保つことになった。

「最後の速攻の二得点でなんとか助かるまでは」フォスターは大声で笑った。背中がほぼまっすぐになっている。毎週土曜日、フォスターはそそくさと事務所を出て、ビールを一杯飲み、サンドイッチを食べ、ヒーローたちを見ながらうっとりするような午後を過ごすのだ。フォスターはモルトビーに向き直り、腕をつかんだ。

「わたしの悩みの種をお見せしますよ」

フォスターは壁際へ警視を引っ張っていった。そこには大きな紙――地図か、それともふざけた画の類いか――がスプリング式巻きとり機で巻きあげられていた。フォスターは紐を引っ張って釘に固定し、紙を伸ばした。すると、軍事命令でも出たかのように、その部屋にいた全員が一歩下がり、目を瞠った。モルトビーが最初に声を出せるようになった。

「そうそう驚いたりしないんだが、これは大儲けじゃないとしても衝撃的だ！」

リカード氏は辛辣な一言を探したが、うまく見つけられなかった。声もでないほどだったのだ。

「やれやれ、なんと悪趣味な！」と口のなかで言った。

ハーバート警部はなにも言わず、記録をとった。たぶん四人のなかでは、アノーただ一人がそれを正しく評価したのだろう。ごくごくか細い音をそう表現できるのならば、楽しそうな笑い声が突然響いた。

「ホーブリーさんは――あなたはなんと言ってましたかな？――悪戯小僧、悪たれ、悪ガキですか、あのホーブリーさんは！　もし生きていたら、さぞ好きになったでしょうに」

フォスターがさっと振り返った。驚いたようだ。そして、自分でも思いがけなく、嬉しくなったらしい。フォスターは基本的に外国人をよく思っていない。サウスダウン種の子羊の鞍下肉からなる文句のつけようのない食事に尻ごみし、勝負での負けかたを学んでこなかった輩。が、この男は客のなかでだれよりも真実に近づいている。

「そのとおりです、ムッシュー。たちの悪い子供みたいなところがありましてね、たしかに。いつも自分に向かって片目をつぶってみせてるんですよ、どんな悪いことをしているときでも」

ウェンブリー・スタジアムのおかげで他人行儀はすっかり影を潜め、フォスターは含み笑いをして両手をこすりあわせた。「半分は、単なる自分の楽しみだったんでしょう」と、これ見よがしに大きな風刺画が掲げられた壁を指さした。人の集まった下院が描かれていた。ホーブリーは国務大臣席で首相の定位置に立っている。片手を赤い箱（大臣が公文書の保管に使用する）に置き、果敢に邪魔をした反対派に向かって信じられないといった顔を向けていた。立ったままの議長は、仰天した顔をしている。唇から出ている、いわゆる吹き出しのなかには、こんな言葉が書かれていた。「静粛に！『ホーブリーのニュースバッグ』に書いてあったのなら、そういうことなんだ」

「いかにも低俗だな、本性が」モルトビーがにやにや笑った。

「たしかに。ですが、大衆に受けるんですよ」フォスターが言い返した。

「『ホーブリーのニュースバッグ』というのは」モルトビーが訊いた。「新聞かな?」

「週刊新聞です」フォスターが答える。

「しかし、聞いたこともないが」

「聞くはずだったんですよ」フォスターは言った。「上がり下がりが激しい商売ですからね。スイスの競馬の大きな賭けで、わたしたちは上がり調子になったんです。『ホーブリーのニュースバッグ』で、もっと上まで行けたでしょう。もう二週間でホーブリーに確保できた広告板、貼れる大きさのあるすべての広告板に、あのポスターがでかでかと掲示される予定だったんです。一週間後には創刊号が発行される予定で、職員たちに準備をさせていました。びっくりするような賞品のついたコンテストもあるはずでした。政治的な記事に関しては、ホーブリーは全部自分で書くつもりだったんですよ。やり過ぎだと注意したんですが、まったく聞く耳持たずで。この風刺画にじっと目を向けて――さっきも言いましたが、ホーブリーにはユーモアのセンスがあって――満面の笑みを浮かべて言うんですよ。『いいか、フォスター。『ホーブリーのニュースバッグ』は、『ホーブリーの飼い葉袋《ノーズバッグ》』になるぞ。しかも、たんまり中身が入る！』覚えておいてくださいよ、警視さん」フォスターは安楽すぎる椅子の一つに腰をおろして、警視に向かって指を振った。「あなたもね、フランスの刑事さん。ホーブリーがそう言ってから、まだ一週間も経っていません。それを踏まえて、昨夜のことを説明してもらいましょうか！」

モルトビーは思案に暮れながら頷き、アノーはフォスターの隣に腰をおろした。

「銀行に本物のお金があったんですか？」アノーが訊く。

フォスターはモルトビーに答えるときより、やや硬い口調で答えた。

「唸るほどありましたよ。トレンラブ・アンド・ティミンズは誠実そのものの会計事務所でして、警察に間違いなく明細書を提出してくれるはずです」

「あなたたちは上げ上げ、だった」アノーは答えた。「コックが引き抜かれるくらい」

フォスターはにっこり笑った。「あのちょっとした冗談が気に入ったんですねえ」肩をすくめて付けくわえる。「とはいえ、車がまっすぐ下りカーブに突っこんでいくこともあったんです。たぶんカーブの一番下では、警視が衝突を待ちかまえていたでしょうね。カミソリも、喉元からそんなに離れていない位置だったでしょう。それでも、昨日の晩は――そんなことはなかった！」

リカード氏は妙にその光景に気持ちが動いた。つまり、ホーブリーはいつも摘発の瀬戸際にいることを感じていたが、その摘発はされずじまいだったのだ。モルトビーは、自殺という単純な評決がますます受け入れがたくなってきて、すっかり困っていた。同時に、その証言の先にある暗い謎がなんなのかと、真剣に悩んでもいた。モルトビーは一人立ったまま、常識外れの風刺画や、ホーブリーの二流の競走馬の写真を見つめたりしていた。二客の隣りあった安楽椅子では、アノーとフォスターが早口で囁きかわしていた。偶然洒落を言ってしまっただけなのに、わざと言ったと思われれば、だれでもそのありがたい間違いをした相手に好感を抱くだろう。要するに、この愛嬌のあるフランス人とウェンブリーの仲間のおかげで、フォスターは出すつもりがなかった助け船を全部出してやる気になっていた。

「ホーブリーさんの運と飼い葉袋を別にして」アノーは質問した。「彼を悩ませる個人的な問題があったと思いますか?」

フォスターは首を振った。

「敵がどんどん近づいてきているとか?」

フォスターはアノーに鋭い視線を向けたものの、徒に答えを探しているだけだった。

「これまでに、ホーブリーさんがブライアン・デヴィッシャーの話を口にしたことはありましたか?」

フォスターはその名前に飛びあがった。ともかく、はっきりとしたなにかがある。はっきりと否定されたとしても。

「今言われるまで、一度も聞いたことのない名前です」

アノーの声から期待感が消え、リカード氏は今こそ友人を力づけるときだと思った。

「それでも、ホーブリーさんはたくさん秘密のある人だったのでしょう?」リカード氏は言った。

「秘密ですか?」フォスターは大声で言い返した。「もちろん、ありましたとも。ただし、ホーブリーの秘密なんですよ！」

「ええ、承知してますよ。ただ、そういう秘密は少し顔を覗かせたりしたのでは？」

この質問にモルトビーがすばやく振り向いた。そして、態度を保留したまま、立っている。目や耳を自分に向かせるような動きをすると、フォスターの注意が逸れてしまうのではないかと警戒しているのだ。

「顔を覗かせる？」フォスターが聞き返した。

「たとえば、怪しいお客が来て長い間話しこんでいたとか？」

フォスターは記憶をたどっていたが、溜め息をついて首を振った。

「なにか普通ではないことをして、隠したりしたとか？」

フォスターは椅子のなかで背筋を伸ばした。

「ああ！」と声をあげる。「どうかな」それから、体をまっすぐにして、目を輝かせ、小鳥のように頭を傾げて座っていた。あまり長いので、忍耐そのものさえ、ほぼ忍耐の限界だったほどだった。

「どうかな」とフォスターは小さく独り言を言った。全員の頭がそちらを向いた。が、フォスターは座ったまま、体から力を抜いただけだった。まだ他の人には見ることのできないなにかを見ていた。

「隠した、と言いましたね？」

フォスターはアノーに向き直った。

「隠した、です」アノーが答える。

「なにかして、隠した？」

「なにかして、隠した、です」アノーが繰り返す。

「昨日」フォスターが突然言いだした。四人のうち三人がはっとして口をほころばせたが、アノーが手を振って制した。

「昨日、ですよ」アノーは囁いた。

フォスターは椅子から立ちあがって、クルミ材の書き物机に歩み寄った。そこには小さな区切り棚が一列並んでおり、その下に引き出しがあった。真ん中には両側にクルミ材の柱がついた小さな扉があり、鍵がかかっていた。天板の下には横長の引き出しがあり、その両側に少し小さめの引き出しが二つずつあった。フォスターは左下の小さい引き出しの真鍮の取っ手を引っ張ったが、鍵がかかっていた。モルトビーを見やる。

「ホーブリーの鍵を持っていますよね？」

ハーバート警部が前に出て、ポケットから封筒をとりだし、そこから鍵束を出した。

「どうも！」

フォスターは鍵を一、二本試してから、正しい鍵を見つけた。芝居だったかもしれないが、リカード氏の考えでは、今やフォスターはその引き出しの秘密を暴こうとすっかり夢中になっているようだった。

「さあ、いよいよだ」フォスターは引き出しを開けた。覗きこみ、片手を奥まで突っこんだが、がっかりした声をあげて手を戻した。引き出しは空だった。フォスターはホーブリーの椅子にぐったりと座って、運命がいかに人を弄ぶかをわかってほしいと言わんばかりに、四人の顔を見ていった。

「でも、ここにあったんです。できあがったあと、ホーブリーが引き出しにしまって、鍵をかけてから、手洗いに行くところを見たんです。そうか！」

フォスターは飛びあがり、自分の事務室を抜けて、廊下を進んだ。廊下の突きあたりには、風呂付きの着替え室があった。ホーブリーが着替えをすませたあと、家政婦が掃除をしたにちがいない。事務室でホーブリーが着ていた服は、きれいに畳まれて、長椅子に置いてあった。

「あった！」フォスターは大声をあげて飛びだした。「間違いない、間違いない。忘れていた」フォスターは振り返り、得意げに夕刊を頭の上で振りまわした。

「それが君の探していたものか？」モルトビーがおもしろくもなさそうに訊いた。

「いやいや」フォスターはすぐにがっかりした様子になった。フォスターは日光にあたれば体積を増し、厳しい寒さのなかでは縮む岩のようだ。「違います。まったく、どこにも見あたりません。ただね、夕刊は手に入れましたよ」と言って、またしても新聞を振る。洋服のようにきれいに畳まれた夕刊は半分服に隠れていたが、フォスターは見つけだしたのだ。「それに、これが手がかりになるかもしれません」

「どんなふうに？」リカード氏が尋ねた。

しかし、フォスターは自分の考えに夢中で、リカード氏の見たところ、やたらと挑戦的だった。

「考えがあるんです」フォスターは声をあげ、廊下のほうを向いた。

「わたしたちがほしいのは、事実なんだが」モルトビーが答えた。

フォスターは肩越しに大声で言い返した。「考えは事実の繭ですよ」

フォスターは急いで廊下を通ってホーブリーの事務室に戻ると、ふんぞり返ってホーブリーの椅子におさまった。自分がしていることの重要さをみなに見せつけるために、左手を一度ぴたりと静止させてから、テーブルの上のベルを手のひらで叩き、椅子にもたれて腕を組んだ。

「ナポレオンをきどってますね」アノーが小声で言った。「なにか出てくるでしょう」

出てきたのは少年だった。フォスターの事務室の奥にある、庶務係の部屋に座っていたのだが、並びの扉から入ってきた。

「ジョン」フォスターがもったいぶって声をかけた。

「そっちだってジョンだろ」少年は言い返した。「ジョン・アーウィック殿さんって呼んでくれよ」

呆れるほど早く、ダニエル・ホーブリーの事務所の規律は崩壊してしまっていた。

「ジョン・アーウィック君、受付係にちょっとここに来てくれと頼んでもらえるかな」

「構わないよ、あんたの頼みだから」ジョン・アーウィックは答え、威張って歩いていった。が、ジョンはリカード氏のそばも威張って歩いていった。リカード氏は多くの失敗や時間の遅れをはじめとする無礼がうんざりするほどあったせいで、すっかり機嫌が悪くなっていた。そこで、極端な暴力行為に出た。「やれやれ！」と大声で言うや、片足を振りあげ、その立派な足でジョン・アーウィック殿さんの適切な場所に本気の一発をお見舞いしたのだ。ジョンは悲鳴をあげて部屋の奥へすっ飛び、片側に『殿』の肩書きを、反対側に『さん』の肩書きを落としてしまった。大慌てでドアから出ていくと、人生で新しい時代の幕開けとなる速さで受付係を連れてきて、その陰に隠れるようにこそこそ事務室へ戻った。ただ、自分の憂さ晴らしでほぼすっきりしていたリカード氏は、フォスターの前に気をつけの姿勢で立つ受付係にすっかり気をとられていた。

「ブラウン、君は昨日、ホーブリーさんが事務所を出ていくところを見たね？」

「見ました」

「ホーブリーさんはなにか持っていたか？」

「はい」

「なんだったか、わかるかな？」

「嫌でもわかってしまいますよ。わたしはもと海軍の下士官ですから」

「ほう！」受付係の答えに、フォスターのみならず、その場にいた人も驚いた。「なにを持っていったんだね？」

「海図です」そう聞いて、フォスターの手が音をたててテーブルを叩いた。「やっぱりな！」ここではじめて、フォスターが気になってしかたのない紛失物について、警視とその連れは輪郭をつかみはじめた。

それは黒檀の平板にありふれた平たい真鍮の画鋲で四隅を留めた小さな海図だったようだ。持ち運びしやすく、小脇に抱えられたはずだが、難点があった。海図には航路を描くかのように、ピンが刺さっていたのだ。ほんの数本だったが、長さがあって、黒い部分の上に白い旗の形をしたガラス製のつまみがついていた。

このさらなる一押しに、フォスターの記憶が反応した。その手が白いボール紙の平たい箱へとすばやく伸びた。外側の派手な飾り輪のなかに、ハムリーズ（一七六〇年にロンドンで創業した有名な老舗玩具店）という店名と、住所が書いてあった。フォスターは箱を小さな区切り棚からとりあげ、開けた。

「こんなのか？」フォスターはブラウンの説明そのままのピンを一本、とりだした。

「そう、同じです」ブラウンは答えた。

モルトビーは箱に蓋をして、フォスターの鼻先からとりあげた。リカード氏の見解ではあまり穏当な行動ではなかったが、予想内の行動ではあった。ただ、運よくフォスターの指は、ブラウンに見せるために箱からとりだしたピンを持ったままだった。アノーは音もなく進みでた。

「わたしにも一つ」アノーはひったくろうとした。

が、アノーは手の甲に赤いひっかき傷を一本作っただけだった。事務長は謝らなかった。

「あとで」よくある質問によくある返事をしながら、フォスターはピンを前後に振った。ただ、考えているのは他のことらしい。

「ホーブリーは、わたしの座っている場所に座っていた」こう言っているのが、みなに聞こえた。

「わたしはサインの必要な手紙を何通か持って自分の事務室を出て、ホーブリーに後ろから近づいた。そうだ。わたしが入室した音に、ホーブリーは気づいていなかった。目の前にあるなにかに向かって、身を乗りだすように背中を丸めていた。そのなにかが、海図だったわけだ。ところで、夕刊はどこで絡んできたんだ？――ちょっと待った――わかったぞ。ホーブリーがつかんだんだ。机の区切り棚の上に載っていた。で、ページをめくった。ページの上部にある見出しにざっと目をやっただけで、新しいピンを少し乱暴に刺した。ページをまたもとの方向にめくっただろうか――？」

「それはない」アノーが口を挟んだ。

モルトビーが妬み半分、親切さ半分で、振り返った。

「どうしてわかる？」

「ほら！」

アノーはそのページの一番上の見出しを指さした。

「船舶航行ニュース」その下にはこう書いてあった。

エル・レイ号はプロール・ポイントを午前六時に通過

モルトビーはその船の名前を確認し、それがさらなる調査という形になると全面的に認めた。モルトビーは単純な自殺の評決を捨てる思い切りがつかず、溜め息をついた。が、モルトビーはブーツの底まで正直な男だった。おもしろくもなさそうに、アノーに笑いかける。

「そう、それがブライアン・デヴィッシャーを移送中だった船だ。その先七マイルの地点で、デヴィッシャーは荒れた海に真っ逆さまに飛びこんだ。そうだ――が、それがなんだってんだ！」

その悪態は、仮にそうしたいと思ったとしても、自分の仕事をほんの少しでも怠けることのできない、働き過ぎで忙しい公僕の心の声だった。

フォスターはこのとき、アノーの言葉も、モルトビーの言葉も、聞いていなかった。自分の記憶をたどるのに没頭していたのだ。

「わたしは立っていた」そう言って、部屋を見まわす。「ちょうどブラウンが立っていた場所に。そうだ――たぶん、間違いない――夕刊を見て、ホーブリーは恐怖でふっと息を呑み、なんだか怒ったように最後のピンを海図に刺したんだ。そうそう――」フォスターは笑顔を向けた。「結構だ、ブラウン。もういいよ」ブラウンが出ていっても、フォスターは笑顔のままだった。「そこのピンに気づきましたか。英国軍艦旗が翻っている黒いピンですよ。いかにもホーブリーらしい。すべて、国王と祖国のために。大きな悪戯小僧だ――好きにならずにはいられなかったでしょう。ホーブリーはそのピンを手に入れるために、わざわざリージェント・ストリートのハムリーズ玩具店まで行ったに違いありません。それはともかく、ホーブリーがピンをぐっと刺したとき、急にわたしが後ろにいると気づいたんです。慌てて海図に覆い被さるようにして、言いました。『その手紙は、暖炉のそばの小テーブルに置いていってくれ。帰る前にサインしておく』そして、左側の下の引き出しを開けたんです。わたしが出ていき次第、そこに海図を戻そうとしているように。ですが、持っていったわけですね」

フォスターは椅子に座ったまま、すばやく向きを変えた。

「そのとおり」モルトビーが答えた。

「そのとおり」アノーが答えた。

「そのとおり」リカード氏が答えた。

「そのとおり」ハーバート警部が答えた。

四人はフォスターにのしかかるようにして、椅子の周りで半円形に立っていた。自分たちが作っているこの集団より威圧感のあるものを、リカード氏は想像できなかった。一方、自分が脅す立場の一人であることに、内心喜びを少し感じていた。フォスターは確実に動揺していた。両手のひらをこすりあわせ、椅子のなかで前屈みになる。

「いや、それだけですよ」フォスターは大声で言うと、椅子にぐっともたれ、他の三人ではなくあえてリカード氏を選んで視線を合わせた。

「おやおや、あなたを見てますよ。魅力的なんでしょうね」アノーが小声で言った。

このお咎めの言葉が本当だったらいいのにと、リカード氏は思った。「迫力が足りなかった」リカード氏は残念そうに答えた。

「それにしても妙ですね、ホーブリーがあの海図をホワイト・バーンまで持っていったなんて」フォスターはさりげない口調で続けた。この威圧的な半円形の人の壁を破り、抜けだす機会を窺っていたのだ。が、アノーは上手だった。

「もっと妙ですね、その海図の断片、黒檀の板の破片一つ、ホワイト・バーンで見つかっていないのは。おまけに画鋲一つも出てこない」

「ええ、それはさらに妙です」フォスターが相づちを打った。「だれかが持ち去ったに違いありません」

「じゃあ、『だれか』の存在は認めるんだな」モルトビーが厳しく決めつけた。

「いや、違う」フォスターは慌てふためいて叫び、続いて負けを認めた。「降参しますよ」

フォスターは左下の引き出しにぶら下がっていた鍵束をとりあげ、区切り棚中央の小さな扉の錠前に鍵を差した。

「ここに手紙が一通あります。手がかりにはならないでしょう。明らかに事件とはなんの関係もないので、話さないつもりだったんです。正真正銘の大物に宛てて書かれたものなんですよ。まさかホーブリーがこの人に手紙を書くなんて、驚きました。それでも、書いていたんです。おまけに長い手紙で」

「内容は知ってますか?」モルトビーが尋ねた。

「見当もつきません」フォスターが答えた。「ただ、同封物がありました。気がついたのを覚えています」

「住所は?」アノーが訊いた。

「ああ、そうですね。もちろん住所がありました。ご了解いただきたいのですが、そういう手紙があることを、ホーブリーはわたしに隠そうとはしなかった。もしなにかあったら――そういう言いまわしがありますね——必ず投函されるよう、わたしが気をつけることになってました」

「ホーブリーさんがそんなことを？」リカード氏は声をあげた。「もしなにかあったら、なんて——」

「実質的には、必ず投函されるようにしてくれ、と言いたかったんでしょう」フォスターが応じた。

「ウィンクしながら言ってましたしね——」

「ウィンク？」アノーが聞き返した。

フォスターは頷いた。「ちょっと怪しいでしょう？　でも、封を切って直接見ることができますから」

「じゃあ、その手紙には封が？」

「そうです。黒い封蠟で。ホーブリーがわざわざ指さして、またウィンクしたんです。思わせぶりでしょう？　わたしの亡くなった主人はやり手でしたから」

「それはそれは結構だ」モルトビーが言った。「だが、君の開けた戸棚は、ハバードおばさんの空っぽの戸棚（前述の『マザーグース』より）と同じじゃないか。なにも入っていない」

フォスターはにやりと笑った。「それほど簡単な仕掛けじゃないんですよ。ここの天井部分に木でできた小さな閂がありましてね」フォスターは中指の先で探り、木釘を外した。それから、側面に穴がうがたれている、引き出し部分の奥まで手を伸ばした。「さあ、ご登場ですよ！」引き出しの左横にある柱が手前に引きだせるようになったのだ。それは縦型の薄い引き出しになっていて、開口部が上にあった。フォスターは引き出しを抜いて、逆さにして振った。中央の引き出し同様、空っぽだった。薄い引き出しの側面を叩き、もう一度振って、なかを覗きこむ。

「ここにあったんだ！」フォスターは言い張った。「安全のために、ホーブリーはここにしまったんだ」

　モルトビー警視は引き出しを受けとって、調べた。

「この仕掛けを知っている者なら、だれでも盗めたな」と文句を言う。

「そうじゃない。そいつはまずこの扉を開けなきゃならなかった。それには、鍵が要る」

「いつとりだしてみせたのか、教えてくれるか?」

　フォスターは頷いた。

「昨日です」と答える。「ホーブリーは『ニュースバッグ』の創刊号で、てんてこ舞いでした。ですから、二日前になってようやく一、二時間の余裕ができたんです。ホーブリーは包みを作って封筒に封をし、一昨日《おととい》、この秘密の引き出しにしまったんです」

「じゃあ、昨日だな」モルトビーは追求した。「いつでも盗れた、仮にその手紙で被害を受ける相手がおとなしくなかった場合には。どうだ?」

　フォスターは秘密の引き出しを戻し、木釘をもとの位置に入れて、中央の引き出しの扉に鍵をかけた上で、ひどく堅苦しい態度で鍵を警部に返した。フォスターはまた形式張って口の堅い事務長になっていた。

「警視、そのような意見にはまったく賛成できかねます」フォスターは言った。と、アノーが笑顔で椅子から立ちあがった。

「違いますよ、フォスターさん。それははっきりしています。警視は決して、あなたがやったと言っているわけではないですよ」と明るく言ってのける。「ですが、一つ教えてくれませんか。その包みの宛名の大音声はだれなんですか?」

「大立て者」リカード氏はやや戸惑っている事務長に助け船を出した。

「わかりました。たしかに、そちらには名前を知る権利がありますからね」フォスターは答えた。

「宛名はセプティマス・クロトル。ダガーライン汽船の会長で、私邸の住所、ポートマン・スクエア四一Aでした」

第十三章　恐怖、疑念、好奇心

夕食が終わった。窓は開いていて、グロヴナー・スクエアを横切る道路は、田舎の小道のように静かだった。そこまで静かでも、丸テーブルの周りに三人の男が座っているリカード氏の食堂ほどではなかっただろう。彩色を施されたバタシーエナメルの背の高い燭台には四本の水色の蠟燭が燃えていて、他に明かりはなかった。三人の男たちはコーヒーのカップを脇に押しやり、煙草を吸っていた。が、だれも口を利かない。やがてリカード氏がいたたまれなくなり、あまり上出来ではないたとえ話で、沈黙を破らなければならなくなった。

「この四本の蠟燭は、薄暗がりで小さな炎の槍のように燃えている。暗さが増すにつれ、ますます輝く。そう、わたしの両脇にも炎の槍を思わせる二人がいる。問題の闇が深ければ深いほど、鮮やかに貫くだろう」

アノーは首を振った。陰になったその表情は、リカード氏には読み解くことが難しかった。それでも、リカード氏がこれまでわずか一、二度しか聞いたことのない重々しい声で、アノーは答えた。

「わたしならあなたの蠟燭を、真実を貫く槍よりもっと上手にたとえた表現ができます」

「そうかい？」

「上下逆さまのハートですよ」

リカード氏はその妙な形に負けず劣らず、その静かな声にも大いに驚いた。

「どういうわけで？」質問が口から出かかったとき、モルトビーの手が腕をぐっと握るのを感じた。しかし、アノーは途切れた質問に答えた。

「恐怖で、ですよ」

一瞬、暗闇が濃くなり、蠟燭の明るさがかげったように思えた。

「わたしはね、新しいホテルの狭い廊下の一つで、ある部屋番号を見つけるように送りこまれたような気分なんです。番号は見つからず、廊下は突きあたりで折れる。また廊下が折れて、番号は見つからない。ただし、わたしは恐怖と出くわしたのです」

再度、沈黙が訪れた。が、リカード氏はもうその邪魔をしたいとは思わなかったし、モルトビーの手も袖から離れた。アノーは続けた。

「恐怖が大きくなってきた経緯を説明させてください。最初は、自殺の事件だった。単純で、ホーブリー一味ならそれほど無理もない。あのフォスターが言ったように、喉元にカミソリを突きつけられている状態なのだから。だが、今ではない。事業は上げ上げだった。『ホーブリーのニュースバッグ』は、『ホーブリーの飼い葉袋《ノーズバッグ》』になるところだった。派手なポスターがありとあらゆる通りに掲げられる。笑いと金は止まらず、コックが引き抜かれる。ある、ある、ある。が、自殺は？　ない！」

「海図があったが」モルトビーが口を出した。

「ホーブリーが覆い被さるようにしてフォスターの目から隠そうとした海図ですね、彼を忘れてはいませんよ。白い旗のついた黒いガラスのピンでホーブリーがなにを示そうとしていたのか、疑いようがありません。最後のピンはプロールの観測所の反対側に怒りをこめて刺された。それは古い蒸気船、エル・レイ号の航路を示したもので、彼女が物騒な来客を送り届けるために寄った港や、信号を送ったロイズ通信局でした。厄介ごとか？　たしかに。危険か？　おそらくは。ただし、翌日になってからのはずだった。その晩は、まったく危険はなかった。エル・レイ号はまだ、航海の途中だったのだから。バーチ岬をまわっているところだったんです」

「そのとおりだ」モルトビーは認めた。「朝になったらエル・レイ号を迎えるように、ホーブリーの事務所からグレイヴゼンドに事務員が一人来ていた。事件当夜にデヴィッシャーが来ると、ホーブリーが思っていたはずがない」

「それでも、ホーブリーはホワイト・バーンまで海図を持っていった？」アノーは自分の考えを追っていた。「なぜ？」

「ああ、それは簡単だ」モルトビーが応じた。少し前よりずっとくつろいだ様子で椅子にもたれ、葉巻をふかす。「既にフォスターから隠そうとしていたんだ。消し去りたかったんだよ」

「そして、実際にそうしたんだ」リカード氏は決着をつけ、やや癇に障る笑い声をあげた。

「どうやって？」すかさずアノーが訊く。

「暖炉の火があったよ」リカード氏も負けない速さで言い返す。

「なんてことだ《サペリポペット》！」アノーは拳でテーブルを叩き、怒鳴った。「そんなはずはない。あの丈夫な白い紙でできていたんですよ、海図は。平たい黒檀の小板もあります。全部ちっちゃな薪の火で燃えてしまって、焦げた紙の灰も、板の焼け残り一つも見つからない？　燃やされたことを教えてくれる真鍮の画鋲一つさえ？　わたしは奇跡を信じていますよ、本当です。ですが、奇跡には筋が通っていなければ」

リカード氏は思った。奇跡に筋が通っていても奇跡たりうるかという問題は、弁論部にとってはおもしろい論題かもしれない。が、アノーはひどく鼻息が荒かった。アノーがこんなに激しい怒りの言葉を吐くところを、リカード氏は一度も見たことがなかった——なんてことだ《サペリポペット》——アノーが真剣そのもののとき以外には。そこで、リカード氏は茶化したりせずに、意見を言った。

「ホワイト・バーンで、例の海図は見落とされたのかもしれない」

アノーは肩をすくめた。

「おやおや、イギリスの警察ですよ！　想像力の欠如で非難されることはあるでしょうが、手がかりを見落としたりしませんよ。何一つ見落としませんよ。黒檀の板に留められて、ガラスのピンが刺さった小さな海図なのに？　ありえません。本気で考えましょう」

「それこそ本気だ」モルトビーが冷静に話を続けた。「今夜、わたしたちがホーブリーの事務所を出たあとに、ホワイト・バーンでは二度目の捜索が行われた。なにも出てこなかった」

「結構」リカード氏は薪の火以外の作用によって海図が消えたことを受け入れた。アノーが朝ほのめかした推理でホーブリーの死の説明がつけば、その点も解明されるだろう。

「結構。デヴィッシャーという男がホワイト・バーンへ来た。それがデヴィッシャーの記憶しているホーブリーの住所だった。遅い時間にやってきて、争いになった。争いになるのに、充分な理由があったわけだから。殺人を犯す——それが君の恐怖だろう？——そのあとで、海図を持って出ていく——」

「どこへ？」

テーブルの向かいから突然質問を投げかけられ、リカード氏は口を閉じた。結局、そこを考えなければならないのだ。リカード氏は、すぐに山のような困難に直面した。おそらくデヴィッシャーは、三時半にロンドンに到着したのだろう。借り着で、十五ポンドのうち、運賃と昼食の支払いをした残りを持って。荷物はなし。そして、なんとかロードシップ・レーンにたどり着いた。仮に復讐のための殺人という推理が採用されるなら、人目につかずに。そのあと、姿を見られることなく、安全に夜を過ごせる場所へと夜更けに逃げた。

「名前と人相を知らされてからずっと、捜索が続いている」モルトビーが仏頂面で言った。「ホテル、下宿、宿泊所。パスポートも荷物もない男」

「それに加えて、デヴィッシャーは七年間イギリスにおらず、国内のだれとも連絡をとっていない、でしょう？　なおかつ、あっさり姿を消した、ロンドンの泥棒の溜まり場ならどこにでも居場所があるみたいに――信じがたいですね」

「それでも、不可能じゃない」リカード氏は言いつのった。「それに、自分が捜索されていることに気づいていなければ、可能性はもっと高まるんじゃないか」

アノーは両手をあげた。

「わたしたちは論理のなかで、自分を見失ってますね。おとぎ話を作っています。実直な警察官が、ですよ。引っかかっている点を話しましょうか」

アノーは目の前にあるもの――皿、カップ、ソーサー、テーブルマット――をすべて押しやり、トランプを配るかのように場所を空けた。

「第一に、自殺する理由がありません。あの素敵なフォスターがその点をはっきりさせてくれました。第二に、ホーブリーは昔小悪党を不当な目に遭わせたことがあり、その相手が今朝イギリスに着くことになっていた。ホーブリーはそのデヴィッシャーに会えるように手をまわしていた。ホーブリーがデヴィッシャーを恐れていたという形跡はない。しかし、デヴィッシャーは既にイギリスにいた。昨晩ホワイト・バーンへたどり着いたとも考えられる。ホーブリーを殺したのかもしれない。まさに過去を清算するために。違うとは言いません。ただし、そうだとも言いません。わたしに言えるのは、一か八かでデヴィッシャーがホワイト・バーンにいたなら、彼はずっと大きな問題に首を突っこんでしまって、今は安全に隠されなければならないってことです」

モルトビー警視は下唇を突きだし、苦い顔でマホガニーのテーブルを睨んだ。

「そういうふうには考えていなかった」と反対する。「デヴィッシャーは一人ではなかった、あるいは、いずれにしろ単独行動をやめたと？　もちろん、やつは姿を消した、金も、荷物も、友人もなしで。そうだ、第三者がいた、もしくは、やつが無事に逃げ去るように気を配っていただれかがいたという見立てだな」

「それに、あの奥さんです」アノーがすかさず付けくわえた。「オリヴィア・ホーブリー。彼女を忘れないようにしましょう。わたしたちがなにを話しても、なにを見せても、ちっとも驚かなかった。すっかり怯えていた、恐ろしかった時間をもう一度思いださせられたら、だれでもそうなるように。が、驚いたか——いいえ。奥さんは知っていたんです。その場にいたんです。それでも口を割ろうとしない」

「もしかしたら、脅されていたんじゃ——」リカード氏は言いかけたが、絶対に最後まで言わせてもらえないというお決まりの憂き目に遭った。

「いや、いや、いや！」アノーが大声をあげた。「言いたいことはわかります。ですが、今日の奥さんは脅されていなかった。警官が門と家のなかにいたんですから。では、口を閉じるように強いていた力はなんだったのか？　なにか恐ろしいもの——容赦のないものです。口を開けば、夫と同じ末路をたどるという、揺るぎない確信。そうです、昨晩だれかがホワイト・バーンにいたんです。そのだれかは戻ってきたんですよ」

「デヴィッシャー？」リカード氏は訊いてみた。「黒檀の板に貼られた海図を取り返すために」

アノーは一、二度、頷いた。納得はしていないが、その主張を無視することもできなかったのだ。

「かもしれません。海図を見つけられたくはなかったでしょう。あまりにもはっきり、自分を指していますからね」

「だが、君自身は、別の人間が別の目的で来たと思っているんだろう？」モルトビーが訊いた。

モルトビーの声にはおもしろがっているような調子があったが、同時に尊敬の念も感じられた。アノーがホーブリーの死についての一目瞭然の説明、自殺もしくはブライアン・デヴィッシャーによる殺人という説に、頑なに目をつぶっているのは滑稽だった。心のなかで自分が作りあげた幻を追っているのは。それでも、アノーには人を不安に陥れる力があった。あの狭い通路のイメージ。また通路、そのまた次の通路、そして行き止まりには——恐怖。モルトビーは心底気に入らなかった。

「ミセス・ホーブリーが危険にさらされていると考えているのか？」モルトビーが重ねて訊いた。

「ありうると思います」アノーが答えた。

「デヴィッシャーからの？」モルトビーが追及すると、アノーは急に手のひらを表にして、両手を突きだした。

「違う、違いますよ、モルトビー。わたしは混乱させるために、あなたを真っ赤に熱せられた火かき棒で突つくために、この場にいるのではありません。密かに悪事を働く道化者？　とんでもない。あなたをお一人で楽しませておいて、わたしは暇にすることにします」

　というわけで、三人の男たちはその場で緊張を解いた。葉巻が新しくなり、アルマニャック・ブランデーの実用的なデカンターがまわされた。モルトビー警視とリカード氏は、揃ってアノーが暇を過ごすのに最適な場所を探そうと頭を悩ませた。「マーゲイト」とモルトビーが言った。リカード氏はブライトンを推した。が、予想もつかないアノーは、既に自分で予定をたてていた。

「大聖堂たちです」アノーは言った。「わたしは縞模様の日よけの下で、歩道にある大理石のテーブルの席に座って、大聖堂たちを眺めたいんです。大聖堂たちはどっしりしています。わたしが道路を渡って、『逮捕します』と告げたところで、びくともしません。『ちっぽけで馬鹿なアノーとやらが来ているよ』こう言うだけでしょう。そして、ずっと奥のほうから、くすくす笑う声が聞こえてくるんです。そうですとも。わたしは明日、大聖堂を見に行きます。彼女はすばらしく美しい建物だと聞きました」

　リカード氏でもびっくりするような発言だった。アノーの性格の現実的な執拗さの陰に、これほどロマンチックな一面があったとは。が、フランス人のアノーが付けくわえた言葉に、心底仰天することになった。

「彼女には珍しいもの、たしか〝飛ぶ尻《フライング・バトック》〟（飛び梁〔フライング・バットレス〕の言い間違い。ウエストミンスター寺院にある）があるとか」

　モルトビーは椅子のなかで飛びあがった。リカード氏は冷ややかな目で友人を見やった。

「フランスの大聖堂にはあるんだろうね」と冷たく言い放つ。

「いやいや！」アノーはこの上なくまじめだった。「彼女に美を添える、都会の下品な言葉を口にして、あなたたちを笑わせるべきではなかったですな。いや、わたしは駅でポーターを案内板まで連れていって、ステッキで指し、とげだらけ《ソーニー》の手に金を押しこんで――」

「硬い《ホーニー》」リカード氏が訂正した。

「で、こう言うんです」アノーはリカード氏の差し出口を完全に無視して続けた。「『この到底発音できない場所までの往復切符をお願いします。わたしは今、暇にしてるんですから』」

モルトビー警視は、葉巻の吸いさしを灰皿でもみ消した。

「その要求に対するポーターの反応を見たいものだ」そして、顔から笑みを消した。

「じゃあ、君は投げだすんだな」その大きな声には挑むような調子があった。この事件全体で、リカード氏にとって一番の驚きはまさにその点だった。アノーが事件を投げだす。暇にして、ゴシック建築のそばにある縞模様の日よけの下でぼんやり過ごすのだ。

「そうですよ、モルトビー。あなたはあなたのやりかたでいくのです。あの愉快なホーブリーを海の男にするでしょう。なんでもあなたの望みどおりです。それでも、わたしが戻ってきて、あのすばらしいマダム・ホーブリーとちょっとした面会をして、ヴァンドーム広場の辛抱強いグラヴォのための小切手を獲得してきたら、あなたはお別れを言うついでに、わたしがぜひ聞きたいと思っていることを教えてくれるでしょうね」

「ほう?」モルトビー警視は用心しながら尋ねた。「それはどんなことかな?」

アノーは肩をすくめた。片手を振ってその話題を片づけようとしたものの、好奇心は抑えられなかった。

「そうですね。浮き沈みの激しい商売人が大立て者になんの手紙を書かなければいけなかったのか、知りたいですね。『ホーブリーのニュースバッグ』が巨大なダガーライン汽船になにを伝えなければならなかったのか。それから、ダニエル・ホーブリーがそこまで慎重に封をしてセプティマス・クロトルに宛てた封筒に入れていたものはなにか」

「そうは言っても、手紙はなくなったじゃないか」リカード氏が声をあげた。

「そのとおりですよ」アノーはきっぱり答えた。「だからこそ、知りたいんです」

第十四章　面会の約束、整う

　翌朝、控えめなトンプソンがリカード氏の寝室へ、朝のお茶《モーニング・ティー》とともにしずしずと入ってきた。潮の香りがわずかでも風味を損ねてはいけないと、何か国も陸送されてきた紅茶だ。その際、盆に載せられていたのは、アノーからの短い手紙だった。リカード氏はありがたく思った。朝に愛想がないといったら、リカード氏よりひどい人間はいない。ろくにノックもしないで騒ぎながら入ってくる薔薇色の頬の人々、甥や姪、現代ふうのしつこい輩は、入室を許されない。起床という行為は、おしゃべり抜きで行われる、静かでゆったりした儀式なのだ。立ちあがって着替えるまでは、地球の日中の軌道でどんな岩や石ころや木々と一緒に回転させられるのか、考えないことにしている。

　そこで、友人のためにできることはしたいとの思いから、リカード氏は手紙を開封した。こういう内容だった。アノーはある驚くべき考えをあきらめきれず、発音不可能な町への訪問を延期した。彼自身がセプティマス・クロトルに会わなければならない。面会を要求できる職権はない。このホープリー事件では、アノーにはなんの重要性もない。それに、セプティマスがアノーの名前を一度も耳にしていないことさえありうる。この世で、名声が封じこめられる範囲の狭さほど、おかしなものはない。リカード氏自らも認めたように、グラッドストーンが一八八四年になんと言ったか、だれも答えられなかったくらいだ。そういうわけで、アノーがセプティマス・クロトルに紹介されるのが望ましい。それができるのは、あのすばらしいモーダント大尉以外にない。彼は——あたりか？　外れか？——知らない人物をセプティマス・クロトルに紹介するのに熱心だったと思われる。アノーは親友に伏してお願い申しあげる。「重々わかっています」手紙はこう結ばれていた。「かのセプティマス・クロトルが気難しいことを。ただ、ご承知のとおり、気難しい人を扱うのはわたしが大いに得意とするところです。あなたはそういう現場を見てきた。わたしはすばらしい、高く舞いあがる《アイ・ソア》のです」（間違いない〔アイ・スウェア〕の言い間違い）続いて、いつものように王国の貴族ふうのサインがあった。

　リカード氏はそのサインを鼻で笑って、書き手の虚栄心を彼らしく穏やかに馬鹿にした。それでも、セプティマス・クロトル宛のホーブリーの手紙という怪しい問題を解明できないままにしておくのは、リカード氏も気が進まなかった。加えて、他の多くの疑問の答えも知りたかった。だれがあの家に来て、夜明け前に受話器をとったのか？　なぜ、オリヴィア・ホーブリーは寝室のドアに鍵をかけたのか？　それはいつだったのか？　『ホーブリーのニュースバッグ』が『ホーブリーの飼い葉袋《ノーズバッグ》』になろうというとき、ホーブリーはなぜあの異様な青い柄のナイフを自分の頸動脈にあてて引いたのか——やったとしたらだが。

　結局、リカード氏は立ちあがり、いつものように念入りに着替えをすませ、クラブで昼食をとろうとしているモーダント大尉を見つけた。そして、大いに気を揉んだ。モーダント大尉は、リカード氏が無二の親友だったかのように、バーへ引っ張りこんだのだ。

「昼食前のカクテルを」

　招待は現代風な言いまわしで簡略化されていた。

「マンサニリャ（スペインの辛口シェリー酒）を頼みたいんだが」リカード氏が言うと、バーテンダーは目を瞠った。

プロの知らない酒の銘柄を知っている客に、恐れをなしたのだ。

「ちょっと切らしておりまして」バーテンダーは答えた。最近はその酒が売れに売れていましたので、話を大きくしようかと思ったが、その話題は危険を伴う。

「では、一番辛口のシェリーを一杯」リカード氏は頼んだ。バーテンダーは無難に辛口シェリーのティオ・ペペを選んだ。

昼食の席で、リカード氏がまだそわそわしている間に、モーダントは切りだした。今朝、モルトビーがモーダントを訪ねたらしい。モルトビーはノートを構えた忌々しい男を連れていた。ブライアン・デヴィッシャーの居場所は？　なぜデヴィッシャーが上陸したことを当局に知らせなかった？などなど。

「モルトビーの対応は申し分なかったとしか言いようがありませんね」モーダントは続けた。「わたしがしゃべっていることを、もう知っているみたいでした」

リカード氏は訳知り顔で笑った。

「わたしが先に供述したので、それを確認していたんですよ」

モーダントはリカード氏をじっと見つめ、ぐっと身を乗りだした。

「リカードさん、あなたなら力になってくれるんじゃないかな。わたしは月曜日にイギリスを発たなければならないんです。切符も手配してあるし、船室も予約してあります。止められるのは、警察だけでしょう」

「あなたはどんな形であれ、当事者ではありませんよ」リカード氏は断言した。「時間のないときに道理をわきまえた人間がすると考えられることを、あなたはすべてやったんですから。わたしはここに残りますし、わたしたちは同じ話をしたはずです。モルトビーがあなたを引き留めたがるはずがありませんよ」

　モーダント大尉はすっかり安心したらしい。口調が軽くなり、顔から陰が消え、身だしなみがよく礼儀正しいリカード氏を見ながら、一瞬口元をほころばせた。

「ということは、なんらかの事件絡みなんですね」モーダントが水を向けた。

　リカード氏はしゃべりたいという思いと、非公式な探偵としての口の堅さを天秤にかけているようだった。

「そうなんです。これだけは言えますが――事件があるんです」リカード氏はこっそりと告げた。

「当然、あなたも関係している」

　事情通ぶった笑みを浮かべながら、リカード氏は囁いた。

「首までどっぷりとね」

「では、犯罪ですか?」

　犯罪。魅惑的な言葉だ。その言葉は二人の男を同類にした。リカード氏の心を惹きつけたその犯罪は、知り合いみんなに知れ渡っている。が、その人たちも惹きつけられてはいないのだろうか?どんな集まりにおいても、不可解な犯罪が徹底的に調べられて立証されていく際に、ロンドンの中央刑事裁判所《オールド・ベイリー》にいたとある人物が話せば、どんなにさりげなく切りだしたとしても、そのあとには沈黙が続くだろう。その人物は単なる鈍いやつかもしれないし、人数合わせのために連れてこられた最後の手段の役立たずかもしれない。だとしても、たちまち注目の的になり、質問攻めにあうはずだ。暗い人間模様を織りなした登場人物や情念、出来事について、洗いざらい明るみに出してしまうまでは、無名の人へと逆戻りすることはないだろう。すべてが明らかになったときでさえ、集まっていた人々の一人一人が、ちょっとした無念の痛みとともにしみじみと思うのだ。「その場にいたのがわたしだったら、ずっと多くのことに気づいていただろうに」

そういうわけで、希望は海の向こうへと飛んでいたものの、モーダント大尉は目を輝かせて身を乗りだした。

「そうなんですね。リカードさんは犯罪の研究家として知られていますから」

こういうときに、リカード氏は若干のせられやすかった。気どって笑う。

「まさか。素人評論家くらいですよ。いや、研究家？　そうですな、世間はそう言うかもしれませんね」

「モルトビー警視は、あなたが小さなフランス人を連れてきたと言ってましたが」

「小さい！　いやいや、モーダント大尉。その人は雄牛のように大きくて、やっぱり少しも手に負えないんですよ」

「会ってみたいものですね」モーダントの声の興奮ぶりには、単なる好奇心をはるかにしのぐものがあった。

「それくらいなら」リカード氏は答えた。「お安いご用ですよ」

水を向けられたリカード氏は、昼食のテーブルについている間に、ホーブリーの謎の事件について知っている限りをモーダントに話してしまった。

「デヴィッシャーは姿を消してしまったんです。そうです、怪しげな事実です。それでも、アノーがずっと——いや、不正確な言いかただ——もっと重要視しているのは、ホーブリーがセプティマス・

クロトルに宛てた、同封物のある封印された手紙のようなんです。クロトルさんは受けとったのか？　もしそうなら、なぜ黙っているのか？　なにも知らないのか？　アノーはクロトルさんとぜひ近づきになりたいと」

「セプティマス・クロトルは、変わり者のじいさんですから」モーダントは色よい返事をしなかった。

「偏屈な老人だ、たしかそう言ってましたね」リカード氏は続けた。「加減して扱わなければならないと、アノーは承知していますよ」

「そうですか。それでも、先方は違いますからね」モーダントは答えた。「人を踏みつけにできるんです」そう言って、ちょっと思案した。「よければ、上階でコーヒーと葉巻をやりましょう。その間に、どんな手が打てるか考えてみますから」

二人は上階の喫煙室へ行った。小さな腰掛けに座った二人の横に、コーヒーとブランデーが置かれた。

「葉巻だ」モーダントが注文した。すかさず、リカード氏が口を出した。

「クラロ（色が薄くて軽い味の葉巻）を頼む！　この時間にコロラド（色も味も中程度の葉巻）は合わない」

「まいったな」モーダントは異議を唱えた。「虫を勧めてるわけじゃあるまいし」そして、リカード氏がくつろげるようにすると、電話室へと入り、十五分で戻ってきた。

「うまくいきましたよ。手紙についてはなにも話していません。それどころか、ホーブリーが死んだことについても一切触れていません。ホーブリーが自分宛に手紙を書いていたなんて聞かされたら、かんかんでしょうから。ただ、それはそちらの仕事です。アノーさんとあなたが話をしたがっているとだけ、伝えておきました」

「話をしてくれるんですか？」

「ええ。ちょっとした犯罪ですよ！　日曜日の晩にセプティマスのところへ行く予定なんですが、あなたとアノーさんを連れていきましょう。ただし、警告があります。合わせてもらわなくてはならないんです。日曜の夜は、セプティマスが仲間と過ごす夜で、決まりがありましてね。家族と、友人が一人か二人。ポルトを一杯飲み、そのあとだれかが本を一冊朗読する。そして女の子たちは――三十歳以下は一人もいないんですが――寝室に下がらせられる。話ができるのは、それからです。正装する必要はありません。行く前に夕食をすませておくことになります。そちらの家には七時五十分に行きますので」

リカード氏はたじろいだ。リカード氏にとって、その議事日程は委員たち向けの言いまわしではなかった。

「それじゃあ、七時に夕食にしなければならない」信じがたい思いで、リカード氏は抗議した。

「そのとおり。あの老人は時代の波に乗り遅れないようにしてるんです」モーダントは言った。「定期蒸気船チュニス号の船長だったときは、六時に夕食だったのでね」

第十五章　セプティマスの朗読

セプティマス・クロトルは、ご大層なヴィクトリア様式の邸宅にご大層なヴィクトリア様式で暮らしていた。彼がずっと陸上生活を送ってきたのではないことは、もう外見上からはわからない。外気にあたった気配は頬から消え、鋼のような目と強大な権威のオーラは船長に限ったものではない。ポートマン・スクエアの食堂で夜八時に新来の客三人を迎えたのは、ドンビー氏（チャールズ・ディケンズの小説『ドンビーと息子』に出てくる金に汚く高慢で頑固な実業家）としても通用しそうだった。セプティマスはブロード生地の長いフロックコートを着ていた。巨大な一粒の真珠で飾られた黒いサテンの首巻きのひだの上からは、白い輝くような襟が覗き、その二つの先端が顔を挟むように飾っていた。

「みなさん、ポルトを一杯飲んでくれ」セプティマスは言った。「小間使いのメアリーが椅子とグラスを用意した」

屋敷には男の使用人が一人もいなかった。つまり、一家の家長は、未婚の娘たちにかしずかれていたのだ。メアリーは長いテーブルで三人分の席の片づけをすませていた。セプティマスの右側の一席は、アノー用。左手の二席がモーダントとリカード氏用だった。女性陣はもちろん、既に客間へと移動してしまっていた。

「ようこそわが家へ、ムッシュー・アノー」セプティマスがポルトのグラスを掲げた。

「ご招待に感謝しております、クロトルさん」アノーが答え、自分のグラスを掲げる。

両者が頭を下げ、グラスを傾けた。アノーは自分のグラスをおろしながら、興奮を露わにした。

「これはすばらしい、あなたがご馳走してくださったポルトは」

「最上級品だ」セプティマスはあっさりと言った。「わが家のものでね。ジョージ、ムッシュー・アノーにお代わりを」

リカード氏の右側にいた金髪の若者が満面の笑みを浮かべ、目をきらめかせながら、指示に従った。

「会長が手ずから自分の貯蔵所にあったものをデカンターに移したんです、ムッシュー・アノー」愛想よく言い添える。「そこまで気を遣う相手は、そう多くないんですよ」

アノーはポルトを味わい、天井を見上げた。もう一度口に運ぶと長い間口に含んだままで、やがて目を閉じ、ゆっくりと飲んだ。リカード氏は友人のふるまいにうんざりした。アノーにとっては、ポルトはポルトで、色が濃ければ濃いほど、粘着性が強ければ強いほど、好みなのだ。「あのお追従ぶりを見ろ」リカード氏は思った。「へいこらしてる」

が、明らかにセプティマスは気に入ったらしい。

「葉巻を一本進呈しよう」そして、続けた。「ただ、すまないが朗読が終わるまで待ってもらわなければならない。その間に、甥のジョージ・クロトルを紹介したい。モーダント大尉の反対側に座っている紳士はご存じだと思うが」

アノーは、痩身で背が高く、灰色の口ひげを蓄えた男性を見やった。

「はいはい」片手を差しだしながら、アノーはちょっと驚いた様子で答えた。「たしかに、お目にかかったことがあります」

「アラン・プリーディー先生、ダガーライン汽船の事務弁護士《ソリシター》の一人だ」

「ごく、微力ではありますが」プリーディーは控えめに口を挟んだ。「大事件を担当したいとは思っておりませんし」

「事件のほうからやってきますよ」アノーが持ちあげた。

「ただし、ダガーライン汽船関係ではないことを願いますよ」ジョージ・クロトルがふざけて、うろたえたふりをした。

「ありそうにないな」ちょっと苛立ったような口調で、セプティマスが口を出した。「もう一人甥がいる」まだ苛立った口調だった。「どうやら、今晩同席してくれるつもりはなさそうだ」

「失礼ですが」クロトル家の事業の古枝と若枝の良好な関係を保つのが自分の義務の一つだと気づいたかのように、プリーディーがやや強い口調で制した。「ジェームズさんは少し前に到着したようですよ」

セプティマスは頭をまわし、耳を傾けた。

「そんな様子はありませんね」とジョージが言った。「ジェームズはよりにもよって、セプティマス伯父さんが朗読をするときに、みんなをがっかりさせるんですよ」

セプティマスは甥に賛成するように視線を向けたが、アラン・プリーディーはやはり不在のジェームズの弁護をした。

「玄関にタクシーの停車する音が聞こえたんですよ。原則として、お釣りのやりとりで運転手が重ね着している服を脱ぐことになりますからね。ああ、来ましたよ」

その言葉が終わる寸前に玄関のベルが鳴ったが、アラン・プリーディーはなんとか言い終えた。リカード氏が感心して目を向けると、弁護士の顔はちょっと赤くなっていた。

「そうですね」ジョージが明るくリカード氏に声をかけた。「鍵穴から立ち聞きしたいときには、プリーディーに代理を依頼したほうがよさそうだ。立派な才能ですよ」

アノーはポルトに集中しているらしく、なにも言わなかった。

ジェームズ・クロトルが部屋に入ってきた。背の高い、色黒で陰気な若者だった。伯父に詫びを言い、プリーディーの肩を親しげに叩き、笑いながら言った。

「法律上の遅延は、タクシーにとってはどうでもいいことなんだな」

そしてモーダントに軽く頭を下げ、アノーとリカード氏に紹介されると、アノーの隣の席についた。びっくりするほどジョージとは違っていた。ジョージは金髪の若者で、ジェームズと比べると女性的な美貌と言っていいように思えた。細身の姿には柔和な上品さがあり、笑顔や目には親しみが感じられる。ジェームズには、ないものだった。ジェームズは少し身を乗りだして、アノーに話しかけた。

「今晩あなたのような有名人に会えるなんて、伯父は教えてくれなかったんですよ」

その言葉には尋ねるような調子が微かに感じられたが、セプティマスがそれに応じた。

「たしか、ムッシュー・アノーはあとで重要な問題についてわたしと話がしたいとのことだった」

大きな銀の盆でコーヒーが運ばれてきた。リカード氏はカップのカチャカチャいう音でほっと胸を撫でおろし、隣のジョージ・クロトルに話しかけた。

「今夜、一番ありがたいものですよ。朗読の間、船を漕ぐわけにはいきませんが、難しそうで」

「伯父の朗読は、そう悪くないですよ」ジョージは答えた。「今晩は伯父の番ですからね、ありがたいことに。伯父なら眠気に襲われたりしませんよ、今にわかります」

そのとき、小間使いが入ってきて、女性陣が客間に揃っていること、三分前に時計が定刻を告げたことを、セプティマスに伝えた。

「では、行ったほうがいいな、メアリー」セプティマスが笑顔で言った。

「はい。部屋の準備は整っております、教会のミサのようでございます」小間使いは答えた。

わずかな時間だったろうが、セプティマスは動かなかった。顔に少し赤みが差し、口元に笑みを湛えたまま、火花のような光が目に若さを蘇らせた。セプティマスは顔をあげ、笑顔をまっすぐ前に向けた。早くも、この集まりの小さな儀式を楽しんでいたのだ。自分の声の響き、自分が魔法の網にかけた聴衆たちの静けさ。このような日曜の夜には、セプティマス・クロトルにとって冒険の世界が扉を開ける。四週ごとのこの時間、セプティマスははじめて航海の指揮を執ったときのスリルと栄光をわずかに取り戻す。本を開くと同時に、再びブリッジにあがるのだ。もはや政策問題に関わるダガーライン汽船のオーナーではなく、船の、乗客の、乗組員の、そして船荷の若き支配者だった。サウサンプトン・ウォーター（サウサンプトンからソレント海峡までの河口域）で操舵士の隣に立ち、熱帯地域の港に目を向けている。何週間もの寝ずの番を経た上で、船首から雷鳴のように響いてくる錨鎖《びょうさ》の音を、その港で聞くことになるのだ。セプティマスは椅子から立ちあがった。年老いてしわの寄った顔は生き生きと輝いていた。

「さあ、行こうか！」上がり調子の大声で宣言する。

モーダントはその変化に気がついて、笑みを浮かべた。「セプティマスは操舵士を解雇したな。ナブ・タワー灯台に向けて、スピットヘッド砦（英国本土とワイト島の間にあるソレント海峡に作られた海上の砦）の間に航路を定めた。視界にヤシの木の群生を、鼻孔に異国ふうの香料を、耳には苦力《クーリー》の単調な歌をとらえているのかな？　ポートマン・スクエアの食堂から客間まで歩いて移動するだけなのに」

ただし、これはモーダントの考えであり、彼だけのものだった。かつて、この一筋縄ではいかない老人から耳が痛くなる真実を聞くためにヘルフォード川をパッセージまで漕ぐだったときと同じ、本能的な気持ちの共鳴に動かされていたのだ。

リカード氏は夢想を好む人間ではなかった。単純に困っていた。カーテンや家具の一つ一つが癇に障るに決まっている部屋で、一時間にわたり、この老人が本を何ページも単調に読みあげるのを聞かなければならないと承知していたからだ。アノーはと言えば、引っかかることがあるらしく、それが態度に表れていた。あまりにもあからさまだったため、部屋の戸口へ向かおうとした際、袖に手を置くものがいた。アノーが振り返ると、ジョージ・クロトルがすぐそばにいた。

「なにか気になっているようですね、ムッシュー・アノー。ぼくでお役にたてますか?」

アノーはすぐさま反省し、謝った。両手を広げ、つっかえながらこう言う。

「これは失礼を——お許しください——癖はひどくなるもので——自分に問いかけるのです。その結果、突然人に迷惑をかけている次第です」

「ちっとも迷惑じゃありませんよ」ジョージは答えた。「ジェームズとぼく、ぼくとジェームズ、と見比べていましたよね」

アノーはますます動揺した。

「そんな権利はありませんでした」と謝る。「少しも。驚いたりしてはいけなかったのです。珍しくもないことですから——兄弟が——」

「同じ親から生まれたようにみえないのは?」ジョージは笑いながら、顔の向きを変えた。「ジェームズ!」色の浅黒い若者は戸口で振り返った。

「なんだ?」愛想がいいとは言いがたい返事だった。

「すべてばれたよ、ぼくらの負けだ!」ジョージはもう一度声をかけてから、アノーに向き直った。「ご想像のとおりですよ、ムッシュー・アノー。ぼくらは兄弟じゃないんです。もう一つ、クロトルという名前でもない」

ジェームズは苛立ったように小さく毒づくと、他の客たちに続いて部屋を出た。それでも、ジョージはアノーを引き留めた。ジェームズがぷいと姿を消すのを見て、声をあげて笑った。

「事実を知っておいたほうがいいんじゃないですか、アノーさん。特に、それでセプ伯父さんのいかにも高級船員らしいやりかたの、愉快な一面がわかりますから」

セプ伯父さんの妹、マリアはウィリアム・マーティンデールと結婚し、一人息子、ジョージを授かった。が、ウィリアム・マーティンデールはやもめで、先妻の息子ジェームズ・アーカートという連れ子がいた。従って、ジェームズとジョージには血のつながりはない。ウィリアム・マーティンデールはそこそこ優良な海運会社の共同経営者で、亡くなった際にセプティマスがその会社を買い、そこが所有していた立派な貨物船の何隻かをダガーラインに追加して、二人の青年を経営に参加させた。ジェームズのほうが三歳年上だが、ジョージは実の甥であり、セプティマスが死ぬか引退した場合には、ジョージ・マーティンデールがダガーライン汽船の会長になるだろうと考えられていた。ただし、ジェームズも実質的に取締役と共同経営者として会社に残るだろう。

「そして、ある朝」ジョージは続けた。「ぼくら二人が起床したら、ぼくらの名前がクロトルに変わったと『タイムズ』紙で報じられていたんです。素敵な名前というわけじゃないし、さっき見たとおり、ジェームズはいまだに腹の虫がおさまらないんですよ——なにしろ、事前にも事後にも、伯父はぼくらのどちらにも一切その件を口にしないんですから。ただ実行に移しただけ——糖蜜に混じった少量の硫黄といったところですか。まあ、糖蜜がたっぷりあって、ぼくはまったく苦みに気づかなかったんですが」

説明に礼を言い、アノーは続けた。

「ともかく、クロトルさんがダガーライン汽船に名前を結びつけておきたいのは、当然でしょうね。いずれ、間違いなくクロトル卿になられるでしょうし」

「まさか」ジョージは笑って、きっぱり否定した。「伯父はダガーライン汽船のクロトル氏ですよ——それを誇りにしています」

しかし、二人はもう客間の戸口にいた。客間では、まるで全員が教会のポーチにいるかのように、小声で会話を交わしていた。アノーはジョージから、セプティマスの三人の娘に紹介された。モーダントの話では、家長のセプティマスは娘たちの手を求める求婚者たちに念には念を入れて背を向けてきたらしい。三人とも間違いなく三十代だ。一番若いアンは、大柄で血色がよく、目鼻立ちのはっきりしたきれいな女性だった。オードリーはもう少し小柄でかわいらしかったが、ちょっと馬に似てきていた。アガサは生涯独身を貫きそうな、堅苦しくて辛辣な扱いにくい女性だった。きっちり一つに束ねた髪にはもう白いものが交じり、高くて薄い鼻と不機嫌そうな口元の顔はすっかりやつれて疲れが滲み、かつてはそうだったとしても、今は魅力的にみせようとする心がけも失っていた。差しだされた手はあまりにも骨張っていて、アノーはちょっとびっくりした。骸骨と握手をしたような気がしたのだ。一方、他の二人はもう少しうきうきしている様子だった。アノーと会ったからではなく、この週決めの儀式がまた開催されたためだった。それに対して、アガサは沈んだ目と覇気のない声でアノーに挨拶した。

「退屈でお困りにならないといいのですが」

「わたしがですか?」アノーは強調した。「いやいや、わたしは退屈して当然の理由があるときでも、退屈したりしませんよ。ですから、どうやってここで退屈できると?」

リカード氏はその言葉を耳にして、再度呟いた。「お追従」室内はリカード氏が予想したとおりだった。リカード氏の芸術的な神経のうち、苦痛に疼かないものは一つもなかった。カーテンは金具覆いのついたえんじ色の横畝織《よこうねお》りだが、黄色い長方形の模様で美しさが台無しにされている。金色の細い線の入った黒塗りの木製の椅子は、どれも黒と緑の絹の布がぴったりと張られていて、ボタンが小さな穴にはまっている。中流家庭で使われる椅子カバーが使える椅子には、もれなくカバーがかかっていた。ある特別な品が一つ、リカード氏の心を芯まで混乱させた。曲線部分のない、黒い塗装の木製の戸棚。一段高くなった後部の中央には面とりした長方形の鏡があり、平らな面の下には小さな物入れが二か所あって、それぞれの扉に薔薇の花束が描かれていた。リカード氏の目はむしろ、楕円形のマホガニー製テーブル、部屋の隅にある白と金色の摂政時代の戸棚、セプティマス用のチッペンデールの肘掛け椅子へと嬉しそうに注がれていた。緑の笠の電気ランプがテーブルの上で点いていて、セプティマス・クロトルが読む予定の本が、光の輪の内側で閉じたまま置かれていた。

「みなさん、いいですか?」ジョージが客に声をかけ、一人一人が用意されていた席についた。椅子は不規則な曲線型に並べられていた。アノーの席はセプティマスの肩の後ろになるような位置だった。アンとオードリーの二人の娘がその隣で、プリーディー弁護士はテーブルの上座に座った。アガサはその右手で、リカード氏はアガサの右、アガサの奥にモーダント。ジョージはテーブルの端プリーディーの向かいで、ジョージと伯父の間の空席がジェームズ用だった。このような配置で、ダガーライン汽船のセプティマス・クロトルは空いている場所に陣どった。

リカード氏の心のなかでこの順番がきちんと記録されていたのは、珍しいことだった。リカード氏は、理路整然とした心の持ち主ではないのだ。ともかく、この場に並んだ十人がそれぞれ、背筋を伸ばして緊張して座っているのを見てとる前に、目を閉じてしまうことはほとんどなかった。ただ、この配置がこんなに正確に心に刻まれているわけを、リカード氏がしっかり把握していることのほうが、もっと珍しかったかもしれない。

「みなさん、いいですか?」テーブルについたジョージが尋ねた。すぐに、身振りや声の返事があり、準備は整った。リカード氏は、本が開かれて朗読がはじまるのだろうと思った。が、ジョージは肩越しに大きな声で呼びかけた。「いいぞ!」ジェームズが部屋の明かりを消した。点いているのは一つだけ、テーブルに置かれた緑の笠のランプだけだ。ジェームズが空の椅子にそっと腰をおろす。部屋は暗がりに沈み、調度品の醜悪さは目に入らなくなった。男性の上着と女性のドレスの上で、弧を描くように並んだ顔が、光を受けている。どの顔もランプを見つめ、仮面のように生気がなく青白い。リカード氏は合点がいった。どんなに退屈な本で読み手が下手であろうと、朗読会が終了するまで一度も船を漕いだり、目をつぶることはないだろう。

リカード氏は、高揚した気分が血管を駆け抜け、耳で脈打つのを感じた。ちょっとの間、その原因がなんなのか、わからなかった。まばゆい光をしわの寄った顔に全面に受け、フロックコートと立派な地位にもかかわらず、海との明らかなつながりがある老人。緑の笠のランプの上で、ぐるりと並ぶ死んだように血の気のない顔。が、その二つのどちらも今リカード氏の体を駆け巡る期待感の原因ではなかった。リカード氏はようやく原因を見つけた。錯覚と単なる偶然にすぎないとわかっていたが、やはり呪縛は解かれなかった。ランプの真下、テーブルに載っている本は、ホーブリーを死に至らしめたナイフの塗装された柄そのままの水色の布で装丁されていた。薄暗い部屋で、その表紙は輝いていた。それだけが輝いていた。人々の目を吸い寄せていた。リカード氏には、それが約束をしているように思えた――いや、脅迫か。脅迫のほうがしっくりくる。なぜなら、セプティマスのびっしりと静脈が浮いた手が、リボンの栞が挟まっていた終わりに近いページを開くのを見て、リカード氏ははっきりと安堵感を覚えたのだ。

セプティマスは朗読をはじめた。しばらく、リカード氏には本の内容が頭に入ってこなかった。散文のリズムで言葉が紡がれていく、リカード氏が聞いていた限りでは。ただし、読み手の声があまりにも意外すぎて、意味をちゃんと把握できなかったのだ。声ははっきりしていて、音楽的で、室内の音を消した。が、その声からは不安が感じられた。心の乱れがひしひしと伝わり、読み手がこの遠い昔のマリー・アントワネットの物語に――話のそこかしこで、彼女の名前が見え隠れしていた――なにか極めて個人的で驚くべき関連性を見つけたかのようだった。リカード氏はもう耳を傾けはじめた。真に迫った朗読で、リカード氏はポートマン・スクエアの人で一杯の部屋をすっかり忘れ、パリの高等法院付属監獄《コンシエルジュリ》の浅ましさの渦中へと飛んでいった。無法者の看守たちが見張るなか、恐怖を隠すために冗談を飛ばしながら、優雅な伊達男や高貴な淑女たちが戸口から死刑囚護送車のごろごろと軋む音が聞こえてくるのを待っている。それを背景に、潮の満ち引きのように、一人の少年の泣き声が響き、消えていく。

マリー・アントワネットは軽はずみな舌と未熟な人生のツケを払ってしまっていた。セプティマスは王太子について朗読した。病弱で甘やかされた少年。が、その当時でさえ、ほとんどの少年が耐え忍んでこなかったほどの長期にわたる残酷さで罰された。王太子は同じ年頃の遊び相手を求めていた。が、一人も認められなかった。新鮮な空気を、開放的な遊び場を、日光を、良質な食べ物を必要としていた。その代わりに彼は、コンシェルジュリの汚れてむんむんする空気、廊下に面した高い位置に小さな窓がある狭い独房を与えられた。一日に一度、看守から一言二言の罵倒の言葉とともに、食べ物と水差しが差し入れられた。フランスの国内外問わず、旧体制のすべてにとって、フランス王太子はあまりにも危険な重要人物だった。が、裁判にかけることは不可能だった。ギロチン台に送ることも不可能だった。暴徒たちでさえ、そんな厭わしい凶悪な行為には尻ごみした。王太子の人格を貶めるために、考えうるなかで最も浅ましい中傷の攻撃が行われた。が、それでも充分ではなかった。王太子は消えなければならなかった。そこで、王太子は放置され、独房に閉じこめられた。本もなく、清潔な布製品もなく、医者もなく、母もなく、できる限りうまく毎日毎晩を、来る日も来る日もやり過ごす。最終的には、看守も顔を出したり、声をかけるのをやめた。一日に一度、小さな扉が開き、食べ物と水が押しこまれ、また扉が閉じる。それだけだった。長い長い時間——滝のように流れた涙、激情の爆発、孤独な絶望！——のあと、食べ物の皿にも水差しにも手がつけられなくなった。二十四時間、四十八時間経ってもそのままで、数週間ぶりに暗い独房のドアの鍵が開けられた。

セプティマスはここまで抑えた口調で朗読していたが、声を整えるためときどき読むのをやめて、頭をページの上へ少し垂れていた。そして、突然朗読をやめ、本を閉じた。あげた顔は恐怖に歪み、年齢以上にすっかり老けこんでいて、聴衆たちは全員言葉を失った。棺のように重い沈黙だった。続いて、大きな溜め息が一つ、その沈黙を破った。

みなが頭を垂れるか、片手で顔を覆うかして、じっと読み手を見つめていた。また、全員が少しまごついていた。その大きな溜め息は一同の声から生まれ、全員の入り交じった感情から吐きだされたように思えたのかもしれない。が、全員が戦慄した。セプティマス・クロトル以外の、テーブルに向かっていた全員がぎょっとした。セプティマスはまだコンシェルジュリにいて、ようやく錠前で鍵が耳障りな音をたてている独房のドアの前に立っているのだった。が、残りの全員にとって、その溜め息は衝撃だった。それには同情も、恐怖も、拒絶もなかった。言葉にするなら、「やっと!」だろう。長い間探し求められていたなにかが、ようやく見つかったのだ。

持ち時間がなくなる前に、セプティマスは朗読をやめた。ただ、章の終わりだったため、そこで区切りをつけても違和感はなかった。セプティマスは目印にリボンを挟むと、ゆっくりと本を閉じた。そして、聞き手全員がびっくりするような声で告げた。またすっかり平静でいつもどおりの声だったのだ。

「この本はここでやめて、次の日曜には別の本を選んだらいいだろう」

セプティマスは立ちあがった。明るく光沢のある水色の表紙が光の輪から外れ、リカード氏はほっとした。セプティマスは部屋の奥にある窓の下のテーブルに近寄った。引き出しがついていて、金メッキの取っ手が二つあった。取っ手の一つを引っ張ったが、開かない。セプティマスが一瞬戸惑っていると、怯えた声が叫んだ。

「お父様、鍵がかかっています」

その声は、アガサの口から飛びだしたのだった。さっと立ちあがり、椅子をよけ、慌てて炉棚へと向かう。が、遅かった。アガサがまだ鏡のそばの棚に置かれた陶製の箱を手探りしているのに、セプティマスはもう一度取っ手を引いたのだ。今回は力強く一気に引いたので、引き出しは裂ける音とともに、さっと開いた。

「鍵がかかっていたぞ、どうなってる?」

「鍵がドレスに引っかかりましたの」

アガサは父親に鍵を見せた。長めの鍵だった。

「ほら、飛びだしますの。わたしが錠前から抜きました」

しかし、セプティマスはまだ片足をコンシェルジュリに残したままだった。娘に向かって、頷く。

「引き出しには、もう用はない」セプティマスが言ったときには、アノーがもう隣に来ていた。アノーは扱いに困るほどの大男だったが、その気になればだれよりもすばやく、他人の注意を引かずに移動できるのだった。

「お手伝いしましょうか、ムッシュー・クロトル?」アノーは声をかけ、開いた引き出しの上に片手を置いた。

「いいえ、鍵が壊れていますので」アガサが代わりに答えた。「どのみち、安物ですし」部屋の明かりが点くのと同時に、アガサは乱暴に引き出しを閉め、アノーは危ういところで手をひっこめた。

「挟んでしまいました?」アガサは怒りのこもった目でアノーを睨みつけた。挟んでいたらよかったと思っているのが、はっきりわかる。

「いえいえ、マドモワゼル」アノーは笑顔で答えた。「もっと速くなければ」

室内で唯一堅牢な家具へ近寄っていくセプティマスに、アノーは目を向けた。戸棚の反対側の壁際にある、チッペンデールの書き物机だった。上部はガラスの扉のついた本棚になっていて、その下の前面部分を引き下ろせば書き物机になる。セプティマス・クロトルはその前面部分を引き下ろし、本を押しこむと再び施錠して鍵をポケットに入れた。そして、いやに厳しい怒りに満ちた声で言った。セプティマスの朗読を聞いたものは別だが、聞いていなかったものはだれでもぎょっとしただろう。

「あの本は二度と見たくない」

セプティマスは巨大なダガーライン汽船のオーナーに戻っていた。モーダントに歩み寄る。

「出発は明日だったな、モーダント。当社の船に乗っていくのではなくて残念だ。が、出港は毎週金曜日だから、やむをえまい。一言申し添えるが、君の手紙でわたしの尊敬の念はさらに強まったよ」不意に浮かんだ笑みで、セプティマスの顔はとても魅力的で親しみやすくなった。「今夜がイギリスでの最後の夜になるのか。では、書かなければならない手紙もあるだろう。わたしはこちらの紳士たちと話し合いをすることになっていてな」リカード氏とアノーのほうへ片手を振る。「だから、お休みとお別れの挨拶をしておこう」

セプティマスはモーダントと握手をしたが、少しの間、動かなかった。やがて、こう言った。「そうだ」ドアに向かって一歩、二歩と進んだ。そのあと、また言った。「そうだ」もう一度歩きだしながら続ける。「なにかできることがあったら、手紙で知らせてくれ」今度はドアの前まで来た。が、そこでセプティマスは思い切りがついたように、振り返った。不平があるなら言ってみろと言わんばかりの態度で、部屋の中程まで引き返す。

「ところで、モーダント。力を貸してもらえないだろうか」

セプティマスの声はもうしっかりしていたが、しんみりとした響きがあった。一つの国家の暴動の幼い犠牲者に対して感じ、聴衆にも伝染させた哀れみのような感情が、まだ心のなかで影響を及ぼしているのだろうか、とリカード氏はあとになって考えた。

「わたしの末娘、ロザリンドのことだ。なかなかの美人でね。この家にいると息が詰まると言っていた。わたしには理解できなかったよ。そして、わたしの意に反する結婚をした。相手の名前は、リートだ。君が向かう国に、娘はまだいるだろう。結婚はうまくいかなかったようだ。いやいや、その点はちっとも喜んでなどいない！　そこで、娘に会ったら、お前の家はここだと伝えてくれないか――部屋は空いていると」

つまり、セプティマスを動かしていたのは哀れみではなかったのだ、ましてや良心の呵責でもない。リカード氏は思った。ただの家長的な感情で、家族の一人がひねくれた愚か者だったため、不愉快な隙間ができ、それを埋めなければならないというわけだ。

「もちろん、いいですとも」モーダントは請け合った。途端に、客間がざわついた。リカード氏に聞きとれたのは、ジョージ・クロトルの大きな声だけだった。

「ロージーが戻ってくるのは、結構だ」

セプティマスは二人の新来の客に向き直って詫びを言い、その笑顔をアラン・プリーディー弁護士にも分け与えた。

「とはいえ、それは内輪の話だ。なにか話したいことがあるんでしたな、ムッシュー・アノー。ご友人と一緒に喫煙室へ来てもらえるかな？　ジョージ、それにジェームズも来るだろう。二人はわたしの代理人も同然だから。他のみなさんは、よくお休みください」

セプティマスは四人の先頭に立って、客間の奥にある部屋へと廊下を進んだ。

第十六章　アノー、葉巻を楽しむ……のか？

アノーがウィスキーのソーダ割りを飲んで憂鬱そうにしているのを見ると、リカード氏はいつも少しばかり意地の悪い喜びを感じる。大ぶりの葉巻を持てあましているのを見ると、少しばかりはやや強まって胸がすっとする。アノーはとっくの昔に、自分の黒くて嫌な臭いのする煙草をふかしていたはずだった。セプティマスがソーダ水と黒い下ぶくれのウィスキーの瓶の載った盆のそばに立ち、客に飲み物を勧めると、客間での朗読で確実に沈んでいたリカード氏の気分は一気に持ち直した。

「ウィスキーとソーダ水は、ムッシュー・アノー？」

「それなしでは、イギリスの夜はどうなるのでしょう？」アノーは派手な身振りをしながら応じた。タンブラーを盆からとりあげて、セプティマスに向かって差しだす。が、そうしながらも、ウィスキーの香りが届くと鼻孔がひくつき、本当に飲まなければならないとわかると、キリスト教の殉教者よろしく顔が微かに苦悩の色を浮かべた。さらに悪いことが続いた。アノーがタンブラーを片手に、反対の手でポケットの煙草を探っていると、セプティマスが戸棚から大きな葉巻の箱をとりだしたのだ。

「いや、大きな箱じゃありませんか、ムッシュー・クロトル」

「これはこれは、大きな葉巻ですね」リカード氏が嬉しそうに言った。

「すばらしい」アノーが言った。

アノーは近づきながら片手を引っ張りだし、うさんくさそうに箱を覗きこんだ。ひんやりした夏の朝に、海水浴場の移動式更衣車のステップに立ち、つま先を海水に浸していた若い女性みたいだな、とリカード氏は若い頃を思いだした。

「最高級品だ」セプティマスが説明した。「わたしのものだからな」

一人のイギリス人貴族と二人のイギリス人政治家にちなんだ長い葉巻〝チャーチル〟をとりあげ、アノーは身震いした。

「贅沢品の味を覚えさせて、わたしをだめにしてしまいますよ」アノーは注意をするように、人差し指を立てた。アノーが葉巻の端まで吸う前に、実際にそうなるのではないかと、リカード氏は空想した。とはいえ、外交的手腕とは、地位を築くために数多くの不快極まる物事をいかにも嬉しそうにすることではないか？

「火をどうぞ」セプティマスは大きな木製マッチを擦った。「君なら、その葉巻をライターなどで侮辱したりはしないだろうね」

「まさか」アノーは慌ててポケットから手を出した。葉巻とタンブラーを持って本当に安楽な椅子へと移動し、慎重に腰を据えた。アノーは様子を窺っているのだ。たしかに、部屋の外から物音が多少聞こえていた。だいたい、それはアノーのせいなのだ。喫煙室に入った五人のうちの最後だったのに、ドアをきちんと閉めなかったのだから。玄関のドアは一度丁寧に閉める音がした。いかにも紳士の法律家らしく、アラン・プリーディーが静かに出ていったのだ。そのあと、スカートの衣擦れの音や、二人分の高い声が階段から聞こえた。女性たちが就寝するのだ――なんにせよ、女性たちのうち二人は。

「さて、ムッシュー・アノー。わたしになにができると言うのかな?」背もたれのまっすぐな椅子に、セプティマスは背筋を伸ばして腰かけていた。

「率直に申しあげますが」アノーはポケットを探った。そして、リカード氏を見やる。「頼まれてくれませんか。廊下に置いたコートに小さな手帳を忘れてきた、もしくは忘れてきたと思うのですが」

「とってこよう」リカード氏はすぐさま答えた。アノーに投げかけられたすばやい視線は、実際には必要なかった。今、自分は本気で必要とされているのだ!

「灰色のコートです」アノーが声をかけた。

「覚えているよ」リカード氏は応じた。

まったく記憶になかったが、リカード氏は部屋を出た。目の前は奥の二つのドアにつながる長い通路が伸びていて、人気はなかった。が、静まりかえっていたわけではなかった。耳を澄ませると、妙な音が微かに聞こえてきた。アノーが望んでいたものがなんなのか、リカード氏には見当もつかなかった。だからこそ、どんな些細なことでも見逃すわけにはいかないのだ。その奇妙な音は、どことなく羊の鳴き声に似ていた。喫煙室の正面にある客間の開いた扉から聞こえている。セプティマスが言うところの娘たちは、寝室に行ってしまったのに、まだ明かりは点いたままだった。

しかし、リカード氏が先程聞いたのは、二人の声だけだった。三人目が客間で妙な音をたてているのか? それは三人のうち、だれなのか? リカード氏は音もなく、こっそりと近づいていった。グロヴナー・スクエアのジュリアス・リカード氏は人を捕る昔の狩人だ。皮をはぐためのナイフを持ったインディアン——リカード氏はその図式が大いに気に入った。いや、昔の人などではなく、逆に、現代の人間で頭が切れる博学な探偵か。リカード氏はその図式がさらに気に入った。息を殺す。つま先立ちで進み――足を止める。リカード氏の立っている位置から、ドア越しに客間の壁にかけてある縦長の四角い鏡が見えたのだ。鏡に映っているのは、あの金メッキの取っ手がついた見かけ倒しの安物のテーブルだった。また引き出しが開いていて、その正面にある椅子、朗読のときにアガサの席だった椅子に座っているのは、やはりアガサだった。が、アガサは朗読のときのアガサではなかった。一人の打ちひしがれた女性だった。両手を顔にあて、身を震わせながら座っている。時折身震いが激しくなって恐怖に震えるすすり泣きとなり、いったん完全に止まる。が、またはじまり、また止まる。見れば、アガサの膝には二つに裂かれたカードが載っている。リカード氏の立っている位置からでも、カードには文字が書いてあるのが見てとれた。

見ているうちに、アガサに変化が起きたことがわかった。恐怖ではなく、今度は不安が感じられた。肩が動き、顔にあてた両手がおぼつかなげに動いた。リカード氏は警戒した。自分が見られていると知らない人間は、本能的に見られているのではないかと勘ぐることがある。リカード氏自身が不安の原因なのだ。リカード氏は身を屈めた。ただし、アガサが顔からさっと両手を放し、ひどく震えながら引き裂かれたカードを見つめ、戸棚の脇にあるゴミ箱に捨てるのを見届けることはできた。リカード氏は四つん這いになって下がっていった。絨毯は厚く、音はしなかった。そして、今度は立ちあがって、上着を引っ張った。自然な程度の声でこう呼びかける。

「灰色のコートだね、わかったよ」

客間のドアの前を鼻歌を歌いながら通過する。明かりの点いた室内にちらりとも視線を向けないよう、特に気をつけた。廊下のドアの近くにある、帽子掛け兼上着掛け兼ブリキの傘入れという奇妙な代物の前に来たリカード氏は無闇に音をたてた。あらゆる技術を駆使して芝居をしていない芝居をしているのだと気づかずにいられたのは、世界でも一、二を争うほど悩んでいる人物しかいなかっただろう。ところが、欺かなければならない相手は、そこまで悩んでいる一人だった。リカード氏がコートの空のポケットを探っていると、電気のスイッチが切られる音に続いて、階段をのぼっていくドレスの乾いた衣擦れの音が聞こえてきた。

「なにもないが」リカード氏は大声で呼びかけた。いや、リカード氏は自分の役割を実に見事に果たしていた。「わけがわからないな」二階でドアの閉まる音がした。リカード氏は非芸術的な芝居をすぐにやめた。が、待った。ドアがまた開くかもしれないと聞き耳をたてる。ドアは開かれなかった。

リカード氏は急いで廊下を戻り、暗い客間へと滑りこんだ。室内の配置を見極めるのに充分な光が、廊下から差しこんでいた。それでも、家具に躓いたりしてはいけないし、急ぐ必要もあった。椅子の間を滑るように進んで、ゴミ箱へ近づく。その日のゴミで一杯ではと心配でしかたがなかったが、探ってみると、二枚の小さなボール紙以外にはゴミ箱になにも入っていないとわかった。紙切れをすばやくつかみとる。頭上で女性のヒール靴の音がしていた。リカード氏は客間を滑りでて、喫煙室へ戻った。

「見つからなかったよ」リカード氏は言った。「申し訳ない」

「そうですか！」アノーはがっかりしたように言った。「まあ、必要なことは全部、ちゃんと思いだせるはずです」と励ますように付けくわえる。リカード氏はしっかりドアを閉めた。

アノーが話を切りだそうと身を乗りだしたとき、セプティマスが声をかけた。

「葉巻の火を消してしまったな、ムッシュー・アノー」

「それで順調な滑り出しだと思っているのなら、間違いだ」リカード氏は内心思った。

アノーでさえ、自分の非を認めた。

「本当ですね。許されない失礼です。それでも、木製のマッチがあれば、彼はまた火を点けられます。そうですとも」

「まあ、一度ふかしてみなさい」

アノーは葉巻をふかした。

「それで吸えるようになった」

アノーは一息吸いこんだ。「結構なお味で」と言う。

「当たり前だ」セプティマスが応じる。

「いやいや、時間を無駄にしてしまいました。ムッシュー・クロトル、きっと名前だけはご存じだと思う人物がいるのですが。ダニエル・ホーブリーです」

ジェームズもジョージもはっと驚いたり、身じろぎしたりはしなかった。

「自殺したんだったな」セプティマスが言った。

「そのように言われています」

「検死審問が火曜日に行われるのだろう」

「そして、おそらく同じ評決が出るでしょう」

「が、君は信じていない。そうだな、ムッシュー・アノー?」

今回、アノーは肩をすくめたり、派手な身振りをしてみせたりはしなかった。

「信じていません、ムッシュー・クロトル」

「自殺か他殺か——他に選択肢があるとしたら、他殺だと思うのだが?」

セプティマスは言葉を切ったが、その目がとらえたのは無表情な顔だけだった。そこで、先を続けた。「わたしがどう関わってくるのかな?」

「ホーブリーはあなたに手紙を書きました」

その一言は、すばやく投げつけられた。爆発を呼ぶ手榴弾だ。しかし、セプティマスの血色のいい丸顔に呼びこんだのは、おもしろがっているような笑みだけだった。

「連中はみなそうする」

アノーの顔にはっきりと困惑の色が浮かんだ。

「連中?」と聞き返す。

「ホーブリーとその同類はな」セプティマスは繰り返した。

「では、なにが目的だったのでしょう?」

「夢の土地へと向かう、ダガーライン汽船の航海だよ、ムッシュー・アノー。逃亡犯引き渡し協定のない国へのね」

「ですが、同封物があったのですが」

「そりゃそうだろう。船賃を払う必要がある」

「おまけに、ホーブリーは手紙をすぐに投函しなかった。持ち歩いていたんです」

「それも連中はみなやることだ。ミコウバー氏（チャールズ・ディケンズ『デイヴィッド・コパーフィールド』の登場人物で、思いがけない幸運を待ち望んでいる怠け者）の不滅の理由でな」

「なにかいいことが起こると思って」リカード氏が注釈を加えた。

アノーはがっかりしていた。そして、セプティマス・クロトルの現実的でわかりきった結論を受け入れるのを拒んだ。

「ですが、ムッシュー・クロトル。お言葉を返すようですが、ホーブリーは困っていたわけじゃないんです。それどころか――」慣用句が出てきたら、うまくやり返せるのだが。「それどころか」アノーは勝ち誇った大声で続けた。「ホーブリーはよしよしだったんです」

「財政的に？」

「そうです、証拠があります。そうですよね？」アノーはリカード氏に目を向けた。「『ホーブリーはよしよし《アブシデイジー》だったのかね、ムッシュー・アノー？」セプティマスは悪戯っぽく目を光らせながら応じた。

「そうは言うが、警察ともよしよしだったのかね、ムッシュー・アノー？」セプティマスは悪戯っぽく目を光らせながら応じた。

その点、アノーには準備ができていた。

「モルトビー警視にはホーブリーを逮捕するつもりはありませんでした」

セプティマス・クロトルは笑みを浮かべた。

「それはモルトビー警視が心づもりすべてを説明しなかったのかもしれない。たとえ、君が相手だったとしてもね、ムッシュー・アノー。結局、雌馬の巣のような、ありもしないものを見つけただけではないのかな」

「見つけますとも、わたしは子馬ですから」すかさずアノーが言い返した。

リカード氏は洒落の効いた返事に喝采したいような気がした。それが発音の間違いに基づいていたとしても。リカード氏は、友人がここまでやりこめられているのを見て、いい気分ではなかったのだ。セプティマス本人さえも笑い声をあげかけたが、すぐに気を引き締め直した。お見事と言う代わりに、それとなく咎める。

「また葉巻の火を消してしまったようだな」

「興奮したもので」アノーは答えた。立ちあがったが、目の前にはマッチの箱を手にしたジョージ・クロトルがいた。一瞬、アノーは相手の存在を忘れていたかのように、まじまじと見つめた。次に、ジェームズへと視線を向ける。で、こう言った。「そうです、ジョージ・クロトルさん！　ジェームズ・クロトルさん！　あなた方はもちろん伯父さんに賛成されるのでしょうね？」

間を持たせるための質問にはちがいなかったが、この伯父と甥たちにはぴったりだった。かたや家長として強権的な伯父、かたや丁寧で愛想がよいか、従順な甥。

「そうですね、ぼくが思うに、ホーブリーは手紙を書いたんでしょうが」と愛想のよいジョージが答えた。「いつか急に必要になるかもしれないとしまっておいたんでしょう。そんなところでは」

「でも、そんなところじゃないんです」アノーが反対した。

「なくなったんでしょう？」ジェームズが言い、すばやく伯父を見やった。

「あとかたもなく。事務所、机、吸い取り紙綴り、家を捜索したんですが」

「ホワイト・バーンですか？」ジェームズが訊いた。

「そうです」アノーは答えたが、セプティマスは驚いたようだった。

「お前はその家を知ってるのか？」と甥に尋ねる。

「夕刊に名前が出ていましたよ」ジョージが説明した。

「理由がありませんね、わたしが見た限り――」アノーは最初すらすらとしゃべっていたが、急に言葉を切り、なにかわかりはじめたかのように、一語一語ゆっくりと発音した。「なぜホーブリーが手紙をホワイト・バーンに持っていったのかについては。それでも、持っていったのかもしれません。ただ、あそこにはなかったんです。いいですか、どこもかしこも調べたんですよ、モルトビー警視とわたしが」

「吸い取り紙綴りのなかも？」ジェームズが訊いた。

「床に落ちていたものですか？」アノーが言った。ジョージ・クロトルが小さく声をたてて笑った。

「ホーブリーは結構な量の仕事をポメリー一本、いや、何本か空けながらやってるって話を聞きましたよ。ただ、酒に飲まれて、吸い取り紙綴りを床に置かなきゃならなかったなんて、思いもしませんでした」

少々出来が悪いな、とリカード氏は思った。くだらなくもある。ジョージ・クロトルは思いやりがあるが、社交上の失態があって、その人物を庇おうとすると、口が軽くなるのかもしれない。とはいえ、会話の立て直しはすばやく、失態を取り繕うのに充分以上だった。さらにその瞬間、リカード氏にとって興味が増してきた問題をアノーはあえて終了させた。ジョージ・クロトルと厄介なブライアント・アンド・メイ社の大きなマッチ箱から身をかわしたのだ。

「もうちょっとしたら、マッチをお願いしますよ、ムッシュー・ジョージ。ぱちぱち音をたてて燃える炎。ええ、お願いしますとも」ジョージに反論してみろと言わんばかりの態度で、笑う。「ですが、今は」アノーは笑顔のままセプティマスに顔を向けた。「クロトルさん、あなたにお話があるのですよ。お付き合いくださるのでしたら、全部お話ししたいのですが」

「もちろんだ」セプティマスが答えた。

「わたしは今回の事件にちょっと関わりがありまして」アノーはデヴィッシャーとヴァンドーム広場

のグラヴォの件を説明した。「そちらはすべて片づきました。ホーブリーの未亡人から渡されるイギリス銀行の紙幣で、借りのある分の金を持ち帰るつもりです。とにかく、わたしはモルトビーに同行して現場へ行きました」そして、抑えた力強い口調で、自分が見たことや推理したことを詳しく説明した。ホーブリー夫妻が突然ロードシップ・レーンの家で一晩過ごすと決めたこと。オリヴィア・ホーブリーの態度。「人々の証言を書類で読むことと、その人たちが実際に話しているのを聞くのはまったく別のことですから」鍵のかかったドア。夜明け前の闇のなかで、いったん外されて戻された受話器。家具類に付着する自然な指紋の消失。自殺したはずという理由の欠如。デヴィッシャーの失踪。

「そうそう、まだありました。小さな海図がなくなったんです。黒檀の板に固定されていたんですが」

「海図?」セプティマスがはっとして、身を乗りだした。

「海図?」ジョージ・クロトルが同じことを言った。

「海図?」ジェームズ・クロトルも繰り返した。

この三人は、全員海の男だった。海図は仕事の一部だったのだ。ダガーライン汽船の事務所の戸棚には、筒状の海図が何枚もあった。クロトル家の三人が座り直して、ダニエル・ホーブリーが海図で一体なにをしていたのかと考えこんだのも無理はなかった。

「そうです。おまけに、ピンで印がつけてあったんです。玩具店で買えるような、天辺に白い旗のついた、黒いガラスの小さなピンです。蒸気船の航路の印だったようで——エル・レイ号、デヴィッシャーを故郷に連れてきた船です」

「で、その海図が消えたと?」セプティマスが訊いた。

「はい」アノーが答えた。「手紙と一緒に」

「燃やされたんだ、間違いない」ジョージが応じた。

「厚手の丈夫な紙だぞ」セプティマスが首を振った。

「黒檀の板も一緒にですか？　ええ、可能性はあります。ホワイト・バーンには小さな暖炉がありましたから。とはいえ、わたしたちが見つけるはずの木片一つ、もしくは厚手の紙の欠片一つ残さないように、ホーブリーが細心の注意を払って燃やしたがった理由はなんでしょう？　それに、わざわざ海図を平らに広げ、毎日毎日穴をあけていたんですよ？　筋が通りませんね」

セプティマス・クロトルが頷いた。

「そうだな、そのとおりだ。ところで、例の男、デヴィッシャーだ。モーダントのケッチに救助されたんだったな。キングスウェア駅をトーベイ急行で発った」セプティマスが話を蒸し返した。「デヴィッシャーが、探すべき男だ」

「たしかに」アノーが言った。「たしかにそのとおりです。モルトビーはデヴィッシャーを探しています」

セプティマス・クロトルはアノーの顔をじっと見つめていた。

「だが、やつは消えてしまった？」

アノーは頷いた。

「そうです。ホーブリーからあなたに宛てた手紙、印のついた海図と黒檀の板と同じように」

「それと一緒に、じゃないですかね」ジョージ・クロトルが口を出した。アノーはすばやくジョージに向き直った。

「では、デヴィッシャーは木曜日の夜にホワイト・バーンにいたことになる」アノーが言い返すと、ジョージ・クロトルの顔は真っ赤になった。どことなく焦って、生煮えの意見を言いはじめたようだ。リカード氏にはとんでもなく馬鹿げた意見に思えた。

「それなら、手紙を持っていってしまうでしょう」

「床の吸い取り紙綴りから?」アノーがにやにやしながら口を挟んだ。

「それから、海図も」アノーの口出しは無視して、ジェームズ・クロトルが付けくわえた。「で、自分の計画に従って、逃げた」

　アノーが再度割って入った。すべての計画を空気中に振り払うかのように、首を振っている。

「どうやって計画をたてることができたのですか、ジェームズさん? デヴィッシャーはトーベイ急行でロンドンに着いた。荷物も、友人もなく、借りた服と十ポンドか十一ポンドがあるだけ。少なくとも六年はイギリスを離れていて、外国の監獄に閉じこめられていた。なのに、数時間でロードシップ・レーンで殺人を犯して姿を消す計画をたてた。ロンドンの警察が総がかりでも説明できないほどのすばらしい計画を」

　セプティマス・クロトルは自分の指揮下の船で不可解な犯罪が行われたかのように、今や興味津々だった。

「だが、デヴィッシャーは消えてしまった、ムッシュー・アノー。それは事実で、絶えず起こっている不可能な事実なのだよ」

「わたしはデヴィッシャーを見失ってはいません。それは、木曜の夜にデヴィッシャーが殺人を犯さなかったとわたしに思わせる事実の一つなんです。わたしの考えでは、別の計画になんらかの形でデヴィッシャーがうまくはまりこんだんでしょう。本当にホーブリーが切断をしたなら、たぶんホーブリーの計画に。たぶん、未知の殺人犯の計画に」

アノーは自信たっぷりに、リカード氏のほうを向いた。

「わたしのすばらしい友人で相談顧問《コンサルティショニスト》の――」リカード氏はその新しい造語に軽く身震いしたが、なんということだろう、受け入れられる言葉だ。「リカードは、モーダント大尉のケッチで数時間デヴィッシャーと一緒でした。ブライアン・デヴィッシャーをどう思ったか教えてください、ミスター・ジュリアス」

リカード氏の精神のなめらかな流れを乱す苛立ちの種は数多くあるが、そのなかでも、馴れ馴れしく名前を使われることほど神経に障ることはないだろう。『ミスター・ジュリアス』と呼ばれるべきは自分の次男であり、その子より世慣れて優秀な、執事のような立場の人間が使う呼びかけだ。自分は口を開いて、ちょっとしたお話をしろと命じられたわけなのだ。一方、観察力のある人間としての自分の名声がかかっている。そちらのほうが苛立ちよりも重要だ。リカード氏は口を開いた。

「デヴィッシャーは復讐に燃えているようにはみえなかった。たしかに、扱いづらかった。ただ、六年間も島の地下牢にいたせいで、激しい感情をなくしてしまったんでしょう。のんびり静かに過ごす心づもりで、デヴィッシャーには実現の見通しがあったようです。記録係や警察に調べられることなく、蒸気船のエル・レイ号から逃げだしおおせれば。そうです、わたしはアノーに賛成です。デヴィッシャーが殺人を犯すような男だとは思えません」

「それでは、殺人犯は逃亡中だ」ジョージ・クロトルは哀れむような笑みを浮かべた。「残念ながら、ぼくらはみんな、犯罪者が捕まるより警察を嘲笑するほうが好きですからね」

アノーはその発言をごくおおらかに受けとめた。ジョージ・クロトルと一緒になって笑う。

「ええ。もちろん、そのとおりです。ですが、なぜみんなが警察を笑うほうを好むのか？　その理由は、心のなかでわたしたちは、最終的に犯罪者が逃げおおせないだろうと知っているからです」

「つまり、犯行を重ねるだろうということですか？」

「もっと踏みこんだ話です。ちょっとした罪で犯人が逃げおおせたら、それは悪い例であり、害悪となります。それだけです。ですが、殺人のような重大な犯罪では、犯人は逃げおおせてはいけないのです。一度か二度、いや、青い月に《イン・ザ・ブルー・オブ・ザ・ムーン》（ワンス・イン・ア・ブルー・ムーンの言い間違い。ごくまれに、の意）崇高さがあるかもしれない。それは必ず認められなければいけない。必ずです。ですが、ムッシュー・ジョージ。年季の入った犯罪追跡者の信条を正しいとするなら、一般的に重大な犯罪の二つの目立つ特徴は、その卑しさと残酷さですよ」

セプティマス・クロトルは、見るからに興味を示していた。高い背もたれの椅子にまっすぐに座りながら、頷く。

ジェームズ・クロトルがちょっと皮肉をこめて言った。「あなたとリカードさんを相手に最後までやり抜くには、肝が据わった人間が必要でしょうね」

「ムッシュー・アノー。いつかぜひ」セプティマスが付けくわえた。「日曜の夜以外にここへ来て、手がけた事件の話をいくつか詳しく聞かせてもらいたいね」

「わたしとしては」アノーは語気を強めた。「ロードシップ・レーンのホワイト・バーンでの事件当夜の話を、いつか洗いざらい話せるようになりたいものです」

この言葉が口から出た途端、より重要な意味を帯びたように聞こえた。リカード氏の耳と同様に、アノーの耳にも確実に。アノーはジョージ・クロトルとジェームズに、抜け目ない視線をちらりと向けた。

「結局は、わたしが間違いをすることになるかもしれませんね。一度、したことがあります。ただし、今回の事件では、自信があります」

「検死陪審が自殺だと結論づけても?」ジェームズ・クロトルが訊いた。

「そうです」

「でも、その場合には一件落着ですよ」

「そうじゃありません。モルトビーは納得していないんですよ、ジェームズさん」

「ほう?」

その大きな声は、セプティマスが発したものだった。ロメオ・イ・ジュリエッタのコロナ葉巻を吸う内臓も持っていないフランス人のこの軽薄なおしゃべりが考えたことは、一つの意見だ。いわば、紙巻き煙草一本の重みしかない。ただ、モルトビー警視のような粘り強く慎重な人物が考えたのなら、まったく別だ。まさにロメオ・イ・ジュリエッタのコロナ葉巻の重みがある。

「ですから、もし死んだホーブリーの手紙があなたに届いたなら」アノーは椅子から立ちあがった。

「モルトビーに送れば、手がかりになるかもしれません」

「そうしよう」セプティマスは二人の客を玄関まで見送った。

アノーはリカード氏の隣に座り、フランスのシェルブール経由でその夜ロンドンに到着したロールスロイス一号で、落ち着かない様子のままグロヴナー・スクエアへ戻った。アノーはいろいろと体勢を変えたが、言葉を口にはしなかった。これまでの経験から、リカード氏は極めて慎重になり、口を開かせようとはしなかった。

第十七章　引き裂かれたカード

友人同士で角の家の書斎で腰を落ち着けると、アノーは口を開かなければならなくなった。

「ミント・フラッペ（ミントのリキュールを使ったカクテル）は？」アノーは尋ね、自分では滑稽だと思う言いまわしをやや自慢げに付けくわえた。「よろしいですか？」

「それより用意がなさそうなものなんて、ないと思うが」リカード氏はベルを鳴らした。「トンプソン、こんな時間だがミント・フラッペを用意できるかね？」

トンプソンは自分なりの礼儀作法が許す限りで、笑顔に近い表情になった。

「アノー様が数年前に一度ご所望になって、わたしどもは意表を突かれたことがございました。少々お待ちくださいませ、ムッシュー」

というわけで、アノーはミント・フラッペを飲み、黒い煙草をくゆらせた。一方、リカード氏は友情の奇妙さを思い返していた。

突然、アノーが笑みを浮かべた。

「わたしがコートに置き忘れなかった手帳を探しにいってくれたとき、なにを見たのか教えてください」

リカード氏は顔をしかめた。

「楽しい話じゃないんだが」

「では、ミス・アガサですか？」

「そうなんだ」

壊れた引き出しを開け、その横で破いたカードを膝に載せて、恐怖に震えていたアガサの様子を、リカード氏は詳しく説明した。

「それをゴミ箱に捨てたんだ」と、付けくわえる。「わたしが廊下を進んだあとで、ミス・アガサは明かりを消して、寝室に下がった」

「落とした――ちょうどこんな感じで――ゴミ箱に？」アノーは考えこんだ。「そして、電気を消した」

「ただ、わたしはそんなことで困りはしなかった」リカード氏は勝ち誇って言い放った。「電気を点けたら、ミス・アガサがスイッチの音を聞きつけるかもしれないとわかっていたから、手を触れなかった。椅子やテーブルをひっくり返したら不審に思われるかもしれないのもわかっていたから、ウナギのように間を進んでいってね」リカード氏はこの探索のくだりを、自分自身が体験したときと同じく感動的に生き生きと伝えるために、身をよじって、するするとテーブルに近づいた。アノーはたしかに感動した。感動のため、軽く声をあげた。今にも拍手しそうに両手をあげていた。リカード氏はこの瞬間が嬉しくてたまらず、最高に劇的な幕切れで再現を完成させるべく、ズボンのポケットに手を突っこんで、アノーの目の前のテーブルに二枚の紙片を投げだした。

さて、称賛の言葉はどこだろうか？　称賛でないとしても、探偵の技術のなかでも最も困難な事例に対する感謝の言葉は？　リカード氏は目を開いた。ボール紙を投げだしたときから、目を閉じていたのだ。そして、アノーが呆気にとられてその紙片を見つめていることに気がついた。

「あなたが入れ物から拾いあげたんですか?」アノーが静かな口調で尋ねた。

「もちろんだよ。よくなかったかな?」

「よくないですね」

「だが、そのカードには字が書いてあったんだよ」

「セプティマスが力任せに引き出しを開けたとき、読みました」

「間違ったことをしたのなら、申し訳ない」リカード氏は尖った口調で応じた。

アノーはすぐさま友人を宥めた。リカード氏が間違ったことをしたのではない。いやいや！ その逆だ。上出来すぎなのだ。ミス・アガサの動揺ぶりは示唆に富んでいるし、達人にしかなしえない細部に及ぶ配慮とともに説明された――それに、節約されていた――多くの言葉を費やせるときに、ごくわずかしか使わないのはとても珍しい。カードの断片二枚を拾ってきてしまったことは、実際はそれほど大きな問題ではない。

「いずれにしても、朝には召使いたちがゴミ入れに空けてしまっただろうからね」リカード氏はまた笑顔になった。

「違う、違う」

その反論は、顔をぴしゃりとひっぱたいたかのようだった。

「なぜ、『違う、違う』なんだね?」

「それは」アノーは調子よく続けた。「たぶんこの瞬間にも、もしくは一、二時間で、ミス・アガサは不安で目覚めるだろうからです。しばらくすると、ミス・アガサは不安に駆られた理由に気づく。

あの、破られたカード――あれは焼かなければならない。暗闇を、ミス・アガサはこっそり階下へおりる。きっと懐中電灯を持って。そうしたら、紙片は――消えてなくなっていた！　ええ、長い目で見れば、問題じゃありません。どうせミス・アガサは考えるでしょう。『フランスから来たあの詮索好きの人ね、父のすぐ近くにいたわ』そして、さらに慎重になるでしょう。ですが――」

「ですが、なんだね？」リカード氏がじりじりしながら訊いた。

アノーはミント・フラッペを飲み終え、煙草をもみ消した。「その二枚の紙片の処分は急ぐべきじゃありませんね」のろのろと答える。「あなた用です、もちろん、話すのは――わたし用としては、明日の午前中、あの麗しきマダム・ホーブリーを訪問しますよ。で、午後にはパリに戻ります。ですがね、わたしがあなたでしたら、その紙は鍵をかけてしまっておきますね。なにがあるか、わかりませんから」

アノーは立ちあがり、がらっと変わった口調で付けくわえた。

「休まなきゃいけません、ね？　睡眠を欠かさないように。明日の昼食で会いましょう、わたしが暇乞いをする際にね。本当にお世話になって！」アノーは二階へ向かった。

リカード氏は、アノーの煙草がくすぶり続けている灰皿をとりあげ、中身を暖炉に捨てた。それをテーブルに戻したとき、破られた紙片が目に入った。そういえば、書かれた文字を読んでいない。

リカード氏は紙片を合わせてみた。もちろん、単語が書いてあったが、単にそれだけではなかった――人の名前だったのだ。リカード氏はその名前を呼んで、心を乱された。車中でアノーが感じたのと同じ心の揺れ。つまり、恐怖だった。深い穴を覗きこんだときに感じるような恐怖だった。カードに書かれていた名前は――ホーブリーだった。その前には名前の頭文字もある。D。Dだ、当然だ。

リカード氏は煙草の吸い殻と同じく、その紙片を暖炉に捨ててしまいたい気持ちになりかけた。が、またアノーの顔が脳裏に浮かんだ。警戒した真剣な顔。リカード氏は紙片を自分用の机の引き出しにしっかり鍵をかけてしまった。

第十八章　ヒイラギの生け垣

オードリー・コートの一階のフラットには、ホワイト・バーンの優美さもホーブリーの事務所の贅沢なけばけばしさもなかった。調度類は一つの時代に統一してはいなかった。シェラトン様式の書き物机が寄せ木細工の戸棚と並んでいる。快適さがその特徴であり、落ち着いた色合いは疲れた目に安らぎを与えた。客間に入って、窓辺から大通りの梢越しにハイド・パークの広い草地を眺めたアノーは、衡平法における詐欺師よりも深慮遠謀の政治家のための隠れ家だなと、まず思った。

「ミセス・ホーブリーはすぐおいでになります」執事が辞儀をした。

アノーは執事の広い肩や引き締まった体の力強さを満足げに見やり、その背に向かって、はっきりと言った。

「ちょっと待った」

執事は人間のありとあらゆる状態に慣れていて、眉一つ動かさずに振り返り、待っていた。

「あなたは水兵ですね」目ざとい客が続けた。

執事は勤務中に許されると考える最大限の笑顔を浮かべて、アノーに敬意を表した。

「海の提督と陸の将軍は、その点については意見が一致しないでしょうが、どちらもハンワースの名前はご存じです」

アノーは戸惑っていたが、やがてひときわ嬉しそうに答えた。

「わかりました。海兵隊員ですね」

「おっしゃるとおりです」

「フランスにもあるのですよ。レ・フューズィリエ海兵隊――ね？　彼らは重要視されていますし、自らも重要視しているのです。結構！　では、あなたはここに残るのですか？」

「存じません、奥様のお望み次第なので」

「望まれたら？」

「こちらでの勤めは幸せなことです」ハンワースは答えた。

少々もったいぶった言いかただ、たしかに――勤務中のご立派な海兵隊員。が、どうみても、オリヴィア・ホーブリーにいい点数をつけているようだ。

「ふむ！」ハンワースが部屋を出ていくと、アノーは独りごちた。窓枠を満足げに叩きながら、もう一度「ふむ！」と独り言を言ったところ、おかしそうに震えを帯びた静かな声が、その満足感を破った。

「お名前はグラヴォでしたわね、ムッシュー・アノー？」

アノーはさっと振り返った。二か所あるうちの奥側の窓の下にあるテーブルに、オリヴィア・ホーブリーが向かっていた。

「ああ、マダム。おかげでどきどきしましたよ」アノーは言った。

「お上手ね、ムッシュー・アノー」

「ええ、そういう意味でも。ただし、今は音がまったくしなかったせいです」

「ムッシュー・アノー。女性のドレスが衣擦れの音をたて、腕輪がカチャカチャ鳴って、庭の鳥が一斉に、『彼女はここよ、ここよ』とさえずっていたような時代の方なのだと、わたしに思わせたがっていらっしゃるの？」

「マダムには、このわたしの時代とナポレオン法典に合わせていただけるように努力します」アノーは腰かけたオリヴィアの前にある開いた小切手帳に気づいて、言葉を切った。

「いや、どうぞそのまま。今は無理です。そのような紙片を持ってパリに帰りたいと願っていました。とはいえ今は、弁護士と障害物にぶつかるに違いありませんから」そして、小切手帳を指さした。

「代わりにちょっとした覚え書きではいかがでしょう。審査期間が終了次第小切手を郵送するという内容で、紋章付きの便箋にサインをするのでは」

「ですけど、ムッシュー・アノー、まさにそうしていたところでしたのよ」ほっそりした人差し指を二ペンス切手の上に置く。「これがダニエルの紋章だったの、ご存じありませんでした？」

オリヴィアが言いながら笑みを浮かべ、アノーは笑った。そして、オリヴィアは改めて声をあげて笑った。

「なんという女性だ！」アノーは胸の裡で叫んだ。「ホーブリーの誠実さを冗談にできるのに、昨日は夫のために涙に暮れていたのだから」実際、小切手を書く様子をアノーが見守っていると、オリヴィアの笑いは尻すぼまりに泣き声となり、またしても両目に涙が浮かんだ。

オリヴィアは短い手紙を書き、小切手と一緒に封筒に入れて封をすると、ベルを鳴らした。

「その小切手はわたし個人の口座から振りだしました。取引のある銀行の支店は、隣の棟の一階です。支店長には話を通してあります。ハンワースがパリ支店宛の手形をお持ちしますから」

オリヴィアは封をした封筒を持たせ、ハンワースを使いに出した。

「五分足らずで戻りますので」

アノーは少し居心地の悪い気分になった。なんといっても、大金なのだ。

「遺産の整理がすっかり片づくまでに、何か月もかかるかもしれませんが」アノーは言った。

「一年ね。ヴァンドーム広場のムッシュー・グラヴォは長い間このお金を待っていらっしゃったのでしょ、もう一年待たなければならない理由はないわ。ですから、あなたがお持ちになってください」

オリヴィアはすばやく立ちあがると、アノーに椅子を勧めた。

「ムッシュー・アノー、あなたには誤解していただきたくないんです。ダニエルとわたしは最高の友人でした。もちろん、大勢の人がまったく違う主人の顔をあなたに説明するでしょうね。その人たちにすれば、それが真実なのかもしれません。もっと言わせてもらえば、それが真実なんです。ただ、わたしにとっては、まったく違っていました」

その口調には、アノーが望めばオリヴィアの話を聞けそうな気配が感じられた。今のアノーには、それ以上の望みはなかった。オリヴィアは没落した一家の妹として生まれ、高等学校の教師として生計をたてられるようにと、しっかりした教育を受けてきた。

「その頃に、だいたいの教育は受けました」あまりにも遠い昔の話で、思いだすのが難しく、びっくりしているような口ぶりで、オリヴィアは話した。「でも、役にたちませんでした。教えることができなかったんです。雑談はできましたけど、指導はできなくて。ウェルギリウスを楽しめても、要は――あら、そんなにびっくりした顔をする必要はないわ、ムッシュー・アノー。言ってみれば、礼儀正しくありませんから。ともかく、わたしにはその楽しさを伝えることができなかったんです。そこで、女優になろうかと考えました」

「そうでしたか！」アノーは言った。

「そうなんです」オリヴィアはアノーの大声に辛辣に応じた。「コーラスの後ろの列にいるわたしにダニエルが目を留めたのだろう、ただ、高等学校への入学許可はまず持っていそうにないとのお見立てだったのでしょうね」

まさにアノーはそう見立てたのだったが、一度礼儀作法をたしなめられていたので、二の舞を演じるつもりはなかった。

「違いますよ、マダム・ホーブリー」と力強く反論する。「わたしが自分で舞台に立っているあなたを見たのです。燭台を持って階段をおりてくる、スコットランド女性の役で」

「そうですか、演技も同じようにうまく――いえ、違いますわね」オリヴィアは答えた。そして、またユーモアで口元がほころび、一瞬目がきらめいた。「蠟燭には炎の輝きがありましたけど、わたしにはなかったんです。舞台上のわたしは高等学校でのわたしと似たり寄ったりでした。でも、もちろん自分ではそう思わなかったんです。チャンスがほしかった。わたしは端役、お茶の盆を持った女中のような役をやってました――たぶん、そこまで無理とは思われなかったのでしょうが――」

ここでアノーが派手な身振りで遮った。

「立派な淑女ならだれでも、そんな女中を熱心に求めたはずです」

「立派な夫なら、と言ったほうがいいのじゃありません？」オリヴィアは素っ気なく応じた。「どちらにしても、あなたのご想像どおりなんです。ダニエルは劇場運営に首を突っこんでいて、ある夕食会で席が隣になりました。あの人は本当におもしろい、いえ、ちょっと違いますね――おどけた、のほうがいいわ――人で、とっても気が合ったんです。わたしにも、機会到来というわけね。情熱的な役ではなく、そう、静かな役。情熱的な役の人たちのためにすべてを準備して、涙でマスカラのあとを頬につけることもないような。おわかりでしょうけど、わたしには演技ができないと、ダニエルは知っていました。それでも」声が和らぎ、オリヴィアの目からも唇からもユーモアは消えていなかった。「それでも、ダニエルはわたしのために一公演打ってくれたんです」

「その静かな容姿と静かな役が町の人たちを惹きつけるんじゃないかと考えて？」

オリヴィアは静かに首を振った。

「いいえ。わたしに結婚してもらいたかったからです。大きな役で失敗せずに結婚したら、チャンスを手にできなかったことを一生悲しみ続けるだろうと知っていたんです」

「公演は実際に失敗したんですか？」

オリヴィア・ホーブリーは身震いした。これほど時間が経っていても、その震えの半ばは実感がこもっていた。

「酷評の嵐で。演劇評論家を一人残らず二匹の猫と一緒に袋に入れて、ボスポラス海峡へ投げこんでやりたかったわ。一か月間、ダニエルは劇場を無料入場者で一杯にしてくれましたけど、議員になるときよりもよっぽど人集めの運動が必要でした。そのあとすぐ、わたしたちは結婚したんです」

それが六年前の話だった。結婚したときオリヴィアは二十二歳で、そのあとの二年間、二人はロードシップ・レーンのホワイト・バーンに住んでいた。

「あの家を見た途端、大好きになってしまって」

「ヒイラギの生け垣ですか？　もちろん、もうあそこにあったのでしょう？」

オリヴィアの表情が優しさを増した。目が輝く。

「覚えていてくださって、嬉しいわ」オリヴィアは柔らかい口調で言った。「ありました。でも、ぼろぼろだったんです。散髪の必要がある人みたいに。それに、穴ができはじめていて。で、わたしが自分で手入れをしました。秋に毎日毎日、はしごに乗って、剪定をしたんです。花の世話をしてもらうのに庭師が一人いたんですけど、ヒイラギの生け垣はわたしの仕事でした。だれにも手を出させませんでしたの。ヒイラギがつやつやしてきて、穴が埋まっていくのを見守って、最終的にはいつも緑の大きくて高い壁ができあがりました」幸せそうに笑う。「今でも、車で出かけては、世話をする楽しい日を過ごすんです」

「今でも?」

アノーは笑顔でたたみかけた。

「今でもです。今でも、わたし以外は手を触れてはいけないから」

オリヴィアは熱心なおしゃべりをやや唐突にやめて、窓に顔を向けた。一度アノーにすばやい視線を投げ、自分が見られていることに気づいた。

「でも、そのあとでわたしたちはこのフラットを買いました、お金ができたときに」そそくさと話を続ける。「ダンが人に会わなければならなくなったもので。ホワイト・バーンは自分たち用にしておきたかったんです。ですから、ムッシュー・アノー、ヴァンドーム広場の宝石商への借りを片づけてしまいたいという、わたしの気持ちはおわかりいただけるでしょうね。ルーレットの四目賭けや三目賭けで十七番に賭けて、十七番が勝ったときはいつだって、賞金の分厚い札束がわたしに渡されたんです。もちろん、最初の頃はまた注ぎこまれることもしょっちゅうでしたけど、最近のダンはよく十七番に賭けてました」

　ハンワースが銀行のパリ支店宛の小切手を持って、戻ってきた。オリヴィアは目を通し、アノーに手渡した。

「それでよろしいですか？」と確認する。

「大丈夫です」アノーは応じた。それどころか、いくらか金額が多いようだった。手帳からヴァンドーム広場のグラヴォ社からの領収書をとりだし、オリヴィアの書き物机の上に置く。アノーはオリヴィアの片手をとって、頭を下げた。

「これで」オリヴィアが言う。「すべて片づいたのね」

「はい」

　アノーは向きを変え、ドアへと歩きだした。が、歩みはだんだん遅くなり、ドアノブに手をかけたとき、完全に止まった。

「そうです、わたしの友人グラヴォに関しては」と、繰り返す。

「他にも請求者が出てくるということ？　そうかもしれませんね」オリヴィアは質問したものの、アノーの後ろから返事をした。

「請求者のことを考えていたのではなかったのですが」アノーは答え、心持ちすばやく、芝居気を帯びてオリヴィアを振り返った。アノーにとっては残念なことに、頭のなかから芝居気を消すことはできても、行動からは消せたためしがない。それもだいたいが安芝居だ。アノーが見たのは、数分前にほろりとしたときの優しいユーモアを完全に失って、油断なく警戒している若い女だった。

「では、他にだれが？」オリヴィアの口調は油断のないだけでなく、素っ気なかった。

「はっきりとは答えられません」

「つまり、わからないのね」

「わかりません」アノーは認めた。

小さな事件のちょっとした関係者の前で発言するのに、その一言ほどアノーが嫌悪を覚える言葉はなかった。もっとも、大きな問題や知性的な人々を相手にしているときでも、同じだ。それはさておき、オリヴィアは——安心したのか？——そう、アノーがなにも知らないことに安心していた。顔から緊張感が薄れ、目は警戒感を少し緩めた。大きく息をつく。アノーは帰れと言われると思ったが、話を続けるよう促された。

「ホーブリーさんがあの青い柄のナイフを自分に使ったなんて、一瞬たりとも思っていません」アノーは告げた。凶器の話が出ると、オリヴィアの唇は引きつり、瞳が恐怖で光った。「それに、わたしの友人、モルトビー警視もわたしと同じように考えはじめています。ですが、いいですか。わたしはあなたに特別な借りがあります。さらに、あなたはいかにも女王らしく、絶えず不安に苛まれながら立っていますが、言わせてもらいます」

アノーがもう見られないだろうと思っていた微笑みが、突然オリヴィアの唇に現れた。そして、腰をおろす。

「どうぞ」オリヴィアは言った。

「ホワイト・バーンで、わたしは心を動かされました。あそこには、わたしに理解できないなにかがあったのです。あの暗い悲劇のなかで、快く心をかき乱すなにかが。それを今、わたしは少しばかりとらえているのです」アノーはロバの頭をした奇妙な職人ボトムに永遠の恋をしたティターニアの物語（ウィリアム・シェイクスピア『真夏の夜の夢』より）を目にしているのだった。ただし、その二人の物語をアノーは一度も聞いたことがなかった。仮にフランスの劇作家、ラシーヌがそんな二人を創作していたとしたら。アノーは間違いなく引用していただろう。アノーはラシーヌ通だった。が、残念なことに、ラシーヌが登場させたのはトロイの英雄たちやソフォクレスの幽霊たちだけで、ホーブリーやホワイト・バーンにはなんの関係もなかった。

「それで言わせてもらいますが、ぜひ気をつけてください」アノーは頷いた。

「どういうことかしら、ムッシュー・アノー？」

質問した口調は穏やかだったが、きっぱりとしていた。オリヴィアは自分の秘密を守っているのだ。アノーはどのように答えようかとためらった。が、オリヴィアの場合、弱き器（女性のこと。新約聖書より）を相手にするときより、もっと明確に指摘してもいいと感じた。その気持ちに強く後押しされ、口を開いた。

「あなたに、また危険があるかもしれないからです」

オリヴィアは動かなかった。その顔には驚きよりも、考えこんでいるような表情が浮かんだ。

「また？」オリヴィアは訊いた。

「そうです。危険があった。真夜中に、空っぽの家で電話の受話器が持ちあげられ、あなたが寝室の鍵をかけたとき」

オリヴィアの顔は、石膏の仮面のように白くなった。唇からも血の気が引いた。そればかりか、オリヴィアの目には恐怖が浮かんでいた。しかし、アノーからすれば、充分な恐怖ではなかった。オリヴィアは秘密を守り続けている。危険が膨らみ、この部屋へと瘴気《しょうき》のように滲みだしてオリヴィアを包みこみ、二人の間に影が濃くなった。アノーはそう感じた。オリヴィアは椅子から立ちあがった。

危険を終わりにできないのなら、話を終わりにするべきだ。

「ありがとうございました」オリヴィアの声は温かかった。

アノーはオリヴィアの決定を受け入れた。が、現実的な助言もあった。

「あの海兵隊員はここに置いておくのですか？」

切羽詰まった口調だった。海兵隊に二十年間属し、名誉除隊を果たした男だ！　この家の世話をするためにですか、ええ。

オリヴィアの声は明るく楽しそうな笑いとなって弾けた。

「もちろんです！　ハンワースが残ると言って、ロードシップ・レーンで孤独な女の世話をしてくれるのであれば」

「あそこに戻るのですか？」

「手続きがすめば、すぐに」

オリヴィアはもう、アノーからの話の終わりを示す合図を待っていた。アノーが頭を下げ、オリヴィアはベルを鳴らした。玄関のドアが閉まる音を聞きながら、オリヴィアはゆっくりと言った。「友人を一人なくしてしまったわ」

だが、アノーはしつこい男であり、そこまで確信は持っていなかった。

第十九章　OであってDでないことの重要性

グロヴナー・スクエアの角の家では、昼食が終わった。アノーは最後のブランデー漬けのサクランボを食べ、満足の吐息とともに、煙草をとりだした。

「今夜、わたしはパリにいるでしょう。わたしの暇は、終わりました。わたしがぜひ見たいと思っていた大聖堂は――」

「縞模様の日よけのある、向かいのカフェーから、ね」リカード氏は口を挟んだが、その声には皮肉よりも後悔が強く滲んでいた。アノーはことあるごとに違った魅力ある世界への扉を開いたが、今、その扉は閉じられようとしていた。が、閉まっていく扉よりも、その門番をリカード氏は名残惜しく思ったのだ。厳格だがお茶目で、容赦ないが親切で、アノーはリカード氏の無為な日々に彩りを与え、ときには高尚な思考へと引きあげてくれた。四時の特急列車が蒸気をあげてフォークストンへ出発してしまったあとは、この角の家はすっかりがらんとしてしまうだろう。青い紙包みからとりだした黒い煙草の臭いや――まさかと思うだろうがリカード氏は本当に混成語まで作りだした――アノーの言葉の俗語的《アルゴティスティカル》っぽい美辞麗句が懐かしくてたまらなくなることだろう。トンプソンがいなければ、寝る前にミント・フラッペを一杯試してみたい気分だった。なんにせよ、とリカード氏はアノーを総括した。アノーが使いそうな言いまわしを借りれば、「彼はそういう人」なのだ。

「書斎でコーヒーと一緒に、コニャックはどうかな？」リカード氏は勧めた。

「すばらしい！」アノーは応じた。数分後には、快適な椅子に腰かけ、広場の向こうを眺めていた。唇にはメリーランド煙草、すぐ近くには湯気をたてるコーヒー。手にした年代物で上質なガラス製のゴブレットは、濃縮された太陽の光の色を映したコニャックにふさわしい。荷物は詰められた。トンプソンがパリに託送し、アノーのために列車の座席を手配してくれるだろう。アノーは気楽であってしかるべきなのに、肩をすくめて物憂げな目をしていた。金色の液体を鼻のすぐ下でそっと揺すったときも、アノーの顔に明るい光が射すことはなかった。

「物事にけりをつけないままにしておくのは、好きじゃない」アノーは語気を強めた。「女性のドレスの裳裾みたいに、隅へとだらだらと続いていく絵、別の著者が完成させた小説、解決されない犯罪。特に解決されない犯罪は嫌です。他の犯罪があとで起こるからです」

「模倣《イミテーション》犯罪か」リカード氏は言った。細かいどころか口うるさいリカード氏がこの瞬間に、形容詞《イミテイティブ》が正しいのに名詞を使うという程度の低い罪を犯したのは痛恨の極みだ。

「それら一つじゃありません」アノーは事実に夢中で文法を無視した。「それらはそう難しくありません。解明されていない犯罪をちょっと見てしまった人物がいるせいで起こる犯罪のことです」

「君は見たのかい？」リカード氏はびっくりして尋ねた。

「はい」アノーは煙草の煙を小さな雲のように吐きだしながら、簡単に答えた。「はい、わたしは見たんです。ですが、絵の続きを描いたり、本の最終章を書きあげられるほどではない」アノーは肩をすくめた。「まあ、最終的には、犯人はモルトビーが追うべきですから」

「では、ヴァンドーム広場の宝石商は、まだ小切手を我慢しなければならないのかい？」

リカード氏は残念だった。アノーが失敗したときは、自分の名誉もいくらか失われたような気がする。

「いえいえ」

アノーは上着の胸ポケットから手帳を引っ張りだし、固定用のゴムバンドを外した。

「ご覧なさい、封筒です。パリ宛の銀行の小切手と、グラヴォに宛てたマダム・ホーブリーの短い詫びの手紙が入ってます」

アノーはその二つをリカード氏に見せた。そして、小切手を封筒に戻している間に、リカード氏はオリヴィアの詫び状に目を通した。

「O・ホーブリー」サインを見て、リカード氏は読みあげた。

「そうです」アノーはいかにも重々しい口調で告げた。「以前わたしたちは、その名前が書かれているのを見ました――あなたとわたしが」

アノーの声には、リカード氏を戸惑わせるような調子があった。あたかも自分たち二人が特別に見る権利があったかのようだ。

「わたしたち？　君とわたしが？　それはない！」

答える代わりに、アノーは二枚に裂かれたボール紙のカードを入れて鍵をかけた引き出しを指さした。

「いや、書かれていた名前は、D・ホーブリーだった」リカード氏は強く言い返した。「ダニエルのDだ」リカード氏は空中にその名前を強引に形づくれるかのように、目を見開いた。「そうだ、Dはダニ――」

リカード氏は立ちあがり、ポケットから鍵を出して、引き出しを開けた。自分の椅子の脇にある小テーブルに二枚の紙片を持ってきて、合わせてみる。

「D・ホーブリー」リカード氏は言い張った。「当然だよ！　D――」声が小さくなった。

その名前は走り書きのような感じだった。頭文字が名字にくっついている。書き手が紙からペンを離さずに書いたように。なんとしてでも書きあげなければならないと、きっぱりとやってのけたようだった。たとえば、Oという文字を書きはじめるとする。上から右側に下がってきて、左側でまたあがる。それから天辺でくるりと向きを変え、名字の最初の一文字、Hへと進んでいく。それをDと間違えてもまったく不思議はない、自分がやってしまったように。字を見れば見るほど、確実に思えてきた。オリヴィアのOだ。ダニエルのDじゃない――そうだ。しかし、なぜ？

知識の範疇外となる恐怖の暗い淵からの微かな水音に、それほど機敏ではなかったリカード氏だが、目の前に不安の種があった。可能であるなら、なにか極めて単純で胸のすく説明を見つけなければならない。鍵が壊れ、木が裂ける音とともに引き出しが一気に開いたまさにその瞬間、リカード氏はアガサ・クロトルの顔を見た。アガサの目に浮かんだ恐怖、気味が悪いほどの表情の変化は、二度と見たくないと思ったほどだった。心のなかのその幻影はぴしゃりと封印されてしまい、どんな言葉にも扉が開かれることはなかった。それなのに、今はありありと浮かんでいる。

「あの夜、アガサさんが一人でいたのを見ましたね」アノーは挑むような口調で言った。

「鏡に映った姿を見た。ただ、両手で顔を覆っていたんだよ。指の間から涙がこぼれて、手の甲を伝っていた。惨めでたまらない様子だった。なぜだろう？」

アノーは説明できたはずだ。ちょうどその場を目撃して報告できるように、芝居でリカード氏を追いやったのだから。

「わたしが見るはずのことに、見当がついていたんだろう」リカード氏は語気を強めた。

アノーは深刻な顔で頭を振った。

「わかってはいませんでした」

「あれは――あれは恐ろしかった」

やはり深刻な面持ちだったが、今回アノーは頷いた。

「そう、まさにそのとおり」アノーは言った。「他人を憎むあまり、自分たちの手助けにと死神を呼びだす人の話を聞いたことがあるでしょうね。魔法的なものを使うんです」

しゃべりながら、アノーの声は低くなっていき、夏の終わりの日だというのに、リカード氏には部屋が急にひんやりしたように感じられた。

「仇の名前をカードに書き、引き出しにしまって鍵をかけ、だれにも見られないようにするんです。その引き出しを棺にするんですよ。そうすると――偶然か、恐ろしい悪の力か――狙われた相手は病気に罹《かか》って弱っていく。殺そうとした人間が後悔の念に苦しんで、引き出しを開け、カードを破るまで」

「で、そうした――ミス・アガサが、ね?」リカード氏はすっかり気持ちが楽になって、大声になった。

「どうでしょうか」アノーは暗い声で応じた。「ホーブリーという名の一人が、非業の死を遂げた。が、奥さんではなかった。アガサさんは絶対に引き出しを開けないでいた。開けるつもりはなかったんです。例の激情の涙が、悲痛な怒りの涙ではなかったと言い切れますか？　奥さんを殺すつもりだったのにご主人を殺してしまったと思ったからとも考えられるのでは？　あんな極限状態なら、そう思いこんでしまったかもしれません」

もちろん、リカード氏はアノーの発言に安易な解釈を下した。

「まさか」と息を呑む。「ミス・アガサが太った悪党のホーブリーに思いを寄せていたはずがない！」

「そんなことは言ってません」アノーはにやりと笑ったが、おかしくも楽しくもなさそうだった。

「じゃあ、他のだれかに？」

「もちろんです」アノーは答えた。

「だれだ――ああ、わかったぞ――オリヴィア・ホーブリーに思いを寄せているだれかだな」

「そう思えますね」

ここで、リカード氏は劇作家の三角形に直面したのだった。二人の女性に一人の男性、もしくは二人の男性に一人の女性。この事件の場合は、前者の三角形だ。アガサが思いを寄せている男性が、オリヴィアに憧れを抱いている。

「その人物とは？」リカード氏が突っこんだ。

「わかっていればいいんですが」アノーの答えに、リカード氏の顔には失望のしわが寄った。結局、答えがないならば、歩く人名辞典はなんの役にたつのか？　リカード氏は内心腹立たしく思った。が、アノーは続けた。

「名前のわからない男です。たぶん、殺人犯でしょう。以前はわからなかったなにかが、今はわかってます。殺人の動機です」

手錠をかける相手はデヴィッシャーだった、間違いない。あるいはやつに手が届くのなら、手錠をかけるはずだった。ただ、リカード氏も、アノーも、モルトビーでさえも、デヴィッシャーが犯人だとは本気で信じていなかった。アガサ・クロトルが見せつけた絵を受け入れるのに、リカード氏は嫌悪感を抱かずにはいられなかった。

「ミス・アガサはいい年齢だ。恋人がいたとは思えない」と強い口調で言う。「宗教に慰めを見つけるような人だ」

ここでも、アノーは全面的に賛成した。

「そうです、そうです。彼女は教会に行く、間違いありません。そして、心から祈るでしょう。ですが、そういう人にとって、鍵をかけた引き出しの魔法は、より死にもの狂いの祈りだったのではないでしょうか。彼女は人の助けになる。ええ、そういう人をわたしは見てきました。信心深いその他大勢、世間の色褪せた哀れな壁の花。そういう人が中年になってはじめて熱情を抱くと、危険な人物になりかねない」

非常に静かに、ただ、非常に重みをこめて、アノーはその言葉を口にだし、またしてもリカード氏は恐怖を湛えた目で暗い深淵を覗きこんだ。

しかし、失敗しないトンプソンがこの陰気な話し合いに終止符を打った。ロールスロイス（一号）が玄関前に到着しております。トンプソン自身は二台目でもう出発するらしい。十五分後には、二人も出発だ。

「見送りにいくよ」リカード氏は言い、アノーが列車の座席におさまってしまうと、車両の外で横に立った。

「きっと戻ってきてくれるだろうね」リカード氏は声をかけた。

アノーは肩をすくめた。

「来るかもしれません」そして、急に窓から身を乗りだした。「ちょっと一言。モルトビーは検死審問で死因不明の判決を出すよう言い張るでしょう。この件は終わっていませんよ」

「一件落着する前に、危険があるだろう」リカード氏は断言した。

しかし、まずその危険が降りかかったのは、二人のどちらも予想もしなかったところだった。

第二十章　モーダント、合図を読みとる

事実や空想の極上の語り口が要求されているとき、だれもが口にしていない細かいことや挿話を発見し、他の細かい点や全体の方向性さえもとりあげずにそれを称賛するのが、リカード氏のやりかただった。その細かいことや挿話には、まったく重要性はなかったかもしれない。それは問題ではなかった。リカード氏の執心ぶりに、知らない人は一瞬あまり大局を見通せないのではないかと勘ぐるほどだ。実のところ、二等の切符を使って一等で旅行するように、リカード氏は自分より上位の人間への心地よい同等意識を楽しんだのだ。こういうわけで、ホーブリー事件の解明にとてつもなく重要な役割を、事件に一番関係性のなかった人物が果たしたことに気づいたのは、リカード氏だった。「モーダント」リカード氏は暖炉の前の敷物に立ち、象牙でできた中国の首振り人形のように訳知り顔で頷きながら、「どうかモーダントを忘れないように」と言っただろう。そして、「賢者には一言にて足る」と付けくわえていたはずだ。たぶん、われわれもその格言をそっくりそのままお返ししただろうが。

話を進めよう。ホーブリーの遺書の検認で遺産が未亡人に渡った——ホーブリーの死から一か月後——その日の朝、フィリップ・モーダントはカイロのヌバル・パシャ通り《シャリーア》を歩いていた。時刻は十一時半、シェパーズ・ホテルの広いテラスにまだ人はまばらで、モーダントはいかにも機嫌よくそこを

通り過ぎた。時間はあったが、もう実地踏査をしてみたいとは思っていなかった。エズベキエ・ガーデンズを抜けて、巨大なバザールに通じる道の入り口を渡る。シェパーズ・ホテルのテラスが一杯になり、モウスキの小路から人がいなくなるもっと遅い時間になれば、散歩もするだろうが、今のモーダントにはもっと楽しい用事があった。広々とまっすぐに伸びるアブドゥル・アジズ通りを進んでいく。左手にナイル谷の巨大な砂の崖が迫ってきた。この通りのすぐ向こう側では、小高い土地に建つ家々がだんだんまばらになっていった。代わりに茶色い大地の空間、壊れた壁、アラブ人の共同墓地が現れてきた。やがて、目に入ったのが――エラウィ村だった。

それは高い崖下に張りだした、檻のようだった。小さいが、空気が澄んでいてはっきり見える。四角い形の三面は、一点を除いてレザルドリユーにかなり似ていた。その一点が危険なのだった。レザルドリユーでは、四角い広場から海へ向かう道路は適度な勾配の坂を行ったり来たりしていた。ときには崖の陰に入って見えなくなり、ときには高台に出てよく見えるようになる。エラウィ村からは剣の刃のようにまっすぐな道路一本が、数百年前に村が作られたむきだしの岩盤から、断崖のように下っているのだ。長さ一マイルにわたって下り続けてから、東洋の町にはつきものの崩れた壁の廃墟に入る。その一マイルには、路面に影を投げかける建物一つ、木の一本もない。おまけに夜になると、古い煉瓦造りの壁から村の広場へと入る一番高い位置と半分下ったところ、広場にいる目の鋭い見張りにとってはなんとも便利なことに、下りきったところにも明かりが点く。その先でようやく道路は廃墟の間へ曲がっていき、見えなくなるのだ。モーダントはその道路をはっきりと見ることができた。薄赤い壁に、白く塗られた一枚の鏡板のように目立った。どんなに速い車でも、接近が丸見えの状態でなければ、その道路をのぼることはできない。その上、それは唯一の道路だった。広場を囲む村本体は、百ものトンネルや通路のある一つの家のようで、住人たちは、結束の堅い、遠い縁続きの一つの家族だった。高いモカッタムの丘の洞窟の下にある、びっくりするような村だ――いつも人目にさらされ、有り余るほどの時間があり、一本の道しかない島のように孤立した土地！

アブドゥル・アジズ通りを歩きながら、モーダントはできる限り無関心を装って、最初の一瞥をエラウィ村に投げかけた。と、急に足を止めた。前方で、小さな酒屋の主が歩道に鉄製のテーブルと椅子を何組か並べていた。その一つ、真正面の席に知り合いが座っていたのだ。ダートマスの港、ケッチで最後に見たときは、モーダントの服を一揃い着て、モーダントの十五ポンドをポケットに入れていた。デヴィッシャーだ！　デヴィッシャーに間違いない。ただ、顔には肉がつきはじめ、服装も白いフランネルのズボンに白い鹿革の靴、灰色の上着とベストで季節と場所にふさわしい。一瞬、モーダントは面食らった。二人は向かい合わせで、一歩一歩と距離は短くなってくるのに、デヴィッシャーはモーダントに気づかなかったのだ。モーダントは笑いかけたが、それでもデヴィッシャーの顔に気づいた様子はなかった。

「ふうん」モーダントは思った。心のなかに死んだ自分の映像が浮かびあがって、また笑う。「数か月前だったら、傷ついただろうな。まもなく世界を揺るがすこのモーダントに一度会っておきながら、再会して気づかないやつがいるなんて、信じられなかっただろうから」

もちろん、そう考えることにも自惚れが潜んでいる。モーダントも気づきはじめていた。が、好奇心が強くなりすぎて、自己分析どころではなかった。デヴィッシャーが自分に気づかないのは、すべての持てる感覚を一つに統合して、集中していたせいだった。視覚に障害がある人のように、聴覚に集中している。目の見えるものには聞こえない遠くの音を聞こうとしているようだ。目をやや伏せて、なにも見ていなかった。

モーダントはもうテーブルの横に来ていたが、そのまま通り過ぎる代わりに、いきなりデヴィッシャーの肩に手を置いて、向かいの鉄製の椅子に滑りこんだ。手で肩を叩かれたデヴィッシャーの反応は、びっくりするほどだった。鋭い恐怖の叫び声をあげ、飛びあがったのだ。恐慌状態で周囲を確認し、ようやく視線をモーダントの顔へと向けた。

「あんたか?」デヴィッシャーは息を切らし、怒鳴った。「ここでなにをしてる?」

フィリップ・モーダントはおとなしく答えた。

「カイロ、九月の末、なにか不都合が? それとも、この町はもう君のものなのかな?」

デヴィッシャーは少し不安げに笑ったが、感情を落ち着けると、恐怖に満ちた叫び声の言い訳をしようとした。

「モーダント大尉。わかったでしょうが、カスティロ・デル・リベルタドールにいた人間にとって、手を置かれるというのはまず楽しくない儀式と結びついているんですよ」

「すまなかった」モーダントは謝った。「なにを飲んでいるんだ?」

「ビールです。そう悪くない」

モーダントがテーブルを軽く叩くと、雪のように白い泡の載った背の高いグラスが二つ、目の前に置かれた。

「健康を」デヴィッシャーがグラスを傾けた。

「乾杯」モーダントは応じた。

「わたしも新聞の日曜版を購読してますよ」デヴィッシャーが言うと、モーダントは葉巻のケースをとりだした。差しだしながら、「どうぞ」と勧める。

「いや、結構」

モーダントは一本の葉巻の端を潰して、口にくわえ、ポケットのマッチ箱を探った。が、まだ出しもしないうちに、小さなかちりという音がして、ライターが鼻の下で燃えていた。

「なぜマッチの無駄遣いを？　こっちをどうぞ！」デヴィッシャーが妙に焦った大声で言った。

木製マッチのほうが好きなんだと舌の先まででかかったが、モーダントは不意にびっくりするような考えが頭に浮かんで、口をつぐんだ。可能性は低いし、条理にかなっているとも言いがたい。しかし、それが真実だったとしたら？　デヴィッシャーのなにかを一心不乱に待ち受けている様子、ライターを熱心に勧めたこと、この時刻にこのバーにいること、崖からせりだしたエラウィ村の下にあたるこの広い通りにいること、すべて説明がつくのだ。デヴィッシャーがカイロにいることの説明にもなるのだろうか？　モーダントはその疑問に対する答えを見つけなければならない。これは余計な手出しではなく、自分に定められた仕事なのだ。とはいえ、うまく探りを入れなければ。そういったことにかけては、モーダントは不慣れだった。

モーダントにとっては幸いなことに、デヴィッシャーは平常心ではなかった。ぜひとも答えを聞きたい質問が一つ、二つあるらしく、さらに居丈高になった。

「あのですね」デヴィッシャーは煙草に火を点け、ライターをポケットに戻して、切りだした。「ケッチの船室で会ったとき、あなたの話した内容か、ただの印象かはわかりませんけど、あなたは自分の経験からまったく新しい行動を考えだして、自分の人生をそれにあてはめていくような気がしたんですよ」

「わたしが？」モーダントは聞き返した。ケッチにいたときと同じように、閉口した。

「そうですとも」デヴィッシャーは、計画ができているのに行動できない人間に対する、微かな軽蔑を感じさせる口調で続けた。「それから一か月ほどで、あなたがカイロの通りをぶらついてるのを見つけたわけだ。正真正銘の観光客で、トーマス・クック旅行社の歩くポスターみたいに」

モーダントの顔が赤くなった。明るい軽蔑の言葉が胸に刺さり、モーダントはブライアン・デヴィッシャーに間違いを思い知らせようとぐっと身を乗りだした。が、なにも知らせなかった。頭のなかで警告のベルがかなり切羽詰まった調子で鳴りはじめた。デヴィッシャーの蔑みの言葉はわざとだ。モーダントの心を刺し、白状することがあるなら白状させるためのものだ。モーダントは頭を垂れた。黙ったまま、恥じ入った顔でビールを飲む。顔に血が一気にのぼったのは、怒りと同様に恥じる気持ちもきっちり表していたのかもしれない。

「君の言うとおりだ」モーダントは認めた。「計画はたてていた。あっと言わせるようなことをするつもりだった。ところがだ、わたしがなにをしたか、知っているだろう？」そして、軽く乾いた笑い声をたてる。「浴槽で居眠りだ。残念ながら、わたしはその程度なんだよ」

モーダントは椅子にもたれ、時折楽しそうに体を揺らしたり、ビールを飲んだり、葉巻をふかしたりした。

「正真正銘の観光客ねえ。君にとってはそう悪くないんだろうね、デヴィッシャー君。ただ、わたしにとってはきつい一言で、いい気分ではないな。ヘルフォード川でのある夜、図々しくセプティマス・クロトルにすっかり身の上話を――」モーダントは突然言葉を切った。椅子の後ろ脚に体重をかけて傾けていたのだが、前脚を大きな音をたてて石に打ちつけた。「そうだった」モーダントは大声をあげた。「君にセプティマス宛の手紙を渡した、そうだったね？」

デヴィッシャーは自分に投げかけられたこの質問に、心の準備ができていなかった。おまけに、椅子の脚が石にあたった音に気をとられていた。受け答えはできたが、話がこんなふうに激しい調子で強調される場合の心づもりほどには、集中して聞けていなかった。

「はい、預かりました」

「使ってくれたんだろうね」

この言葉に、デヴィシャーは飛びついた。なぜ自分がカイロにいるのか、どうやって生計をたてているのか、これで説明がつけられる。最後にあれほど追い詰められた状況の自分を見た相手には、なんらかの説明が必要だっただろう。そこへ、この愚か者が渡りに船の説明を提供してくれた。デヴィッシャーは笑みを浮かべ、両手を広げた。

「まあ、見てのとおりですよ。それで、ここにいるわけです」

「これから、ずっと？」

「もちろんです」

「ダガーライン汽船に？」

「あなたのおかげですよ」

フィリップ・モーダントはおかしいと思いはじめた。セプティマスが？　この世の中に、ダガーライン汽船ほどあの老人が心から大切に思っているものが他にあるだろうか？　あの格式、船の美しさ、その機能性と速度ほどに？　モーダントはセプティマスに公明正大な手紙を書き、知っていることを何一つ隠さなかった。デヴィッシャーの足首の周りにある、深くて黒い輪のことも。そんな求職志望者を自分の目の届く会社で試す——そう、それならあの独裁者はやるかもしれない。が、その男を直ちに海外へ、スエズ運河のように海運業界では重要な場所に送るとは——まったくセプティマスらしくない。

「ポートサイドに配属されているんだろうね？」

「いや、ここです。ダガーライン汽船はカイロに事務所があるんですよ」

まあ、そうなのかもしれない。モーダントは椅子にもたれ、デヴィッシャーは笑顔で続けた。

「ご老体が危ない橋を渡ったように思えるかもしれませんね。ただ、実はそうでもないんです。ぼくがやってるのは、ただの決まり切った日常の仕事で。お察しでしょうけど、責任は引き受けたくないんです。船の通行を確認して、クック旅行社みたいな旅行代理店と挨拶を交わす。それに、事務所はぼく一人じゃありませんから。ぼくにはぴったりですよ。たとえシェパーズ・ホテルでカクテルを買う余裕はなくても、アブドゥル・アジズ通りで手頃なビール一杯くらいなら問題ないので」

そう言い終わらないうちに、通りの向こう側で一本のマッチに火が点けられた。デヴィッシャーはそちらを向かなかったものの、マッチを擦る音を聞いた。間違いない、とモーダントは思った。デヴィッシャーの目が瞬間的に揺らいだ。モーダントはマッチを側薬で擦る音とそれを結びつけた。続いて、デヴィッシャーの表情が緩んだ。合図が送られ、受けとられたのだ。モーダントの側からは、通りの向こうが見えた。アラブの長衣姿の背の高い若者が、安売りの食料品店の外で、火を点けたばかりの煙草をくわえ、ブライアント・アンド・メイ社の大きなマッチ箱を手にして立っていた。その若いアラブ人は、火が点いていることを確かめるように煙草を吸い、マッチ箱をポケットに戻して、ぶらぶらと歩き去った。

二人のはるか頭上では、エラウィ村が丘の縁にくっついていた。モーダントはデヴィッシャーにその村を指し示し、困惑した顔を見たいような気になった。が、うっかり本心を悟られないような、もっとよい方法をじっくり考えた。

デヴィッシャーは腕時計に目をやっていた。

「十二時だ！」そして、ビールのグラスを空けた。「これなら昼食前に必要な時間がちょうど確保できるな」ウェイターを目で探し、呼び寄せる。「あなたが来る前に、もう一杯飲んでいたので」デヴィッシャーは勘定をすませた。モーダントは穏やかに声をかけた。

「会えて嬉しかったですよ。うまくいっているようで、なによりだ。今日はセプティマスに手紙を書いて、君と会ったことを伝えて、礼を言っておくよ」

こう言われたデヴィッシャーの顔は、困惑したどころではなかった。恐怖を示した。ぐっと息を呑む音がした。

「自分でやりましたから」デヴィッシャーが強い口調で言い張る。

「わたしの代わりに、ではないだろう」モーダントは笑いながら、言い返した。「そうしてくれていたら、助かったんだがね。手紙を書くのは大の苦手なんだよ。だが、今回は自分で書くしかないな」

モーダントは、そそくさと離れていくデヴィッシャーを見送った。セプティマスとダガーライン汽船を、エラウィ村やアブドゥル・アジズ通りでマッチを擦る若いアラブ人の巻き添えにしてはいけない。デヴィッシャーによい機会を与えてくれたことをセプティマスに感謝する手紙は、早ければ早いほうがいい。やらなければならないことは、それで全部だ。モーダントは実際に手紙を書き、その晩に投函した。

だが、それでも間に合わなかった。

第二十一章　御柳《ギョリュウ》のある家

モーダントは数分間、鉄のテーブルの席についたままだった。デヴィッシャーのカイロでの役目や、セプティマス・クロトルの考えにくい行動については、ひとまず棚上げにされた。モーダントは少し重そうな腰をあげ、巨大なバザールへと引き返した。真昼であり、狭い通りには客の姿はなかった。一度、小さな屋台で足を止めたモーダントは、青いマントをまとった白髭のアラブ人から煙草を一包み買った。とある角で北東へと向きを変え、安売りのかけ声がかまびすしいバザールから、びっくりするほど突然に荒廃の無関心さと静けさが淀む一画へと歩を進めた。そこは広くて静かな場所だった。

これ以上殺伐とした場所を見たのは、ないに等しかった。昔は市場を拡張するつもりだったにちがいない。庭、あるいは観賞や休憩のための場所として計画された様子はまったくなかった。たとえば、なんの意味もない壁が数ヤード続いて、崩れ、意味もなく終わっている場所がある。そうかと思えば、煉瓦の床があって、その周りに煉瓦の山が広げた扇のように広がっているのは、一軒の家が地面に滑り落ちた場所だろう。地面はどこもかしこも平らではなく、くすんだ黄色で、その埃でできた黄土色の帳に隠れているようだった。この地面に火打ち石があったとしても、太陽が火花を出せるような平らな面はない。場所全体がわびしげで、砂漠よりも静かだった。生まれでた形のない大地へと住居がゆっくり還っていく場所はどこも同じだ。

モーダントが身を乗りだすと、左手に二本の御柳《ギョリュウ》（中国原産の落葉小高木。花言葉は「罪悪」）の木が見えた。小道の脇、壁の内側に生えている。さっきから道を間違ってしまったことを願っていたのだが、今度こそ意気消沈した。よりによって、御柳のある家とは！

モーダントはそこに近づいていった。門のある大きな家で、門の内側には、玄関への扉に通じる煉瓦の階段が三段あった。家を間違えてしまったのだという希望で、もう一度モーダントは気力を取り戻した。長年にわたってだれかがここをわが家にしていたという気配はほとんどなかった。が、モーダントが指示を受けたのは最近だ。門を開け、三段の階段をのぼり、ステッキの握り部分でドアを軽くノックしてみた。

まるで待ちかまえていたかのように、ドアが間髪入れずに開き、モーダントは驚いた。若い女性、いや、ほんの娘にすぎない女性が、戸口に立っていた。白い顔、待ち望んでいたような表情。モーダントの経験では、こんな埃まみれの廃墟にいる目の前の娘ほど場違いな人ははじめてだった。細身で、濃い灰色の上着とスカートを着ている。たしかにすり切れてはいたが、ロンドンのジョージ・ストリートの仕立屋から最初に届いたときと同じように、清潔できちんとしていた。濃い青い瞳には、エジプトふうなところは一切ない。モーダントはここで徒歩旅行が終わったのを確信した。ただ、戸口にいる女性には、明らかにそんな確信はなさそうだった。だれかを首を長くして待っていたのはたしかだが、モーダントを見て、戸惑いの表情に変わっていった。その戸惑いですら、失望を抑えきれなかった。娘は蠟のように白い顔をしていた。若々しい顔だちは疲れに蝕まれ、広い額の下の両目が投げやりにモーダントを品定めしていた。

「家をお間違えだと思います」彼女は口を開いた。

言葉こそ平凡だが、モーダントにとって、この丁寧な英語を話す声は音楽のように美しく響いた。

「そうではないのですよ」モーダントは答えた。「ある意味ではたしかに残念ですが、ある意味では嬉しいのだと思います」モーダントが相手の落胆を戸惑った様子になんとか引き戻そうとしていたのなら、これ以上うまくはいかなかっただろう。「ミセス・リートですね」

今度こそ、女性は驚いた。頭を飾る金色の巻き毛の下で、薄い色の眉を寄せる。

「ええ」

肯定の返事だが、質問も混じっていた。

「ロンドンを発つとき、お父様、セプティマス・クロトル氏からあなたへの伝言を預かってきたのです」

一瞬、彼女の表情が和らいだ。微笑みが唇をかすめそうになる。まるでフロックコートと白くて高い襟先に頬を包まれた父親が、突然姿を現したかのようだった。ただし、口にしたのはまた、「ええ?」という一言だけだった。それでも口調からよそよそしさは減ったようだ。

「ポートマン・スクエアにあなたの部屋はいつでも用意してある、そう伝えてほしいと」

再び、笑みが唇を動かそうとしかけた。笑みの亡霊が暗い瞳の奥で微かに光った。

「アガサの隣でしょう? 日曜の夜は相変わらずなのかしら?」

「もちろんです」モーダントは声を大にして、誇らしげに答えた。

「そうですか、賑やかだったでしょう?」ロザリンドは素っ気なく答え、思いに耽るように付け足した。「わたし、家を飛びだしたんです――そういう表現でした。でも、戻るのかも――わたしが望めば、一八七〇年へ」それきり黙っていたが、やがて顔をあげた。「それぞれにとって、もっとよかったんじゃないかしら――アン、オードリーそれにアガサ、お姉様たちもみんな家を飛びだしていたら！」ここで、感情的になってしまった自分を抑えた。「あなたのお話を最後までお聞きしたいのは山々なのですが、今日は――」また沈んだ様子になり、言葉が喉に引っかかって、声が割れた。「住所を教えていただければ、手紙をお出ししますが」

モーダントはポケットからルーズリーフ式の小さな手帳をとりだした。気まずい瞬間を一つ、救われたのだった。この先そういう瞬間が数多くあるはずなだけに、尚更ありがたかった。モーダントは一枚に名前と肩書きを書き、渡した。

「ヨボスキ」読みながらロザリンドは話を進めた。「つまり、大尉ということでしょうね。フィリップ・モーダント大尉」書かれた内容に目を走らせているうちに、急に言葉が途切れ、また続いた。「沿岸警備隊長。そうですか」

ロザリンドの声に怒りはなく、モーダントが自分に罠をしかけたと思っている口ぶりでもなかった。「そうですか」は単純に、「そうなるのではないかと思っていた」との意味だった。ただ、モーダントはその言葉を自分に向けられたと受けとった。

「たしかに、自分の職務を優先すべきでした」と口ごもりながら言う。

「だれでも、そうすることが望ましいのですから」ロザリンドは真剣な口調で答えた。

「さっきの話は本当なんです」モーダントは強調した。

ロザリンド・リートは困惑した顔になった。

「もちろんです」と答える。

「つまり――お父様の伝言です。本当に頼まれたんです」

ロザリンドはまた、ちょっと楽しげな表情になった。卑怯にも口実をでっちあげたと思われるのではないかと、気が気でない様子のモーダントの顔を見る。

「伝言をでっちあげたなんて、一瞬も疑ってませんわ」

「ありがとう」モーダントは有頂天で礼を言った。そのせいで、また言葉がつかえた。「この別件に関してですが」別件は一切持ちだされていなかったが、二人とも存在しないような顔もできなかった。

「この別件に関しては――それは――つまり――違う話で」

「そうでしょうね」ロザリンド・リートは答えた。彼女が助け船を出してやるしかない状況なのははっきりしていた。「ご指摘のとおり、あなたの職務の問題ですから、最優先にするべきでしょう」

モーダントはその言葉に飛びついた。

「そうなんです」

ロザリンドは内側へ下がり、モーダントは敷居をまたいだ。ロザリンドが玄関の扉を閉め、がらんとした空間に続くドアを勢いよく開けた。モーダントがその部屋に入ったところ、調度類は貧弱だったが、石鹸とたわしに可能な範囲できれいにしてあった。むきだしの床に一、二枚の木綿の敷物が敷いてある。塗装された家具類は、茶色いフラシ天の布が張ってあった。ソファ、肘掛け椅子、まっすぐな背もたれの椅子が六脚――カイロのボン・マルシェ（フランスの有名百貨店。一八五二年創業）からの家具一式といったところか。しかし、どの貧困の証拠よりも哀れを誘うのは、個人的なつながりを通じて、単なる宿泊場所を家へと変える品々がないことだった。結婚は失敗だった、そうセプティマスは断言していた。モーダントは思ったものだ。「一族の建築家がうそぶいてるぞ。煉瓦が一つ、あるべき場所から落ちたとご立腹だ」だが、明らかに結婚は失敗だった。十年もしくは十五年前と思われる写真の一枚もなく、辛い今日を楽しい学習部屋へと結びつける小さな玩具や本もなく、夢をかける小さな絵や像もない。この味気ない部屋に立ちながら、モーダントの顔は哀れみを帯びてきた。若い娘と夫がこの新居に来たとき、そういったささやかな記念品を並べ、二人の生活の影が濃くなるにつれて彼女がそれを一つずつ取り去っていく不思議な幻影が見えた。ついに、この部屋が鉄道駅の冷え切った待合室になるまで。

「それで」ロザリンドが促した。

「リート教授に会いたいのですが」

その肩書きはもはや正式にリートのものではないとモーダントは承知していたが、今もそう呼べば、つかの間でもロザリンドの心を慰めるかと思ったのだ。ただ、ロザリンドはそんな見栄を張る気はまったくないようだった。

「じゃあ、ご存じなかったのですね」と叫ぶように言った。

激しい口調、呆気にとられた顔。リートが教授の肩書きを失った以上の出来事があったにちがいなかった。ロザリンドはヒステリーで自分の声が高くなっていくのを止めようと、不意にぴしゃりと口に手をあてた。うまくいった。ロザリンドは手を外し、そのまま垂らした。

「わたしが他になにを知っていると?」モーダントは尋ねた。

「今から知ることを、です」ロザリンドは答えた。

ぶっきらぼうな返事ではなかった。ロザリンドの物腰にも、芝居がかったところは一切なかった。

部屋の側面にあるドアへと近づき、開けた。

「主人はここです」ロザリンドが声をかけた。

モーダントはロザリンドのあとから、客間と同じくらいみすぼらしい寝室へと入った。しかし、その部屋には他の部屋にはない厳粛さがあった。死んだ男がもう墓に行くために布を巻きつけられ、ベッドに横たわっていたのだ。中年で薄くなりかけた黒髪、ぞっとするほど変色して痩せ衰えた顔の男のようだった。さらに、そこに穏やかさはなかった。

モーダントはロザリンドに向かって頭を下げた。

「とんだお邪魔をしました。申し訳ありません。こんなこととは――あなたのおっしゃったとおりで――存じませんでした」そして、真正面から相手の顔を見つめた。「お手伝いできることは、ありますか？」

「ないようです」ロザリンドは静かに答えた。

「いつ――？」

「今朝の五時です」

「医者は呼んだのですか？」

「エジプト人を。アクメド・アガミ医師です。夫のかかりつけ医でした。とても親切な方で。ご存じでしょうが、この国では猶予があってはいけないのです。先生がすべて手配してくれています」

ごくあっさりした防腐処理で、猶予の可能性はあった。が、その点については医者が説明したはずだった。墓へ向かうリートに付き添う友人がいないとしても――この娘以外は全員を振り捨ててしまったのだろうとモーダントは思った――猶予はおよそ望まれていない。

「直接の死因はマラリアですか？」

ロザリンド・リートはびっくりした顔でモーダントを見た。

「はい。なぜわかったんです？」

喉元や首に布が巻いてあっても、リートは餓死したのだと思われたことだろう。

「こんなふうに亡くなることが、かなり多いので」モーダントは優しく答えた。

最初はごく簡単に、ごく気楽にはじまる。働きすぎた一日の、報酬のように。実験のようにぼんやりと。強い欲望を満足させる農夫の場合と同じように。命の危険がある神秘の洞窟への入り口は、千もある。

「はじまりはルクソールですか？」モーダントは訊いた。

「王家の谷です」ロザリンドは答えた。「アメリカの特命でそこへ派遣されたのです。どういうきっかけか、わかりませんけど」また、声が割れた。「わたしのせいではなかったら、いいのですが」

モーダントはこの自己非難にどれだけの真実が含まれているのだろうと考えた。ロザリンドは教授への愛情からというより、ポートマン・スクエアにある水夫式のしつけをする家から逃げだしたくて『飛びだした』のかもしれない。いずれにしても、失望する結果になったのだ。

「お父様の家を出て、そのままご主人のところへ来たのですか？」

そう言ったそばから、この質問が大きなお世話だとモーダントは気づいた。それでも、ロザリンドはすぐに答えた。

「なにもかも隠れて準備をしておいたのです。ある金曜日の朝、わたしたちはフリート・ストリートの裏にあるセント・ブライド教会で結婚式を挙げ、その足で港湾列車に乗り、イタリアのブリンディジに向かったんです」

ロザリンドが夫のために犠牲にしなければならなかったもの、それよりずっと多くのものを、リートは求めていたのだろうか？　ロザリンドには若さという将来性があったのに。苦悩のなかで貧しさと不面目にまみれる前、三年前のロザリンドはまぶしいほど輝いていたはずだ。今の彼女から気力を奪ってしまったのは、悲嘆よりも苦悩だったはずだ。苦悩と胸を嚙む罪の意識だ。

モーダントは呆れるほど簡単に、ひとたび麻薬の魅力がリートをとらえてしまってからの二人の結婚の軌跡を読みとることができた。なによりも魅力を感じていた仕事に対する興味の喪失。長期間の不在。服装や身だしなみの乱れ。陰口がおおっぴらの噂となり、部下の規律正しさが失われ、職を解かれて、カイロの生まれ育った地区へと逃げ帰る。麻薬への欲求が切迫さを増していき、それを満たす方法は限られていく。金がなくなるにつれ、ヘロインは減っていく。最終的には、一度も消毒されたことのない皮下注射の針を使う、モウスキの裏の部屋にいるアラブ人のところへたどり着く。そしてここに、マラリアに罹り、かつては人々を従えて堂々とふるまっていた、一人の浮浪者の汚れた骸があった。

モーダントは、ロザリンド・リートに向き直った。

「この家にはお一人ですか？」と尋ねる。

「女の人が一人います。今、食べ物を買いにいってるんです。とても親身になってくれる人で」

「ですが、ここに寝泊まりはしていないんでしょう？」

ロザリンド・リートは室内を見まわした。

「わざわざ盗みに入るほどのものは、何一つありませんもの」

それでもなお、このやるせない朝は予見されていた。哀れなセプティマス・クロトルの娘に、と気をまわしはじめていた立派な弔いの礼拝が、すべてあらかじめ考慮されていたと気づき、フィリップ・モーダントはまさにふがいない気分だった。ロザリンドは支払うべき負債をすべて片づけるのに充分な金を持っていた。アブディン通りのイギリス人下宿に一部屋を確保してあった。写真撮影とタイプライターの技術を買われ、英国人エジプト学者最高の権威の一人、ヘンリー・スコベルの部下として博物館で働いていたのだ。

「では、カイロではずっとあなたが生計をたててきたのですか?」モーダントは尋ねた。

「主人は病気でしたので」ロザリンドは答えたが、車の音がその声にかぶさった。

窓の外を見ると、家の前にワゴン車が一台駐まったところだった。すばやい動きに、代理人に引き受けられる友人としての役目があると、モーダントは気づいた。

その日の午後、イギリス人墓地で営まれた葬式に参列したのは、ロザリンド以外にはモーダントだけだった。

「ありがとうございます」歩いて帰る途中、ロザリンドは言った。「明日か、明後日にでもお話がしたいのですが。お手伝いできることがあるはずです」微笑みの亡霊のような表情で付けくわえる。

「エラウィという村に聞き覚えはありますか?」モーダントは尋ねた。

ロザリンドはその名前を繰り返して、答えた。「いいえ」

「特定の場所で特定の時間にマッチを擦る話とか?」

「いいえ」

「それでも、お互いに助けになれると思いますよ」家の戸口で別れるとき、モーダントは言った。

第二十二章　モーダント、すばらしい提案をする

　ある日曜日の朝、モーダントはゲジーラ島の庭園でそわそわしながら、ロザリンド・リートが来るのを待っていた。自分が落ち着かないことを、モーダントはおよそ認めなかっただろう。これまでのところロザリンドが与えてくれた手がかりには、そわそわするような理由が見つけられなかったからだ。以前モーダントが煙草を買った青いマントに白髭のけちなアラブ人のような小物の売人が数人、ハシッシュの包みを売ったかどで捕まっていた。若干大物の絨毯商人はもっと恐ろしいヘロインを扱っていた。それでも、利益は莫大で、危険を引き受ける者たちは他にも必ず存在した。

　そこには厄介なもくろみがあった。制圧されたように思われたちょうどその一時期、暴力と不慮の死とともに、麻薬の売買は個人の違法商人には大きすぎる規模で広がったのだ。仔細も到底説明がつかない。人々は思っていた。いや、信じていた。いや、信じるどころか、はっきり知っていたのだ。犯罪を文化と、盗みを文明と、奴隷化を指導権と称する、ある残忍な考えの巨大国家が賢明な政策として、麻薬の密輸でエジプト人を堕落させ、破滅させることに着手したのだ。現場にいる役人にとって、懲役刑の危険をおかして金のためにハシッシュ、ヘロイン、コカインをエジプトへと密輸するのは、もはやこの人物やあの人物、この会社やあの会社という問題ではなくなっていた。それは一つの国家の滅亡を狙った、国策だった。自分の欲望を抑制するよりも飢えを選び、家族も飢えるがままに

して、自分も数か月以内に死ぬという農夫たちの災いのもとだった。愚か者、物乞い。どんなに丹精こめて自分の土地を耕し、生計をたてていたとしても、自分の土地を潤す小さな水路や掘り割りにどれほど時間をかけ、自分と家族の暮らしをある程度守ってきたとしても、そこには人を抑制するだけの思い出はないのだろう。ひとたび例の紺色の紙袋のなかで、濃縮されたセイレン（ギリシア神話の海の怪物。美しい歌声で船人を誘惑し、殺害する）の音楽が高まっていくのを許せば最後、日々の仕事という帆柱に人を縛る縄はない。なにもかもがそこへ向かってしまうだろう。産業も、食べ物も、生命も。途方もないことだ。お偉い大国の完全な私利私欲のために、世界の交通を制御する巨大な信号柱の一つが覆いを外されるのだ。人々は非業の死を遂げるだろう。そう、偉大な国は死体で埋め尽くされた道を通って運命へと行進していく。それが義務を果たすということなのだ！

そういうわけで、ハシッシュの包みときらきら輝くヘロインの白い結晶で一杯の紺色の紙包みは、エジプトのメルサマトルー港の沖で防水布の袋に入れて沈められ、もしくはらくだの背に積まれてシナイ半島を横断し、スエズ運河を船で渡った。が、この致命的な飼い葉をすべて安全に集めて、できるだけ危険が少ない状態で分配するための中心的基地が必要となる。一つの国家政策、最も汚らわしく悪意のある刺激で別の国家を破壊するような強大な政策には、組織が必要なのだ。うまく機能する用心深い組織を、このような第一級の優秀で周到な国家はいつでも用意しているものだ。それは物理的に近視眼的国家だ。その近視眼的な見かたは、計画を完璧なものと見る目に影響を与えるだけでなく、計画そのものにもじわじわと反映されていくのだ。

その中心施設、情報交換所は発見されていた。エラウィ村にあるのだ。村に近づくには昼夜見張れる一本の道路があるだけだから、警告は余裕を持って与えられるし　蜂の巣のような家々はカイロ近郊では最高の隠し場所だった。さらに、十二世紀に歴史をさかのぼる神聖この上ないモスクがあり、エラウィ村の一家族がそこの導師だった。この神聖な建物のなかにこそ、あの危険な荷物が隠されていることに、関係のある当局者のだれもが疑いを持っていなかった。が、モスクに捜索の手を伸ばすわけにはいかない。崖の縁の下にある村が川のそばにある巨大都市と接触している場所、別の接点を発見しなければならない。

そして大変な忍耐の末、場所は特定された。

エラウィの一族は、完全に外部と隔絶している。もし一族の一人が都会へ出ていったら、そこで家族を持つ。のけ者になるわけではないが、一族間での地位はなくなる。ただ、親戚との親しい付き合いは続き、機会があれば、商売をするために出てきた一族と取引をする。高台のエラウィ村の一族で、カイロで結婚して家庭を持つものは大勢いて、彼らは伝統を守りながら密かに徒党を組んでいる。問題の難攻不落の村で禁制の薬物が徐々に蓄えられてくると、お互いに役にたつ機会が到来する。町をずぶずぶにするだけの充分な量が、四方八方に広がった住まいや、かの神聖なモスクに集まり次第、若者が一人、村からアブドゥル・アジズ通りへ出ていき、ある食料品店の前で十二時きっかりに木製のマッチを擦る。そのこと自体に犯罪性はない。が、それは都会にいるエラウィ村の男たちにとって、大通りの大きな店で絨毯を扱う商人、あるいはやや小物になるが巨大なバザールの片隅の青いマントを着た煙草売りのような、実際の売人と秘密の取引をする合図なのだ。一日かそこらで、人の往来が激しくなる。ときには売人が捕まって、厳しい刑務所へ何年間も姿を消すこともあった。それでも、絶対に口は割らない。ときには定められた時間に定められた通りで、マッチを擦る若者が見受けられることもあった。とはいえ、真っ昼間に公共の場で煙草に火を点けられないとしたら、この世は一体どうなるというのか？　流通機構の秘密は守られてきた。そして、新任で無名の沿岸警備隊長が、その問題の対処に着手することになったのだ。

やがてアングロアメリカン病院へと行き着く長い大通りにあるベンチで、モーダントはロザリンド・リートを待ちながら、その問題を真剣に考えていた。これまでのところ、運が味方していた。実際にマッチが擦られるところを目撃した。知り合いの男の態度に、マッチの擦られる前には期待を、擦られたあとには安堵を読みとった。その男自身が怪しい。セプティマスに力添えへの礼状を書くとブライアン・デヴィッシャーに伝えたのは、賢明だっただろうか。デヴィッシャーの顔には、見誤りようのない恐怖が一瞬はしった。それでも、セプティマス以外のだれが、デヴィッシャーにダガーライン汽船の事務所の就職口を世話してやれるというのか？

モーダントは肩をすくめた。そんなことを考えてもなんの足しにもならない。デヴィッシャーと再会した夜に、自分の知人への快い援助に感謝し、さほどの確信もないままによい結果を願うと、手紙に書いてしまったのだから。その手紙は今頃ロンドンに届いているはずだ。おそらく、月曜の朝には会社の事務所に配達されただろう。仕事絡みなので、手紙の宛先はポートマン・スクエアの自宅ではなく本社を選んだ。そう、遅くとも十日で、返事が来るだろう。モーダントが厄介ごとを頭から追い払ったとき、小さな手が軽く肩に触れた。顔をあげると、代わりに別の厄介ごとが待ちかまえていた。

「遅くなりました」ロザリンドが言った。

「必ず理由はあるものですから」モーダントはベンチから立ちあがった。「今日はある理由を心配しているのですが」

ロザリンドは頷き、腰をおろした。

「ええ。決めなければなりませんでした。なかなか決心がつかなくて。ジェームズはスコベル先生のところでこの仕事に就いたのだから、続けたほうがいいという考えですので」

「ジェームズ？」モーダントは戸惑いながら聞き返した。「ジェームズがセプティマスの後継者なんですか？」

「さあ。ジョージとジェームズが対等なんだと思いますけど。ただ、ジェームズは、わたしが帰国しなければならない理由はないと思っているんです。しかたありません。でも、ジョージは根っからクロトル家の人間で。わたしたち全員、一緒に、一つの部屋にいるべきだと！」

この瞬間でさえ、クロトル家の掟を思い、ロザリンドの唇は少し引きつってねじれた。が、モーダントは、ロザリンドが本気で心を痛めていることがわかるようになっていた。ロザリンドは膝に両手を重ね、まっすぐ前を見つめたまま、ひっそりと座っている。

「なにかあったんですね？」モーダントは尋ねた。

「父のことなんです」

モーダントはためらった。が、ロザリンドの顔は嘆き悲しんでいるというより、わけがわからず困惑しているように思えた。

「ご病気ですか？」

「記憶をなくしてしまわない限り、そんなことは」そして、モーダントに向き直った。「父がそうなっているところを想像できますか？」

「できませんね」モーダントは答えた。これで、どんな災難が起こったかがはっきりした。「セプティマスがいなくなったんですか？」

「そうなんです。父は完全に行方不明に。もちろん、現代にそんなことが起こるわけがないと、いつも言われてますよね。でも、実際はいつも起こってるんです」

モーダントは腰をおろして、まじまじとロザリンドを見た。一つの出来事が引き起こす一連の複雑な状況をきちんと理解したり、選別したりするのが、決して早いほうではない。頭のなかでは、いくつかの質問がなんとかまとまろうとしていた。最初に浮かんだ質問を、モーダントはやや張りつめた調子で口にした。

「セプティマスが姿を消したのはいつです?」

ロザリンドは日付を教えた。モーダントは日にちをさかのぼり、マッチがアブドゥル・アジズ通りで擦られてから――セプティマスに礼状を書くつもりだとデヴィッシャーに警告してから、四十八時間後にはじまった日に行き着いた。その間も、ロザリンドは説明を続けていた。

「今朝、ジョージから電報を受けとったんです。ダガーライン汽船には、ロンドンに二つ事務所があって、大きな本店がレドンホール・ストリート、もう少し小さめの事務所がホワイトホールにあります。最近の父はホワイトホールを使っていました。父がどのように暮らしていたか、知ってますよね?」

「目にした範囲で」

「父は出社時刻に関しては、決めていなかったんです。ただ、月曜から金曜まで、毎日午後六時に退社しました」

晴れでも雨でも、冬でも夏でも、それがセプティマスの日課の散歩だった。問題の金曜日――その日は金曜日で、たぶんそのせいで小道にはいつもの六時よりも若干人が多かった――セプティマスはダウニング・ストリートの入り口の向かいまで、ホワイトホールを歩いていった。そこで道路を渡り、ダウニング・ストリートを通って、セント・ジェームズ・パークをザ・マルに向かって横切り、グリーン・パークの坂をピカデリーまであがっていく。すばらしい好天のときには、健康のための散歩をハイド・パーク・コーナーやマーブルアーチ（ハイド・パークの北東角にある門）まで延長することもあったが、基本的にピカデリーのターフ・クラブ（一八六一年創設のロンドンの有名なクラブ。一八七五年から一九六五年までピカデリー八十五番地にあった）の向かい側で終わりにしていた。そこでタクシーを停め、ポートマン・スクエアの自宅に帰るのだ。

さて、その金曜日の夜、霧が茶色いブランケットのようにロンドンにかかって、十月でもあり、闇が迫ってきていた。セプティマスはダウニング・ストリートの入り口で、ランプの柱の下に立っていた警官に目撃された。そして、二度と目撃されることはなかった。甥たちは、ひょっとしたらだれかがセプティマスに会ったとか、見かけるのではないかと数日間待った。が、結局ジョージはロザリンドに電報で知らせ、家に呼び戻したほうがいいと判断した。

「それで、帰るんですか？」モーダントは訊いた。ロザリンドがそうだと答えると、モーダントは泣きっ面に蜂のような様子で一度、二度と頷いた。

「他のもっとつまらない理由なら、行くつもりはないんです」ロザリンドは続けた。「みんな——家族、それに父親も——いつも期待してたんです、居場所と食料品棚を求めてわたしがこそこそと家に帰ってくることを。わたしは帰って、必ずしも失敗するとは限らないんだってことをみせてやりたいんです。誇りをみせてやりたいんです——ええ、下品で偉そうな態度です、わかってますわ——五分間だけ。その上で、ここに戻って来るつもりです」

「そしてきっと、もっと楽な仕事へとわたしが左遷されたのを発見するわけだ」

不意にロザリンドは手のひらで座席を叩いた。

「いいえ、いいえ！」ロザリンドは妙に激しい口調で叫んだ。続いて、立ちあがる。「わたしたちは失敗したんです、二人とも。でも、この先も失敗し続けるわけじゃありません。うまくやるんです——二人とも」ここで、ぷいと顔を背けた。急に血の色が顔にのぼったのを隠すためだろう。まったく無意識にだが、ロザリンドは二人の人生に共通性があることに気づいていた。それをあまりにも大胆に口にし、さらけだしたのだ。ロザリンドはまったく別の衝動で、再びモーダントに向き直った。

「あなたはそのまま問題を徹底的に調べているわ」ロザリンドは語気を強めた。「わたし、その終わりを見届けたいんです。エラウィ村の城壁の外で軍葬礼のラッパを鳴らす準備ができたら、お願いだからわたしがその音を聞けるようになるまで待って。わたしがどんなに遠くにいても」

ロザリンドは子供のようにむきになっていた。大義が勝たなければいけないと信じこんでいるのだ。モーダントはその自信の波にのせられて、一緒に笑った。

「やってみましょう。カイロには汽船で三週間で戻るでしょうから、崖の縁の村からの妖精のベルのように小さな音が聞こえると思いますよ」

二人は今回だけはシェパーズ・ホテルのグリル・ルームで昼食をとろうと移動をはじめていたが、そのときモーダントの頭にすばらしい考えが浮かんだ。とりわけすばらしい、最高の閃きで、どうやって思いついたのだろうかとモーダントは自分で不思議に思った。そして、市街地とゲジーラ島を結ぶ橋の上で、足を止めた。

「そうだとも！」と大声をあげる。

そんなにすばらしい思いつきがわいてくるなら、ロザリンドが帰ってくる前にエラウィ村の問題を解決できるかもしれない。

「ただ、わたしはそうなってほしくないんだ、ロザリンド」モーダントは大きな声で言った。

「そうね、フィリップ。楽しくはないでしょう」ロザリンドは返事をした。今回はじめて会話でお互いのクリスチャンネームを使ったのはすぐわかるはずだが、肝心の二人は気づいていなかった。

「いや、あなたにも一役買ってもらいたいんです」

「おっしゃってること自体は、簡潔ですけど」ロザリンドは答えた。

「もちろんです」モーダントは突然、足を速めた。

「フィリップ、ついていけないわ」ロザリンドが声をかけた。モーダントは後悔で胸が一杯になり、また足を止めた。

「思いつきだったんだ」

「そうね。思いつきって、夢中になってしまうものだから」ロザリンドは応じた。

「ただ、今回の思いつきは、ぜひともはっきりさせたかった」

「たしかに、今はちょっとわかりにくいわ」

「では、説明が悪かったんだ」モーダントが言った。

「なにも説明していないでしょう」ロザリンドは注意した。

フィリップ・モーダントは足を止め、ロザリンドをじっと見た。

「そうだ、なにも説明していなかったようだ」モーダントは認めた。「ただ、ゆっくりと進んでいけば――」

「わたしたち、今はちっとも進んでないわ」ロザリンドが遮った。

地下鉄へと続く階段になるとでも思っているかのように、モーダントは橋を見つめた。

「たしかに、そうだ」モーダントはびっくりした口調で言った。

モーダントはロザリンドと並んで再び歩きだしたが、今度はもう少し分別のある態度になっていた。

「船はポートサイドから出るんですね？」

「明日の晩に」

「マルセイユで下船する？」

「ええ」

「そこでブルー・トレインに乗る？」

「そうです」

「わかった。じゃあ、こうしよう、ロザリンド。頭のなかをきちんと整理して、昼食の間に、ちゃんと説明しますから」

「それだと、違うでしょうね」ロザリンドは楽しげに軽く喉を鳴らし、ホテルへの長い通りを眉を寄せた連れと並んで歩いていった。二人は手洗いをし、カクテルを飲み、グリル・ルームの昼食の席についた。モーダントは自分の思いつきを話す準備を整えた。

「最後にお父様に会ったとき、ポートマン・スクエアに知り合いを連れていったんですよ。ジュリアス・リカード氏」

「ブライアン・デヴィッシャーと一緒に船に乗っていた方ね」

「そのとおり。で、リカードさんは友人を同伴してきた。フランス人の有名な探偵で、アノーさんです」

「そうですか」

「アノーは背が高めでがっしりした体格の、濃い黒髪に青い顎の人だった。どちらかと言えば、フランスの喜劇役者のようでね。サイのように不器用にみえるんだが、レイヨウ（鹿に似た、偶蹄目ウシ科の動物。走るのが速い）のようにすばやい。なにもかも見てしまう静かな目に、声はごく普通なんだが、突如として圧倒的な威光を感じさせる。セプティマスがマリー・アントワネットの息子で幼いフランス王太子の本を朗読している間に、あの人を観察していたんです。そのあとでは、問題の奇妙な夜の説明を何一つ余さずに知りたかったら、あの人から教えてもらえるかもしれないという気になってね」

　ロザリンド・リートは、話に耳を傾けていた。アノーに負けないほどの集中ぶりで、もう遮ろうとはしなかった。

「アノーはダニエル・ホーブリーの死にとても興味を抱いていた。セプティマスに一つ、二つ質問があったようだが、わたしは聞いていない。それに、ブライアン・デヴィッシャーがなんらかの形で関係していたと信じているような感じがしてね」

「まあ！」ロザリンドはごくわずかに身を引いた。「ブライアン・デヴィッシャーが」と繰り返す。

「その男は、心に留めておくべきですよ」モーダントは明るく受け流した。デヴィッシャーを心に留めておく限り、ありとあらゆる推理が次々と自然に浮かびあがってくるようだった。「デヴィッシャーはダートマス港でアガメムノン号を離れた瞬間から、わたしがアブドゥル・アジズ通りで偶然見かけるまで消息不明のままだった。翌日には警察が捜索していたのに」

「あなたから父へ宛てた手紙と一緒に消えた？」

「そうです」

「推薦状ですか？」

「いや。紹介状ですよ。デヴィッシャーの経歴で知っていることを書いた」

「足首の周りの黒い痕とか？」

「そう」

「ホーブリー一味がネックレスをだましとったことも？」

「手紙を書いたとき、そのことは知らなかった」

ロザリンドは眉を寄せながら頷いた。

「他人の父親に悪党を雇うように勧める手紙を書いてはいけないとの教訓ね」

「あなたは他人じゃなかった。今もそうじゃない。デヴィッシャーは雇われていなかった。だいたい、手紙は届けられなかった」モーダントは言い返したが、悲しそうに正直な結論を口にした。「ただ、やはりあの手紙が諸悪の根源じゃないかという気がしてきてる」

「どうして？」

「たぶん、今ようやく物事を慎重に考えはじめたからじゃないかと」モーダントは後悔に苛まれているようだった。ロザリンドの手がテーブル越しにそっと伸びていき、相手の腕を友人らしく慰めるようにさすった。「手紙を届けられたはずがない、でしょう？　警察が捜査網を張ったあとの日、金曜日までは行けなかったはずだから」

「でも、こちらでその人を見つけたとき、ダガーライン汽船の事務所で働いていたんでしょう」ロザリンドの追及に、モーダントはすぐさま反論した。

「それならなおのこと、デヴィッシャーは手紙を届けなかったはずだ。ダガーライン汽船はセプティマスにとって聖杯も同然なんです。面識のない前科者をすぐにダガーライン汽船に入れるなんて。しかも、カイロだ。いや、セプティマスがそんなことを絶対にしたはずがない。すぐにはそういう確信が持てなかったとしても、セプティマスに礼状を書くと伝えてデヴィッシャーの顔に恐怖が現れたのに気づいた瞬間に、わたしは絶対の確信を持つべきだった」

「でも、その日に手紙を書いたのでしょう?」

「そう、書きました」モーダントは力強く答えた。その言葉に非難がこめられていたからだ。モーダントはロザリンドの手元にあるハンドバッグを指さした。「電報を受けとったんでしたね。こちらに電報か電話で返事をするために、セプティマスには一週間、丸々一週間の時間があったんですから」

沈黙が続いた。その間に、時間の差が暗示する可能性の道筋を、ロザリンドは最後までたどっていった。では、こういうことだったのだ。デヴィッシャーには帰りを待つ友人たちがイギリスにいた。悪党連中、つまりはホーブリーの一味だ。一味はデヴィッシャーを匿い、なんらかの方法でダガーライン汽船の事務所に潜伏場所を確保してやり、カイロの麻薬の密売で利益や危険を担う役としてデヴィッシャーを送りこんだ。が、モーダントの礼状がセプティマス・クロトル老人に届くようなことがあれば、計画がすべて台無しになってしまうだろう。従って、セプティマスは拉致され、排除され、邪魔ができないようにする必要があった。モーダントの手紙が確実に奪われて、破棄されるまで。

ロザリンドはその悲劇的なジレンマに向き合うのに尻ごみしたが、ちゃんと目を向けた。セプティマス・クロトルは強い自由民層の出身だ。セプティマスは立ち向かえる、これまでも災厄や陰謀に立ち向かってきたように。年老いて頑固な父を打ち負かす秘密の傷はないと、ロザリンドは承知していた。いずれ大変な騒ぎが起こり、イギリス中が父を探すだろう。空振りに終わるはずはない。

昼食の席についている二人の素人に希望を与えたのは、この説明だった。

「よく考えて、アノー宛に手紙を書きますよ。すべてを説明します。マッチを擦ること、それが意味すること、デヴィッシャーがその合図に気づいたこと、セプティマス宛のわたしの迂闊《うかつ》な手紙――すべてをね」

「はい」ロザリンドが答えた。

「今晩、封をしていない封筒に入れて、その手紙を渡します。あなたが読んだ上で、他の人が読めないように封をしてください。アノーには電報を打っておきます。あなたが午前中に到着するブルー・トレインをパリ北駅《ガール・デュ・ノール》で下車して、その足でパリ警視庁にアノーを訪ねていき、午後の列車でイギリスに向かうと」

「でも」ロザリンドは心許なさそうに訊いた。「その人、地位のある方だと言ってましたよね。会ってくれるでしょうか?」

「わたしが彼をセプティマスに紹介したんですから。もちろん会ってくれますよ」モーダントは請け合った。「おまけに、ホーブリーがお父様に宛てて書き、未着のままの手紙に興味を持っていたし。そうですとも、会ってくれます」これほど陰気な食事が、しかめ面と暗い雰囲気のまま終わってはいけないことを確認するように、モーダントは付けくわえた。「運がよければ、リカードさんにも会えますよ」

第二十三章　アノーの再訪、その他

自分よりも旅慣れた人からの指示に忠実に従って、ロザリンドはリヨン駅からパリ北駅《ガール・デュ・ノール》までブルー・トレインに乗った。パリ北駅で下車したロザリンドは、旅行用の荷物二つを運んでくれているポーターに従って、駅の建物内にある小さなホテルへ続く階段をのぼった。ホテルの女主人からは、一通の手紙を渡された。差出人はアノーで、決まった時間に約束はしないでほしいこと、自分にできる最大の手助けをしたとしてもイギリスの友人たちへの借りは少しも減らないとの保証、ロザリンドが一息入れて軽い朝食をとる頃には使いを寄こす旨が書かれていた。サインを見ると、アノーは相変わらず貴族名鑑の一員のつもりのようだった。

ロザリンドは申し分のない熱い風呂でくつろぎ、手入れの行き届いた黒いスーツ、レースのフリルがついた白い絹のシャツ、肌色の絹のストッキングに靴と、風呂に負けないほど申し分のない服装に着替え、レストランで同じように申し分のない軽めの朝食をとった。煙草を一服し終わった頃に、使いが目の前で頭を下げた。ムッシュー・アノーはマダムをお待ちしております。ロザリンドは使いに従って前庭の車に乗りこみ、パトカーのベルを運転の合図というより、コロラトゥーラ（ソプラノの超絶技巧の旋律）のソロ部分を演奏する楽器のように使用する運転手のおかげで、車の波をすばやく通過し、シテ島（パリのセーヌ川に浮かぶ島。パリ警視庁がある）への橋を渡った。波止場とセーヌ川が見える事務室で、アノーはロザリンドを迎えた。

「イギリスではあの懐かしいリカードに会うでしょうね」アノーは瑪瑙《めのう》製の煙草の箱を開いていた。

「いつか機会があれば、わたしが青い紙包みのよからぬ黒い煙草を友人たちに勧めはしないことを、リカードにそれとなく伝えてもらえませんか。わたしが吸っているのを嗅ぎつけると、ひどく機嫌を損ねるのですよ。マッチは？　そうですか。わたし宛の手紙をお持ちなのでは？　ありがとうございます。目を通す間、そちらにおかけください」

手紙を読んでいる間、アノーはロザリンドをかけ心地のいい椅子に座らせておいた。手紙を読みながら、時折嬉しそうに大声をあげたが、それは客をもっとくつろいだ気分にさせるためではなかった。読み終えると、手紙を置いて拳で軽く叩く。

「ほお、お、お」長々と声をあげてから、アノーは客の存在を思いだした。その手紙から、送り手たちが知っている以上のなにかを見つけたようだ。

「マダム、この手紙は手がかりになります。お父様、クロトルさんの消息不明には同情申しあげますが、そう長いことではないと思います。ところで、一つ言わせていただきますが、拉致がモーダントさんの礼状に先手を打つためだったと考えているのなら、あなたやモーダントさんの取り越し苦労ですよ」

「では、ホーブリー家やクロトル家の事件すべてに、ブライアン・デヴィッシャーはまったく関係がないと考えていらっしゃるの？」

「おや、わたしがですか？　考えていますか？　ともかく、その関係を過大に判断しないようにと頼んでいるのですよ。いいですか、映画の台詞のようですが」アノーは続けた。椅子を前方にぐっと引き寄せ、部屋をぐるりと見渡す。声を潜めて、市議会議員のようにもっともらしく頷いてみせる。
「本当のことをお教えしましょう。薪のなかの黒人《ザ・ニグロ・イン・ザ・ファイアウッド》は別の色の鳥《ア・バード・オブ・アナザー・カラー》ですよ（隠された事実〔ア・ニガー・イン・ザ・ウッドパイル〕は、まったく別のもの〔ア・ホース・オブ・アナザー・カラー〕なのですよの意と思われる）」

「まあ、ありがとう！」ロザリンドは心をこめて答えた。「それで、なにもかもはっきりしました」

アノーは顔を赤らめるだけの品を備えていた。アノーはロザリンドに自分の愚かさを思い知らせて、質問をかわそうと思ったのだ。その結果、相手が思い知るよりよほどひどい自身の愚かさをさらしただけに終わった。ただ、アノーは意地の悪い男ではなかった。仕返しなど無用だった。親しみをこめて、笑う。

「いやいや、マダム。まだあるのですよ。あなたはクロトル事件とホーブリー事件を結びつけた最初の人です。そうです、それは一つの事件なのです。あの月夜にホワイト・バーンではなにがあったのか？　だれがいたのか？　そして、その理由は？　何時間も経って、すべてが終わり、月の光が灰色になってきた頃に、電話の音を止めようと受話器を持ちあげたのはだれか？　その人物が次に黙らせたのは――そう、電話よりよほど重要なもの――」あの八月の朝、ブナや樫の木の陰にある白い家で頭に次々と浮かんだ想像や予感を、アノーはたどっていた。

「だれが、あるいはなにがオリヴィア・ホーブリーを黙らせたのか？　なぜ彼女はドアに鍵をかけたのか？　気絶していたのは、どれくらいの時間だったのか？　あの八月終わりの夜に巨大なヒイラギの生け垣と有料道路の間のホワイト・バーンでなにがあったのか、すべてわかってはじめて――その上ではじめて、あそこからはじまった犯罪の連鎖に終止符が打てる。ダニエル・ホーブリーは殺された。それは大した問題ではない、そう言うかもしれない。だが、セプティマス・クロトルが消えた

した。

——その次は——次はなにが起こる？」

アノーは肩を震わせて言葉を切った。あまりにも激しく、唐突だったので、ロザリンドはぎくりとした。

「早く手を打たない限りは」アノーは続けた。無意識のうちに、アノーはゆっくりと丁寧にモーダントの手紙を畳んでいた。紙の折り目がすべてぴったり元どおりになるほどだった。焦っている気持ちは囁くような声だけに表れていた。

「そう、一刻も早く手を打たない限りは」

アノーは顔をあげた。そして、ロザリンド・リートが紙のように白い顔で、驚きに目を瞠って自分を見ていることに気づいた。彼女だったのだろうか？　それとも、消息を聞くのが怖い、あの別の女性なのだろうか？　アノーはロンドンの片隅から自分を引き戻すために、席を立った。窓の外では波止場から大きな声が聞こえている。真昼の太陽の下で、銀色に光るセーヌ川の流れ。こちらの人の髪は、夏の夕焼け色だ。あちらの人の髪は、ロンドンの真夜中の色をしている。

「怖がらせてしまいましたね」アノーが申し訳なさそうに言った。

「ええ」

「すみません」

「ロンドンにいらっしゃるのでしょう？」

ロザリンドの質問には自己主張が感じられ、アノーは微笑んだ。

「ええ、あなたを怖がらせた埋め合わせをしなくてはなりませんから」アノーが答えたところ、ロザリンドは眉を寄せておもしろくなさそうな表情になった。

「わたしは真剣なんですが」と言う。

アノーは引き出しを開けてパスポートをとりだした。必要なすべての手助けが保証されるようにとのパリ警視庁の特別な依頼状、内務省からの特別授権状。最後に、切符。

「モーダント大尉からあなたの来訪を知らせる電報が届いてすぐ、友人のモルトビー警視に手紙を書いたところ、早速なにもかも話がつきました。ただ、正直なところ、モルトビーにできないことで、わたしにできることはなにもないのです。二人で大いに話し合いをしました。最終的には二人とも一つの視点で見ていたと思います。ただ、これも正直な話ですが、中途半端をわたしは好まないんですよ」

アノーはイギリス人の同僚より優れた点はないと言いながらも、自分の人格の立派さを見せつけているのだった。アノーはからかいや皮肉、蔑みを招く見かけだけの謙虚さと、警察の誠実さを保つ本当の謙虚さを持ち合わせていた。今の発言は見かけだけの謙虚さで、ありもしない慎み深さを気どっているのであり、アノーの職業の社会的価値を下落させた。

「さて、マダム・リート。この先、どのような方法で行かれるのですか?」

「自由に決めていいのでしたら、午後の列車で行こうかと思いましたが」

「十時半頃に到着する?」

「ええ」

アノーは座ったまま、しばらく答えなかった。そして、行程の変更を提案した。

「あなたが今夜到着しなければ」アノーは言った。「わたしたちが恐れていることは、起こらないでしょう。あなたは重要な情報をもたらすと思われている?」

「ブライアン・デヴィッシャーについては、そうです」

「ただ、あなたの情報がどのようなものか、まだだれも知らない。予想されている以上に重大なものかもしれない。だから、期待されている」

「ええ」

「だが、あなたが今夜到着したら、だれが出迎えに来るかわからないし、あなたの話を聞こうとする人が家に何人いるかもわからない。真夜中の都合の悪い時間の前に、結局あなたには大して話すことがないと知られてしまうかもしれない」

　ロザリンドは椅子にもたれた。呼吸がやや速くなっている。まだ恐怖を感じていたのだ。いや、恐怖はより強くなっていた。アノーが話すにつれ、足下のすぐ向こうでうねっている恐怖の不気味な沼へと迫っている気がしていた。

「どうしろとおっしゃるの?」ロザリンドは尋ねた。

「わたしたちのために、今晩は安全でいてください」

　アノーは海をさほど好きではなかった。最短の航路で海峡を横断するのがよかった。とはいえ、解決するべき事件があるなら、ルアーブルからサウサンプトンへ向かう蒸気船で不安なく眠ることができるだろう。好都合だ。ルアーブルへ到着したら、夕食をとる時間がある。それもたっぷりと。船には個室もあり、一室をオリヴィアのために手に入れてやって、同時に切符を変更する。「オルレアン駅へ、マダム」事務員がクック旅行社で切符の変更をする。翌朝には、リカード氏がロールスロイス一号で埠頭まで迎えに来て、ロンドンへ連れていってくれるだろう。

　アノーはベルを鳴らして、事務員にロザリンドを頼んだ。が、事務員がドアの外で待っている間に、真実が自然と言葉になってしまった。
「わたしたちは、世間が思うほど賢くもなければ愚かでもありません。犯罪が実行されるかもしれない。非常に悪賢い計画が犯罪を隠すために考案され、決して解明することができないかもしれない。それでも、ちょっとした不測の事態はかなり発生します。天候の変化。列車の出発が一時間変更になる。夜遅くの予期せぬ来客。そうです、窓から吹きこんできて順調に動く立派な機械をだめにする小石の欠片、その本当の意味を知るために、すばやく欠片をつかめるのなら、そのときは、マダム」だめだ、アノーは抑えることができなかった。アノーの裏の顔が表に出なければならないのだ。「そのときは、マダム・リート。その人はアノーになるのです」

ともかく、この一言は口に出されなければならなかった。ルアーブルでサウサンプトンに向かう定期船に乗ったことで、ロザリンドは一晩の安全を守った以上のことをした。一人の命を守ったのだ。

アノーから心のこもった挨拶があり、リカード氏は埠頭からとんでもないと言いつつ受け入れた。その他は無言だった。おまけに早朝で、ロールスロイス一号の畳まれた膝掛けが好ましくみえた。ロザリンドは紅茶を、アノーはコーヒーと称するものを船で飲んでいた。リカード氏も同じ程度のものをサウス・ウェスタン・ホテルですませていた。アノーの書類のおかげで、二人の旅行客はあっさり税関を通過した。車はバーゲイト（サウサンプトン市の中心部にある中世の門楼）をまわって、アボーブ・バー・ストリートを進み、ウィンチェスターに向かった。
「そこで朝食です。イギリスふうの朝食。そう、わたしは国際派ですからね、好きですよ。彼を食べるのが。卵、ベーコン、シタビラメ、マトンチョップ、オックスフォード・マーマレード。夜は穏やかだったか？　ええ」リカード氏へ取り調べのような視線を向けながら、言う。「三十分ほどはね！　それから、わたしたちはロンドンへ行きます。ミセス・リートをウォータールー駅からタクシーでご実家へお送りしましょう。で、モルトビーを迎えにいきます。角の家で昼食をとりながら作戦会議です。それからきっと、手を伸ばして――逮捕です」アノーは続けた。「ですが」と言いさし、盛大な溜め息をつく。「ここはイギリスですからね。ここでは囚人は監房に入れたままにはならないでしょう。すぐに治安判事の前で、大ぴらに外気に触れさせなければならないんです。おまけに、警察はその事件に準備万端でいなければなりません。急いで、急いで」

リカード氏は、自分の信念を守る人の例に漏れず、人身保護令のために論戦に加わる覚悟ができていたが、友人の不平を異議申し立てよりは褒め言葉だと受けとった。暗がりが折り畳まれていく間に、車はハートトレイ・ウィントニー村の森を抜けていった。丘をコバム村へ向かって下り、広々したフェアマイルへすばやく左折した頃には、完全に明るくなっていた。ハリエニシダ、ヒース、そこを抜けるまっすぐな白い道路。人っ子一人見あたらなかった。少なくとも、そう思えた。

前方に人は見あたらなかった。リカード氏の向かい側でボンネットに背を向けて座っていたアノーが、声をかけた。「ちょっと、いいですか？」

答えを待たず、アノーは体の向きを変え、ガラスのパネルを軽く叩いた。数ヤードで車は停止した。アノーはロザリンドに向き直った。

「ミセス・リート、一つ質問に答えていただきたいのですが」

「答えられることなら」

「ミス・アガサが心を寄せていた相手はだれです？」

ロザリンドはその言葉を耳にして、びっくりしたようだった。そして、興味を覚え、ひどく滑稽に思ったらしい。いきなり笑いだした。

「アガサが！　ああ、かわいそうなアガサ！」

その笑いに、悪意や軽蔑はなかった。できることなら姉に恋人がいてほしいという思い、充分な愛情が聞き手にも伝わった。

「では、どなたも？」

ロザリンドはその質問をまじめに受けとった。昔へと思いをはせている。その上で、首を振った。

「わたしが実家を出てから六年になります。その当時はいませんでした。家族の他のみんながそういう期待を持ちそうな人はだれも――わたしたち、遠慮がなさすぎたのかも。ほら、女ってその気はなくても、どんなに残酷になれるか――で、姉は――」

同乗者には理解できない熱中ぶりで、アノーは耳を傾けていたが、急に口を出した。

「では、たぶんそういうことなのでしょう。結婚しそうもないとお姉様はしょっちゅう言われていた、そういう男性が一人もいないと。そこで、想像上の恋人を創作した。いや、珍しいことじゃありません」

ただ、ロザリンドはその心ない言葉を認めなかった。

「姉は信心深いんです。賛成できませんわ！　もし恋物語があったとしたら、たとえそれが恋物語の夢でしかなかったとしても、主人公の男性は実在の生きている人間でしょう。それに」ロザリンドは窓の外に目を向けて付けくわえた。「そんな思いがけない人の登場は、姉には青天の霹靂だったでしょうから――ともかく、最初の段階で――姉にはその人の誠実さを信じるよほどたしかな理由がなければならなかったはずです」

「ほう？」

例の棺と鍵のかかった引き出しの夢物語は、不気味な魔法の国から現実の世界へと少しずつ移動しはじめた。

「つまり、ミス・アガサはお金持ちなのですか？」

「そう言えるかもしれません。姉は長子《ちょうし》でした。母は財産、ダガーライン汽船の株を姉に遺したんです。当時はごくわずかな額でしたが、今は大変な価値があります」

「お姉様の個人的な財産なのですか？」

「そうです」

「自分の手で処分できる？」

「姉が望めば」

棺は、アノーの目の前にはっきりと引きだされてきた。突飛でありそうもないことが、現実味を帯びてきた。死ぬほど金を必要とするだれかが登場し、芝居をして、最終的な逃避行の希望を持たせて芝居を引き延ばし、情熱をかきたて、どんな田舎の屋敷で本当は家庭を持ちたいかを密かに漏らした。アノーは両手をあげ、やや力なくおろした。ヒイラギの壁と有料道路の間であの八月の終わりの夜になにが起こったのか、それさえわかっていれば！

「なにかあったとしたら、わたしが家を出てしまったあとではじまったんです」ロザリンドは言った。

アノーは感謝の笑みを浮かべた。

「これがはじめてではありませんが、あなたは自分で思っている以上のことを教えてくれました。この質問をもっと前にしておくべきでした」

「なぜ？」ロザリンドはぶっきらぼうに尋ねた。

「なぜなら、あと五分その質問を先延ばしにしていたら、あなたに訊く機会がもうなかったでしょうから」

みなが驚いたことに、アノーはまたガラスを叩き、片側に引き開けて、運転手に指示を出した。

「できるだけ音をたてないように、車をゆっくり戻してください。もう一度叩くまで。そうしたら停止です！」

運転手は振り返った。近づいてくる車は一台もない。ヒースと道路と空が広々と続いているが、動くものさえまったくない。道路の上の牧草地の端にあるベンチで、老人が一人、肘を膝につき両手を顔にあてて座っているだけだった。

車は老人の前をゆっくりと下がっていったが、見向きもされなかった。最初はこめかみに指をあてがって、地面をぼんやり眺めているようにみえた。アノーが軽くガラスを叩き、車は静かに停止した。すると、老人の指先が動いているのがわかった。

アノーは身を乗りだし、土手側の車のドアをそっと開けた。

「マダム・リート」アノーは声をかけた。「お父様ですよ」

第二十四章　フェアマイルの邂逅《かいこう》

ベンチに座っている老人は、明らかにその声に気づかなかったようだ。その言葉が耳に入ってもいないようだった。老人はそれどころではなかったのだ。両足の間の地面には絆創膏が小さな山になっていた。時折、指が動いては額や眼窩から絆創膏を外して落としていく。「お父様」ロザリンドがもう一度声をかけたが、老人はまだ準備ができていなかった。周りにいる三人は待った。リカード氏には奇妙に、ロザリンドにはかなり恐ろしいものに、アノーには極めて当然のことに思えたが、絆創膏は傷を塞ぐためのものではなかった。その下の皮膚は痕がついて変色していたが、切り傷や打撲傷はなかった。痕の一つが鼻孔から顎へと斜めに唇を横切っていて、絆創膏が貼られた目的を示していた。目を塞ぎ、口を塞ぐためのものだったのだ。

老人は頭をあげ、自分の周りの人々に気づいた。リカード氏、アノー、ロザリンドと目を向け、ベンチにもたれて大きく息を吸った。それからもう一度ロザリンドを見て、いきなり怒鳴った。

「ロザリンド、お前か？」

ロザリンドが身を縮めて一フィートほど下がると、セプティマスは笑った。「いやいや、お前が船から逃げたから怒鳴ったんじゃない。お前が戻ってきたのに、こんなみっともない格好を見せることになったからだ」

セプティマスは片手を娘に差しだし、反対の手とベンチの背を使って、よろよろと立ちあがった。アノー、次にリカード氏を見やり、なんとか立っている状態だ。二人が覚えているセプティマス・クロトルの面影は、ほんのわずかしかなかった。セプティマスは今、すっかり小さくなり、実際の年よりたっぷり十歳は老けていた。いや、その気力が消え去っていたのだ。保護を求めて娘の腕にすがっている様子から、それがわかった。あの、家長のセプティマスが！

「モーダントがお前を寄こしたんだな――モーダントは思っていた――なんと言っていたかな――わたしには抑制するものがない。他の人間が陥る恐怖、弱さ、衰えというものがないと。このわたしにだ！」突然、セプティマスの声が悲鳴のように大きくなった。コバムの丘を車が一台のぼってきて、こちらに向かって勢いよく走ってきたのだ。セプティマスはベンチに体を伏せ、三人の陰に隠れた。が、車は減速することなく通過した。車内には、談笑する男女が何人かいた。セプティマスは友人たちの体の隙間から、まずは目だけで、次に震える指をかけて、車が埃のなかに消え、その埃がきれいに消えるまで見張っていた。

「これまでずっと、恐れていた」セプティマスの口調は、仲間たちにではなく、自分に語りかけているようだった。「音のしない場所に閉じこめられると」

「フランスの王太子のように、ですね」アノーが不意に声をあげた。

「暗く、狭い場所だ。だれも来ず、だれも話しかけず、逃げることもできない」セプティマスは続けた。「ずっと――一人死んでしまうまで。これまでずっと、それを恐れていた。それで、船の操船室《ブリッジ》が好きなのだよ。広々とした空が、星が、目の前に見える！　わたしは恐れを笑い飛ばそうとしてきた。無理やり追いだそうとしてきた。結局、起こってしまったわけだが」

「どういった経緯で？」アノーが訊いた。セプティマス・クロトルは身を引いた。その顔に驚きと軽蔑をたっぷり示そうとしていた。

「なんだと！　知らんのか！　君も、友人のモルトビーもか？　警察が？」それから、気恥ずかしさと恐怖に混乱した様子で続けた。「妙なものだ。人の名前を覚えているくせに、あの晩なにが起こったかは――まったく覚えていない」

リカード氏には、答えてもらうのにもっと重要な質問があるような気がした。この老人はどういうわけで、顔を隠すように絆創膏を貼られて早朝のフェアマイルに一人きりでいるはめになったのだろうか？　それに、その質問に対する答えがどんなものであれ発生する疑問だが、四人揃って道路の上の小高い小道に丸見えの状態で立っているのは賢いことなのだろうか？

リカード氏は、道路脇のベンチの硬い板よりも自分の車のクッションのほうがクロトル氏には快適ではなかろうか、と水を向けてみた。ところが、途端にセプティマスは警戒した。大きな車を見て、がらんとした白い道路に目を向け、リカード氏をじっと観察した。

「安全だと、どうしてわかる？」セプティマスはこう言って、頭を左右に振った。

「いずれにしても、わたしは信用できますよ」アノーが断言した。リカード氏は思い返した。重要人物だと声高に主張するときに限って、アノーがそんなふうにみえることは滅多にない。そして、自分のことをまったく考えていないときに、目を瞠るほどの存在感と影響力を持つのだ。昨日、パリでは自分の知識と、その知識から生まれる賢明さを踏まえて話す、その道のプロだった。今日は『エルナニ』（ヴィクトル・ユーゴーの戯曲。ロマン主義の記念碑的作品だが、荒唐無稽な筋でもある）だ。それもあまり立派な『エルナニ』でもない。

リカード氏の提案は、たしかに筋が通っていた。そこで、全員が車へと移動した。そのような短い移動の間でさえ、今回の経験でセプティマスの力がどれほど失われたか、衰えがどれほど速く徹底的だったかが、一層はっきりした。セプティマスは肩を丸めてぐずぐずと歩き、意志とはうらはらにその目は敵の微かな気配を一つ残らず探っていた。車に乗ってしまってからも、セプティマスはドアの鍵に片手をかけたまま、前方に広がる道路がよく見える状態で、バックミラーを自分の視界に入れて座っていなければならなかった。

「ゆっくり進みましょうか？」アノーは訊いた。

突然、老獪さをちらりと覗かせ、セプティマスは別の質問で応じた。

「どこへ？」

アノーはいくらか満足そうに頷いた。今の質問に対するアノーなりの答えはあったが、その問題でセプティマスと争いたくなかったのだ。

「いずれわかりますよ！」

アノーはリカード氏に合図をした。車がロンドンに向かって動きだすと、セプティマス・クロトルは行方不明の間で覚えていることについて質問された。

「事務所を出た――パーラメント・ストリートの角あたりで――六時だ、いつもどおりに。濃い霧が茶色っぽくなってきて、夜が近づいていた。速度を緩めるような瞬間に思えてな、わかるか？　若い頃、そんな天候のときには、入り江を這うように進んだものだ。ダウニング・ストリートへの入り口の向かい側に街灯があった。そこを渡ったのを覚えてるよ。街灯の真下に警察官が立っていたな」

「立っていました」アノーが相づちを打った。

「道路を渡って、ダウニング・ストリートを進み、突きあたりにある階段をおりて、ホース・ガーズ・パレード（イギリス王室の儀式などが行われる施設）の向かいにある近衛騎兵慰霊碑《ガーズ・メモリアル》の前を通って――」

そこでセプティマスは、突然言葉を切った。

「それで？」アノーが訊いたが、セプティマスは首を振りながら、不機嫌そうな声で答えた。

「それ以上は一つも覚えていない。近衛騎兵慰霊碑は覚えている。車に轢かれるんじゃないかと気にしながら、道路を渡った。急いで渡って、記念碑の石の部分に突っこむところだった。が、そうはならなかった。そうだ、そうならなかったんだ。ただ、その他は一つも覚えていない。気づいたときには」セプティマスは震えはじめた。何度か小さな悲鳴をあげる。悲鳴というより、恐怖の迷宮のなかで迷子になった子供の泣き声に近かった。その声が大きくなっていく。落ち着かなげにドアの取っ手をいじりまわし、捕虜のように周囲を窺う。嗚咽が漏れた。

「そこまでにしておきましょう」アノーが明るく声をかける。「続きは優秀なモルトビーを迎えてからに」幻のような微笑みがセプティマス・クロトルの顔を明るくした。

「この事件がモルトビーの担当になったらな」と強く言う。

「いやいや、もう担当なんですよ、クロトルさん」アノーは答えた。「わたしたちは話し合いました。モルトビーはロンドン警視庁《スコットランドヤード》から、わたしはパリから、クロトルさんの行方不明についてね。それから、強情なわたしが一緒に集めた他の件もね」

セプティマスは興味をそそられたように顔をあげ、頭を下げた。

「ですが今、ちょっとした問題があります。でしょう？」アノーは二本の指を座席の肘掛けに沿って滑らせ、空中に突きだした。アノーは神経を尖らせている、そうリカード氏は判断した。さて、なぜだろう？　問題がある、もしくは――使用可能とするのが当世ふうだとリカード氏が思っているアメリカのユーモラスな俗語を使うとしたら――あるのか？　それでも、アノーはぴりぴりしている。間違いない。またしても、指を横の肘掛けに沿ってそっと滑らせ、空中に突きだす。

「そうです。ちょっとした――」

「やめてくれないか」セプティマスがすばやく動く二本の指を観察しながら、語気を強めた。「癇に障る。そんなことをして、どういう意味があるんだ？　もう一度やったら、道路に飛び降りるぞ」

　害はないとしても、この変わった行動にセプティマスは心を乱し、警戒しながらアノーを見ている。片手はドアの鍵にかかっていた。

「大丈夫よ、お父様」ロザリンドが口を出し、申し訳なさそうにアノーを見た。「見慣れない動作はなんでも、父を苛々させるようで」

「そうですね。あんなに典型的なフランスふうの動作はたしかに」リカード氏は厳めしく付けくわえたが、内心では満足の喜びも感じていた。

「そうですね、フランスふうでした」ロザリンドが相づちを打つ。パリ警視庁のよき友人のために、気まずさをなんとか和ませようとしている。職業を除いて、アノーが誇りとしている一点があるなら、それはいい加減な国際主義だと知るよしもなかったのだ。「父を不安にさせたのは、動作のフランスっぽさだけでしたから」

　リカード氏は喜んだ。それを、だれが許さないというのか？　アノーの耳は真っ赤になるだろう。そうそう、君はイギリスふうだよ、だろう？「とんでもない《モン・ビエ》！」リカード氏は口には出さずに叫んだ。そして、口にしたのはこの言葉だった。

「モルトビーが来れば大丈夫でしょう」

「そうだ、モルトビー警視だ」セプティマスは嬉しそうに繰り返した。

リカード氏はアノーに向かって頷いた。

「まっすぐヤードへ向かおう。モルトビー警視は座席の肘掛けで指を踊らせたりしないだろうし。ヤードで――」一番思いがけない方向からきっぱりした完全否定の言葉が飛びこんできた。

「だめだ！」

そう言ったのは、セプティマスだった。ベンチに座っていたときに全員が気づいたあの日、同じ老獪な強い光のこもった目で、みなを順繰りに見ていく。

「モルトビー警視、結構だ。それに、ムッシュー・アノーも。親切を大いに恩に着ている」セプティマスは続けた。「ただし、個人としてだ。もう完全に朝だぞ。車でスコットランドヤードに行けば、目につくだろう。エンバンクメント（ロンドンのテムズ川沿いの道路・歩道）には、人が大勢いるはずだ」

「では、家へ！」ロザリンドが声をあげたが、やはりセプティマスは首を振った。

「召使いがいる。三人の娘も――お前の他にな、ロザリンド。一時間もしないうちに夕刊の記者がドアをノックしているはずだ。わたしが戻ったことをおおっぴらにするべきじゃない。問い合わせがあっても答えない、個人病院へ行くつもりだ」

アノーが「おや！」と声を出し、血色の悪い男にできる限り顔を輝かせた。

「個人病院ね、結構。ですが、もっといいところがあります、わたしの友人のリカードの家です」

少し間があった。リカード氏は自分の日常に対するこの横槍を歓迎したらいいのかどうか、はっきり決めかねていた。それに、もし招待しなければならないのなら、基本的に自分自身で申しでたいところだった。が、アノーはどんどん話を進めた。家の裏手はミューズ（もともとは屋敷の裏手にある馬小屋もしくはその前の馬車を通すための路地を指す。二十世紀初頭には馬小屋は車庫や家などに改装されて現在に至る）で、そこを抜ける出入り口がある。それに、この自分、パリ警視庁のアノーがまた旧友の家にいることはすぐに知れ渡るはずだから、モルトビーが訪ねてきても自然だ。来訪者に関しては、比類なきトンプソンが撃退するだろう。おまけに、モルトビーがリカード家のお仕着せを着られる立派な若者を一人寄こしてくれるにちがいない。グロヴナー・スクエアの角の家には、予備の部屋がたくさんある。今回の事件で力になれることを、リカード氏以上に喜ぶ人はいないだろう。

　リカード氏は賛成するしかなかった。自分の家が強制的に提供される際に礼儀が欠けてことについては間違いなく不服だったし、アノーの笑顔に潜む微かな悪意にはさらにもの申したいような気がした。秘密厳守の必要性を説明するより先にモルトビーが必要ならば、グロヴナー・スクエアにある自分の立派な家も同じく必要なのだろう。

「おやおや、あなたはかわいそうなアノーをからかうんですね。それはそれは！」アノーは陽気に声を張りあげた。「なんといっても、わたしたちは双子だから」

「個人的には『対等』と言いたいところだがね」リカード氏は冷たく応じた。

　というわけで、どのみち決まってしまった。セプティマスはリカード氏の家の裏にあるミューズを通って、忍びこんだ。車はそのままロザリンドとアノーを乗せてウォータールー駅へ向かった。

「遠まわりになりますから」ロザリンドは遠慮したが、アノーは首を振って、隣に乗りこんだ。

「われわれとしては、パパの登場であなたの話す内容が変わらないことを確認しなければならないんですよ」アノーは言い張った。「モーダントがアブドゥル・アジズ通りでブライアン・デヴィッシャーを見かけて、一緒にビールを一本飲んだ話をするつもりですか？」

「はい」

「デヴィッシャーがモーダントの紹介状をクロトルさんに渡し、クロトルさんがダガーライン汽船のカイロ事務所での仕事を世話してやったことを？」

「はい」

「モーダントがクロトルさんの配慮に礼状を書いたことを？」

「そうです」

アノーは頷いた。

「そして、デヴィッシャーが本当はエジプト人を麻薬で堕落させようとするドイツの試みに関わっていたことをですね？」

アノーはすばやくロザリンドに向き直った。眉を寄せ、唇を突きだしている。

「あなたはそう言うつもりなんですか？」と尋ねる。「マッチが一本、通りで擦られたからと？」

ロザリンドはびっくりした。パリでは、自分の話になんの疑いも持っていない様子で聞いていたのに。

「ヘロインがエラウィ村まで届いたからマッチが擦られたと言い切るのは、公正でしょうか？」アノーは膝を指先で軽く叩いていた。想定される敵に対して公正ではないのではと思い悩んでいたのだ。この極めて良心的な公僕といつものアノーを重ね合わせるのに、ロザリンドは少し戸惑いを覚えた。

「あの状況を忘れるべきだとお思いですの？」ロザリンドは声をあげた。

「ああ、状況ね――そう、便利な言葉です。ですが、正しい表現が『偶然の一致』だとしたら？　あなたが話して、あの気の毒な男は――ふう！」

ロザリンドは再度アノーに目を向けた。そして、きっぱりと告げた。

「マッチ箱にも、エラウィ村にも、それにフィリップの考えにも一切触れないことにします」

アノーはいやにほっとしているようだった。公正でありたいと願うのは結構だが、最初の心配ぶりや今の安堵した様子ほどに真剣に願っているとは、ロザリンドには思えなかった。が、頭のなかでその疑問をじっくり検討する時間は与えられなかった。駅に着くまで、アノーがずっと姉たちについてロザリンドにあれこれ話しかけていたのだ。ロザリンドはポートマン・スクエアにタクシーで到着するのに合う、サウサンプトン発の列車を見つけなければならなかった。幸いにも、十分で都合のいい列車が到着することになっていた。

「あなたと一緒に来たと説明しておきましょうか、ムッシュー・アノー?」タクシーのドアの横に立っているアノーに、ロザリンドは声をかけた。

アノーは首を振った。

「いえ、マダム。あなたには機会があれば会いにいきたいと思っていた友人がいるはずですよ。いや、もっといいのは、お父様の消息を確認するためにダガーライン汽船のパリ事務所に寄ったとの説明ですね。それで臨港列車に乗り損ねたのだと」

ロザリンドのタクシーが走り去り、アノーは下がって安堵の大きな溜め息をついた。リカード氏のロールスロイスはグロヴナー・スクエアへ帰して、別のタクシーでスコットランドヤードへ向かう。ソーホーの小さなレストランで、アノーはモルトビーと急いで昼食をとり、二時半には腕時計に目をやった。

「セプティマス・クロトルは、わたしたちに話すことがあります」アノーは言った。

「行こうか」モルトビーが応じた。戸口でタクシーを見つけ——その頃はそんな奇跡が起こったのだ

――二人はグロヴナー・スクエアの角の家に向かった。

第二十五章　アークライツ農場

たしかに、セプティマスには話すことがあった。グロヴナー・スクエアを臨む大きな部屋で、セプティマスは外からだれにも見られることなく肘掛け椅子に座っていた。風呂に入って髭をあたり、リカード氏から借りた清潔なリンネル製品に着替え、紺色の化粧着を羽織っている。それでも、恐怖の痕はまだ顔に刻まれたままで、その目は死の影を通過してきたものの目だとはっきりわかりすぎるほどだった。その目はなにも語らず、語る話があることを否定していたが、祈りを伝えてきた。「神よ、この男のように苦しむことがありませんように！」と。セプティマスは何年も年をとり、体つき同様に精神も勇気も縮んでしまっていた。森やヒースにいる、敏感で警戒心の強い動物にも似ていた。なんの変哲もない小さな音が思いがけずに聞こえただけで、セプティマスは震えだし、さらに悪いことに、自分の周りにぼんやりとつきまとっている経験したばかりの恐怖に終わりがないかのようにすくんでしまう。この男が強風や岩礁を相手に巨大な船の指揮を執り、世界の大海原を横断し、遠く離れた港まで貨物と乗客を無事に送り届けたことがあったとは、客のなかでも一番想像力に欠ける者にとっては到底信じられないことのように思えた。

幸いにも、リカード氏はいたわりの気持ちからある考えを思いついていた。リカード氏はモルトビーとアノーの先に立って部屋に入ったが、ハバナ葉巻の箱を持っていたのだ。セプティマスが自分の葉巻こそ最高だと世間に吹聴するのは結構至極だが、リカード氏の葉巻もひけはとらなかった。箱を差しだしながら、リカード氏は言った。

「あんなに大変なことがあったあとですから、昼食はお一人のほうがよいかと思いましたが、こちらについてはお付き合いいただけると嬉しいですね」

葉巻を見て、セプティマスの顔が急に明るくなった。これ以上うまい手を、リカード氏は使うことはできなかっただろう。煙草の煙が渦を巻きながら立ちのぼっていき、ハバナ以外からは生まれてこない芳香が漂い、揃って楽しい安らぎの時間に関わっていることで、セプティマス・クロトルの顔にもくつろいだ笑みが浮かんだ。

「ありがとう」セプティマスはリカード氏に心をこめて礼を言った。アノーは自分の感想をどうしても付け足さなければいけなかった。

「気が利くんですよ、わたしの友人、リカード氏は。礼儀作法の先生の著書から出てきたわけじゃありませんよ。そうそう、ここにあるんです」アノーは誇らしげに自分の胸に手をあてた。

それでも、葉巻をくわえているうちに、セプティマスは記憶を言葉にするのが前より楽になってきたようだった。

「意識が戻ったときは、目隠しをされていた」セプティマスはぞっとしたように身を震わせた。「車に乗っているのはわかった。男が一人いたと思う――断言はできないが、自分の勘が間違っているとは思えない――海の男が一人と、女が一人だ」しばらくセプティマスは口をつぐんでいたが、やや慎重に言葉を選びながら続けた。「そのあと――なんにせよ、今はそれ以上のことはわからない――生涯続く悪夢に、わたしは気づいて、現実にした――そうだ、気づいたんだ。いつ、悪夢がはじまったのかはわからない。いつも頭のなかにあったからな」目を閉じて、身を震わせる。何年にも及ぶ警戒心と、何年にも及ぶ想像上の恐怖を思い返しているのだ。

「それと立ち向かうために、そうだろう?」セプティマスはアノーを見つめ、視線をリカード氏に移した。幼い王太子の悲惨な物語で声を詰まらせたときに同席していた二人なら、どれだけ細かい恐ろしさまであの物語が再現されたか想像がつくはずだと、心のどこかで期待していたのだろう。

「連中は角灯を持っていて、安物の松材のテーブルにそれを置いた。で、わたしのポケットをすっかり空にして、全部持ち去ってな。二つの品だけが残った。これだ」セプティマスはベストのポケットから、ケース入りの細い小さな鉛筆がついた小型の薄い手帳をとりだした。「連中はこいつに関してはおかしなくらい迂闊でな。この手帳は、いい暇つぶしになったよ。鎧戸の隙間からの日光で、実行できない予定を読んだ。いや、本当におかしなくらい迂闊で浅はかだった。もう一つの品がこれだ。これについても妙だったな」

二つ目の品は、セプティマスが時計用のポケットからとりだした、年代物の変形した銀の時計で、古い紐と鎖環がついていた。燕のように大きくてずんぐりと丸く、当世の目には、結構な珍品にみえた。それでも、セプティマスはチェリーニ（ミケランジェロの影響を受けた、イタリアの有名な金細工師、彫刻家）の手による宝石のように、愛情をこめて扱った。

「快速帆船《クリッパー》の見習いだった頃に買った。これについても、連中は間が抜けていてな。わたしにとっては、どれだけ幸運だったことか。時間を知りたくなったら、警官に訊く必要はないんだからな！　本当におかしなほど間抜けで、さらに浅はかだ」セプティマスは時計に目をやった。「聞いてくれ」

時計の針が三時を指すと、沈黙を破って、セプティマスの時計から銀のチャイムが三回鳴る音が微かに聞こえた。

「リピーター（直前の時刻を打って知らせる懐中時計。暗がりでも時刻がわかる）ですか！」リカード氏が声をあげた。

「リピーターだ。連中は知らなかったんだな。ただの旅行用携行品だ。連中はそれを残したまま、音をたててドアを閉め、鍵をかけた。わたしは暗がりのなか、時計を手に持って立っていたんだが、屋根の上から飛行機の唸り音が聞こえてきた。エンジンの振動や波動とともに、頭上を勢いよく通過し、すぐに音は小さくなって消えた。そんなときでさえ、それは楽しかったし、友達のように感じられた。約束だな。わたしは時刻をこの時計で確認した。夜中の十二時だった」

翌朝、光が差しこんできた。ぴんと張ったロープに乗ったブロンダン（フランス人の軽業師。綱渡りが得意）のように、黄金色の光線に乗って暗い部屋に太陽が踊りながら入ってきた。その光で、セプティマスは日付、自分が連れ去られた十月八日と、新しい日をきちんと手帳にチェックした。その日の夜、またあの懐かしい飛行機が真夜中に、「ここにいますよ」と嬉しい挨拶の唸り音をたて、消えていった。セプティマスはその通過を合図に時計を確認することができた。鎧戸を閉められた部屋には、テーブルの他に蛇口と洗面器にバケツ、藁の布団があった。時折――セプティマスはそこここで、言葉を無理に押しだすように説明した――部屋を掃除する間と食事が差し入れられる際は、壁を向いて黙って立っていなければならなかった。それでもやはり、口を利くものはなく、セプティマスはすべての囚人と同じように、ささやかなことを生きがいにするようになった。とりわけ、手帳で日付のチェックができる瞬間や、遠くから接近を知らせてきた飛行機が頭上を大きな音をたてて通過し、音が消えていくときを。

「しばらくしたら、飛行機が来るのがなんとなくわかるようになった」セプティマスは続けた。「暗闇で座っている。そうすると、音が聞こえてくる。で、リピーターのバネを押すんだ。郵便配達夫と同じくらい時間に正確だった。十二時ぴったりのときもあれば、数秒遅れるときもあったが。その音を待っていることで、最初の一週間を乗り切れたんだと思う。そして、ある晩、飛行機はやってこなかった」

突然声が囁きほどにまで小さくなり、話し手の目に宿る暗い炎と話の単純さにすっかり聞き入っていた聴衆の一人一人が、飛行機が来なかったことでセプティマスが味わったのと同じ破局の衝撃を感じた。

「時間が遅くなっても――?」アノーが小声で尋ねた。

「その晩は結局通過することはなかった」

「絶対に?」

「部屋のなかで朝が灰色の靄になるまで、横になったまま起きていたんだ」

「それは何日の朝です?」モルトビーが思いがけなく強い口調で尋ねた。

セプティマスは手帳を開いた。

「十月十四日だ。見てみろ。日付を確認する線を丸く囲ってあるだろう。たった一人の友人をなくしてしまったような気がしたんだ」

モルトビーは、その手帳をもぎとらんばかりにセプティマスの手からとりあげた。

「たしかに。十四日だ。ただ、翌日の夜はまた飛行機の音を聞いた?」

セプティマスは生気を取り戻した。顔には笑みが、声にはどこか快活な調子があった。

「そう、翌晩は聞いた。そのあと六日間は毎晩だ。昨日だって聞いたよ」

だが、モルトビーはその言葉の最後まで待たずに、部屋を出ていってしまった。階段を廊下へとおりていく足音がしたあと、少し間を置いて、電話口で話す声が聞こえてきた。

ただし、言葉は一つも聞きとれなかった。セプティマスは話を終えて、冒険の疲れがのしかかってきたらしく、船を漕ぎはじめた。もっとも、寝室の準備はできていて、リカード氏の家政婦、こういう家庭では頼りにできる既婚女性が戸口に控えていた。

「ゆっくりお休みになって、ベッドで美味しい夕食を――」

「そして、夕食後にはもう一本すばらしい葉巻だ」セプティマスはリカード氏に向かってにやりと笑った。

「こちらの紳士は元どおりになられますよ」家政婦のミセス・フェンネルが言った。「仮に今そうでなかったとしても」

だが、アノーにとっては翌朝まで待てない情報がまだあった。

「寝室に行かれる前に、クロトルさん」アノーはセプティマスの前に割りこんで、強い口調で言った。手をぱたぱた動かして屈託の合図をリカード氏に送っていた。

「片づけてしまおうか。どういうわけで、フェアマイルを通る道の途中のベンチでわたしを見つけることになったのか、気になっているんだろう?」

「まさにそのとおりです」アノーが叫ぶように言った。

「そうか、答えられないんだよ。わかっているのは、あの連中、男と女が遅くまで話していたことだけだ。床板越しに声が聞こえた。それから、どこからか車がやってくる音がしたな。時計を使ってみた。午前三時だった。それからほとんど間を置かずに、二人が角灯を持って階段をあがってきたんだ。とは言っても、知ってのとおり、あまり見ることはできなかったが」今は、恐怖よりも自分が味わった屈辱に怒りを感じているようだった。「連中を相手どるのは無理だ、仮に普段どおりの力があったとしても。せっつかれながら、起きあがって着替えをした」

一瞬言葉を切って、記憶を整理しているようだった。

「そうだ。あいつらは怯えていた。で、急に嬉しくなってな」セプティマスは破顔し、アノーの記憶では、最高に嬉しそうなにやにや笑いを浮かべた。「連中の手は震えていた。あんまり早口でしゃべるから、なにを言っているかわからないほどだった。絞首刑の執行人がすぐ後ろに迫っているみたいにな」

ここでまた、セプティマスの声が囁くように小さくなった。

「なにも見えず、なにも言えなかったが、連中は部屋の片づけに追われていた。鎧戸の釘が外されて、開けられた。布団は部屋から引っ張りだされた。すっかり終わるまでものの数分だったな。部屋を空にしていたんだと思う。それから階下の車に連れていかれた。連中は小声で話してたな。静かにゆっくりと車は出発した。そのうち、スピードをあげて、何時間も走り続けた。ただし、後ろに向かっていたのか、前に向かっていたのか、まっすぐ走っていたのかはわかりかねる。七時頃放りだされた――たぶん、七時少し過ぎだったろう」

セプティマスはちょっと口をつぐんだ。リカード氏は手帳を見ていた。夏時間《サマータイム》はあと数日で終わる。セプティマス・クロトルが牧草地の端で車から追いやられた時間は、ちょうど夜明け頃だろう。

「そうですね、わたしたちは八時頃に通りましたから」リカード氏は断言したが、アノーは答えなかった。

「話は以上だ」セプティマスが言った。

リカード氏はすぐに立ちあがり、ドアまで客を連れていった。家政婦のミセス・フェンネルとトンプソンが待ちかまえていて、セプティマスを部屋へ案内していった。

「興味深いな」室内に戻り、リカード氏は言った。アノーは椅子に座ったままで、顔に戸惑いと困惑の色を浮かべていた。

「たしかに」リカード氏は続けた。「恐ろしい話だった。クロトルさんの反応を逐一見ていたかね？ 昔の恐怖が心のなかで一番になったり、ひどい扱いや人格に対する侮辱が前面に出たり」

リカード氏は興奮していた。極めて重要な局面を楽しんでいたのだ。窓にちらりと目をやった。外の広場では、男女がいつもと変わらぬ仕事に出かけていく。だれもが自分たちのすぐ頭上、この部屋で起こっていることにまったく気づいていない。セプティマスが残酷な物語を語り、アノーとモルトビー、そしてこの自分が犯人逮捕に乗りだすところなのだ。

「奇妙かつ不気味な話だ、アノー」リカード氏は得意になって宣言した。「できるものなら、これほどの事件をフランスで見つけてみろ！」とまで付けくわえそうになった。

しかし、この途方もない自慢を口にする前に、アノーが穏やかな口調で割りこんだ。

「わたしが一番興味を持った点がわかりますか？ 彼らは怯えていた。その男と女です。真夜中に老人を連れだし、人気のない道路沿いのどこかに放りだして、逃げなければならなかった。怯えていたのです。なぜか？ だれも疑いをかけていなかったのに。なぜなんだ？」

アノーがこの問題を究明しようとしている間に、ドアがいきなり開いた。モルトビーが部屋に戻ってきたのだ。顔色が明るい。

「クロトルさんは？」モルトビーが訊いた。

「休まれましたよ」

「結構。今晩はこの家に私服警官が一人張りこみます。危険はないでしょう」

アノーは顔をあげて、モルトビーを見やった。

「よい知らせがあるんですか？」

モルトビーは頷いた。リカード氏は警視を揺すってやりたかった。警視には張り切ることが、感情がないのだろうか？　が、ついにモルトビーは口を開いた。

「ウェスタン・エア社がヘストンから夜間運航をしている。トーントン、エクセター、プリマスに着陸するんだ。ヘストンを出発するのが、十一時。十月十四日の晩は、離陸の十五分後にエンジンが故障している。ヘストンへ引き返すことはできた。その夜、プリマス便は欠航した」

第二十六章　二つの小さな偶然

その夜、飛行機の旅客は多くなく、三人の男は客室の後方で邪魔されることなくしゃべったり観察したりできた。満月から二日経過していたが、空から暗闇の帳は押し戻され、眼下には静かな田園地帯がますますはっきりと広がっていた。銀灰色の野原には巨大な木とその影。泥炭と岩の隆起が長い曲線を描き、高くそびえたり、途切れたりしている。川は輝く街道のようだった。時折、息を潜めれば牛の鳴き声が聞こえるのではないかと思うほど、低い場所を飛ぶ。

「十月十四日木曜日の晩に、いわば心臓が止まりそうになった航空機の話は、他には聞きこめなかった」モルトビーはアノーの質問にきっぱり答えた。

「あと十分だ」リカード氏が腕時計を見ながら声をかけると、アノーはポケットからセプティマス・クロトルの不格好な銀製の精密時計《クロノメーター》をとりだした。時計は真ん中にあるテーブルに上向きに置かれ、三人はその白い文字盤上に額を集めた。

「セプティマス老人のリピーターでは、十二分ですね」アノーが言った。

リカード氏は恐れ入って友人を見やった。そして、警戒するように周囲を確認した。プリマスに向かう海軍の将校が三人、エクセターに向かう新聞記者が一人、休暇でコーンウォールに行く夫婦が一組。が、全員が客室の前方にいた。リカード氏はアノーに向き直った。

「そんなこと、思いつきもしなかったはずだ」自分を責めているような口調だった。「たとえ、百まで生きたとしてもね。クロトルさんから、ちゃんと借りてきたのかい？」

アノーは首を振った。

「見ていない隙に持ってきました」

借りたか持ってきたかはともかく、時計があるのは好都合だった。三人の手はずに絶対的な精度が加わる。

「アノーさん、飛行機のこちら側を見てくれ。リカードさんとわたしでこちら側を見るので」

モルトビーは通路を渡って移動し、カーテンを開けた。リカード氏は前の席に座って、二人は月明かりに照らされた大気の下を見つめた。飛行機はバークシャー・ダウンズ（白亜層の丘陵）の一つのような、大きな鯨の背を思わせる盛りあがった尾根に沿って飛んでいた。あちらこちらで、なめらかな泥炭が黒く露出した岩で破られている。斜面のなかの窪地にはカラマツの小さな木立がある。三人の男は真下や進行方向を熱心に見つめており、その集中ぶりが客室内に広がって他の乗客たちの好奇心を刺激した。会話がやみ、なにを探しているのか知らないまま、乗客たちも下を見つめはじめた。

アノーの目の前のテーブルでは、風変わりなセプティマスの時計が、かちかちと音をたてていた。リカード氏には、その音が一秒ごとに大きくなっていくように感じられた。今、リカード氏が見ているのは、真下にある丘の黒っぽい表面の横、右手にある平べったい草地で、そこでは人工水路に水が輝いていた。ずっと前方の右側には光がぱらぱらと見えて、町があるようだ。悲観的な考えが浮かんできた。「間違った路線に乗っているんだ。違う航空路を運行している別の会社があるんだろう。モルトビーが普通の乗客として予約したりしなければ！　前方のあそこ、操縦室ではもっとはっきり見えるだろうに」自分たちの行動を隠すことが、なぜそんなに重要なのだろうか？　秘密厳守――内緒内緒――そればっかりだ。

リカード氏が怒りで煮えくりかえりはじめたとき、突然アノーの指が時計のバネを押し、ベルが小さい音ながらはっきりと鳴った。妖精のベル。こんな最新鋭の乗り物の客室には、妙に不似合いに響いた。

「見逃してしまう」リカード氏は声をあげ、そう言いながらも目を凝らした。前方、ちょうど目の前で、丘が突然終わって平地になった。土の斜面に開けたところがあり、奥の丘の側面にある石切場のように途切れた場所に、どの窓にも明かりが点いていない農家が一軒建っていた。近くに他の家はない。リカード氏は興奮してモルトビーを振り返った。「見えます？　見えましたか？」小声で訊いたとき、飛行機の舵が切られた。飛行機は向きを変えている。光の集まる町に向かって、その家の真上をまっすぐ通過していく。すぐに、アノーの側から見えるだろう。リカード氏は慌てて客室の反対側へ移動した。アノーは窓に顔を寄せて座っており、頭上や後ろの明かりを遮ろうと、両手を庇のように曲げていた。

「ほら！　ほら！」飛行機はぐるっと向きを変えて丘陵地帯を離れ、草地とセッジムアの湿地帯を瞬く間に通過して、町の外れにある空港へ向かった。

「見たかい？」リカード氏は訊いた。

アノーは時計をとりあげて、ポケットにしまった。友人の興奮ぶりにちょっと困っているようだ。が、モルトビーが口からでまかせの話でその場の雰囲気を変えた。

「問題の家はあの家ではなく、もっと古いんじゃないか。ただ、たしかにモンマス公爵（初代モンマス公爵ジェームズ・スコットのこと。イギリス王チャールズ二世の息子で、王位を争って反乱を起こしたが、敗れて処刑された）はあのあたりで捕らえられたんだ。部下がこの平地でパーシー・カーク大佐の槍の前に敗れた。モンマス公爵はたしか、納屋の藁束の下にいるところを見つかったはずだが」

　他の乗客たちが笑みを浮かべてこの歴史愛好家たちから目を逸らしたのを、モルトビーは見てとった。そして、飛行機は着陸した。

　三人が飛行機から降りると、青いスーツを着た大柄な男が近づいてきた。

「モルトビー警視ですか？　ランスと言います。ランス警部です」

　二人は握手をした。

「みなさんの部屋はホテルに予約してあります」ランスは言った。「できれば、そちらで話したいのですが」

　一台の車が待っていて、数分後には、明々と火が焚かれている快適な部屋で、そばに熱いグロッグ（お湯または水で割ったラム酒、リキュール）を置き、ランス警部はどことなくいい気味だと思っているような調子で、首都ロンドンから来た同僚に氷のような冷や水を浴びせていた。

「時間の無駄だったと思いますね、警視。もっと早くわかってさえいれば」ランスは溜め息をつき、おき火を覗きこんだ。

「こちらでわかっていなかったのだから、そちらではわかりようがない」モルトビーは答えた。

「たとえば、昨日とか」ランスがのろのろと続けた。

　モルトビーは笑顔になった。

「昨日わかっていたら、今日の午後電話で伝えたときより、君たちの協力の必要性をもっとしっかり説明できただろうね」

そうほのめかされて、自分が少しむっとしていたことをランスは認めた。

「電話は少々唐突だったので」

それでなにかが手に入るとなれば、モルトビーはだれにも負けないほど下手に出ることができる。

「そうだろうね」モルトビーは申し訳なさそうに、相づちを打った。が、礼儀に構っている時間はなかったのだ。十月十四日の夜にどの飛行機が欠航したのかを知ったばかりだったのだから。「それでも、このすばらしいウィスキーのお代わりを飲みながら、わたしたちの要望を、もうちょっと詳しく説明させてくれるだろうね?」

モルトビーはベルを鳴らし、現れた靴磨き兼ボーイに——時刻は午前十二時半だった——「お代わりを!」と言った。

ボーイはアノーを見やり、生まれつき親切なのか、無駄に階段を上り下りしたくないと思っただけなのか、声をかけた。

「その外国の紳士は、ちっとも飲んでいませんけど」

「なにも要らない」アノーはぴしゃりと断った。少しも慣用句好きなイギリス人で通すことができないみたいに!

モルトビーは不意にまた礼儀作法を無視してしまったのではないかと心配になった。

「こちらはパリ警視庁のムッシュー・アノーだ」部屋にいる人々全員に向かって話しかける。記憶のなかから褒め言葉を一つ、二つ集めようとしていたが、やはり時間がなさすぎた。「ご活躍ぶりについては、改めて指摘するまでもないだろう」

あまり上出来な紹介ではなかった。いや、失敗だ。当然、アノーは苛立った。

「一緒に飲まないんですか、ムッシュー?」ランスが訊いた。リカード氏はここぞとばかりに口を挟んだ。

「アノーはペパーミント・フラッペが好きなんですよ。イギリスの西部で夜のこんな時間には手に入りそうもありませんがね。ポルトか、コーヒーでは?」

「ああ! コーヒーを!」アノーは大声で応じ、ボーイは注文を受けて出ていった。

その間に、モルトビーは電話で伝える時間のなかったセプティマス・クロトルの一件を詳しく話した。話が終わると、ランス警部は両手をあげた。

「運ですな。不運はいろいろあるが、よりによって」そう言うと、ランスはすっかり態度を和らげて、同僚に向き直った。

「アークライツだな。その場所の名前ですよ。昔は農場で、そう悪くなかった。ただ、年をとった持ち主のミセス・ディストリーズがブリッジウォーターへ移って、土地の大半を売り払ったんですよ。家は長い間、借り手がなくて」

最終的に、一人の男、フランク・バーニッシュとその妻が借りた。数エーカーの牧草地は貸しだし、小さな野菜畑と果樹園、二匹の豚と数羽の鶏でなんとかやっていた。バーニッシュは船乗りだったらしいが、夫婦は友人を作らなかった。夫は図体のでかい喧嘩腰の無愛想な男で、妻もそれにふさわしい女だった。揉め事を起こしたりはしなかったが、だれからも好意は持たれなかった。地域には、まったくなじまなかった。孤立した場所にいる孤立した夫婦だった。数週間前に金ができたらしく、ロンドンのどこかで古い車を買った。

「見たところ、古くてガタのきた青い車でした」ランスは言った。「それでも、女のほうが町に来ているところを見たな。ちゃんと運転できていた」

ランスはまっすぐモルトビーを見て、続けた。

「ですから、運が悪かったんですよ。警視」

運が悪かったとわけもわからず決めつけられることに、モルトビーはもう飽き飽きしていた。短く聞き返す。

「つまり?」

「昨日来なかったことが」

「二人は消えたのか?」

ランス警部は頷いた。立ちあがってモルトビーに煙草を一本差しだし、アノーにも勧めようとしたが、相手が吸っている代物を見て、仰天して下がり、リカード氏から差しだされた葉巻を受けとった。

「そうなんです。あなたからの連絡を受けて——昔のことのように聞こえますね、警視?——指示に従って、わたしはとりかかったんですよ、あれこれと——」

「警視庁《ヤード》からの連絡を君に取り次いだ人間は、あまり気が利かなかったようだな」モルトビーは素っ気なく応じた。

「ああ、それはいいんですよ。緊急と礼儀は違った種類のものですからね」ランスは言った。部屋にいる全員に、気分よく楽しんでいる感じが伝わった。目の前にロンドン警視庁とパリ警視庁の二人の有力な警察官、すっかり興奮した第三の何者かがいる。この三人は仕事のやりかたを教えてやろうと、西部の田舎者のところまで飛行機でやってきたのだ。電話で筋道たててはっきりと話してさえくれれば——。

「おわかりでしょうが、アークライツに見張りをつけろという連絡を受けて、こちらでは警官を一人派遣しました。その報告によれば、あのあたりにはだれもいないそうです」

「いつのことだ、警部？」

「七時頃です」

「その警官はどこから連絡を？」

「アークライツからです」

バーニッシュ家の居間には電話はあったが、たぶんかける以外には、一度も使われたことがなかった。ドアは閉まっていたが、鍵はかかっておらず、警官が誰何しても返事はなった。

「複数で行動できるようにだれかを派遣するので、そのまま待機するように指示しました。夜間の無人の家は、物騒ですからね。朝になったら二人がいるのがわかると思います。それまでは、これ以上手の打ちようがありませんね」

ランス警部は帽子をとりあげ、葉巻の吸いさしを暖炉に投げこんだ。

「たしかに、そのとおり」アノーがとっておきの猫撫で声で言った。「もしあなたがパリまで飛行機でくるような幸運があれば、わたしも同じようにしてあげられることを祈りますよ」

ランス警部は、今の言葉をどのように理解したらいいのかちゃんと把握できない様子で、ちょっと怪しむような視線をアノーに向けた。ともかく、警部は頭を下げた。

「不自由なく、快適に過ごされるといいですね」

ドアを開けようとして、ランスは足を止めた。なにか屈託があるかのように、何度か舌を軽く鳴らす。そしてドアを閉め、ずかずかと部屋の中央まで戻ってきた。

「バーニッシュ夫妻が逃げたのは、こちらの間違いのせいだったかもしれません。そうでないといいのですが。こちらには管轄内のやらなければならない仕事がありましたし、そちらからはたしか四時より前にはなにも言ってこなかったから」

アノーは身を乗りだした。警部が自分たちに撃ちこもうとしているのは、どんな不愉快な小弾丸なんだろうか。かなり風味の強いものだろう。味わい深い後悔の笑みをゆっくり浮かべ、こちらの言葉を待っている警部の様子から、アノーは推測した。

「その時刻まではなにもわかっていなかった」モルトビーは断言した。「わかってすぐ、電話をしたんだ」

「そうですか。が、残念です！　アークライツの裏手にある丘で、羊に草を食べさせている農夫がいましてね、その男が前日の朝、自分の雌羊を何頭か犬に殺されたと羊飼いを寄こして苦情を言ってきたんですよ。問題の犬は、アイリッシュ・ウルフハウンド（アイルランド原産の世界最大の体高の猟犬）だという話で。ヤードの方たちはいずれわかるでしょうが、アイリッシュ・ウルフハウンドってのはドイツ人のようなものでね。手の施しようがないんです。もちろんわたしたちは捜査にとりかかり、もちろんアークライツが最初の捜査対象になったんです」

「ほう！」

アノーは椅子から飛びあがった。

「アークライツが一番近い家でしたから。それに、バーニッシュは気難しくてとっつきにくい男だった。近所の人を傷つけることで、特に多少の残酷さも加えて、陰険な喜びを感じてるんじゃないかと。

おまけに、犬を飼ってるんだとしたら、それに伴う別のもの、犬の鑑札を持っていないことになる」

「それで、いつ警官を行かせたんですか？」アノーが尋ねた。

「そうですな。羊飼いがこっちに着いたのが、十二時頃か。コックスを派遣しました――そうです、やつが食事をすませてすぐに。二時頃に自転車に乗って出かけました」

「昨日？」モルトビーが口を挟んだ。

「まあ――便宜的にはそうですが、不正確ですかな」ランス警部は答え、炉棚の上の時計を見やった。「午前二時になるところですから。まあ、昨日としておきますか。コックスは火曜の午後二時に、自転車でアークライツに向かいました」

「火曜日」リカード氏が相づちを打った。自分が発言する度に、他の全員が振り返り、その瞬間だけリカード氏が部屋に存在するかのようにまじまじと見つめるのだが、事件の取り決めや説明で、つまらない端役になるつもりはなかったのだ。「火曜日の午後二時」

「バーニッシュは家にいました」ランスは続けた。「古い変わった家でね。板葺き屋根の煉瓦造り、小さい窓があります。裏庭に続くアーチの架かった道があって、そのアーチの下、右手横に玄関の扉があります」

「そして、コックスは自転車から降りた」リカード氏はややつまらない話を盛りあげるのを助けるつもりだったが、警部のもの言いたげな視線に気づいた。

「おや、そうだったんですか？」ランスは訊いた。「自転車から降りた？それとも、ドアの前で片足を地面について、片足をペダルに載せたまま停止しただけだったかな？検証する必要がありますな。そちらの紳士たちがその点を重要だとお考えだとは、こちらではだれも考えていませんでしたので」

　リカード氏がとるべき行動は一つしかなく、リカード氏はそうした。ウェリントン公爵は一度、侮辱されたと思いこんだぼんくらのスペインの将軍に膝を屈したのではなかったか？「重要な問題だったので、どさりと膝をついた」公爵は手紙に書いていた。その先例に勇気づけられて、リカード氏は屈服した。

「もう口出ししません。伏してお詫びします、警部」リカード氏はおとなしく謝った。

　ランス警部は機嫌を直した。

「たしかに自転車からは降りたんでしょう。壁に自転車を立てかけたら、家のドアが少し開いていて、勢いよく椅子を引く音と、床に皿が落ちた音がしたそうで。夫婦はびっくり仰天したみたいですな。あっという間に、バーニッシュは雷みたいにすごい剣幕で戸口に立ちふさがった。喧嘩腰の態度で、『なんの用だ？』と訊いたところで、コックスの制服に気づいたらしい。コックスの話じゃ、重病人みたいな顔色になったとか。ただ、アイリッシュ・ウルフハウンドかなにかの犬を飼ってるかと訊かれたら、ましになったそうです」

　バーニッシュは飼っていないと答えて、それで話は終わりとばかりに戸口に立っていた。が、コックスは家のなかを一通り確認させてほしいと粘った。一瞬、バーニッシュは邪魔をしようとしたらしい。もちろん、そうする権利はあるわけだが、最終的には戸口からどいた。

「わかったよ」とバーニッシュは言った。「けどな、あんたたちみたいな制服の連中は、女を怯えさせるんだぜ、なあ」

　たしかに、コックスが押しのけるように台所に入ると、すっかり怯えきった女がいた。ただ、犬はいなかった。コックスは捜索のため地下室も覗いたそうだ。二階にはあがらなかった。第一に、台所から階段が見えなかったからだ。廊下の突きあたりにあるドアの奥にあったらしい。第二に、犬がどこかに閉じこめられているとしたら、それは離れ家だろう。コックスはアーチの奥の納屋などを探した。バーニッシュと妻はすぐ後ろについてきた。宝探しの楽しさはまったくなかった。家のなかに犬が一匹もいないと確認でき、コックスはせいせいして、また自転車に乗った——ランス警部はリカード氏に形式張った会釈をして、その最後の点を強調した——そして、本部へ報告をした。

「コックスはアークライツへの訪問で、違和感を覚えたようです」ランスは続けた。「バーニッシュ夫妻にはなにかがあった。コックスには理解できないなにかが。鳥肌がたったと話していました。コックスはおかしな空想をするような男じゃない。そのあと、今日の四時にあなたが電話してきたわけです」

ランス警部はドアに向かって歩きだした。

「アークライツを見てみたいでしょうね」ランスは言った。

アノーは訴えるような目をモルトビーに向けた。モルトビーはその意をくんで答えた。

「ぜひ。早い時間に見られるのなら」

「よければ八時にしましょう、九時十五分のロンドン行きの急行に間に合うように」

というわけで、話は決まった。ランスが行ってしまったあと、アノーは暖炉の火を見つめながら、落ち着いた顔つきを崩して、奇妙な笑みを浮かべて立っていた。その笑みが消えては、また浮かぶ。アノーはパリでミセス・リートにした話を思いだし、この一件がずばりあてはまったと考えていたのだ。解明不能な、水も漏らさぬ犯行計画が、段どりや下準備を重ねて練りあげられた。霧の夜、拉致、人里離れた農家。そこなら、いずれ被害者を解放することが可能だ。狂気がすべての問題を解決し、真実をだれにも読み解くことのできない暗号にするという、とりわけ好都合な結果とならない場合の話だが。二つのちょっとした偶然がなければ！　毎晩真夜中に監禁場所の家の上空を通過する飛行機。町から警官を連れてきた、羊を襲う犬。

「間違いない」アノーは言った。「バーニッシュと妻は、一巻の終わりだと思ったんです。犬の鑑札は嗅ぎまわるための口実で、一、二の、三で、夫婦は囚人を放りだして姿をくらました。二つのちょっとした予測不可能な偶然が、完全犯罪の蓋を開けてしまった」

しかし、朝が近づいてきていて、だれも、リカード氏さえも、その先を聞くことに積極的でなかった。

「そうだな」モルトビーが素っ気なく言った。「酒盛りと、カントリーダンスから家まで一マイルほど歩いて帰る人物二名。ある朝、新しい新聞の束をとりにいかされた少年が三回、とあるドアの前を通った。最初は閉まっていて、次は開き、その次はまた閉められていた。いやいや！　そろそろ寝よう！」

男たちは寝にいった。そして朝八時過ぎ、アークライツ農場のむさ苦しい家やその敷地を足音高く歩いていた。おそらく幾分必要以上に大きな音だっただろうが、なぜそんな音をたてているのかは一人もはっきりとはわかっていなかったし、わかっていても認めるものはいなかっただろう。憎悪と恐怖と苦しみが、重苦しくおぼろげな危険の兆しで張りつめた空気をその家に残していったのだ。ドアの前を通過すると、だれもがわけもなくさっと背後を確かめた。急な角を曲がったときには、つけられてはいないかと急ぎ足でこっそり引き返したりした。ある部屋で、三人は一斉に足を止めた。家具のないがらんとした部屋だが、裏庭側の壊れた窓のある塔屋部分に安物の松材のテーブルがあり、廊下には開口部があった。

そこが食器の出し入れ口で決め手になるというランスに、三人は文句なしに同意した。が、それはまったく別の理由からだった。そのみすぼらしい部屋に立っているうちに、三人は探索が終わりに到達したのを感じたのだ。一同の気持ちを重く沈ませるむごい仕打ち、痛いほどに胸を嚙む残酷さが伝わってきた。モルトビーは前に進みでたものの、教会の教区委員のようにとても静かな足どりだった。外壁に鎧戸を留めていた金具を外して鎧戸を引き戻し、窓枠に固定されていたときのねじの位置を示した。

「そのとおり」モルトビーは全員一致している意見を追認するかのように、言った。「ここだ」

「そうです、この部屋は悪意に満ちている」アノーの声は、リカード氏には別人のように聞こえた。とても静かで、かつ敬意のこもった響きがあった。が、それ以上はなにも言わない。ランス警部が腕時計に目をやっていた。

「九時十五分発の列車に乗るつもりなら――」それを聞いて、アノーが再び動きを取り戻した。

「そうだな」モルトビーは言い、アノーに確認した。「よろしいかな?」

が、アノーの顔は安堵感ですっかり和らいでいたので、答えを聞くまでもなかった。それでも、アノーは口を開いた。その言葉は、リカード氏の頭に長い間はっきりと刻まれた。

「この家のなか、とりわけこの空っぽの部屋で、わたしが見て、嗅いで、触れたのは、残酷さです。急がなければ」

第二十七章　驚くべき疑問

「最初にやることは、いつでも」モルトビーは言った。「人を適所に配置することだ」

「難しいのは、どこがその適所か知ることですよ」アノーはこぼした。

「まあ、わたしは自分の適所を知っているが」セプティマスが口を出した。「わたしはダガーライン汽船の会長だからな。最初の仕事は、若い重役たちがわたしの不在だった数週間に、事業をどのように混乱させてくれたかを知ることだ」

セプティマスは葉巻の吸いさしを灰皿で潰し、モルトビーに目を向けた。「警視、君はわたしと一緒に来るように都合をつけて、身代金の要求があったかどうかを確認するだろうな？」

「身代金？　ははあ！　それも一つの考えですね。たしかに」アノーは明るい顔で声をあげた。身代金という発想が、思いがけなく謎を解明する独創的で天才的な閃きの一つだと言わんばかりだった。

「レダンダール・ストリートにある、主要な事務所に行くのでしょう？」

「レドンホール・ストリートだ」セプティマスが訂正する。

「ええ、そう言いました」アノーは応じた。「では、クロトルさん。わたしが一緒に行ったら、シェルブール行きの立派な大型船に船室を用意するよう、事務員に頼んでくれますか？」

セプティマスは軽い失望の色を浮かべて、アノーに向き直った。「もう帰るのかね？」

アノーは肩をすくめた。

「金曜日に船を出しているんですよね、そう言ったのを覚えてますよ」

「たしかに。ただ、今日は――いや、今朝は――」モルトビーは戸惑って語気を強めた。「ひどく真剣に話していたじゃないか」

「わたしは真剣な人間なので」アノーが答えた。

「他のことも言っていた」モルトビーはセプティマスの前で繰り返すのをためらった。「そのあとで、『急がなければ』と」

「そうなんです。友人のリカードとごろんごろんするのに、ほんの数時間しかないでしょう」

一瞬、呆気にとられた沈黙があった。しかし、リカード氏は百戦錬磨の通訳だった。

「アノーは、ぶらぶらすると言ったつもりだったんですよ」と説明をする。が、モルトビーをそれほど激しく驚かせたのは、アノーとリカード氏が抱き合ってグロヴナー・スクエアを転がっているというおもしろい絵ではなかった。モルトビーとアノーは、じっと見つめ合った。アノーはのろのろと三度頷き、モルトビーの顔から疑念が消えた。

「結構」

アノーがセプティマスにシェルブールへの航海を頼んでから交わされた、このような曖昧な言葉とさらに曖昧な視線はすべて、リカード氏には充分理解できた。事件は夜になる前に片づくのだ。事件すべてが。クロトル事件もホーブリー事件も。それははっきりしている。ただ、その瞬間に至るまでの会話はまったく別の問題だった。

これはリカード氏の食堂での昼食後のことだった。三人、モルトビーとアノーとリカード氏が帰宅したところ、セプティマスは起床して着替えをすませ、リカード氏の書斎で想像上の橋の上を苛々と歩いていた。そして、リカード氏が昼食とそれに合うワインを命じ、可能な限りの時間をかけている間に、他の二人はセプティマスと一種の打ち合わせをしていたのだ。その打ち合わせから生じたのが、すぐにモルトビーとダガーライン汽船本社に行くというセプティマスの計画と、同じ場所でシェルブール行きの船を探すというアノーの決定だったのは、間違いない。一見、その話はごく自然で自発的だったものの、口出しの余地はなく、ときに自分の発言を俗語で活性化することのあるリカード氏に言わせれば、すべて〝ペテン〟に聞こえた。自分がわざと最大の山場からのけ者にされているような気がした。まるで気に入らなかった。

「まったく、わたしがいなかったら、あの人たちはどうなっていたんだ？」リカード氏はむかむかしながら自問した。自分はときどき発見をしてきた。アークライツ農場に最初に目をつけたのは自分ではなかったか？　なのに、連中は自分を家に置き去りにしようとしている。実際に、セプティマスは片手を差しだした。

「おもてなしに心から感謝している」セプティマスは言った。「会社を出たら、ポートマン・スクエアの自宅に帰るつもりだ。そこでまたお目にかかれるのを楽しみにしているよ」

モルトビーが思いやりをこめて頷きながら発言するのを聞くのは、輪をかけてひどいくらいだった。「ダガーライン汽船の若い重役たちと内密の話をすませたら、またご協力願えるでしょうね」

リカード氏はもう、泣きだしそうな気分だった。自分は部外者なのだ！　角の家の単なる管理人なのだ。セプティマスとモルトビーが戸口から出ていったそのとき、開いた傷を癒やすようにアノーの言葉が耳に入ってきた。

「二人には先にタクシーで行ってもらいましょう。わたしたちはロールスロイスで追いかけます。簡単ですよ」

「だが、車はガレージに預けてあるんだ」リカード氏はがっくりして声をあげた。

アノーは嬉しそうに笑いながら首を振った。

「わたしは勝手な真似をしましてね。トンプソンに話したのですよ。ここはわたしの家ではありません。許してくれますか？」

「ありがたいくらいだ」リカード氏は言い切った。ロールスロイスがしずしずと玄関前に滑りこんできたとき、タクシーはまだ広場の向こうに見えていた。いつものリカード氏は、自分の小さな雷霆《らいてい》に乗って嵐を取り仕切ることを勝手に決めるでしゃばりを満足して眺めたりはしないのだが、今回はタクシーを悠々と視界にとらえられて有頂天だった。

「ムッシュー・クロトルのせいなのですよ」リカード氏の物思いに、アノーは男らしく答えた。「わたしがペパーミント・フラッペや煙草を好むことを許せなかったんですな」

リカード氏としても男らしく応じなければならなかった。

「いや、それは違う。わたしとモルトビーのせいだよ。わたしが立ち会うのは正式でも、正当なことでもないのだから」

そういう調子で潔い議論をしながら、二人はレドンホール・ストリートにあるダガーライン汽船本社の扉の前で、タクシーのナンバープレートにくっつくようにして到着した。すばやく車から降りたったリカード氏に、モルトビー警視は苛立った様子だった。が、なにも言わなかった。セプティマスが通りから大きな本社にずかずかと入ってしまったのだ。

扉の近くには小さな机があり、接客係が座っていた。セプティマスを見て、叫び声をあげる。そして、立ちあがると片手をあげて敬礼の構えをとった。それは充分以上だった。壁から壁まで続く長いカウンターの奥には、机がいくつもあった。その机の一つ一つから、温かい喜びの声をあげて人々が立ちあがった。みんながカウンターに集まってきた。責任者の一人、二人は手を差しだした。セプティマスが堂々と移動してはその手を握り、からかうように驚きの笑みを浮かべて、「いやあ、驚いたな。わたしは部下たちに人気があるようじゃないか」と言うと、その場はどっと沸き、長いマホガニーの板が叩かれた。声も大きくなり、最後には『彼はいいやつだ』（十九世紀中頃から歌われはじめた、お祝いの歌）の大合唱になりそうな勢いだった。

ただ、喜びの声がその段階まで達することはなかった。レドンホール・ストリートが、本来なら通りの向かいにあるロイズ保険者協会により似つかわしい祝いの声で沸きたとうというまさにそのとき、ベルが鳴って、スピーカーから部屋に怒声が響いた。

「うるさい、話もできないぞ」

セプティマスは下がり、歓声ははたとやんだ。リカード氏はセプティマスの表情の変化に気づき、頭を悩ませた。ほんのわずかの間に、上機嫌から信じられないほど激しい怒りへと変化したのだ。年老いた目にこれほど激しい炎が燃えあがろうとは、年月を刻んだ年老いた顔がこれほど敵意に満ちた表情でねじ曲がろうとは、目を疑うほどの変わりようだった。それは一瞬のことだった。映画のすぐに消えるシーンのように、ほとんど目に留まらないほど瞬間的だったが、あまりにも強烈で、微に入り細に入り説明されるよりもずっと鮮明に、生々しく記憶に残った。

それから、セプティマスは頭を下げ、だれも顔を見ることはできなくなった。彫像のように黙って立ち続けているうちに、空気が張りつめ、緊張感が強まってきた。と、セプティマスは静かな声でこう言った。

「あの苦情は、わたしの部屋からのようだな」

事務長は顔を赤らめ、口ごもった。

「そうです。お二人はそちらへ移られたので」

「お二人？」

「ジョージさんとジェームズさんです」

「そうか」

甥たちのこの侵略行為にセプティマスがどれほど怒りをかきたてられたかを見て、リカード氏は少なからず衝撃を受けた。二人は無神経だ、責められてもしかたないほど無神経だ。セプティマスの椅子が空いたと見なす気満々で、それを分け合うのが早すぎた。もちろん、ダガーライン汽船の経営は続けていかなければならない。それでも、数週間は部屋を変えずに指揮を執ることはできたはずだ。二人は権威の装飾すべてを、すぐに手に入れたかったのだ。あまり賢明なことではない。同時に、老セプティマスの怒りは、激しすぎるほどだった。

「この人の部下でなくて、よかった」これはリカード氏の感想の一つだった。「まったく、ロザリンドが家を飛びだしたのは、たしかに正解だった」これが二つ目。セプティマスはまだ自分の顔をあえて見せようとはせず、体は動かなかったものの、声は震えていた。

「そうだな」セプティマスはようやく口を開いた。「最初の上げ潮に乗るのは、結構なやりかただ。ただ、上げ潮がいつもあてになるとは限らない」そして、上機嫌な笑顔を作ろうとした結果、リカード氏が見たことのないほどひどいしかめ面になった。

一人の事務員が、カウンターの跳ね上げ戸を開けた。

「お戻りになったと、甥御さんたちに伝えてきます」事務員は言ったが、即座にセプティマスが止めた。

「いや、必要ない」セプティマスは応じた。その声に、今度はどこか楽しげな調子があった。楽しげだが、とげも感じられる。セプティマスは笑った。「あいつらを驚かせてやろう。君もだ、リカードさん。やっぱり置き去りにしてこなくてよかったよ」

セプティマスは愉快そうに含み笑いをしていた。子供のようだと言ってもいいだろう。しかも、子供っぽい意地悪さがあると、リカード氏は思った。セプティマスはできるだけ劇的な効果をつけて自分の不意の登場を準備し、おまけに観客まで用意した。セプティマスは自分の小さな勝利を楽しむだろう。それでも、セプティマスが甥のどちらにも自分が味わった惨めさと苦難を微塵も味わわせはしないということに、リカード氏は自分の財産のほとんどを賭けただろう。

「こっちだ」そう言って、セプティマスは先に立ち、本部の事務室横にある通路に入った。

「最初のドアが、わたしの部屋だ」セプティマスはそこで足を止めた。「隣が甥たちの事務室だ。シエルブール行きの船室はそっちの部屋で選べるだろう、ムッシュー・アノー」

セプティマスは首を巡らせて、観客が揃っていることを確かめ、そっとドアを開けて部屋へ入った。

二人の甥たちは、革張りの大きなテーブルを挟んで、向かいあって座っていた。ジョージはドアに背を向けており、ジェームズがこちら向きだった。ただ、ジェームズは書類に視線を落としたままで、ジョージは振り返らなかった。

「ベルは鳴らしていないぞ」ジェームズは顔をあげずに言った。「ジョージさんがあの騒ぎに抗議したのは、ごく当然だ」

「たしかに、懐かしきわが家は少々騒々しかったな」セプティマスが言った。その声に、ジェームズは書類を取り落として、棒立ちになった。顔は紙のように白い。

「ジョージ」と鋭く呼びかける。ジョージは立ちあがらず、振り向きもしないで、仕事に没頭していたのだ。

「すまん」ジョージは顔をあげてジェームズを見た。が、義理の兄の態度と蒼白な顔色に驚いたらしい。夢、船と貨物の夢から目を覚ました。「どうした?」そう言いながら、顔にはっきりと困惑の色を浮かべて振り返った。その顔つきからすると、ダガーライン汽船の事業における新しい大きな危機にまだほとんど気づいていなかったらしい。しかし、ようやく自分から二フィート離れたところにセプティマスが立っているのを目にした。ジョージは後ろによろめいてテーブルにぶつかった。喜びの叫び声をあげ、顔がほころぶ。両手を差しださなかったのは、体を支えようとテーブルの端をつかんでいたからだろう。

「伯父さん!　やっと!　ありがたい。伯父さんが必要だったんですよ!」

「わたしの部屋もな」セプティマスは素っ気なく応じた。この懐かしきわが家全体の品格を下げる答えだな、とリカード氏は思った。

「それは、伯父さんが当然自分の管理下に置いていた複雑な仕事が山ほどあって、なんとか自分たちで道筋をつけなければならなかったものですから」ジョージは弁解交じりに説明した。「長期間、不在だったじゃありませんか」

「二週間だ」セプティマスが言った。

「二週間。そうですよ」ジョージは言った。「長期間です、伯父さん。仮装備の舵のダガーライン汽船にとってはね」笑って、軽く頭を下げる。「ぼくらは心配していたんですよ」また釈明をはじめた。「なにかあったんじゃないかと思って。伯父さんがいたのは――」

セプティマスは同じまじめな口調で、その言葉の続きを引きとった。

「アークライツ農場だ。セッジムアから数マイルのところにある」

「セッジムア？」ジョージはほとんど詰まりもせずに繰り返し、「セッジムア」ジェームズはぼんやりと繰り返した。「どうしてまた、そこは――」

「そうだ。モンマス公が敗れたところですよね？」ジョージが付けくわえた。

セプティマスは頷いた。

「日曜の夜にその話を朗読したらいいかもしれないな。フランス王太子の歴史物語よりも読みやすいだろう」

「たしかに、そうですね」ジョージがしみじみと言った。セプティマスは一歩前に出た。

「ところで」とさりげなく切りだす。「バーニッシュという男をわが社の船の一隻に雇い入れたんだが、お前たちのどちらかは覚えていないかな？」リカード氏の横で、アノーですらちょっと飛びあがった。

ジェームズ・クロトルは見るからに当惑しているようだった。ただし、リカード氏のみたところでは、その名前にというより、質問の奇妙さのせいらしかった。

「バーニッシュ？」ジェームズはそのまま繰り返した。そして、「バーニッシュ？」と違った抑揚で再度言った。

「フランク・バーニッシュだ」セプティマスは再度言ったが、ジョージは首を振った。セプティマスは向きを変え、モルトビーを部屋に招き入れた。「いや、もういい。こちらはロンドン警視庁《スコットランドヤード》のモルトビー警視だ」と紹介する。「事務員たちがその名前を見つけられるかどうか、警視が確認するだろう」それから、上機嫌で頷き、警視を仕事に追いやった。そこではじめてアノーとリカード氏に気がついたかのように、二人を呼んだ。

「ムッシュー・アノーとリカードさんだ。知っているな。ムッシュー・アノーは、わが社の船でシェルブールを経由してパリに戻りたいと言ってくださってな。よければ」セプティマスはアノーとリカード氏に顔を向けた。「普段甥たちが使っている事務室へ移動してもらえないか。ジェンキンスが手配するので」

　セプティマスは戸口のすぐ内側に立っていた事務長に向かって、片手を振った。それから、自分の事務室と甥たちの事務室の間のドアを開いた。

　ジョージが進みでた。

「不自由がないように、ぼくが——」と言いかけたが、セプティマスは笑って遮った。

「いやいや。待ち時間なんて、ほんの一分かそこらだ。ジェンキンスが一緒に行ってくれるよ。この部屋に入ってきたときにお前の話が聞こえたが、片づけなければならない仕事が少しばかりあるんじゃないか。その件を話し合うのが早ければ、それだけ早く片づく」

　セプティマスは隣室へのドアを開けて、アノーとリカード氏を促した。そして、二人の背後でドアを閉め、ジェンキンスが出ていってしまったことを確認すると廊下側のドアも閉めて、テーブルに椅子を引き寄せた。

「さて、三人で額を集めて話をするか」セプティマスは緊張が解けてどこかはしゃいでいるような大声で呼びかけた。いや、二人の甥はどちらも伯父がこんなに上機嫌でいるところを見たことがなかった。


第二の部屋には、机が二つあった。一番手近の椅子にアノーはどさりと腰をおろした。すっかり感心してぐったりしている。

「それでも、あの人は見事だ」アノーは大声で言った。「実に見事だ！　おまけに、強烈ですよ。なにしろ、強烈です。それでもやはり、見事にはちがいない！」指先を唇にあて、アノーはそれほどまでに見事な喜劇役者に熱いキスを投げた。

ジュリアス・リカード氏には、その褒めっぷりが少しフランスふうで激しすぎるのではないかという気がしたが、自分でも多少の賛辞を進呈すべきだと感じた。そこで、こう言った。

「そう、クロトルさんは非凡な人物だよ。ことに、アークライツ農場であんなに恐ろしい日々を送ったあとのはずなのに」その感想を聞いて、アノーが口を開けてびっくりしていることに、リカード氏は気づかなかった。

気づかなかったのも、無理はない。アノーは早くも、部屋の内部の視覚的目録のようなものの作成にとりかかっていたのだ。ジェームズ用の大きな片袖机。ジョージ用の同じような机。ファイル用の戸棚。本棚が一つあり、海軍年鑑と一緒になった海軍省の便覧が収まっている。椅子が何脚か。壁際には棚があり、マホガニーの箱に入ったクロノメーターが置いてあって、そして――まさに、アノーが探していたもの。

「あった！」アノーは椅子から飛びだし、部屋の奥へ向かった。その軽々としたすばやい足どりは、何年もの付き合いのあるリカード氏でも、アノーのごつい体格とうまく重ね合わせることができなかった。棚のクロノメーターの奥には、丸められた大きな海図があった。不意に、リカード氏は気づいた。アノーは良質のゴム手袋を両手にはめている。いつはめたのか、見当もつかなかった。

アノーは海図を慎重に棚からとりあげ、机に持ってきた。

「廊下のジェンキンスの足音に気をつけて」アノーが言った。「たぶん、時間をくれるとは思いますが」

アノーは海図を広げたが、くるりと丸まってしまった。

「文鎮があります」

押しやっていたその二つを、アノーは顎で示した。ブロンズと孔雀石でできた、重いものだった。アノーの指示で、リカード氏は海図の下の両角に一つずつ置いた。アノーはまた下端から海図を伸ばしていき、平らにした。一番上はイギリス海峡の大きな海図だった。アノーがその一枚から指を外すと、海図は自然と文鎮側へ丸まった。二枚目はインド洋で、三枚目は地中海、四枚目はオーストラリア西海岸の巨大な珊瑚礁だった。なにかの順番で分類されているわけではないようだ。どれもまっさらで指を離した途端に丸まっていく勢いから、かなりの日数にわたり使われていなかったらしい。

アノーは七枚目まですばやく確認して指を離したが、そこで手を止めて小さく叫び声をあげた。最後の海図の横から、秘密を隠すためにほんの一瞬だが、別の紙の端がはみだした——その瞬間、お約束どおりにジェンキンスが廊下のドアをノックした。

アノーは悪態をついたが、お気に入りの多音節の悪態ではなかった。

「机の前に立ってください、お願いします」

アノーはドアに走っていき、開けた。とはいえ、両手をポケットに入れたまま、戸口に立ちふさがっている。

「手配できたんですか？　そうですか。それはありがたい。フォルモーザ号。金曜日ですね、なるほど」

アノーが計画をたてるのを聞いて、リカード氏は幾分驚きを感じた。が、その日はリカード氏にとって驚きの連続だった。

「では、切符を用意しておいてくれますか。帰るときに彼をカウンターで受けとっていきます。ね？　ありがとう。実に親切なことで」アノーはジェンキンスの鼻先でドアを閉めた。「頼むから、これからはこの部屋に小汚い鼻を突っこまないでくれ」

「やれやれ」リカード氏はそういう言いまわしを好まない。一方、アノーはすばらしくうまいことを言ったとご機嫌だった。

「気持ちのいい言葉ではありませんね？」アノーは訊いた。

「ないね」リカード氏は厳しく答えた。

アノーは熱心に一、二度頷いた。

「そうだと思いました。昔、言われたことがあるんですよ。自分の立派な奥様の車の内部をわたしがあんまりしつこく調べていると思った、イギリス人の運転手にね。それでも、口ではなくて手を動かせ、です――ご立派な政治家が、どれだけしょっちゅうわたしたちに言うことか」

アノーは机に戻っていた。七枚目の海図を伸ばすと、その中央にずっと小さな海図が挟まっていた。あちこちにピン先の痕があった。

「見えますか?」アノーは声を低めた。「わかりますか? 角が伸ばされて、画鋲で板に固定されていたんですよ?」

「そうだ」リカード氏は言った。「見えるよ」

それはヨーロッパ西海岸の小さな海図だった。スペインの南の海岸線、ジブラルタル海峡、ポルトガル、ビスケー湾、そしてイギリス海峡。

「ピンが刺されていた場所を見てください。最初はスペイン南西部のカディスです。それから西にまわってポルトガルの首都リスボン。北に向かってスペイン北西部のヴィーゴ。エル・レイ号はスペインとポルトガルで好ましくない人物たちを降ろしています。次がビスケー湾をまっすぐ横切ってフランスのブレストで、そこでフランスのお荷物を降ろしています。信号を送ったあとはすぐ、スタート・ポイントへ渡ります。フォスターを覚えていますか、ホーブリーの事務員の? ホーブリーが死んだ夜の午後、エル・レイ号が朝六時にプロール・ポイントのロイズ通信局に信号を送ったと『イブニング・スタンダード』紙で読んで、本人が白い旗のついた黒い小さなピンをそこに刺した。すぐ近くのスタート・ポイントの灯台に。最後のピンはセルシー・ビル(セルジー・ビルの言い間違い)の向かい側――わかりますか?――その頃にはエル・レイ号はそこに到着していると思ったんでしょう」

「エル・レイ号?」リカード氏は海図を見ながら、声をあげた。白々明けにアガメムノン号の船首斜檣の先で、白い泡のうねりに揉まれている錆びついた古い鉄の船を、リカード氏ははっきりと思いだした。

「そして、ここ。スタート・ポイント岬のすぐ向こうで、あなたは足首の周りに黒い輪のついた客を拾った」

「そう、デヴィッシャーだ」リカード氏は力強く答えた。

「ブライアン・デヴィッシャー」アノーが繰り返した。

「ようやくわかった」リカード氏は叫んだ。「ダニエル・ホーブリーを殺した犯人が」

不意にアノーがむせて、唾をのみ、普通に戻った。頭を低く垂れる。

「あなた方の諺のようですね。衣装屋《コスチュミエ》は常に正しい（お客〔カスタマー〕は常に正しい、の言い間違い）」

しかし、アノーはまだ海図の処理を終えていなかった。ジェンキンスと話をしている間に、アノーはポケットのなかで手袋を外していたが、今度は手袋をはめていない指を海図に押しつけはじめた。

「次はあなたのですよ、さあ！」

「わたしの？」

なにか大きな犯罪を黙認するのか、巻きこまれるのではないかと、リカード氏は二の足を踏んだ。が、アノーはリカード氏の手をとらえて、一か所、二か所と海図に押しつけた。

「できた！」アノーは細心の注意を払いながら、海図を巻き直しはじめた。「彼らは元どおりに見えなくてはなりません」

「彼ら？」リカード氏は囁いた。「そうだね。とはいえ、わたしたちはなにをしたんだ？」

アノーは巻いた海図を棚に持っていき、慎重にクロノメーターの後ろに置いた。

「わたしたち？」アノーは聞き返した。「わたしたちが証拠を残した理由は、ピンの穴のあいたホーブリーの海図をわたしたちが見たこと、見つかるだろうと見当をつけていたとおり、若いクロトル兄弟の事務所で他の海図の束に滑りこませてあったことに、疑問の余地がなくなるようにです」

　リカード氏は後ずさりした。

「そうか！」と呟く。

　リカード氏は混乱していた。同時に、レザルドリユーで強く感じた虫の知らせが正しかったことを思いだしていた。誇らかに思いだした。重大、かつ、謎めいた犯罪の解明に自分は関わっているのだ。

「そうか！」リカード氏はもう一度言った。

　セプティマス・クロトルの事務室へ続くドアを見やる。リカード氏はそこを指さした。

「あの部屋から邪魔が入るとは思わなかったのかい？」

「はい」アノーは答えた。「セプティマスさんが邪魔をしてくれると思ってましたから」

　それでは、これが角の家で昼食前に行われたあの秘密会議の説明なのだ。ホーブリーが死んだ夜にホワイト・バーンから消えた小さな海図がダガーライン汽船のある特定の事務室の海図の束から見つかる可能性、たぶん可能性以上のものが認められていたのだ。アノーがそれを探す時間を確保するように、打ち合わせがされていたのだ。

「では、甥のどちらかなのか」リカード氏は小声で言った。

　アノーはその言葉の意味がわからないふりはしなかった。

「どっちです？」アノーは訊いた。

「二人ともじゃいけないのか？」リカード氏は聞き返した。

「いいですとも」アノーが答えた。

「見極めなくては」リカード氏は主張した。

「今夜わかると思いますよ」アノーが答えた。「さて、切符の用意ができたと知らせてこなくては」

アノーは隣の部屋へと続くドアに近づき、ノックをして入っていった。セプティマスはテーブルの上席に座り、若い共同経営者たちとにこやかに会社の問題を話し合っていた。この二人の若者たち、もしくはどちらかが、ホーブリーを殺害し、セプティマスの拉致を計画し、この瞬間にセプティマスがそれを承知しているなど、ありえるのだろうか？　リカード氏には信じがたいことに思えた。

「手配はすんだかね？」セプティマスが大声で尋ねた。「われわれは偉大な探偵をシェルブールまでお送りするんだぞ、なあ？」

セプティマスは、セプティマスらしくなかった。リカード氏は思った。なにかある。セプティマスは大きな声で続けた。

「それなら、悪い知らせの埋め合わせになるというものだ」

「おや！」アノーは応じた。「それは残念です。深刻な問題でなければいいのですが」

セプティマスは、どうやら打ちひしがれてはいないようだった。

「それほど深刻ではないが、難儀ではある。新しい取り決めというのは、すべてそうだが。プリーディーが辞めてしまったのだよ」

その発言に、アノーもリカード氏も虚を突かれた。プリーディー？　思いだすのにやや時間がかかった。ダガーライン汽船という巨大な事業では、ごく限られた重要性しかないように思えたのだ。

「なぜ辞めたんです、クロトルさん？」リカード氏が尋ねると、セプティマスはちょっと意地悪そうな口調で答えた。

「危険信号を見たのだよ」

ジョージもジェームズも書類越しにひょいと頭を下げた。

「肺に問題があるそうだ。これから——お前は行ってしまったと言っていたな、ジョージ——スイスに行って、二年間戻らないそうだ」

「それは残念ですね」こう言ったアノーに、セプティマスも頷いた。

「プリーディーは非常に有能な仲間だった。たとえば、あのバーニッシュだ。あの夫婦は高飛びしたようだが、プリーディーなら居場所を突きとめられただろうに。まあ、しかたがない。今夜、わが家で会おう」セプティマスは片手を振って、二人に別れを告げた。

リカード氏は第二のドアから廊下に出た。アノーはセプティマスの部屋から出てきて、ドアを閉め、そこに寄りかかった。

「プリーディー！　考えてもみなかった」悩んでいる様子で、アノーは呟いた。「考えておくべきだったのか？　どんな理由で？」

アノーは自分に話しかけているだけだったのだが、最後の疑問がリカード氏の耳に届き、返事があった。

「プリーディーには特殊な才能があったな」

アノーは言った。「はい、そのとおり」

二人は本部事務室に向かって、通路をゆっくり進んでいった。二人が承知していた以上に、リカード氏はアノーの質問に立派に答えていたのだった。

一番遠い事務室のカウンターで、アノーは声をかけ、シェルブール行き蒸気船フォルモーザ号の切符を受けとった。そのことに、リカード氏はまた言葉にできない虫の知らせを感じた。アノーは海が嫌いで、渡英には一番短い航路のカレーとドーバー間以外を一度も利用したことがなかった。そのアノーが遠洋航行の蒸気船で本当にシェルブールへ行くつもりでいる。ああ、たしかにリカード氏は大きな事件の渦中にいるのだった。

第二十八章　アノー、ロールスロイス二号を借りる

アノーとリカード氏に遅れること三十分、セプティマスは助手席に巡査が乗った小型車で角の家に到着した。モルトビーが車をまわしたのだ。適切な対応だな、とリカード氏は考えた。もう、怒りのおかげで昔の権威を確立し、共同経営者たちに混乱を広げたセプティマスではなくなっていたのだ。セプティマスは疲れていた。炎は消え、フェアマイルの高台のベンチにいた、あのやつれて誇りを踏みにじられた人間になっていた。

「モルトビーはここにいると言ったんだが」セプティマスはトンプソンに書斎に通されると、怒りの滲む弱々しい声で文句を言った。

「お茶をどうぞ」リカード氏は勧めた。セプティマスが口元へカップを持ちあげないうちに、モルトビーが急いで部屋に入ってきた。

「知らせがあるんですよ」リカード氏がカップを渡すと、モルトビーは言った。

「いい知らせ?」アノーが訊いた。

「期待に添えそうだ」

警視はセプティマスに向かって、身を乗りだした。

「フランク・バーニッシュは、あなたの最初のモーター船の甲板長でした」

「アクロポリス号だな。そうだったのか？」セプティマスは急に笑顔になって、声を張った。が、その笑顔は甲板長にではなく、新しい船での冒険に対するものだったようだ。

「そうです。バーニッシュは面倒を起こし、飲んだくれ、命令に腹を立て、航海が終わった途端、再雇用はされなかった。やつには忘れられない不満の種でした。執念深い性質だとの評判で、優秀な船乗りなのに、長期間仕事が続くことは一度もなかった。アークライツ農場に行くことになったのは、やつにはもっけの幸いだったにちがいない」

「その仕事も長続きしなかっただろう」セプティマスが口を挟んだ。「そもそも、長期間の予定でもなかっただろうが」

つかの間、座っていたセプティマスは身を震わせた。アークライツ農場のあの鎧戸のある部屋へと引き戻されていた。

「大丈夫ですよ、もうすべて終わったんです」モルトビーが断言した。「現在はわれわれがついてますから」

「そう、そうだとも」セプティマスは強い口調で言い切り、モルトビーの腕をつかんだ。「君を大いに頼りにしてるんだ、モルトビー。君はなんらかの指示を出してくれるんだろうな」

セプティマスがどこか哀れを誘う様子で訴えた。

「家に帰るべきだと思いますね。車の運転席には巡査がいます。家の外にも、もう一人配置します。不在の間の話は一切拒否していただければありがたいですが、何にしてもどんと構えていてください。わたしたちにすべて任せてくだされば、連絡を絶やさないようにします」

言葉――なんの意味も持たない言葉――だが、それでセプティマスは満足した。やや苦労して椅子から立ちあがり、モルトビーの腕にすがって階下へ向かった。リカード氏は窓際から、車が闇のなかへと走っていくのを見守った。年をとると、威風堂々から疲労困憊への移行がいかに速いことか。それもずっとだ。今、セプティマスの心を占めているのは自分の味わった恐怖であり、もはや犯罪や首謀者の厚顔無恥ぶりではないのだ。モルトビーはその考えを読みとったかのように、リカード氏の肩に向かって話しかけた。

「ポートマン・スクエアで、あの老紳士はこれまでとは違った家族を見るのでしょうな。娘の一人は飛びだしたんでしたね？　いや、今はもう全員が飛びだしてしまっているでしょう。楽しみのための新しい服、劇場が何か所か、友人たち。少し酷に聞こえるかもしれません。それでも、あんなふうに服従と退屈と命令だのなんだので何年間も過ごしてきたあとで、なにが起こりうると？　ごく自然なことですよ。セプティマスがまた家族をまとめあげられるとは思えませんね。家長制度は二十世紀じゃ受け入れられない」

「では、ミス・アガサは？」部屋の後ろのほうから、急にアノーが質問を投げかけた。が、モルトビーは驚いて肩をすくめただけだった。その質問に答えようがなかったのだ。セプティマスが家に送り返されてしまった以上、モルトビーは落ち着かないらしく、焦っていた。アノーは椅子を指さした。

「陸上《イン・ア・ドライ》で、すべて片づけますよ」

　モルトビーは戸惑いながらも、腰をおろした。

「すぐに《イン・ア・セック》、という意味ですよ」リカード氏が解説して、別の椅子に座った。モルトビーは頷いて、アノーに向き直った。

「では、なにか発見したんだね？」

「例の海図です」

モルトビーは椅子にもたれた。

「八月二十六日木曜日に、ホーブリーが事務所からホワイト・バーンに持っていった、黒いピンの刺さった海図です」

「デヴィッシャーが持ち去ったものだな？」モルトビーが確認した。

「ですが、あの人は持ち去らなかったんですよ」アノーは語気を強めた。「わたしたちは今日の午後、若いクロトルさんたちの事務室で、丸めた海図の束に滑りこませてあったのを発見したんです」

「間違いないのか？」モルトビーは大声をあげた。リカード氏の予想を上まわる驚きようと狼狽ぶりだった。

「そういうことです。ホーブリーの事件とクロトルの事件――その二つは一つなんですよ」

それがアノーの以前からの意見で、改めて聞く耳を持たないものに力強く主張された。

「消えたデヴィッシャーの件もあります」アノーは続けた。指を折って問題を確認する。

「しかし――」モルトビーはすっきりしないようだ。

「金も友人もない男ですよ。おまけに、また姿を現した件」

「わかってはいる、しかし――」

「受話器を持ちあげて置き直された、電話の件。吸い取り紙の件。鍵をかけられたドアの一件も」

八月二十六日木曜日に起きた殺人事件の夜の出来事を、アノーは大急ぎでお浚いしていく。

それでもモルトビーは、決心がつかないようだった。ただし、アノーがどのような説を主張しているのか、リカード氏にはわからなかった。

「それに、また別の夜の件もありました。ああ、その場にいたなら、あなたも疑わなかったでしょうに――どこまでも静まりかえっているなか、大きな溜め息が聞こえた」

モルトビーは膝の間の絨毯を見つめていた。

「それでは不充分だ」と頭を振る。

「今日の海図の発見を付けくわえても?」

モルトビーはぎこちない動作で立ちあがり、アノーは期待をこめてその一挙手一投足をじっと見つめていた。

「急がなければならないんです」アノーは続けた。

モルトビーは大きな頭を揺らした。

「今日はわたしたちの唯一の夜なんです。クロトル老人が会社に姿を現したあと、今夜はなにかの動きがあるはずなんです」アノーは主張した。

モルトビーは天井を振り仰ぎ、毒づいた。

「バーニッシュの夫婦さえ押さえられていたらな」と声を荒げる。

「バーニッシュ夫妻!」アノーの声は軽蔑の叫びに近かった。「あの人たちはなんでもないです」

モルトビーは浮かない様子でフランス人にしかめ面を向けた。平和か戦争かを決定しなければならない人間は、そんな様子かもしれない。金髪か黒髪かを選ばなければならない若者も、同じかもしれない。モルトビーは大きく溜め息をついた。大きな決断を下したのだ――また躊躇するために。

「警視庁《ヤード》へ戻らなければならないな」モルトビーが言うと、アノーの顔に失望の色が広がった。「ただ、すべてを手配するつもりだ」モルトビーはもったいをつけて頷いた。「そうして、戻って来る。

ちょっと待っていてくれ！」

リカード氏が口を出した。

「あいにくだが、アノー。君はクロトルさんと夕食の約束があるんだろう。クロトルさんが会社でそう言っていたじゃないか」

アノーはその横槍を一蹴した。

「喜劇ですよ。わたしを自由にするための、偽の招待です。打ち合わせ済みですから」

「わたしは全権を持って戻ってくる」モルトビーは胸を膨らませていた。「しかし――」また、不安に駆られたらしい。「八時少し前、ということに。それで時間ができるだろう――行動に出るのであれば」と腕時計を見る。

「では、ここで夕食にしますか？」リカード氏が訊いたところ、アノーが即座に返事をした。

「そう、もちろん。ここで夕食に！　ただし、大がかりな夕食はなし、だめです。オードブルに、そうですね、骨付き肉とデザートとコーヒーで。文句なしです」

「やれやれ」リカード氏は声に出さずに、虚空に向かって話しかけた。「宿を経営してるのかな？『警察官御用達ホテル』か？」

が、モルトビーが音をたてて階段をおりていき、アノーは急いでくれと言い立てていた。アノーは書斎に戻ってくると、椅子に座りこんだ。疲れて元気がないようだ。

「しかし、しかし。しかしばっかりだ、あの人は！」アノーは不機嫌そうに怒鳴った。「あの人は絶対――絶対絶対に来ないで、取り消される」

リカード氏がまだ警察御用達の宿の主人としての自分を心に描いていたかどうか、だれにわかるだろうか？　リカード氏はむっとして大声をあげた。この待ち時間の必要性について絶対に譲らない気構えだったのだ。

「警視は何度も予防措置を受けているんだ、そういうことなんだよ」

アノーはリカード氏をじっと見た。

「予防接種ですか？　そんなことをこんなときに持ちだすなんて！」

アノーは怒りに駆られて身振り手振りも激しく、部屋を歩きまわっていた。と、突然猫のようにおとなしくなって、リカード氏の隣に滑りこんだ。

「まだ六時の時間ではありません、ね。友情が一番必要なときに、わたしは咎めだてをしている。そう、取り返しのつかない咎めだてを」

すらすらと口当たりのいい言葉、後悔で一杯のとても優しい口調。

「今度はなにがお望みかな？」リカード氏は笑いたくないと思いながらも、笑いながら尋ねた。

「ロールスロイスです」

「なんだって！」

「ロールスロイス一号ではないですよ。いやいや、とんでもない。そんな大それた頼みはしません。でも、ロールスロイス二号で。ちっちゃい、ちっちゃい車のほう」

アノーは父親の二番目に高価な金時計をねだり、なおかつ、絶対にもらえると信じている子供のような笑みを浮かべた。

「ちっちゃい、ちっちゃい車なんて持っていない」リカード氏はきっぱりと言い返した。

それでも、アノーがぜひともどこかへ行きたいと思っているのは伝わってきた。結局、リカード氏は力になってやりたいのだった。

「待機している運転手がいるかどうか」リカード氏は不服を言った。「なにも指示していない」

「運転手！」アノーは大声をあげて、自分の胸をどんと叩いた。「わたし、アノーはヨーロッパ一の運転手ですよ」

こう宣言されては、この上なく直接的に否定する以外に答えようがない。リカード氏には否定する度胸がなかった。

「こっちだ」リカード氏は声をかけた。

家の裏手、ミューズの車庫へと、リカード氏はアノーを連れていった。アノーが乗りこんでいる間に、扉を開け放つ。

「スコットランドヤードへ行くのかね？」リカード氏は尋ねた。

「かもしれません」アノーは計器をいじくりながら答えた。

「反対車線を走ってくれるだろうね」

「そうします」

リカード氏は脇に立って、ロールスロイス二号が通りに飛びだし、そこにいた数人を蜘蛛の子を散らすように追い払い、消えるのを見送った。

「ヨーロッパ一の運転手かもしれないが、その気配はまったくないな」リカード氏は思った。が、たとえロールスロイス二号が鉄くずの山になったとしても、それがなんだというのだ？　熱心な討議があった。世界はざわめいている。のんびり腰をおろしている大物犯罪者は、手首に手錠をはめられることだろう。モルトビーに勇気さえあれば。「しかし、しかし――」の口癖。ロールスロイス二号が徴用されたときも、自分が決して、「しかし――しかし――」と言わなかったことを、リカード氏は誇りを持って心から受け入れることができた。リカード氏は、生きて帰ってくるなら反対車線を走らなければならない男に、車を貸してやったのだ。

リカード氏は車庫の扉を閉め、家の正面に戻った。それから、アノーが要求した軽い夕食を命じた。八時にはテーブルの用意ができていなければならない。ブルゴーニュワインも一緒に――そう、ミュジニー産がいいだろう。軽めのワインで、夜の遠足前に飲むにはよりふさわしい。そのあとでコーヒー。場合によっては、辛口ブランデーのアルマニャック。拳銃の引き金にかけた指が震えたりしてはありがたくない。リカード氏は待った。時計がときを打った――七時だ。そして、七時三十分。アノーが部屋に転がりこんできた。服は乱れ、顔は汚れ、両手にはひっかき傷があって血が出ていた。それでも、アノーの顔には勝ち誇った表情が浮かび、リカード氏はイタリアのマレンゴでオーストリアを破ったナポレオンを思い浮かべた。いや、イギリス人だったので、ポルトガルのブサコ山でフランス軍を破ったウェリントン公爵を思いだした。アノーは目を輝かせ、有頂天になって両手を広げている。が、リカード氏がとりわけ気になったのは、顔についた泥の筋や、破れた襟、指関節の血、服についた埃などだった。

「衝突事故を起こしたんだな」リカード氏は叫んだ。

「いや、けがはしてません」アノーは答えた。「ですが、心配してくれてありがとう」リカード氏が心配しているのはロールスロイス二号だと、アノーは気づいていなかった。「なんでもありませんよ。一回だけ、正しい車線を走っていたら、向かいからタクシーが走ってきて。それでも、わたしの反応は早くて、自分でも驚くくらいでした。運転手はわたしに名前を進呈しましたね――いい名前じゃありません。手を振って見逃してやって、走り続けました。ちゃんと反対車線を走るように気をつけて。ロールスロイス二号、彼女は自慢される権利がありますね。ほら、七時三十分ですよ。モルトビーが来るまでに、十五分あります」

「そのとおり」リカード氏は熱心に相づちを打った。ロールスロイス二号の冒険話を聞けるはずだ。

「ポルトを一杯飲みながら――」

が、それ以上先には進めなかった。

「とにかく、まずは洗顔です」アノーは宣言した。「自分に嫌気が差しますよ。服を着替えます。ただし、煙草はなし。あなたもね。今回はしかし、しかしのモルトビーではなく、ダービー競馬の勝者のモルトビーでしょう。今にわかります。今夜は外をさまよいますよ」

こう言い終える前に、アノーは寝室への階段を半分ほどまでのぼっていた。リカード氏もアノーの例にならったが、ロールスロイス一号を八時半に玄関前へ用意しておくよう言いつけた分だけ遅くなった。洗顔をすませ、地味な服に着替えた二人は、モルトビーの到着予定時刻の五分前に書斎へおりてきた。

「ポルトだ」リカード氏はアノーのグラスを満たしながら、陽気に声をあげた。「わたしにはマンサニリャを！」

ちょうどいい空き時間だな、とリカード氏は思った。友人の冒険談と、ここまで興奮している理由を聞かせてもらうのだ。

「ぜひ話したいことがあるんですよ」アノーは煙草に火を点け、ポルトをすすった。

「ああ、そうだろうとも」リカード氏は力強く相づちを打った。「わたしたちは昔からの仲間《コンペール》なんだから」そして、自分のグラスをおよそ似つかわしくないやりかたでアノーのグラスと打ち合わせた。それなのに、がっかりさせられることになるとは。

「大いに誤解があったんです。わたしは気を悪くしましてね。『あの人はわたしを馬鹿にしている』こう言ったんですよ。ところが、モルトビーの言い分では、わたしが英語を理解すると想像していたのが間違いだったそうでして。ご存じのとおり、わたしは理解しているんですが」

リカード氏はぐったりした。結局聞かされるのは、昔のアノーとモルトビーの愚にもつかない小競り合いの話でしかないのだ。不平で唸りたいくらいだった。

「ですがね、グラヴォの一件でイギリスに来て、ソーホー地区でモルトビーと夕食をとった最初の日に、一件落着したんです」

「前にも聞いた」リカード氏は辛辣に言い返した。こんなやつにロールスロイスまで貸してやったのだ。

「ですが、誤解の件は話していませんよ」アノーはにこやかに身を乗りだした。実際、どうしても話さなければならないと気がせいているようだ。

「どんどんやってくれ」リカード氏はあきらめた。「どうせ、わたしは愚痴のはけ口だ」

リカード氏は思った。正直なところ、今起きている事件については、わたしは聞き手として不足なんだ。モルトビーとわたし、一緒に度肝を抜きたいんだ。

というわけで、アノーはどんどんやった。

「ゴールデン・スクエアで死んだフランス人がいましてね、そばには瓶が一本――」

決して話されない物語はここまでしか進まなかった。ドアが開き、モルトビーの到着が告げられた。

第二十九章　セプティマスへの手紙

三人は暖炉を囲むように立っていた。片側にリカード氏、その反対側にモルトビー。唯我独尊とばかりに、アノーが中央。マンサニリャとポルトは忘れさられていた。ここは三人の男の場面なのだ。リカード氏は思った。サルドゥー（フランスの劇作家）の劇の必然で重要な場面。ただ、今回の舞台の演出は――現代風に言えば、プロデュース、ではないか？――アノーだ。パリ警視庁筆頭の劇作家だ。

「贈り物が一つあります」アノーが微笑んだ。

「贈り物と言えば、一つしかない」モルトビーが不平がましく言った。

「これです」アノーが言った。

上着の内ポケットからおもむろにとりだしたのは、ボタンで留められた防水布の包みだった。アノーは一礼して包みをモルトビーに差しだした。少しの間、モルトビーはその包みをじっと見つめていた。そして、アノーの顔に目を向ける。次に、モルトビーは贈り物に飛びついた。火から離れた奥の小さなテーブルまで移動し、三人の男たちは改めてテーブルを囲んだ。

モルトビーは包みのボタンを外し、モロッコ革のケースをとりだした。ボタンかけ（靴、手袋などのボタンをかける際に使用した道具）、折り畳み小型ナイフ、爪やすり、ピンセットなどを収めて、身軽に旅行する際に女性がスーツケースに入れておきそうなものだ。そのケースを広げると、セーム革の内張の上には、封蠟が割れないように縦に畳まれた封筒があった。

小さく声をあげ、モルトビーはモロッコ革のケースを投げだし、テーブルの上で手紙を手のひらで平らに押さえつけた。自分自身にさえ、その手紙の宛名を見せるのを恐れているかのようだった。それほど長い間、モルトビーはアノー、リカード氏の顔を順に眺め、封筒を強くテーブルに押さえつけていた。ようやく、モルトビーがその手を思い切ったように持ちあげた。三人全員に、宛名が見えるようになった。

セプティマス・クロトル殿

住所はポートマン・スクエアだった。

窓の近くの書き物机にはべっ甲製のペーパーナイフがあり、その銀の持ち手が輝いていた。モルトビーはナイフを手にとり、椅子を引き寄せた。

「これまでの状況を確認しよう」モルトビーは、べっ甲の刃で手紙を叩いた。「これはおそらく、八月二十六日木曜日の午後、ホーブリーが事務所から持ちだした手紙だ」

「海図と一緒に」アノーが主張した。

「そのとおり」モルトビーは頷いた。

「そちらは、クロトル青年たちの事務室で、今日の午後わたしたちが発見しました」アノーが続けた。

モルトビーはもう一度頷いた。ペーパーナイフをとりあげ、封筒の上部を裂く。

「開ける前に、セプティマス氏のところへ届けるべきだった」モルトビーは悔やんでいるようだった。

「まあ、もう開けてしまったんですから」アノーが水を向けた。良心の痛みは感じないらしい。

「読んだほうがいいのか――」モルトビーは踏ん切りがつかない様子だった。

「あの悪党のダニエル・ホーブリーがクロトル氏になにを伝えなければいけなかったのか。もちろんですとも！」アノーは言い切り、リカード氏に向き直った。「賛成してくれますよね？　訊くまでもない。そうですとも」

「わたしの意見では」リカード氏は言った。「君は世界一の無法者だ。それでも、賛成する」

モルトビーは人差し指と親指で、封筒から手紙を引っ張りだした。同封物が二つあった。テーブルに落ちたその同封の書類は、モルトビーが手で押さえた。

「ホーブリーの手紙を先にしたほうがいいと思うが」

「はいはい」アノーはテーブルに向かってまっすぐ座ってはいたが、じりじりするあまり足が絨毯の上で跳ねていた。

モルトビーは一語も省略せずに読み通した。ホーブリーなりの忠義ぶった調子で書かれていた。自分は公人であり、国会議員である。真っ先に考えたのは、自分の義務として断固たる方法をとることだった。つまり、同封物を直ちに公訴官へ提出して、しかるべき措置をとってもらうべきだ。一方、ダガーライン汽船の格式の高さと、わが国の商業的資産としての重要性を無視することはできない。そのため、全体として自分は決心した。大いなる疑念はあるけれども、愛国的行動としてとるべきは、その二つの書類をダガーライン汽船の会長たるセプティマス・クロトル氏に直接送り、委ねることだ。自分はクロトル氏の忠実なる僕であり続ける。

「直接送る、そうだろうとも」モルトビーが唸った。「それで、相手は机の秘密の引き出しに保管するというわけか。とんでもない恐喝野郎だ」

モルトビーは不快そうに手紙をテーブルに放りだし、二つの同封物をとりあげた。目を通すにつれ、非常に深刻な顔つきになり、アノーに向かって、二度、三度と頷いた。

「そう。これなら充分だ」と言う。

一枚目は大使館付き陸軍武官のカピテーン・フォン・クルックナー宛に書かれた三千ポンドの受取で、ジョージ・クロトルの署名があった。二枚目は、ダガーライン汽船の荷物運搬用の蒸気船ハロルド号がアドリア海のある港に立ち寄り、ブルガリアのソフィアからエジプトへのハシッシュ二百キログラム、ヘロイン五百グラムを積みこむという保証書だった。この保証書もまた、カピテーン・フォン・クルックナー宛で、ジョージ・クロトルが署名していた。

三人のうち、リカード氏だけが頭を混乱させていた。ジョージ？　ジョージ・クロトルが外国の大使館に雇われた麻薬の運搬人？　そして、年老いたセプティマスを拉致した犯人？　魅力的な優男できれいな金髪のジョージが？　ありえない！　それでも、アノーとモルトビーは、ようやく味方としての立場で顔を合わせたかのように、しきりに視線をやりとりしている。モルトビーはホーブリーの手紙と同封物を紙入れにしまった。トンプソンが戸口で、夕食の用意ができたと告げた。

食事はそそくさと平らげられ、会話の彩りもほとんどなかった。トンプソンがいることで、世界情勢以外のすべての議論ができなくなった。しかも、そのときのテーブルの客で世界情勢に興味を持っているものは一人もいなかったのだ。コーヒーは食堂で供された。片づけなければならない仕事が待っていることがはっきりしているのに、食後のブラックコーヒーと酒を飲むなんてとんでもない習慣だと、リカード氏は思った。葉巻もまわされている。これでは、いつまでも出発できないではないか！　モルトビーは小さい葉巻を選んだ――賢明な態度だ。アノーは自分の黒い煙草しか吸わなかった。いやいや、ここはモルトビーや友人にならって、小さな葉巻をくゆらし、このうっとりするような黄色のシャルトリューズ（フランスのカルトゥジオ修道院による最高級リキュール。緑、黄色が代表的）を楽しんだほうがましだ。リカード氏ですら急ぐ必要はないと悟り、近くの時計のときを告げる音が腹立たしいような気分だった。モルトビーが音を数えた。

「九時だ」モルトビーが言う。

アノーは腕時計に目をやった。

「九時です」アノーも言った。

この二人にとって、捜査は完了し、結論は出ている。今度はとるべき行動があって、心はないでいた。二人は間違っているかもしれないが、その問題を判断するのは他の人々であり、彼らではなかった。

トンプソンが入ってきた。

「ヒューズ巡査部長が廊下でお待ちです」

「ヒューズ巡査部長！」リカード氏は繰り返した。どことなく、その名前に聞き覚えがあるような気がしたのだ。

「若い警官が必要だったのでね」モルトビーが言った。「彼を警視庁《ヤード》に異動させた」

それを聞いたリカード氏は、ホワイト・バーンでノートをとっていた制服姿の若い警官を思いだした。

「どんな理由で？」リカード氏は訊いてみた。

「頬っぺたが気に入ったので」モルトビーはにやりと笑って答えた。「行こうか?」

三人が階段をおりていくと、ヒューズ巡査部長が敬礼した。

「異常はないか、巡査部長?」

「わたしが出るまでは、異常なしでした。今夜、旅行を申しでられましたが」

「そうだろうと思った」モルトビーが言った。

「ですが」ヒューズは戸惑っている様子だった。「荷物のない、小旅行です」

「ホワイト・バーンまでの行き帰り程度の」アノーが口を出し、モルトビーは笑みを浮かべた。

「そう、犯人は踏みとどまって戦う」この偉大な男たちもときにはどれだけ大きな間違いを犯すことかと、リカード氏があとになって思い返したのも無理はなかった。

黒い小型のパトカーがロールスロイスの前に駐まっていた。

「あなたとヒューズ巡査部長も同乗されたほうがいいのでは? 置き去りにしてしまいますよ」リカード氏は気どって言った。

アノーはにやにや笑った。意地の悪いにやにや笑いだ。モルトビーは答えた。

「たしかに、あなたの象のような車の隣では、パトカーは大した代物にみえないですね、リカードさん。それでも走ることはできる――風よりも速く、とは言わないが。風は比較の対象としてはすっかり時代遅れだ。それでも、混雑した通りの空の軍用トラックよりは速いのでね」そして、モルトビーはヒューズ巡査部長と一緒に、体を折るようにして黒い車に乗りこんだ。一方、アノーとリカード氏は象に乗りこんだ。運転席には私服の男がいて、挨拶はなしだった。二台の車は出発した。進行方向へ、列になった船のように一定の距離をとり、ブロンプトン・ロード（高級ホテルやレストラン、ハロッズ・デパートが並ぶロンドンの通り）では、本当に空の軍用トラックを追い抜かし、アノーは大喜びだった。

　もっと静かな通りで、二台の車は停まった。男たちが降りると、制服姿の巡査がモルトビーに敬礼し、少しばかりなにかを話した。モルトビーは連れたちを手招き、進んでいった。道路の右手には、洒落た摂政様式の小さな家々が一つの庭を縁どるように三日月型に並んでいた。ほとんどの家に明かりが点いていて、ブラインドがおろされていた。が、そのうちの一軒の正面には、小型車がライトを点けずに駐まっていた。

　庭から玄関へと続く門のあたりに、不意に制服警官の集団が現れた。白い石でできた丸いアーチ型のポーチがあり、その右側の部屋に明かりが点いていた。モルトビーは玄関の扉に歩いていって、ベルを鳴らした。甲高い音が家のなかで響き渡ったが、返事はなく、明かりの点いた部屋で人の動く気配もなかった。リカード氏は心のなかで一人の男の絵を思い描いた。麻痺の発作に襲われたように、ベルで突然の一撃をくらった男を。ブラインドが持ちあげられる様子はなく、椅子が動かされる気配もなかった。

　モルトビーがもっと大きく、しつこく、二度目のベルを鳴らした。部屋の内側から、ブラインドに影が一つ落ちた。明かりを背にして、男が立ちあがったのだ。続いて部屋の奥に移動したらしく、影はなくなってしまった。そうなってからも、幾分不必要な間を置いてから、廊下へのドアが開いて、足音が近づいてきた。玄関の鍵が開けられた。廊下には、開いた戸口からの光の枠以外に、明かりはなかった。若い男がその後ろの暗がりまで下がっていた。

「今夜は使用人たちが留守なので。明日出直していただけませんか？」

「ジョージ・クロトルさんですね」モルトビーが言った。

「それに、約束がありまして。できましたら――」

「警視のモルトビーと言います。急ぎの用件なのですが」モルトビーは告げた。

ちょっとした沈黙が続いた。

「できるだけ手短かにお願いします」ジョージ・クロトルは愛想よく答えた。「どうぞ」

ジョージは先に立って、優雅で居心地のよいしつらえの居間へと案内した。照明は明るく、椅子の引かれた書き物机が部屋の一角を占めていた。モルトビー、アノー、リカード氏、ヒューズ巡査部長という順番だった。ジョージはドアを閉める際、制服姿の巡査が二人ポーチにいることに気づいた。

「ずいぶん物々しい護衛じゃありませんか、警視？」と冷たく言う。顔は青ざめていたが、声は落ち着いていた。ジョージが唯一示した動揺の気配は、はじめてアノーとリカード氏に気づいた、この瞬間だけだった。

「おや！」ジョージは二人に笑顔で頭を下げながら、声をあげた。今度はその口調に警戒感が滲んでいた。「たしか、ポートマン・スクエアでお目にかかりましたね。おかけになりませんか？」

この心遣いを、形式張ったモルトビーの声が遮った。

「ジョージ・クロトルさん。わたしはあなたにいくつか質問をしなければならない。答えたくなければ、答える必要はない。ただし、義務として警告するが、答えた場合、あなたの答えは記録され、証拠として使用される可能性がある」

実際にヒューズ巡査部長は、早くも大型のノートを開き、鉛筆を構えていた。

「座りたいのなら、座ってよろしい」モルトビーは続けた。

「当然でしょう」ジョージは答えたが、立ったままだった。

「あなたはジョージ・クロトルですね？　伯父のセプティマス・クロトル氏に雇われ、ダガーライン汽船の業務に携わっている」

「違う」ジョージは大声を出した。この場に立ち会っている者たちは、どれほどの緊張感のもとでジョージが平静を保ってきたかを悟り、はじめて全員が肩の力を抜いた。さっきまでのジョージは落ち着いている様子だったが、今は落ち着いているのだ。

「違いますよ、警視。その手は通用しません。ぼくは取締役であり、共同経営者なんです。伯父は今日の午後姿を現して、ぼくと義理の兄が伯父の事務室を無断借用しているの見て、大変ご立腹のようでしたね。なんらかの形で、しっぺ返しがあると思いましたよ。ですが、伯父の失踪にぼくが関わりを持っているという考えは、いくらなんでも無茶ですよ」

ジョージはセプティマスの拉致についてはどのような形でも完全に無関係だったか、バーニッシュ夫妻が警察の手の届かないところにいるという絶対の自信を持っているかのどちらかだった。

「それこそ、伯父がしかけてきたことなんじゃないですか？」ジョージは付けくわえた。今度は腰をおろし、横のテーブルにある箱から適当に小さな葉巻を一本とり、端を挟み潰して、左手でソファに置いてあるマッチ箱を探った。

「それは違います」モルトビーは堅苦しい口調で答えた。「セプティマス氏から告訴の届けは受けておりません。わたしとしてはあなたに、八月二十六日木曜日の夜になにをしていたかをお尋ねしなければならないのですが」

ジョージ・クロトルは伸ばした手にマッチ箱を持ったまま、座っていた。

「八月二十六日？　ずいぶん前じゃないですか、警視。すぐには思いだせませんね。ただ、隅の机に置いてある日記を見ればわかるかもしれません」

ジョージは先程まで座っていた書き物机を、マッチ箱を持った手で指し示した。モルトビーはそちらに顔を向けた。その隙に、ジョージ・クロトルは葉巻をくわえた。ヒューズがその平らな机の上に置かれた日記を発見し、八月のページまでさかのぼってめくった。

「その日付の欄には記入がありませんが」

ジョージ・クロトルは肩をすくめた。

「その日は、蒸気船シェリフ号がサウサンプトンを出港した前日だが」モルトビーが言った。

ジョージは眉を寄せ、モルトビーの顔に答えが書いてあるみたいにじっと見つめたが、首を振った。

「さあ」歯を食いしばるようにして答える。「知らない」

モルトビーは一歩、間を詰め、紙入れから書簡入れを外し、黒い封蠟はついたままだが上部を切って開封してある空の封筒を見せた。

「この封筒に見覚えは？」

「ないです」

「ただ、筆跡に覚えがあるでしょう？」

ジョージは椅子に身を投げだした。

「はい」

「ダニエル・ホーブリーの筆跡？」

「はい」

二回の短い返事には、いかにも困惑した調子がこめられていた。ジョージはマッチ箱を持った手を握り、こすからい笑みを浮かべてその手を胸に引き寄せていった。が、動きが止まらないうちに、モルトビーが力をこめてすばやくその腕を叩き、マッチ箱をとりあげた。

「ジョージ・クロトル」モルトビーは告げた。「八月二十六日の夜、ホワイト・バーンのダニエル・ホーブリー宅において、同人を殺害した容疑で逮捕する」

リカード氏は足下で床がひっくり返ったような気がした。セプティマス・クロトルの拉致、あるいはカピテーン・フォン・クルックナーとの共謀の罪で、ジョージ・クロトルが逮捕されるだろうという心構えはできていたが、まさか殺人容疑とは。ただ、リカード氏がその立場を理解していなかったとしても、ジョージはちゃんと理解していた。頭をぐっと逸らし、小さな葉巻を丸々歯の間に入れるや、顎に力をこめて嚙みつぶす。ガラスが割れる小さな音がした。一瞬、ジョージはこの世のあらゆる苦痛を集めたように顔を痙攣させたかと思うと、息絶えてモルトビーとヒューズの腕に倒れこんだ。

ジョージのポケットのなかには、黒の平たい絹リボンが入っていた。引き結びが一つあって、するすると簡単に自由端《じゆうたん》が動く。書き物机の鍵のかかった引き出しには、書き置きがあった。

第三十章　予兆《ストロー》

　ジョージ・クロトルの鍵のかかった机からモルトビーが発見した置き手紙は、一片の後悔もないまま、余すところなく犯罪を説明していた。一方、極めて独善的でもあった。年長者に対して権力を持ちたいという若者の激しい心の叫びと、若者に対する年長者の権威への絶望が交互に記されていた。自分は芸術でも産業でも専門技術を得るのに先立って必要となる雑用をやり抜いたあげく、会計事務所の下っ端とされた。セプティマス・クロトルは何年も前にダガーライン汽船を、もっと頭の回転の速い、視野の広い者たちへと引き継いでおくべきだった。それでも、そうはしなかった。これは彼の頑迷さが招いたことだ――いつまでも続く気も狂うばかりの脅威を、自分は今夜排除しようとしている。

「わたしは今夜、仕上げのために出かけていく。成功すれば、この書き置きは破棄するつもりだ。研究者にとってこの論理、作家にとってこの語り口は、格好の教科書になるだろうけれども」

　この書き置きは、アノーとリカード氏が解決できずにいた問題点を片づけてくれた。その一方、ダガーライン汽船の格式の高さばかりか、王国の政策にも影響を与える内幕の暴露が含まれていた。従って、熟慮を重ねた上で、書き置きは握り潰されることになった。結局は、ジョージ・クロトルを裁判にかけることはできないし、バーニッシュ夫妻は行方をくらましてしまった。もっとも、ミセス・

ホーブリーは隠蔽で法律に従う義務はあるが、有罪の評決が出るとの保証はない。事は順調に運んで検死審問は早朝に行われ、たまたま総選挙も迫っていたため、ほとんど世間の注目を集めることはなかった。ただ、モルトビーは書き置きの写しを持っていて、翌週の日曜日にアノーとリカード氏をテムズ・ディットン村にある自分のコテージでの昼食に招待した。昼食前に書き置きを読んで一件落着とするべく、二人は早めに来るように求められた。アノーは暇を月曜まで延ばすことができたので、初秋の日曜日、巨大なロールスロイス一号が午前十一時にその気持ちのよい村へと走っていった。テムズ川沿いのコテージでのモルトビーは、若干口うるさいかもしれないが、愛想のよいもてなし役をしてくれた。ピンクと白のギンガムチェックのテーブルクロスの上にエール・ビールの巨大なピッチャーとグラスを置き、座り心地のよさそうな椅子を引いて、友人たちに勧めた。そして、青いカバーにテープ留めされた、タイプライター打ちの数枚の紙を、引き出しからとりだした。

「読みますか?」モルトビーはリカード氏に声をかけた。リカード氏は即座に答えた。

「とんでもない。この話はあなたのものですよ、モルトビーさん。聞かせてもらいたいですな」

引き受けたモルトビーの声からははっきりと安堵が感じられ、警視は早速椅子をテーブルに引き寄せて、読みはじめた。

わたしには借金があった。連戦連敗の馬たち、必ず去る女たち、同席者にフォーカードを与えたとき以外には決してフルハウスにはならないトランプ。どうしたらよいのか、わからなかった。もう伯父しかいなかったのだ。かつ伯父に打ち明けて相談するのは、屈服を意味する。わたしにはそれに耐える心構えができていなかった。たとえ伯父に——およそ考えにくいが——わたしの不運を大目に見る度量があったとしてもだ。

　もう、数年前になる――正確な日付は必要ない。六月はじめのある気持ちのいい日に、グリーン・パークを歩いていたところ、若い女性の声がわたしを呼びとめた。わたしはすぐに言われたとおりにした。どんなに些細な出来事であろうと、よい前兆を感じるような気分だったのだ。名前が呼ばれた。「ジョージ！　ジョージ！」振り返ったところ、またしてもがっかりする結果でしかなかった。その呼びかけは希望で一杯の鈴のように澄んでいて、空から聞こえてきた。が、椅子から立ちあがったのは、従姉のアガサだった。

「一緒に来てほしいの」独特の息を弾ませるような言いかた――いずれにしても、わたしと話すときはそうだった――で、アガサは大声で呼びかけた。

　どうせ教会か画廊だろうと思ったが、わたしが首を振る間もなく、アガサは付けくわえた。

「カレドニアン・マーケット（ロンドンのイーストエンドで金曜に開かれる骨董市）なんだけど」

　これほど奇想天外な提案があるだろうか？　そのことだけでも、より興味をそそられた。カレドニアン・マーケットとはお宝とがらくたが隣りあっている、もしくはそう言われている場所だ。もちろん、わたしは行く気になった。そう伝えると、アガサは顔に血をのぼらせ、わたしの腕につかまった。ザ・マルでタクシーを停め、スイスフィールドを通って向かった。お察しだろうが、わたしはアガサにそこを選んだ理由を尋ねないように気をつけていた。すばらしい閃きを分析するのは馬鹿だけで、賢い男はそれに従って行動するものだ。あの古いアラビアの物語に出てきた、なにかがあるかもしれない。

「ジーニー（『アラビアン・ナイト』の一編に登場するランプの精霊）の入った壺を見つけるかもしれないぞ」わたしは機嫌よく笑った。

「ジョージったら。いつもそんな感じでいてくれたらいいのに」アガサは答えた。退屈？　たしかにそのとおりだが、退屈なことをしたのはアガサだ。

マーケットはがらくたばかりで、どこもかしこも偽物がごちゃごちゃと邪魔でしかたがなかった。ロイヤルドルトン陶器の下には明朝陶器があったにちがいないが、シェヘラザード（『アラビアン・ナイト』の語り手）の夢物語から出てきた栓のついた壺はなかったし、明朝陶器は見極められなかった。落ちこんだ気分で、調理道具のあれこれから目をあげると、知り合いがいた。ドイツ大使館付き陸軍武官の、ヘル・カピテーン・フォン・クルックナーだった。彼が不愉快そうなしかめ面でわたしの視線をとらえ、すばやく決然とした足どりをロンドンの酔狂さを鼻で笑っている暇な外国人のそぞろ歩きに変えたのでなければ、わたしは注意を払わなかっただろう。不審に思って遠くから見ていると、クルックナーは市場の東側にある一軒の理髪店に入っていき、わたしはさらに驚かされた。

「なぜまた、ドイツの大使館付き陸軍武官が髭を剃るのにカレドニアン・マーケットくんだりまで来るんだ？」こう問いかけたところ、いつもと違って、アガサはすぐに店の上に掲げられた名前を指さした。

「ストローズさんが名前を変えて、空いた時間に作曲をしていると思うの？」

一週間ほど経って、あちらこちらの昼食や夕食の席で、クルックナーとわたしは顔を合わせるようになりはじめた。きっと、ありとあらゆる場所に鼻を突っこんだり、聞き耳をたてたりするスパイを飼っていたんだろう。いずれにしても、わたしが大金をすってきたある家で、クルックナーに一杯飲もうと脇へ連れていかれ、話をした。二つの国の間に敵意があるはずだというのは馬鹿げている。それどころか、今の両国はお互いの独立性を危険にさらすことなく、大いに助け合える。それぞれの国は自国を第一とする——その点ははっきりしている。ただし、その明確な原則を別にすれば、相互の助けになるもっと小さな機会はたくさんある。「たとえば——」クルックナーは言いかけたが、他の人たちが近寄ってきて、言葉を切った。話は続いたが、数分後には今日は忙しくなるので失礼すると言いだした。「おまけに、髭をあたりにいく必要もあるんでね」顎を撫でながら笑って言うと、クルックナーは帰っていった。わたしと約束をしていったのだ。結局、そういうことになった。わたしはとうの昔に、あの理髪店は、スパイが自分たちの手紙を投函できるポストの役割を果たしていると見極めていた。だが、それだけではなかった。あそこは密会の場であり、クルックナーの意図がなんなのかを探りだすのが、自分の義務だとわたしは感じた。

だが、クルックナーがこちらの動機を知ることはないだろうし、わたしが来ると思うのは心得違いのようなものだ。ストローズ氏の店の戸口にはカーテンがかかっていた。その先は店の脇の通路になっていて、男が一人待っていた。その男は一言も言わずに奥へ向かい、壮大な計画にはなんともみすぼらしくて地味すぎる部屋でわたしに一つの提案がなされた。ある種族の破壊。エジプトの死。砲弾や爆弾や銃火ではなく、もっと繊細な武器を使って。ヘロイン、コカイン、ハシッシュ！　子供は生まれず、仕事は手つかずになり、やがて飢えが襲ってくるだろう。堕落した人々は北側先進諸国の軍を受け入れる。

わたしは圧倒された。もちろん、イギリスも分け前にあずかるだろうし、ダガーライン汽船を提供することで、独立して行動することができるだろう。それは、理念に変わった悪夢だった。すばらしい。煙を漂わせる燎原《りょうげん》の火。ごうごう、ぱちぱちと鳴る音、目も眩むような光が、死んで乾いた草を侵食していく。わたしは多額の小切手をポケットに入れ、顔をあげて外に出た。

それほど難しいことではなかった。会社は客船だけでなく、貨物船も所有していた。わたしは南米と東洋、両方の貿易に携わっていたことがあり、港の慣例を知っていた。わたしたちは大量の調度品類を輸送した。大半がまったく問題のない品物なのは言うまでもないが、なかには一財産が入っているものがあった。手助けも得られた。領事は新しい領事の服装一式を求める——ただし、人のいい領事はそのことに一切気づいていなかった。それでも、服一式は立派なブリキの大型トランクに入れられてちゃんと到着し、埠頭で通訳の（ような）人物に回収される。その人物は、自分の持ち物を検査なしで通関させられるのだ。待ってもいない大臣の書斎に、決して届けられることのない本の箱の場合もあった。わたしたちは小型の貨物船を使って、驚くような場所で荷物を受けとった。ブルガリアの首都ソフィアは、東欧の港でわたしたちに大量の荷物をくれた——くれたといっても、その取引で供与はなかった。とはいえ、当然預り証は書かれなければならないし、売買約定は確認されなければならないし、領収証は送られる必要がある。もちろん、貿易手形は結構そのもの《オール・サー・ガーネット》だった。が、それらの手形に合わせていくには、より詳細な有効確認がされることになる。ヘル・クルックナーはその点をうまくとりはからった。

　自分が不注意だったとは思わない。ペヴァンゼイ・クレセントの自宅で一度手紙を書いたことがあり、自分では投函したつもりだった。ちょうどそのときは、新しい召使いを雇い入れたところだった。もう一通受けとられなかった手紙があり、それにはサロニカ（ギリシア北東部の港市。テサロニケ）で受けとるはずのソフィアからの荷物について、ややあからさまに書いてあった。この二通の手紙でわたしは少々不安になり、召使いに暇を出した。召使いの不注意だと思ったのだ、そう、ある朝ホーブリーから電話で話を聞かされるまでは。電話はペヴァンゼイ・クレセントにかかってきた。ホーブリーは二通のおもしろい手紙を持っている、どうしたらよいかを教えてもらえたらありがたいと言った。わたしは警戒した。ホーブリーと面識はなかったが、やつの商売が恐喝であることは知っていた。わたしがきれいに借金を払ったことに、やつが目をつけていたとしても不思議はない。ただ、わたしはオリヴィアと知り合いだった。何度も夕食会やダンスで顔を合わせたことがあった。彼女があの内股歩きのゴキブリじじいと結婚したのは、金目あてとしか思えなかった。オリヴィアはいつも目の保養になり、すばらしい美人だったときもあった。いずれ、もう少し時間に余裕が持てるようになったら、お互いにしょっちゅう会うようになるかもしれないと思っていた。そこで、ダニエルに返事をする前に、彼女に少し探りを入れてもいいかと、わたしは考えた。

あの日の午後、わたしはパーク・レーンにある見かけは派手なフラットに彼女を訪ねた。だいたい、女性に関してわたしはかなり抜け目のない男だった。慎重に近づいていくことにしていて、全体として外れはなかった。が、今回は言ってみれば息切れして、焦りで失敗してしまった。

彼女は難敵だった。愛の言葉をどもりながら告げると、情熱を持てあまして言葉に詰まったはずのわたしに、彼女は優しい笑顔で助け船を出してくれた。挫折。わたしは事務所の専用番号を彼女に渡して、ほとんど人に教えたことはないと告げた。オリヴィアはそれを手帳にきちんと書き留めながら、「ハーレム、のほうがあたってるんじゃないかしら」と言った。

ホーブリーがわたしについてなにか言ったかと、さりげなく訊いてみた。「いえ、まさか」ホーブリーが関心を持つほど、わたしは一人前ではないとでも言っているようだった。オリヴィアはわたしに中国茶一杯とキュウリのサンドイッチをふるまい、追い払った。かんかんに怒って帰るべきだったのだろうが、わたしは猫になったような気分だった。「かわいい子猫ちゃん、おいでおいで」と言えば、猫はさっさと歩き去る。ところが、しっぽを引っ張って背を向けると、猫はこちらの足に体をこすりつけてくるのだ。実際にわたしは、自分の個人電話で彼女に電話をかけるようになった。

　それでも、わたしはホーブリーと面会をしなければならなかった。やつは領収証とサロニカの荷物の詳細を書いた手紙を持っていて、言い逃れる余地はなかった。ホーブリーは堅苦しく厳粛な態度だった。国会議員として、自分には果たすべき義務がある。そこは了解してもらわなければならない。これらの書類を公訴官に送るべきなのだ。ただ、冷酷無情な対応は本意ではない。書類をセプティマスに送れば、不都合はおさまり、長期間にわたる重懲役《ペナル・セルヴィチュード》は逃れるだろう。

「なぜ懲役《ストレッチ》じゃないんだ？」わたしは愚かにも軽蔑をこめて言い返した。

「懲役《ストレッチ》なら、たったの一年だからね、それは約束できなかった」ホーブリーは答えた。

「男の子はいつまでたっても悪戯好きだ」これが次の言いぐさだった。「それでも、ありがたいことに報いを受けずに罪を犯すことはできない。そうでなければ文明は無価値になるだろう」ああ、ダニエル・ホーブリーは万事心得ていた。わたしは奴隷となってやつの事務所を出た。カピテーン・ペテロから得たものをパウロ国会議員へ払わなければならない（「ペテロから奪ってパウロに払う」という諺を踏まえたもの）。多ければ多いほど結構だ。が、ここが最悪ではなかったのだ――。

　ここでモルトビーは書き置きから目をあげた。

「読まなくても、ジョージ・クロトルが耐え忍んだ終わることのない恐怖は察しがつくだろう。で、ホーブリーの呼び出しに応じてはじめてホワイト・バーンを訪れた木曜夜の説明にすぐ入ろうと思う」

アノーは椅子の縁から身を乗りだしていた。アノーの抱えている難問が、解決するはずだ。リカード氏はロンドンを出てロードシップ・レーンへ車で向かった陽光降りそそぐ朝、バタシー・ブリッジの上で急降下や旋回をしていたカモメを思いだしていた。モルトビーはタイプライターで綴られた悲嘆のページを二枚めくり、朗読を再開した。

第三十一章　残酷な言葉

殺人を犯すつもりはなかった。たしかに、ここ数か月間は残酷な言葉を弄ぶこともあった。それに、わたしは青い柄のナイフを持っていた。ずっと前にウルグアイで買ったものだが、ちょうどやりたいことに一層磨きをかけてやってみたい年頃だったので、ナイフ投げがすっかり上達していた。ナイフは古い箱にしまっていたが、それをとりだしたのだ。ロンドン近辺には、ほぼ一日中うろつきまわっても人っ子一人出くわさないような、小さな森のある共有地がどれくらいあるのか、考えてみたことがあるだろうか？　わたしには考える理由があり、ナイフ投げの腕にはさらに磨きがかかった。木の幹に白い紙を巻いてピンで留め、鞘に収めたナイフを胸のポケットに入れたまま、離れていく。振り向いて手が閃いたかと思うと、白い紙は裂け、ナイフが木の皮に刺さって震えているのだ。わたしはそのナイフを肌身離さず持ち歩いた。ただし、はっきりと使うつもりがあったのではなく、肋骨にあたるのを感じながら懐に入れていると、自分の卑小さをそれほど感じずにすんだからだ。

無論、使うつもりは心のどこかにあったはずだ。そもそも、必要になったときのためにと、イングランドの西部地方に隠れ家を用意していたくらいだった。ただ、決して時間や場所、先だって――白い紙の輪が裂かれるのに先だって、到達すべき対話の決定的な局面を、明確に計画しておいたことはない。ともかく、問題の木曜の夜にそんな計画がなかったのはたしかだ。プリーディーを同行させたのだから。プリーディーは賢くて行動力があり、小規模業務を扱う勤勉な弁護士だった。わたしが厄介ごとに巻きこまれたときは請求に抵抗したり、風向きがよくなったときには始末をつけるのにとても役にたってくれた。お返しに、わたしは会社の業務を扱う仕事にプリーディーをうまく滑りこませた。小さな件を何度か見事に片づけ、プリーディーの評価は大いにあがった。プリーディーはわたしに忠実だったが、仮に残酷な言葉を実行に移す明確な意図があったなら、ホワイト・バーンへは絶対に連れていくべきではなかった。だいたい、わたしが相談なしに脅迫に屈していたことにひどく憤慨したので、ほとんどホーブリーの話はしていなかった。

脅迫者に対する正しい答えは一つしかない――答えなどないということだ。神の陽光のように、脅迫者にも、そして被害者にも懲役刑は白熱するのだ。脅迫者はそのことをちゃんと知っている。

しかし、今回の特別な呼び出しは、もちろんペヴァンゼイ・クレセントへの電話で取り決められたわけだが、相互の利益と解決をにおわせるものだった。プリーディーは先に行って、わたしが来る前に様子を窺っておきたいとのことだった。わたしたちは二人ともホワイト・バーンを訪れたことはなかったが、ホーブリーが事細かく場所を教えたので、ほぼ間違いようがなかった。プリーディーは九時半を少し過ぎた頃、自分の小さな車で到着した。家の左側に小さな車庫があったが、鍵がかかっていて、小さな前庭は空っぽだった。それでも、玄関には明かりが点いていて、プリーディーは庭の右側に車を駐めて、ベルを鳴らした。鍵はイェール錠だった。プリーディーにはホーブリーにちがいないと思われる男が扉を開け、黙ったまま見知らぬ訪問者をじっと見つめた。

「こちらはホーブリーさんのお宅ですか?」プリーディーが確認した。

「そうですが、釣り場はありませんので」ホーブリーは答え、扉を閉めようとした。

「ジョージは着いていませんか?」プリーディーがすばやく切り返した。

「いや」ホーブリーは答えた。「ですが、いつ何時一緒に悪竜がやってくるかもしれませんので（ジョージ〔George〕と聖ゲオルギウス〔St. George〕をかけた洒落。聖ゲオルギウスはイギリスの守護聖人で、悪竜退治の伝説で有名）」扉の隙間が細くなった。

「わたしはダガーライン汽船に籍を置いているもので」慌ててプリーディーは説明した。「ジョージ・クロトルの個人弁護士です」

一瞬、ダニエル・ホーブリーは戸惑ったようだった。と、急にすっきりした表情になって、薄笑いを浮かべた。

「たしかにね」ホーブリーは愛想よく応じた。「わたしがジョージの立場だったら、やっぱり弁護士を同行させただろうね。ところで、どうぞなかへ。妻がおりますから」

アラン・プリーディーは顔をあげ、見直して、大きく息をついた。オリヴィアは笑い、顔を赤らめた。

「失礼をお詫び申しあげます、ミセス・ホーブリー」プリーディーは言った。

「今までで一番偽りのない褒め言葉ですわ」そして、夫妻はびっくりしたのだが、プリーディーは指をあげてこう言った。

「ジョージが来ています」いかにも自信たっぷりな静かな口調に、夫妻は一瞬呆気にとられたあと、部屋の片隅に目を凝らした。プリーディーは笑みを浮かべた。

「ちょうど有料道路を渡って、ロードシップ・レーンに入ったところですよ」

「今?」ホーブリーは声をあげたが、不意に冗談に気づいた。いや、そう思ったらしい。耳を澄ませて、頷いた。「ジョージはゴム底の靴を履いているからな」

「オースティン・トゥェルブに乗ってますよ」プリーディーは訂正した。と、突然前庭に小型車が入ってきて、停まった。

「驚いたな」ホーブリーは言った。アラン・プリーディーが自分にしてくれるすばらしい働きぶりを思い描いたのだ。この男は到底考えられない距離から、極めて重要な会話を聞きとれるかもしれない。「近々、ぜひ二人で話をさせてもらいたいな、プリーディーさん」その希望を強調するかのように、玄関のベルが鋭く鳴り響いた。

鳴らしたのは、わたしだった。満月の時期で、日中の光もほぼ厳しさをなくし、銀色の光が世界を温和でほのぼのした雰囲気に染めあげていた。プリーディーの車はホワイト・バーンの右側に駐まっていて、玄関との間にわたしの車を駐められる空間があった。

ホーブリーが玄関口までやってきた。握手の手は出さなかったものの、猫撫で声でこう言った。「わたしの隠れ家に来るのははじめてだったね、クロトルさん？　これが最後になることを願うでしょうな」ホーブリーは玄関の脇にある戸棚を開けた。明るい茶色のコートがかかっていた。「おや、コートはない。若いですな！　友人のプリーディーさんと同じですか。羨ましいことで」

「では、プリーディーがもう来てるんですね？」わたしはホーブリーのコートの横に、帽子をかけた。

「そう、オリヴィアとガーデン・ルームで話をしているよ」

わたしはちょっと面食らって、立ちすくんだ。

「じゃあ、奥さんもここに？」

ホーブリーは頷いた。

「妻はわたしたちのちょっとした秘密についてはなにも知らないし、細かいことを説明する必要もないだろう。ただ、わたしは車の運転はしないし、わたしたちがここで会うことを知っている人間は少なければ少ないほうがいい。オリヴィアが車で送ってくれたんだ。ロマンチックだろう？　昔住んでいた、郊外の家へ！　君たちが帰ったあと、わたしたちはここに泊まる。使用人のいない家で二人きりだ。美人さん！」ホーブリーは手を伸ばし、廊下の明かりを消した。短い言葉は悪意に染まっていて、顔の薄笑いは悪魔めいていた。暗い廊下で、ホーブリーは身じろぎもせずに立ち、わたしの息づかいに聞き耳をたて、それを楽しんでいた。火遊びか？　そうではない。だが、青い柄のごつくて長いナイフを弄んでいるのはたしかだ。そう、今にも手が伸びてしまいそうだった。

「話というのを聞かせてもらえるか？」わたしは穏やかに切りだした。「結局、馬鹿に冗談が通じると期待するのは無理だからな、たとえ気の利いた冗談でも」

ホーブリーは明かりの点いたガーデン・ルームのドアを勢いよく開けた。

「美人さん、ジョージ・クロトルさんとはお知り合いだね？」ホーブリーは含み笑いをした。「先にオリヴィアへのこのすばらしい呼び名を思いつかれてしまったとは、夫の面目丸潰れじゃないか？」

暖炉のそばに膝をつき、両手を温める。

「ちょっと冷えますな、最近の夜は」そして、また立ちあがる。

わたしは答えなかった。床の上、テーブルの脇に、板にピンで留められた小さな海図があった。が、わたしには興味がなかった。オリヴィアが隅からこちらへ来るのが見えたのだ。黒いサテンのドレスに、白いアーミン毛皮の短い上着。部屋が暖まってきたため、上着の前を無造作に開けている。毛皮を背景にして、ほっそりした白い首と喉が黒いドレスに映えていた。小さな頭とたっぷりした王冠のような髪を支えるだけとはいえ、細すぎるほどの首ではないか。目に映る彼女は陶器のように繊細かつ薔薇色がかった白い肌で、唇はベルベットのような深紅色の薔薇に似て、健康的で火のように輝く姿だった。わたしはオリヴィアを憎んだ。二人はわたしを笑いものにしていたのだ。わたしから金をむしりとり、嗤っていたのだ。道化師の操り人形――それがわたしなのだ。わたしはそろそろと左手を上着の胸に滑らせていった。硬い感触に心が安まる。美人？　そう、そのとき彼女は美しかった。不安げな表情、問いかけるような目。今回の脅迫についてはなにも知らなさそうだった。知っているのはわたしが求愛したことだけで、その努力を嗤ったのだ。あのときから、わたしは彼女を憎みはじめたのだろう。

「向こうへ行っててくれないか、美人さん」ホーブリーは声をかけた。「こちらの紳士たちとちょっと話をしている間、煙草でも吸っていてくれ」

　オリヴィアは壁際の隅にある、クッション付きの椅子へと離れていった。ホーブリーはわたしに長椅子に座るように勧め、自分は壁に背を向けた椅子に腰をおろした。目の前には小さなテーブルがあり、吸い取り紙綴りが載っていた。綴りは田舎の居間から持ってきた女物で、螺鈿細工だった。プリーディー――ぜひとも、彼に注意してもらいたい――は、ホーブリーのテーブルの近くにある椅子と同じような肘掛け椅子に座った。チャイニーズ・チッペンデール様式（前述トーマス・チッペンデールのによる家具の様式で、背や脚はまっすぐ、中国風の装飾が施されている）で、座面は深紅色の錦織の立派な椅子だ。それを少し動かし、やはり壁に背を向けた格好で、ホーブリーとは暖炉を挟んで反対側となった。これで、プリーディー、ホーブリー、オリヴィアの三人が揃って、庭の窓を向いて横に並んだ。わたしだけが窓に背を向けていた。ブラインドがおりて、カーテンが閉められていたので、それは問題ではなかった。また、ホーブリーとプリーディーとわたしで二等辺三角形を構成していた。頂点がわたしで、底辺の角、二か所が二人の席だった。

ホーブリーはブライアン・デヴィッシャーの話をしたが、それをプリーディーが事実に対する弁護士の視点から、数えるほどの文章にまとめあげてしまった。

「極めて裕福な夫を持ち、ベイズウォーター・ロードの大邸宅に住んでいる女性がいた。彼女はこじゃれたデヴィッシャーを愛し、デヴィッシャーは彼女の真珠を盗んだ。ミルクと月光の色をした、すばらしい真珠だった。一つ注意しておきますが、日本人が真珠貝に野蛮な効率を教えこむ前の話です。デヴィッシャーはその真珠をフランス人の宝石商に売った。石炭の塊と取り替えるというありふれた詐欺を試したでしょうが、これはうまくいかなかった。現金がどこへ流れたかは、説明する必要はないでしょう」

「どうして、全部知ってるんだ?」ホーブリーが仰天して大声をあげた。

「軽率すぎる愛に溺れた問題の女性が、グレイズ・イン・ロードのわたしの事務所で秘密を打ち明けてくれたのですよ」プリーディーは答えた。

「で、君は助言を――」

「ご主人に胸襟を開くように言いました」プリーディーは間の抜けた笑みを浮かべた。「ありがたい例えです、ね?」

「するとなにか、君は奥さんに、恋人を作って真珠を盗まれたと夫に話すよう勧めたのか?」

「そうです」プリーディーは言った。わたしは嘲るように長く口笛を吹いた。

「わたしとしては」プリーディーは四角張って宣言した。「間違いを犯した妻たちに、どんな場合でも同じ正しい助言をしたいと思っています。ただ、この案件には特別な理由があったことも認めなければならないでしょう。デヴィッシャーは雲隠れしてしまいました。強い疑いがある人々に向けられていましたが、実際の証拠はありませんでした」

「で、奥さんは君の助言に従ったのか?」わたしは尋ねた。

「そうです。お決まりの騒ぎが持ちあがりました。警察も呼ばれましたよ。夫は離婚するつもりでした。これ見よがしの一方的な離婚をね。夫は公正ではなかったのか? と、急に騒ぎはおさまりました。真珠が戻ってきたんですよ。フランスの宝石商が貧乏くじを引かざるをえなかったんです、それが法律ですから。夫は自分も一度か二度間違いを犯したこと、議員になりたかったことを思いだし、妻が自分をどう思っているかを有権者に広めたところでなんの足しにもならないと認めました。最終的に、ある晩、夫は美味しい食事をしてブリッジで勝ち、奥さんはとっておきのワンピースを着てこれまでになく美しくみえた。あとは家庭内の場面ですから、幕をおろすとしましょう」

「で、今の話がぼくになんの関係があるんだ?」わたしは噛みついた。

「待ってください、ジョージさん」プリーディーは言った。身を屈めて床から海図をとりあげたホーブリーに、「それですか」と声をかける。

またしてもびっくりした顔で、ホーブリーはアラン・プリーディーを見やった。

「では、このことも知っているんだな?」ホーブリーは黒檀の板を軽く叩いた。

「はい」

「どうやって?」

「フランスの探偵のアノーが、今日の午後五時半にわたしを訪ねてきましてね。ヴィクトリア駅から直行してきたそうで。いや、続けてください。わたしの友人は短気なので」

ダニエル・ホーブリーはエル・レイ号の航海について詳しく説明した。「ロイズ通信局の報告で、エル・レイ号が好ましくない人物たちをおろした港に、この海図を使って印をつけていた。今朝六時にプロール・ポイントへ信号を送っている。明朝には最後の乗客たちをグレイヴゼンドで降ろす予定でね。そのなかの一人が、ブライアン・デヴィッシャーだ」

ホーブリーは立ちあがり、支えが必要だと言わんばかりに吸い取り紙綴りに左手をぺたりとついて、炉棚から紺色の薄い冊子をとりあげた。そして、また腰をおろすと、部屋の空気が変わったことに気づいた。緊張感、ぐっと深まった沈黙。ホーブリーは鋭い視線をこちらに送り、わたしがプリーディーに意識を向けてじっと観察していることに気づいた。プリーディーはずっと、壁を背にして緊張感を漂わせながら、まっすぐに腰をおろしていた。が、今は一段と緊張感を強めて、自分一人きりの世界に引きこもってしまっていたのだ。顔は鎧戸がおろされたようになり、目はうつろだった。田舎にぽつんと建っている明かりの点いた家が、遠くから聞こえる警報の甲高い音に突然真っ暗になったようだった。

「聞いていなかったのか?」ホーブリーが声を荒らげた。

ホーブリーは話を聞いてもらうのが好きなのにちがいない。国会議員なのだから、そうあるべきだろう。プリーディーの目は——ずっと開いていたので、開いたとは言いがたいが——活気を取り戻し、笑みが顔から厳しさを消し去って、口元のしわを深めた。

「いやいや、ちゃんと聞いていましたよ」プリーディーは言った。「取引を提案しているんでしょう?」

ホーブリーは椅子にもたれた。

「話が早いね、プリーディーさん」

「わたしたちはグレイズ・イン・ロードの事務所で話し合うべきですよ」プリーディーは言い返した。

「船便が必要なのでしょう」

「そのとおり」

「ダガーライン汽船で」

「そのとおり」

「ブライアン・デヴィッシャー用に？」

「できるだけ早く」

「行き先は？」

「遠く離れていて、その先で仕事を世話してやれるなら、どこでも」ホーブリーは答えた。

「社の一員として？」

「それなら文句なしだ」ホーブリーが応じる。

「見返りはなんです？」

ホーブリーの答えはもう出ていたが、機関銃の鋭い発射音よろしく答えにたたみかけるようなプリーディーの質問とどっこいどっこいの早さだった。ホーブリーはもう緊張を解き、満足げな笑みを浮かべていた。

「ああ！　そちらの望みどおりになるよ」

「そうですか？」

「もちろん」

ダニエルは自信満々だった。プリーディーの顔に物欲しそうな表情がなかったとしても、わたしの顔で充分だった。

「二通の手紙ではどうかな。祖国に対する義務を厳密に考えれば、公訴官に送るべきだ。ただ、セプティマス・クロトル氏宛にしたので、配達のためにジョージ・クロトルさんへ渡すと好都合でしょうな」

ここでわたしは、弁護士のプリーディーのお気に召すには前のめりすぎる態度で口を挟んだ。

「船ならある、シェリフ号だ。サウサンプトンを明日の午後五時に出港する。空いている船室が一つか、二つある。社員が一人、船を見送りにサウサンプトンに出向くのが通例で、明日はぼくの番だ」

わたしは少々乗り気すぎたにちがいない。それどころか、わたしは見知らぬデヴィッシャーをサウサンプトンまで自分の車に乗せていく気満々だった。プリーディーは異議を唱えた。

「そうだとしても、新しいパスポートが要るでしょう?」

ダニエル・ホーブリーは小さな青い冊子、パスポートをプリーディーに手渡した。プリーディーはそれをひっくり返して開いた。

「写真は六年以上前に撮られたものだが」ホーブリーは認めた。

「銃器類の密輸入で、デヴィッシャーをベネズエラに送ったときの」プリーディーは付けくわえ、写真のページまでめくって、頷いた。

「結構、これで乗船させられると思います。特に、あなたが車で送っていけばね」

プリーディーはわたしを見て頷き、笑みを浮かべた。結局、アラン・プリーディーの目を逃れるものはほとんどなかったのだ。とはいえ、プリーディーも問題点を解決してしまったわけではなかった。

「ですが、デヴィッシャーは行くでしょうか? 不利になる事件は存在しないわけですから。真珠は返され、妻と夫は和解した」

「ただ、やつはそのことを知らない」ホーブリーが言った。「おまけに、さっき話に出たフランス人もいる」

「そうですね」

「ヴァンドーム広場のグラヴォのために動いている」

ここでまた、プリーディーはホーブリーに向かってにやりと笑った。

「名前をちゃんと知っていらっしゃる。妙ですねえ?」

しかし、ホーブリーはちょっとした皮肉で気を悪くするような男ではなかった。顔を赤らめもしなかった。プリーディーは続けた。

「アノーの話では、グラヴォもおさまりがついているそうです。犯人の引き渡しは求めていない。金を返してもらいたがっているんです」

「ただ、そのこともデヴィッシャーは知らない。おまけに一文無しだろう。最高の大型定期船の快適な旅、終着地には楽で手頃な仕事――そう悪い話じゃない」ホーブリーは熱心に言いつのった。「おまけに」テーブルに視線を落とし、硬い口調で続ける。「あの男、目障りでね」

プリーディーは笑った。

「目障りとは、すばらしい表現だ。傑作ですよ。結構! セプティマス・クロトル氏宛の手紙をこちらに渡してくだされば――」

「埠頭でな」

「わかりました」

プリーディーはパスポートをポケットにしまった。

「ご自身でいらっしゃいますか？」

「行くよ」

「では、わたしはジョージの車に乗っていきます。そちらがジョージに手紙を渡す際、このパスポートをデヴィッシャーに渡しましょう」

ホーブリーは笑顔になった。「結構だ！」大きな声で言い、椅子から飛びあがるようにして立った。やはり、左手をついて体を支えたまま、炉棚から葉巻を一本とりだし、端を嚙み切る。

「シェリフ号という船だ」わたしは船の停泊している埠頭の番号を教えた。

ホーブリーはベストのポケットからペンをとりだし、吸い取り紙綴りの端をちょっと持ちあげ、シェリフという名前を書いた。そしてペンを戻すと、葉巻に火を点けて煙を輪に吹いた。

「さて」なかなか品行方正な一日の仕事を意識しながら、ホーブリーは言った。「もうこれで結構《オール・サー・ガーネット》そのものだな」

その言葉は、先程わたしも使ったはずだから、その古風な言いまわしはやつから覚えたのだろうと思う。ともかく、ホーブリーはでっぷりした腕を胸の前で組み、葉巻の煙できれいな輪を作ることに集中していた。なぜわたしたちが椅子から腰をあげて、「では明日。シェリフ号のそばで」と暇を告げないのだろうと考えていたのだろう。わたしも同じように考えていた。ただ、弁護士を連れてきて、利用しないなど間抜けだ。わたしはプリーディーをじっと見た。プリーディーは壁に背を向けたまま、じっと座っていて、最後の審判まで動くつもりなどないようだった。プリーディーも困惑し、戸惑っていたのだ。やがて、腹に据えかねたように声をあげた。

「ホーブリーさん。わたしにわからないのは、この茶番の理由ですが？　なぜこんなふうにとぼけるんです？　もうすべて手はずは整って、片がつけられるはずなのに？」

「プリーディーさん！」ホーブリーは語気を強めた。「プリーディーさん！」その瞬間、わたしの目にさえ、プリーディーは得体の知れないもののように映った。信じられないほどまっすぐに座り、およそ人間味のない声で話し、瞬きもしないで部屋の向こうからじっと視線を送っている。古代のナイルの神か王の一人が、この世に戻って審判のために座っているかのようだった。

「プリーディーさん。もちろん、わたしには例の手紙をここへ持ってくるつもりはなかった。そう、当然でしょう」ホーブリーは吸い取り紙綴りの表紙をしっかりと押さえたままだった。その様子から判断すると、そこにはシェリフ号という一つの単語が書かれている以上のことがあるにちがいなかった。

これだけ役にたったのにもかかわらず、わたしは一瞬プリーディーを連れてきたのは正しかったのだろうかと、考えずにはいられなかった。ホーブリーとわたしだけだったら、あのとんでもない手紙類はもう火にくべられて、ホーブリーのポケットにはシェリフ号の船室の切符が入っていたかもしれない。が、ホーブリー一人に対して、わたしたちは二人だった。わたしたちがやっているゲームのルールは、暴力もどんな形の裏切りも認めていなかった。

「手紙はだれにも見つけられない場所に鍵をかけて、安全に保管されている」ホーブリーは半分泣いているような笑い声をあげた。プリーディーは、今度は極めて静かな口調で、その言葉を遮った。

「あなたの紙切れのことを考えていたのではありません」プリーディーは言った。

プリーディーはついに動いた。どういうわけか、それを目にしたわたしたちはぎょっとした。プリーディーは、ホーブリーの顔を正面から見られる方向まで頭を動かした。そして、ごく単純な問題をこじらせている人を見たときに大概の人が感じる不快感をこめて、こう尋ねた。

「なぜあの男をここに入れないんです?」

ホーブリーの戸惑ったような表情に、プリーディーは腕を伸ばし、部屋の反対側のカーテンのかかった窓に向かって人差し指を突きだした。それでも、オリヴィア以外にすぐに状況を飲みこんだものはいなかった。オリヴィアはそう遠くない場所に座っていたが、取引が山場を迎えて、すっかり忘れられていたのだ。が、オリヴィアは取引の一つ一つの段階や交渉を進める三人に油断なく気を配っていた。オリヴィアは椅子から立ちあがり、こちらを向いた。その態度になにか防御的なものがあったのだろうか? ただ椅子から立ちあがっただけの彼女に? ダニエルの頭から動揺を振り払うなにかが? ダニエルの目が、指先まで棒のようにまっすぐなプリーディーの腕をたどった。

「だれを入れるって?」

「デヴィッシャーです」

ホーブリーは鼻であしらおうとした。「くだらん!」怒鳴って、笑う。が、その笑い声は、笑っているより不安で半泣きになっているように聞こえた。「今このとき、デヴィッシャーはビーチー岬沖の古い鉄の船のなかで、上下に揺られているところだ」同意を請うかのように続けた。「そうじゃないのか?」

すぐにプリーディーが答えた。否定の余地はなく、その優しい口調は一層無慈悲に聞こえた。

「この三十分間、人の足音がずっと聞こえていました。その足音のおかげで、あなたの庭の配置図が書けそうなくらいですよ」

ホーブリーにここまで影響を与える言葉は他になかっただろう。一瞬で赤から青へと色を変える、実験室の小瓶のわずかな液体のようだった。恐怖がホーブリーを襲った。ホーブリーの目には、こっそり庭を歩きまわり、客が帰るのを待っている豹、デヴィッシャーの姿が映っていたのだろう。グレイヴゼンドに補償を約束する代理人を送ってエル・レイ号の乗客の一人が友人だと主張させ、国会議員の立場で世話をし、真っ昼間にキング・ストリート、セント・ジェームズの事務所まで連れてくるのは一つの手だった。が、空っぽの家での二人きりの会見を求めて、この静かな庭に潜んでいるデヴィッシャーを見つけるのは、まったく別の話だ。ホーブリーは金切り声をあげ、顔が黄色くなった。ホーブリーの上っ面がすべて崩壊し、小さな口ががくりと開いた。不快で下品な有様だった。視線をカーテンから離せなくなっている。こんな恐怖に陥った理由は、明らかだった。デヴィッシャーを国から追いたて、あの情け深いベネズエラの独裁者に売り渡したのは、ホーブリーなのだ。そして、最後の審判のときまで、デヴィッシャーを厄介払いできたと思っていたのだ。今、このホワイト・バーンの月光に濡れた庭にデヴィッシャーがいる。カスティロ・デル・リベルタドールでの六年間を背負って。これほどの恐怖がむきだしになった姿を、わたしは見たことがなかった。楽しかった。そうとも、どれほど楽しんだことか。

「怖いのか、ダニエル・ホーブリーさん」わたしはくすくすと笑った。「あんたの血を求める株主の集団に向かいあってもびくともしないのに。甘美な声、絹のようになめらかな言葉を操れば、あんたが連中に残してやったものを、連中はくれてやりたがるってわけだ。なのに、ひどいツケを清算してもらおうという一人の男が、人気のない庭で待ち伏せしているとなると――まったく別の問題なんだな」

静かに、プリーディーの口調のように静かに、オリヴィアが部屋の奥からホーブリーの傍らへと移動してきた。

「お黙りなさいな」オリヴィアはわたしに言った。

なぜオリヴィアは隅に座ったままでいないのだろう。わたしたちの議論に、彼女は関係ない。向こうにいろと言われていたではないか。だが、ホーブリーは左手をオリヴィアに差しだし、オリヴィアはその手をとって、抵抗する気力を起こさせた。

「そうだ、デヴィッシャーがここにいたとしても——どうやってかは、わからないが——そうとも、入れてやろうじゃないか」ホーブリーの声は震えていた。「わたしたちみんなが一緒にいる間に。すべて片づけてしまったら、きっとプリーディーさんがあいつを町へ連れ戻してくれるだろう」

だれもが、一言も口を利かなかった。だれも疑わなかった。いかなる方法でか、デヴィッシャーは月明かりの英仏海峡から運ばれてきて、月明かりの庭で待ち伏せしているのだ。オリヴィアがその場の緊張感に終止符を打った。不快そうに小さく声をあげたのだ。

「我慢できないわ」

プリーディーの手が脇に垂れた。決定が出て、反対の余地はなかった。オリヴィアは移動した——彼女は本当に歩いたのだろうか?——部屋を横切り、カーテンの近くへ。

「まずは、きちんと確認しよう」ホーブリーが震え声で言った。

「それなら、電気を消さなくては」

「いや、だめだ」ホーブリーがわめいたが、だれも気にも留めなかった。

あちこちでごく普通の明かりが壁のコンセントにつながっていたが、部屋の明かりをすべて入り切りするスイッチは一つしかなかった。そのスイッチは廊下に出るドアの脇にあった。わたしは立ちあがって向きを変え、ドアに向かった。庭に面する壁に対して、直角の位置だ。わたしは振り向いてみた。プリーディーは神の彫像のように、壁に背を向けたまま身じろぎもせずに座っていた。ホーブリーは葉巻を吸っていたのだが、デヴィッシャーがいると聞かされて凍りつき、葉巻は口から落ちてテーブルの上で跳ねた。それをくわえ直し、手持ちぶさたを紛らわすためだけに吸っている。葉巻の先端からは灰色の煙がごく微かに螺旋状に立ちのぼっているだけで、その端も、海図が貼ってあった黒檀の板のように黒かった。

オリヴィアがカーテンのそばに立った。

「待って。火が燃えてるわ」と声をかける。

「消えてるよ」わたしは答えたが、その位置からの炉床は長椅子の背の陰になってよく見えなかった。

「じゃあ、スイッチを！」オリヴィアの指示で、わたしはスイッチを切った。が、火についてはわたしが間違っていた。暗闇になると、一本の薪が小さな炎を発し、大きくなって揺らめく火となり、白い天井を照らして、艶のある鏡板の一枚一枚を光らせたのだ。ホーブリーは安心したように小さく声をあげた。この試練にどれだけすくんでいたことか！――じろじろ見たわけではないが、黒くなった葉巻から立ちのぼる煙の渦が、若干濃くなっていた。

薪は火床で動き、燃えあがる炎は完全に見えなくなった。火が消えて、最後に一瞬目に入ったダニエル・ホーブリーの姿も消えた。

「今よ」オリヴィアが囁いた。

レールのカーテンリングを一つも鳴らすことなく、オリヴィアはカーテンを開けた。長いガラス戸が一つ、天辺から一番下まで見えるようになった。ガラス戸には茶色い麻の薄いカーテンもかかっていて、月がそれを銀色の薄板に変え、その端の周囲の床を銀色の淀みでまだらに染めあげた。が、部屋の内部はレンブラント（「光と影の魔術師」の異名を持つ、十七世紀を代表するオランダの画家）の絵のような深みのある黒となった。

庭の向こうの草地に生えている樫の大枝の影を除けば映写幕は空っぽだった。それでも、プリーディーはわたしたちの心を完全に掌握していて、室内の暗がりで息を殺しているだれもが、待ってさえいればその画面になにかが現れると信じて疑わなかった。

オリヴィアが移動するのをだれも見たり聞いたりできなかったが、暗闇に拳銃の発射音に似た鋭いかちりという音が響いた。オリヴィアがガラス戸の鍵を開けたのだ。やはり見たり聞いたりはできなかったが、椅子やテーブルにぶつかることなく、オリヴィアが滑るように部屋の隅の席へと戻ったのを、わたしは感じた。わたしはまだ角にある明かりのスイッチのそばにいた。不意に、ブラインドに人影が映った。なににせよ、わたしには巨大で不気味にみえた。ダニエル・ホーブリーがぎゃんと吠えた――突然ホーブリーが発した苦しげな鋭い奇声を他に表現する言葉がない。が、人影が移動してだんだん近づいてくると、超自然的な不気味さは薄らいできた。もう、ただの不格好な巨人でしかなかったが、まだ危険ではあった。獲物を探す夜鳥のように、影はこちらへあちらへとよろめくように進む。さらに距離が縮まると、影は若者のように細身で、あちこち移動しながら進んでくるのは単なるためらいと、怯えのせいだとわかった。黒いフェルト帽をかぶり、月に背を向けているため、顔は見えない。前庭の車の出発を待つのにうんざりしたのか、つま先立ちで砂利の小道を進んできて、ドアのガラス板に耳を押しあてた。どうやら、部屋は空っぽだと自分なりに納得したらしく、取っ手を動かしてみている。ガラスのドアはさっと開いた。男は敷居を越えて、音もなく楽々と――当然のことだが――空っぽの部屋へ入ってきた。

「だれだ?」

海賊式の誰何ではなかった。囁き声で、尋ねるよりも頼むような口調だった。

「デヴィッシャー!」ホーブリーが叫んだ。

だれも答えなかった。が、ブライアン・デヴィッシャーはだてに六年間もカスティロ・デル・リベルタドールの地下牢で過ごしてきたわけではなかった。即座に自分のしでかした間違いに気づいた。この部屋にはホーブリー以外にも人がいる。デヴィッシャーは月光の額縁から横っ飛びに外れた。

「罠か、ええ?」

世にも不思議な運命の悪戯で、ホーブリーの葉巻が赤く光った。無意識のうちにふかしてしまい、黒くなっていた葉巻が生気を取り戻したのだ。デヴィッシャーはカーテンをガラス戸にさっと戻した。今回はカーテンリングへの気遣いはなく、フランスの市場の石畳を歩く木靴のように、全部の輪がカタカタと鳴った。デヴィッシャーの声は怒りに変わった。

「罠だな!」もう一度、こう言った。

ああ、それはデヴィッシャーだった――そして、わたしの運命を決するときだった。決して自業自得ではない。デヴィッシャーはドアに突進してきて、足を止め、わたしのすぐ横でノブを探した。息づかいが激しい。まさにそのとき、わたしは教えられたとおりに一気にナイフを鞘から抜いて、投げた。ナイフがぴったり正確に、風切り音をたてて飛んだ。その刹那、ホーブリーの葉巻の火で、ナイフが下へ、内側へ曲がり、喉をとらえたのが見てとれた。ごろごろと喉が恐ろしい音をたてて鳴り、テーブルに大きな体が倒れる重い音がして、噴水が爆発したように血が噴出した。火の点いた葉巻が空中で円を描く。が、わたしにはやらなければならないことがあった。デヴィッシャーはドアの前で慌てふためき、おろおろしていた。六年以上も帰国していなかったため、床からノブまでの高さや、ドアが内側に開くのか、外側に開くのかを忘れてしまっていたのだ。わたしは彼につかみかかった。体中の血が脈打っていた。あの猫撫で声で絹のようになめらかな言葉を操り、猫のように残酷な悪党から、わたしは自由になったのだ。

「だめだ」わたしは叫んだ。「こんなふうに出ていくな！　だめだ！」

　そう言いながら、わたしはノブを見つけ、ドアを一気に開けてやった。デヴィッシャーはわたしを振り払い、一瞬で戸口を飛びだした。あまり苦労しなくてすむように手加減してやったのだ。デヴィッシャーは死んだデモステネス（古代アテネの反マケドニア派の政治家、雄弁家。最後には服毒自殺した）の息子のように恐慌状態だったが、抜かりはなく、廊下に出た途端にドアを勢いよく閉めて鍵をかけ、わたしたち全員を閉じこめてしまった。突然の沈黙――パタ、パタ、パタ、パタ。薬瓶から一滴ずつ計っているように、床で音がした。オリヴィアの叫び声がした。

「明かり、明かり！　明かりを！」

　ハムレットの叔父でさえ、これほど強く明かりを求めたことはなかった（シェイクスピアの悲劇『ハムレット』第三幕第二場より。ハムレットが叔父クローディアスの罪を暴く劇中劇を上演し、クローディアスが明かりを点けるように命じる）。わたしはスイッチを入れ、部屋は急に明るくなった。

　プリーディーは身を屈めて火の点いた葉巻を敷物の上から拾いあげ、暖炉に投げこんだ。わたしが覚えている限り、その夜にプリーディーが動いたのは、それで三度目だった。

第三十二章　逆襲の計略

　明かりが点いたとき、オリヴィアは部屋の中央付近にいた。ホーブリーの肥満体は前のめりにテーブルに倒れ、吸い取り紙綴りを下敷きにしていたが、断末魔に身を守ろうとテーブルの脚を思い切り引き寄せたらしく、椅子にくさび留めされたような格好になっていた。頭はこちらを向いていたので、オリヴィアには喉の傷は見えなかった。ただ、床の血溜まりと、そこに落ちている青い柄のナイフで、夫の死に疑いの余地はなくなったはずだ。オリヴィアはホーブリーに触れようとはせずに両手で顔を覆い、やがてその手を外すと、哀れみのこもった静かな声で呼びかけた。

「ダニエル！　ああ、ダニエル！」

　その訴えるような声に、わたしは傷ついた。重要なことではないと思うかもしれないが、わたしは傷ついたのだ。その声はなにかの不正を訴えて、説明を求めている子供のようだった。もう決して説明することができない唯一の相手に、説明を求めていた。ホーブリーはもう、配当がどこへ行ってしまったのかとキャノン・ストリート・ホテルに集まった株主たちが相手でも、説明できないのだ。わたしはなにか声をあげたのだろうか？　わからない。が、オリヴィアの顔が突然こちらを向いた。わたしは動揺して、ドアのノブを動かした。

「鍵をかけて、閉じこめられた」

そう言っている最中に、エンジンがかかる唸り音がした。続いて、一台の車が前庭を出て左に曲がり、すごい勢いで有料道路へ向かっていった。車が遠ざかるにつれ、エンジン音はだんだん小さくなっていった。

「鍵をかけて、わたしたち全員を閉じこめたのね」オリヴィアが言った。残酷で痛烈な軽い笑みが、一瞬彼女の唇を震わせたようにみえた。「殺人だわ。警察に通報しなくては」

オリヴィアはさっきまで座っていた隅の椅子に近い、長いテーブルの上の電話へと戻りかけた。そのとき、再度プリーディーが主導権を握った。

「待ってください、ミセス・ホーブリー！」

オリヴィアは足を止め、振り返った。

「なぜ？　殺人があったんですよ」

また、オリヴィアはまっすぐにわたしを見た。わかっていたのだろうか？　そうだ。ただ、なにかを見たり聞いたりしたわけではない。たぶん、彼女の魂がわたしに真実を要求し、わたしの魂は応じざるをえなかったのだ。わたしの秘密は彼女の秘密でもある。わたしは確信した。が、幸いなことに、わたしたちの間にはプリーディーがいた。

「殺人です。あなたが連絡すれば」プリーディーははっきりと告げた。「車を一台盗んだ。ジョージか、わたしのを」オリヴィアの目に、戸惑いが浮かんだ。「あの男、デヴィッシャーです。ブライアン・デヴィッシャー」プリーディーは付けくわえた。「しかし、遠くへは行けない。今通報すれば、一時間以内に捕まる可能性が高いでしょう。そうなれば、もう救うことはできません。デヴィッシャーはひどく苦しんできた――ここで指摘するのは心苦しいのですが、ご主人のせいです。司直の手を借りずに制裁を加える動機がある人間がいるとしたら、ブライアン・デヴィッシャーでしょう」

「ブライアン・デヴィッシャー」オリヴィアは思案しながら繰り返した。

「あの男は南米からまっすぐやってきたんです。どういう手段を使ってか、予定より一日早く到着する工夫をしたんでしょう。そして、昔よく知っていたにちがいない家、そこの庭で邪魔者がいなくなるまで待ち伏せすることにした。そのあと、不法行為を解決するのに南米式の方法を採用し、あなたが言ったとおり、わたしたち全員をここに閉じこめ、逃げた」

「ブライアン・デヴィッシャー」オリヴィアはもう一度言った。さっきその名を口にしたときには、戸惑いがあった。今回は、デヴィッシャーに対して組み立てられていったその立場に、彼がどれだけぴったりあてはまるかを理解したのだ。ブライアン・デヴィッシャー。殺人犯。

「そうです。間違いなく捕まえて、裁判にかけ、絞首刑にすることができます。それがあなたの望みであれば」

オリヴィアはプリーディーに目を向けた。矛先をプリーディーに移したのだ。今の彼女の敵はプリーディーで、わたしではなかった。

「いいですか」プリーディーは筋道をたてて説明した。「ジョージとわたしはここにいます。目撃者です。わたしたちは、ご主人が取り乱すのを見た。デヴィッシャーが月明かりを背にして、この部屋に入って来るのを見た。ナイフの風切り音、ジョージがデヴィッシャーを捕まえようとして揉みあう音、ドアが勢いよく閉まって鍵がかけられる音を聞いた」

このすべての証拠に対して、オリヴィアはどうやって戦えるというのか？　だが、彼女は一歩も引かなかった。

「しかし、わたしたちはなぜここにいたのか？」プリーディーがたたみかけた。「ジョージ・クロトルと、その弁護士のプリーディーが。こんな夜遅くにホワイト・バーンでなにをしていたのか？　こう訊かれるでしょう。そうしたら、答えなくてはならない」

「なんて答えるんですか？」

意地と怒りに満ちた質問だった。オリヴィアの表情のない白い顔、そのまっすぐに傲然と立つ姿に似つかわしかった。

「真実です」プリーディーは告げた。「わたしたちは脅迫されていた。司法の事件表でも最も不道徳な犯罪です。殺人より悪い、判事は言うでしょう。より残酷で、より――」オリヴィアを思いやって声が少し小さくなったが、決意は揺らがなかった。「より、浅ましい」

その言葉に反発したように、オリヴィアはさっと顔をあげたが、また俯いてしまった。

「では、殺人ではないとしたら、なんなんです？」オリヴィアは尋ねた。

「自殺です」

厳しい選択で、プリーディーはそれ以上言わなかった。決定は、オリヴィアが下さなければならない。オリヴィアは立ったままで、決断を下す間、片足を絨毯の模様に沿って動かしていた。もちろん、オリヴィアはわたしを告発したかもしれない。反感のこもった顔をわたしに向けたとき、彼女の思いが読みとれた。しかし、わたしが殺人を計画していたとしたら、犯行を見せるために弁護士を連れてきたりしただろうか？　デヴィッシャーははるかに怪しい容疑者だし、怪しい容疑者が普通は真犯人なのだ。さらに、間違った人間を絞首台に送ること、ダニエルの脅迫にまつわる具体的な話やそれに対する判事の意見を耳にすることは、彼女の望みではなかった。オリヴィアは膝から力が抜けたように、急に椅子に腰をおろした。

「主人はわたしにとてもよくしてくれました」オリヴィアは声を低め、頭を垂れ、両手を握りあわせていた。戦いは終わった。

「ドアを開けなければ」プリーディーがきびきびと話を進めた。「やってくれますか、奥さん？　鍵をお持ちでしょうから」

ぼんやりしていたオリヴィアに、プリーディーは庭をまわって玄関から入らなければいけないと指摘した。

「ああ、そうね！」

オリヴィアは隅にある椅子からバッグをとりあげ、鍵束を出した。カーテンを片側に押しやる。月光に照らされた庭が、オリヴィアを待っているようにみえた。

「昔、眺めをすっかりだめにしてしまう木が一本あって」オリヴィアは少し声を詰まらせた。「いえ、ブナの木じゃありません。ただのつまらないヨーロッパアカマツで、切り倒させましたの。それで、芝生から空堀、その向こうの有料道路に続く長い草地まで、苦もなくゆったり眺められるようになったんです。木がなくなったら、不思議な開放感を味わいました」

オリヴィアは外を見つめたまま立っていた。その後ろではホーブリーの喉からテーブルに跳ねかかった血が、つるつるした天板からまた垂れはじめていた。ゆっくり、物憂げに、恐怖を呼び起こしながら、一滴、また一滴と落ちていく。しっかり耳に届くようにと、その音が世界中の音を消してしまったかのようだった。オリヴィアの顔が苦痛で歪んだ。彼女は振り返り、プリーディーに言葉を投げつけた。

「聞こえてます？　耳聡《ざと》い弁護士さんには？　あの一滴、一滴が復讐を叫んでいませんか？」

「わたしが考えているのは、復讐の代償です」プリーディーは答えた。「わたしたち全員にとっての。あなたにとっての。ご主人自身にとっての」

オリヴィアはまた窓に向き直った。ホーブリーが生きていて、被告席に立ち、刑を宣告されているところを思い描いたにちがいない。オリヴィアはわたしたちにというより、自分に話しているような小声で言った。「毎日毎日ずっと。その幻が――これが――」片手を草地や木々に向かって伸ばした。

「毎年小さくなって、消えてしまうまで」

オリヴィアは、死体を罰することができるかのような言いかたをした。やがて、わたしがおよそ願ってもいなかったことを、オリヴィアは実行した。手にしていた小さな鍵束から玄関の鍵を外したのだ。手のひらの上で輝く鍵を、プリーディーに差しだす。

「お二人のどちらかで。わたしは主人と一緒にいます」

プリーディーの目に称賛の光が宿った。そのまま頭を下げる。それは彼女の言葉を敬意とともに認めるのと同時に、敗北を受け入れた微かな笑みを隠すためだったのだろうと思う。

「ジョージ、君が行ってくれ」プリーディーがわたしに言った。オリヴィアは小さな補助テーブルの上で手のひらをひっくり返し、死んだ夫のそばへ移動していった。鍵はマホガニーの天板の上できらめいていた。

わたしは鍵をとりあげ、庭に面したドアから出て、小道を通って玄関へまわった。デヴィッシャーが乗っていったのは、玄関の一番近くに駐めてあったわたしの小さな車だとわかった。それから、家に入った。が、すぐにはガーデン・ルームに戻らなかった。イェール鍵はどれも似通っている。わたしのポケットには自分の机の引き出しに合う鍵が入っていた。その二つを廊下の照明の下で見比べてみたが、取り替えるのはまずそうだった。オリヴィアの鍵には間隔をあけて三本の深いひっかき傷が目印に入っていて、わたしの鍵には持ち主の印がまったくなかった。わたしは自分の鍵をポケットに戻した。戸棚の扉が開いたままになっていた。わたしの帽子はホーブリーのコートの隣にかかっていた。わたしは上着の内ポケットからナイフの鞘をとりだし、きれいに拭いてから、ホーブリーのコートのポケットへ入れた。ガーデン・ルームへのドアの鍵を開けたところ、プリーディーが家具の枠や、テーブルをせっせと拭いているところだった。

「君はずっと、あの長椅子の端に座っていたな」プリーディーはわたしに声をかけた。「ああ」

プリーディーはホーブリーとオリヴィア以外の人間の指紋が見つかりそうな場所を数えあげはじめた。たとえば、庭へのドア、廊下に出るドアなど。

「廊下に出るドアの外側にもある」プリーディーは指摘した。「デヴィッシャーが表面に手のひらの痕を残しただろう」

「そうだな」

デヴィッシャーが勢いよくドアを閉め、鍵をかける姿を思い描いた。わたしがそちらに向かおうとすると、オリヴィアが言った。

「鍵を返してください」

わたしは、さっき彼女が利用したテーブルに鍵を落とした。半分開いたドアの外側を拭きながら見ると、オリヴィアは鍵を確認し、キーホルダーへと戻した。自分の鍵とすり替えようとしなかったことに、わたしは安堵の吐息をついた。

「さあ、これでいいだろう。あと、残っているのは——残念ながら、少々気味の悪い仕事のようだ。朝、警察が再構築できるような印象的な場面を作る」

　オリヴィアが身震いしながら、下がった。

「だめよ！」

「やらなきゃならない！」プリーディーがはじめて荒い口調になった。「夜も更けてきた、行ったり来たりを続けるわけにはいかない。ランサーズ（スクエアダンスの一種）を踊っているわけじゃないんだ」

　プリーディーは苛立ったようにオリヴィアへ近づいた。脅しつけるかのようだった。わたしは反対側から迫ったのだと思う。オリヴィアはわたしに鋭い視線を向け、穏やかだが強張ったプリーディーの顔へと戻した。プリーディーの顔つきは穏やかでも、今やこの部屋には脅威が、冷気が感じられた。

「協定があったでしょう？」プリーディーが口を開いた。

「協定？」

　オリヴィアは本気で戸惑っているようだった。

「自分を馬鹿だと思わせようとしないでください。ちゃんとわかっているはずです。協定。検死法廷は、協定で一杯です」

　オリヴィアの目が見開かれた。プリーディーを見つめる。わたしを見つめる。そのときには、二人とも彼女のすぐそばに立っていたのだと思う。

「自殺の協定」オリヴィアは少し口ごもった。それでも動きはしなかった。足も、手も。もし動いていたとしたら、オリヴィアにとっていい結果になったとは思わない。わたしたちは三人とも、彫像のように動かなかった。三人全員が、計画に沿ってそろそろと動いたかもしれないし、荒っぽく動いたかもしれない。しかし、単独ということはない。そう、絶対に。だが、わたしは信じていた。今も信じている。無実のデヴィッシャーではなく、このわたしが殺人で有罪判決を受けるとの絶対の自信があったなら、オリヴィアは危ない橋を渡り、ホーブリーの脅迫を公表させただろう。が、そんな自信はなかった。オリヴィアがなにを言おうとも、証拠はわたしではなく、デヴィッシャーを指し示していた。

「じゃあ、決まりです」プリーディーが言った。「わたしたち三人は隠さなければならない秘密を共有している。そのテーブルを持ってきてくれませんか――そう、さっき鍵を拾いあげたテーブルです。長椅子の端と――その、ここの間に」

プリーディーはホーブリーを指さした。

「さあ、この長椅子に座ってください。指紋が残るように、端のあたりに手を置いて」

それから、プリーディーはシャンパン、有名な一九〇六年もののポメリーの保管場所をオリヴィアに尋ねた。そして、わたしたち二人を残して出ていったが、あれほど気まずい時間はなかった。それでも、実際にはプリーディーは急いで仕事をしてきたのだ。ホーブリーのお気に入りだった薄いガラスのゴブレットを二つ持って、戻ってきた。一つは半分まで中身が入っていて、それをオリヴィアのそばの補助テーブルに置いた。もう一つは、ホーブリーが倒れているテーブルの上に置く。ちょうどいい隙間があった。プリーディーは布きれを一枚手にしていて、二つのグラスから自分が触った痕跡をきれいに拭きとった。

「指と唇をグラスにつけてもらえますか」プリーディーはオリヴィアの目の前にある、酒が半分入ったグラスを指さした。が、オリヴィアはホーブリーのテーブルにあるグラスに向かって頷いた。

「あちらを先に」

プリーディーがグラスを渡すと、オリヴィアはテーブルに突っ伏している不気味な死体に向かって軽く頷き、悲しそうにちょっと笑って、酒を飲んだ。最後の一滴まで。ホワイト・バーンで愛する人食い鬼と過ごしたたくさんの楽しい時間に対する感謝の印が半分、あとの半分の理由は、オリヴィアが女性に耐えられる疲労の限界に近づいていたからだろう。空になったグラスを返すとき、オリヴィアの顔には少し赤みが差していた。プリーディーはそのグラスをもう一度テーブルにうまく置き、その上でぐっと押し倒した。薄いガラスは床の上で粉々に砕けた。

「わたしたちはここに座っていた?」オリヴィアが尋ねた。

「そうです」

「二人だけで?」

「そうです。そのあとあなたはご主人を残して、寝室に向かった」

「で、眠りこんだ?」

「ええ。あなたはなにも聞いていない、朝になって召使いが悲鳴をあげるまでは」

「そして、目を覚ました」冷笑するような口調だった。間があって、オリヴィアは身を震わせた。

「ドアに鍵がかかっていないことに気づくために」

オリヴィアは暗がりのなかでの果てしない時間を思ったようだ。その間、ベッドに横になり、耳を澄ませていなければならないのだ。もしかしたら、死んだ男がテーブルから体を起こそうともがいている音が聞こえるかもしれない。さっきは身震いだったが、今のオリヴィアは震えおののいていて、歯をかちかちと鳴らした。

「徹夜——そうなるに決まっているから——したあげく、だれも納得させられなかったら、どうなるの？」と訊く。

プリーディーは自分の主張を展開した。ホーブリーのような男は、いつだって秘密の悩みを抱えている。これまでは嵐を乗り切ってきたにちがいないが、最後には気力が尽きるときがくるものだ。

「それで、夜ここに一人で座っていた。万事が問題なく運んで、ご主人は結局奥さんのために最善を尽くしていると考えながら、この方法を見つけだしたんです。もう一つやらなければいけないことがあった、そうだとも！」

床の上で凝固した血溜まりのなかに、明るい青い柄のついた、長い薄刃のナイフが落ちていた。プリーディーは膝をつき、ポケットからハンカチを出して、身を屈めた。

「だめ！」

オリヴィア・ホーブリーの口から、鋭い叫び声があがった。目は火のように燃え、正義そのもののようにしっかりと腕を伸ばし、指を突きつけている。プリーディーはしゃがんだまま、体を起こした。

「あのナイフを握ったのよ！」

そのたった一つの事実が、わたしたちの解決のための議論を、オリヴィアの心からきれいに追いだしてしまった。

「そうですね」プリーディーが答えた。

「指が、最後に握ったの」

「そうですね」

「殺人犯の指が」

目の前の赤い血溜まりには、証拠がある。絞首刑にするための証拠が。

「そうですね」

わたしは宥めた。まさかとは思うが、なにかの不幸な偶然がわたしたちを改めて知ることになる客を寄こしたのかもしれない——道を尋ねに来た見知らぬ人、ガス欠を起こした運転手、電話が修理中の家で病気になった近所の人。プリーディーはオリヴィアを見据えたまま、待っていた。

「悪人が来る方法は他にもあるはずね」オリヴィアは言った。「やらなければならないなら、わたしにやらせて」

オリヴィアはプリーディーの代わりに膝をついた。プリーディーが清潔なハンカチを渡した。凝固した血溜まりから刃をそっと持って重いナイフを拾いあげ、オリヴィアは柄を拭った。そして、ホーブリーの投げだした手に近づけ、手のひらに置いた。握らせて、指をまた開く。少し力が要るようになっていたが、オリヴィアはちゃんとやって、ハンカチに挟んだ刃を持ったまま、ナイフをもとあった場所にきっちりと戻した。

「それで全部?」

「そうです。もう引きあげられます」

「待って!」

オリヴィアは立ちあがった。顔には、わたしたちのどちらも見たことがないほどの恐怖が浮かんでいた。オリヴィアはガラス戸のカーテンを勢いよく片側に引き、庭に出ていった。なにを考えていたのかは皆目わからないが、それほど時間はかからなかった。とはいえ、もう無理だと思いかけていた機会をわたしに与えるのには、充分な時間だった。ホーブリーの腰からはスチールの鎖がズボンのポケットへと伸びていて、ポケットは大きく口を開けていた。鎖の端にはスプリングフックがあって、キーホルダーがついていた。ガラス戸がすばやく閉まり、施錠されたときには、わたしはキーホルダーを外して自分のポケットへ突っこみ、鎖を戻してしまっていた。オリヴィアは部屋に戻ってきて、ひだ一つにも乱れがないように、芝生に一筋の光も漏れないように、丁寧にカーテンを閉め直した。

　わたしはピンの刺さった海図と黒檀の板をとりあげた。プリーディーはあちこちの椅子をハンカチで拭きながら、室内を見まわしていた。

「部屋を掃除する女性の指紋を残しておくべきだったんだが」プリーディーは言った。「無理だった」こちらに向き直る。「君が電気を点けたんだったな」

「そうだ」

　プリーディーは白いハンカチでスイッチを拭いた。ナイフの柄のせいで、ハンカチに青い染みがわずかについたことに、わたしは気がついた。

「もちろん、電気は点けっぱなしで」ついてきたオリヴィアに、プリーディーは注意した。廊下側からオリヴィアはドアを閉め、鍵をかけた。すぐにプリーディーが止めた。

「それはだめだと」優しく声をかける。「朝には、ドアは鍵のかかっていない状態で発見されなければ」

　オリヴィアは頭を下げ、鍵を開けた。そのあとで、玄関の扉を開けて、閉じないように押さえた。風の微かな呼吸が、木々の大枝の間でさらさらと音をたてていた。

「主人の人生には汚点が――お望みならもっとひどい言葉でもいいですけど――たくさんありました」オリヴィアは言った。「あなたの言ったとおりだったわ。主人のことを、世間に詮索されたくはないんです。デヴィッシャーという人を絞首刑にするためだけなら。そうよ！」やや間を置いて、オリヴィアは続けた。「それより、ずっと強い理由がなければ」声は低かったが、目は激情に燃え、顔はすっかりやつれて、美しさの影さえなかった。「そう、ずっと強い理由が」

オリヴィアの言葉を聞いたわたしたち二人の心では、危機感が潮のようにうねっていた。

第三十三章　ジョージ、引き返す

本当はそんなにこそこそする理由はなかったのだが、わたしたちはプリーディーの車を押して道路に出た。プリーディーは上機嫌で、口笛を吹いたり、気がかりな質問に結構そのものだ《オール・サー・ガーネット》と答えてわたしを安心させたりした。たしかに、一点についてはプリーディーの見立てどおりだった。デヴィッシャーの問題は解決された。

　わたしの車はペヴァンゼイ・クレセントの庭の外側にあった。車内にはデヴィッシャーがいた。デヴィッシャーは真相を知っていたが、同時に身の危険も感じていた。もう厄介ごとはごめんだったのだ。既に一生分の苦労を味わったし、そのことをちゃんと承知していて、世界の静かな片隅で気楽な生活を送る機会がほしいと、どこか自信ありげに要求した。この話題が出たのは、わたしの家の居間でウィスキーのソーダ割りを飲んでいるときだった。

「カイロはどうだ?」プリーディーから及第点をもらうには、わたしは少々飛びつきすぎたようだった。

「全部、やめなければならない」プリーディーは言った。「その件については、わたしが自分でカレドニアン・マーケットに行って、手を打ってくる」

「ただ、手配された荷物や、運搬中のものもあるんだが」

「それで最後だ」プリーディーはデヴィッシャーを見た。「そう、当面はカイロだ。そのあとはセイロンでどうだ、申し分のない場所だぞ？　島に近づくと、香辛料のいい香りが海を渡って漂ってくるそうだ」

「どっちも結構だ、わたしには」デヴィッシャーはほっとしたように承知した。

すぐに話はまとまった。翌朝、わたしには出勤予定がなかった。手はずはこうだ。朝八時半にデヴィッシャーを自分の車に乗せて出発する。もう道は混雑しているだろうから、スピード違反や注意を引くような行動は必ず避ける。キャンバリーとハートリー・ロウ村を通って、サウサンプトンへ向かう。ベイジングストロークとウィンチェスターでは、シャツ、ズボン、下着、靴と、既製品を買う。デヴィッシャーには新しいパスポートが渡される。わたしは波止場の職員にはよく顔を知られているから、乗船口ではなんの問題もないだろう。ダガーライン汽船のサウサンプトン事務所でわたしがデヴィッシャーに切符を発行してやり、船に乗せて送りだす。ダガーライン汽船の現地職員のなかには、わたしの息がかかったものもいるから、ポート・サイドでデヴィッシャーの到着を待つよう電報で手配できた。その上で、夜の間はプリーディーがデヴィッシャーを連れていった。

　わたしがオリヴィアと揉めたりしないはずだと、やはりプリーディーは自信を持っていた。オリヴィアは死んだ夫のために、行動を起こしたりしないだろう。ただし、口に出しはしなかったが、わたしはそう思っていなかった。オリヴィアとダニエルの間には友情恋愛《アミティエ・アムルーズ》しか認めるつもりはないが、その感情はやがて消えていくだろう。そのあとは？　オリヴィアの最後の言葉の痛切さがどうしても頭から離れなかった。あの言葉は、プリーディーも怯えさせた。

　だが、わたしはもうホーブリーのポケットから鍵を手に入れていて、その晩にそれを使うつもりだった。ホーブリーが椅子から立ちあがる度に、吸い取り紙綴りにしっかり手を置いていたこと、シェリフという船の名前を書き留めるとき、吸い取り紙の隅に書きこめるぎりぎりの幅しか硬い表紙を持ちあげなかったことが、印象に残っていた。セプティマス伯父宛のかけがえのない手紙は、あの螺鈿細工の表紙の間にあるのだ。ホーブリーは手紙をホワイト・バーンに持ってきていて、渡すつもりだったのだが、いざという瞬間にわたしたちに対する信用をなくしたのだと思う。わたしは警察より先にその手紙を手に入れるつもりだった。わたしがホーブリーの鍵を失敬したことに、プリーディーは気づいていないかっただろう。指紋を拭きとるのにてんてこ舞いだったし、わたしも相談していなかった。それはこの夜最後の離れ業だ。一人で実行する計画だった。

家の横にある小さな車庫に車を戻す代わりに、バタシー・ブリッジへ向かった。サウサンプトンへの道中は速度制限を守るつもりだったが、その夜は立派な助言に従うべき理由はなかった。夜、と表現したが、道路脇の木の下で車から離れたとき、時刻は午前二時半だった。危険？　たしかに。それでも、一か八かやってみなくてはならなかった。前庭に車を乗り入れて、まず間違いなくオリヴィアに気づかれるか、オリヴィアには音が聞こえない場所に車を置いていくかの二つに一つだったのだ。警官が車を見つける可能性は、五分五分くらいだったろう。

目を配り、耳を澄ませたが、だれもいなかった。まだ月が輝いていて、世界は眠りについていた。わたしはこっそり家に近づき、ホーブリーの鍵でなかへ入ったが、玄関の扉を開けるとすぐ、鍵は持っていった。必要になったときにはいつでもすぐ逃げられるように錠を工夫して、わたしは暗い廊下でしばらく全身を耳にしてじっと立っていた。やがて、静けさそのものが耳のなかで鳴り響きはじめたような気がした。わたしは幽霊のようにガーデン・ルームのドアへと進んでいき、ハンカチで指をくるんで音もなくノブをまわした。明かりは点いていた。ホーブリーはテーブルに突っ伏していた。が、わたしが最後に見たときから、その部屋には一つ変化があった。心臓をわしづかみにし、体中の血流を止めてしまうほどの変化だった。吸い取り紙綴りはホーブリーの死体の下敷きになっているのではなく、今は床にたててあったのだ。

呼吸ができるようになるのを待って、わたしは忍び足で部屋に入り、吸い取り紙綴りの上に屈みこんだ。半分開くような格好で、背表紙を上にしてたっている。下に手紙はなく、吸い取り紙の間にもなにもなかった。二階の女には危険はない！　ああ、なかったとでも言うのか？　一人になると、あの女はこの部屋に戻ってきたのだ。ホーブリーの死体の下から、吸い取り紙綴りを押しやったのだ。ホーブリーのベストのボタンが金属製の表紙を引っかく音が聞こえるようだった。そこからセプティマス宛の手紙をとりだして、床の凝固した血溜まりの端に綴りを落としたのだ。なんという忌々しい女だ！　どうしたものかとわたしが思い悩んでいたとき、壁際の長いテーブルに置かれた電話が鳴りだした。ありえない！　わたしは墓石のように身を固くして立ち尽くした。そうとも、ありえない！午前二時半にホワイト・バーンへだれが電話をかけてくるというのか？　愛の巣に？　そんなはずはない。が、電話は鳴っている。一回、二回、休み、一回、二回、休み。止めなければ。電話に応答してしまったと気がついたのは、受話器を持ちあげてからだった。この時間にだれかが家のなかにいたことになる。こともあろうに、三時間から四時間前に一人の男が自殺をし、その体がテーブルに突っ伏したままの部屋に。ホーブリーを呼ぶ声が聞こえた。自分の手から聞こえているような気がして目をやると、その手は素手ではないか。電話に出るべきではなかった。わたしは出られないのだ！　ベルの音は止まった——それは一つの収穫だった。わたしは左手で胸ポケットからハンカチを出し、送話口と受話口の間の握り部分を丁寧に拭いた。そして、受話器を戻した。結局、ベルがまた鳴ることはなかった。電話の相手は、かけるのをやめたのだ。

わたしは額の汗を拭った。汗びっしょりだった。なにが起きようとも、わたしの人生でこんなに肝を冷やすことはもう二度とないだろうと考えていた。次の瞬間、その考えは覆された。その夜の最後の恐怖が仕上げをしたのだ。どこか頭上で、鍵がかけられ、人が倒れる音がした。長居は無用だった。ホーブリーの鍵束はテーブルの電話のそばに投げだした。それから、逃げた。ああ、そうとも。動転してわけがわからない状態だったにもかかわらず、わたしは手にハンカチを巻いてガーデン・ルームのドアを閉め、玄関の扉を開けた。考えずにやっていた。考えることなどできなかったからだ。わたしはロードシップ・レーンを走った。やはり、人影はなかった。その夜にふさわしい幕切れとして、どこかの泥棒がわたしの車を乗り逃げしているのを見つけるはずだった。が、予想に反して、車は駐めた場所にあった。わたしはロンドンに戻った。驚いたことに、ちゃんと明かりの点いた道路を！　わたしは車を慎重に車庫へ戻し、ベッドに入った。

もちろん、間違いはあった。プリーディーもその晩一つ、しでかしていた。ガーデン・ルームの指紋をすっかり拭きとってしまったので、指紋がついていないことが疑いを招く結果となった。が、他にやりようがなかったのだから、それは間違いには数えない。本当に間違っていたのは、一九〇六年もののポメリーの瓶の一件だ。食料庫で指紋をつけずに瓶を開けたのはいいが、二つのグラスに注いだあと、瓶に再び栓をして、他の瓶の間に戻してしまったのだ。ホーブリーについての逸話はあまりないが、最後の一滴まできれいに空にしてしまうのがはっきりしていない限り、ポメリーの瓶を開けることは絶対になかった。

とはいえ、わたしはもっと致命的な間違いをしていた。ホーブリーのポケットから鍵束をとり、ホワイト・バーンへ引き返したりしては、絶対にいけなかった。電話機から受話器をとりあげたりしては、絶対にいけなかった。ホーブリーの鍵束はもう一度鎖のフックにつけておくべきだった。が、このような間違いも、伯父が囚われの幼いフランス王太子の話でまいってしまったときに自分を抑えきれなかった愚かさに比べれば、なんでもない。わたしは溜め息をついたことになっている！　わたしは大喜びで歓喜の声をあげたのだ。はじめて、あのじじいの威光の鎖帷子に、弱点を見つけたのだ。わたしの隠れ家が、幽閉所になった。しばらくの間セプティマス船長を自分たちの支配下に置いたことを、バーニッシュ夫妻は悪いとは思わないだろう。セプティマス船長は、五分の猶予でフランク・バーニッシュを機関室から追いだしたのだ。アークライツ農場で伯父が数週間幽閉されている間、わたしはダガーライン汽船の会長兼社長になった自分を見た。それが、すべてだめになった。警官が一人、バーニッシュが鑑札なしで犬を飼っているのではないかと、農場に入ってきたせいだとは。そんな馬鹿な話があるかと、お尋ねしたいものだ！

だが、たとえあったとしても、わたしはうまく切り抜けたかもしれない。あの間の抜けたリカードと、パリから来た非常識なお節介さえいなければ。

モルトビーは最後の最後で油断してしまった。結びの一文は読まないでおくつもりだったのだが、気づいたときにはその最初の数語で口ごもっていた。結局、最後まで省略せずに読むしかなくなったのだ。リカード氏は恥ずかしさで顔を赤らめたが、アノーはリカード氏のあばらに肘打ちをくらわせた。

「リカードがいなければ」と大声で言う。「わたしはどうなっていたでしょう？　ジョージのように、お訪ねしたいものです。まだカモメに混じって、バタシー・ブリッジを車で走っていたでしょう。間違いについては、わたしだって人生で一度や二度、しでかしてしまうかもしれませんよ」夢みるような口調で言う。「それはわかりませんからね」

第三十四章　大団円

　昼食の席での会話はとりとめのないものだったが、主にモルトビーによって、事件の様相を完全なものにするために何点か追加の情報が提供された。たとえば、ある外国大使館の職員に異動があったことや、カレドニアン・マーケットの端にあった理髪店の閉店などだ。モーダントがエジプト沿岸警備隊の将校だったことで、運のないブライアン・デヴィッシャーはもう一度大きな変化を味わうことになった。いわば一夜のうちに、ダガーライン汽船が小規模な貿易を行っていた、モザンビークのデラゴア湾に移されたのだ。今ではその仕事とも完全に縁を切られ、あるポルトガルの商店で簿記係として働いている。エジプト政府はその価値があると判断すれば、デヴィッシャーに対して逃亡犯罪人引き渡しを求められるだろうが、おそらくそうはならないだろう。

「さて」モルトビーは切りだした。「ムッシュー・アノー。わたしたちみんなが訊きたいと思っている質問が一つあるんだが」

　昼食は終わっていた。テーブルではコーヒーが湯気をたて、葉巻とパイプと煙草が煙をたなびかせ、テムズ川のまぶしい景色に霞をかけていた。

　アノーはにっこり笑った。

「どうぞ」とあっさり答える。

「セプティマス宛の手紙はどこに隠してあった？」

「どうやって見つけたんだ？」

　アノーの左右から質問が飛んだ。

「見つけるのはそう難しくなかったんですよ。それでもやはり、おもしろかったですがね。モルトビーはブライアン・デヴィッシャーと、ダガーライン汽船とカレドニアン・マーケットをまとめてその両肩で担っていましたから、そのちょっとした問題をわたしに残してくれたわけで。さあ、お立ち会い！　手紙は吸い取り紙綴りに挟んでありました。ホーブリーは取引をするためにホワイト・バーンに来ていた。取引をしようというのに、証拠物件を持参してはいけない理由はどこにもない。その点は翌日、ホーブリーの事務室の秘密の引き出しに、問題の手紙がもうないことではっきりしました。ですが、わたしはその日の朝、確信していました。前に倒れたホーブリーが、あの重い表紙のついた綴りをどうやってテーブルから落とせたのか、わからなかったのです。だれか他の人間が死体の下から細工をしたように思えました。綴りは空っぽでした。では、だれが手紙を持っているのか？　だれかがそのために戻ってきたのです。ホーブリーが死んだ数時間後に、電話の呼び出し音を聞いた人物か？　その人物が見つけたのか？　そうは思いませんでした。食堂でわたしたちと対峙したあの女性には、一人になり次第自分のための武器を確保する勇気がありそうだと思いました。それでは、どこにあるのか？　警察があの家をノミ潰しに捜索――」

「シラミ潰しに（原文は tooth brush〔歯ブラシ〕と tooth comb〔すきぐし〕の言い間違い）」

「そう言いました」アノーは平然と続けた。「で、警察は発見しなかった。従って、あの家にはないのです。ただし、その近くです」

「オリヴィア・ホーブリーのバッグのなか」リカード氏は意見を言った。

「安全とは言えないな」モルトビーが応じた。

「ドレスに隠すにはかさばりすぎます」アノーは相づちを打った。「そこで、煙草をふかして、考えました。庭か？　庭師は週に一回来る、そのようです。ね？」

「そうだな」リカード氏は答えた。モルトビーは手入れの行き届いた自分の花壇を眺めながら、熱心に頷いた。

「ただし、あの庭には立派なものがあった。それに見合う愛情のこもった手入れを受けていたものが」

「セイヨウヒイラギの生け垣か！」モルトビーが声をあげた。

「そうです。二十フィートの高さがありました。きれいに刈りこまれて。イチイの生け垣のように、なだらかでした。わたしは不思議に思いました。そして、忍耐強いヴァンドーム広場のグラヴォのために金をもらいにいったとき、わたしが問題の立派な生け垣を褒めたら、あの親切な奥さんの顔がぱっと明るくなったんです。昔、夫妻にまだ金の余裕がなかったとき、いつもはしごに乗って刈りこみ、自分で手入れをしていて、いまだに人任せにしていないと。それから、ちょっと早口になって、今もちょっと手入れが必要だと付けくわえたんです。『一年に一回、秋に刈りこむんです』そのあと、やや赤い顔になって、ご機嫌ようと言いました。それでわかったんです！　防水ゴムに丁寧にくるまれて、生け垣のなかに隠してあるんです。隠すのに望ましい場所に。わたしは思い描いてみました。高い場所です。たしかに。はしごが必要になるでしょう。道路に近い端じゃない。それは違う。で、モルトビーから奥さんの寝室の間どりを聞いたんです。草地側に窓が二つ、生け垣の向かい側に窓が一つあります。それで、もう探す必要はなくなりました。窓の高さ、ちょうどそこから見えました。手が届かなくて、視界から外れるように、生け垣に突っこんであったんです」

　こう言って、アノーは腕時計に目をやり、飛びあがった。

「お二人さん、わたしは大急ぎで行かなくては。五時にヴィクトリア駅で臨港列車に乗る若い女性に、お別れを言いにいくと約束したんです」

「さすがはフランス人だな、ははは！」モルトビーは体を震わせながら、おかしそうに笑った。

「いやいや！」帽子と手袋とステッキをすばやくとりあげながら、アノーは答えた。「ウィンクしたり、目をきらきらさせたりする日々は、わたしにはもう過去のものですよ。とある有名な考古学者の秘書として、カイロでの仕事に戻る女性に、敬意をこめてお別れを言うのです」

「ああ！」この宣言はリカード氏にとっても、初耳だった。「ロザリンド・リートさんだな」

「ミセス・リートです」アノーは笑顔になった。「ネフェルティティ（紀元前十四世紀のエジプト王の妃。古代エジプト三大美女の一人）や死んだ王のミイラのような、まじめな物事に若い人が夢中になっているのは、嬉しいことです。ですが、その仕事は長引いたりはしないと思います」

「どういうことだ？」ほのめかしを好まないモルトビーが訊いた。

「あちらこちらで小耳に挟んだんですが、あのすばらしいモーダントがポート・サイドの波止場にいるだろうという話で」

　モーダントとロザリンドが！　そう、ぜひその話を聞かなければ、もちろん――いや、たぶん必要ないだろう。この物語の人間模様は、翌朝の角の家と、大陸へのアノーの旅立ちの際に、似つかわしくない友人同士が交わした短い会話で締めくくるのがよりふさわしい。

何度も延期された休暇の終わりが来ていた。午後二時には、アノーはフォークストン行きの列車に乗ることになっていた。それまでの間、アノーは朝食後の煙草を楽しみながら、川の上をカモメが舞うなかリカード氏と一緒に車でバタシー・ブリッジを渡っていた八月の終わりの朝を思い返していた。

「あなたがデヴィッシャーを助けた話をするまでは、ホーブリーの自殺の理論を受け入れるつもりでした。ただ、それで話は変わったんです。でしょう？　一人の人間がいた。ロンドンにいるどのよそ者にも負けないくらい自由で、どんな人間よりもホーブリーに強烈な恨みを持っています。それに、ホワイト・バーンがホーブリーの家だと知っていた。あの晩、招かれざる客がホワイト・バーンにいたんです。さもなければ、普通の自然な指紋がすべて消されたりはしなかったでしょう。だれかが気をまわしすぎたんです。ですが、仮にデヴィッシャーが押し入ってきて復讐を成し遂げたとしたら、殺人を犯したあと三時間半から四時間もあの家でなにをしていたんでしょう？　それに、なぜオリヴィア・ホーブリーはデヴィッシャーを庇うのか？」

リカード氏はいかにももっともらしく頷いた。

「そこで、ガーデン・ルームにはデヴィッシャー以外のだれかがいなかったのだろうか、と思いはじめたんです。吸い取り紙の隅に書かれた〝シェリフ〟という言葉には惑わされました。そうです、わたしはすっかり混乱していたんです。ミセス・ホーブリーの沈黙、受話器が持ちあげられたこと、鍵のかかったドア、〝シェリフ〟、すべてを説明するなにかが他にあるのではないか？」

「その日の午後、事件の構図にセプティマス・クロトルが飛びこんできた」リカード氏は言った。

「クロトルの名前のおかげで、モルトビーが力を貸してくれることになりました。ブライアン・デヴィッシャー、金もなく友人もないあの男がなぜ見つけられないままでいるのか？　それは、金曜日の午後、ダガーライン汽船の蒸気船〝シェリフ〟号が、時間ぎりぎりに現れた乗客を乗せて、航海に出たからです。ジョージ・クロトルがその日の朝、サウサンプトンまで車で送ってきた男です。すばらしい捜査ぶりですよ、イギリスの警察は！」

数時間後、アノーとリカード氏はヴィクトリア駅のプラットフォームで、別れの挨拶をした。リカード氏は友情と後悔の塊となり、アノーは少しぼんやりしていた。思いださなければならない、重要ななにかを忘れているかのように。が、ホイッスルが鳴り、列車が動きはじめると、アノーの顔は晴れやかになった。客車の戸口に立ち、笑みを浮かべる。

「大丈夫なんだろうね？」心配したリカード氏が叫んだ。

アノーは頷いた。思いだしたのだ。アノーは笑い、こう答えた。

「結構そのもの《オール・サー・ガーネット》です」

訳者あとがき

アルフレッド・エドワード・ウッドリ・メイスンは一八六五年にロンドンで生まれ、一九四八年に八十三歳でなくなるまで二十以上の作品を書いたイギリスの作家です。そのうち本作にも登場するアノーを主人公とする長編は、At the Villa Rose（『薔薇荘にて』、一九一〇年）からはじまり、The House of the Arrow（『矢の家』、一九二四年）、The Prisoner in the Opal（『オパールの囚人』、一九二八年）、They Wouldn't be Chessman（一九三五年）、The House in Lordship Lane（『ロードシップ・レーンの館』、一九四六年、本書）と全部で五作あります（一九三二年の長編 The sapphire にも顔見せ程度に登場するようですが……）。読者を圧倒するような不気味さを持ち、それでいて古風な典雅さを備えた代表作『矢の家』で、探偵小説史に名を残したメイスンですが、最初から作家を目指していたわけではありませんでした。オックスフォード大学を卒業したあとは、俳優になり、国会議員まで勤め、映画化された『四枚の羽根』を含めた戯曲も書いています。また、ヨットも乗りこなし、軍人として海兵隊にも属して諜報活動に携わっていたこともあるようです。

アノーはメイスンの作りだした偉大な名探偵の一人です。メイスンが探偵小説で、事件の謎や読者に公正なプロットよりも重要視したのが、主人公たる名探偵の魅力でした。メイスンはそのような魅力溢れる探偵として、エドガー・アラン・ポーによる探偵の祖デュパン、エミール・ガボリオのルコック、コナン・ドイルのシャーロック・ホームズをあげています。そして、既に絶大な人気を誇ったホームズとはまったく違う探偵を作ろうとしたのです。イギリス人で、特定の職業を持たない芸術家肌のホームズに対して、アノーはフランス人であり、また、パリ警視庁に勤める警察官です。ただ、訳者の私見かもしれませんが、その姿が茫漠として、具体化しづらいのです。同じく怪奇な事件を多く手がけた、横溝正史の金田一耕助、ジョン・ディクスン・カーのギデオン・フェル博士、コナン・ドイルのホームズなどは映像化されているせいもあって、その容姿を簡単に思い浮かべることができます。それに対し、アノーは大柄な体格、髭のそり跡の目立つ青白い顔との記述はありますが、具体的な顔だちは浮かんでこず、のっぺらぼうのような不思議な印象があります。本作での登場人物の言葉を借りると「アノーは背が高めでがっしりした体格の、濃い黒髪に青い顎の人だった。どちらかと言えば、フランスの喜劇役者のようでね。サイのように不器用にみえるんだが、レイヨウのように動きはすばやい。なにもかも見てしまう静かな目に、声はごく普通なんだが、突如として圧倒的な威光を感じさせる」。フランス人ということもあり、初期の頃のアノーはどことなく、G・K・チェスタトンの『ブラウン神父の童心』に登場するヴァランタンを思い起こさせました。ヴァランタンは正義を追及するあまり、悲惨な最期を迎えることになります。また、アノーは喜劇役者のようだとの記述が繰り返し出てきますが、素顔がとらえがたく、底の知れない不気味さは、アガサ・クリスティーの生み出した謎めいた名探偵ハーレ・クィン氏とも相通じるところがあります。クリスティーの生み出したフランス語を母語とする比類なき名探偵、エルキュール・ポアロは、ヴァランタンと同じような運命をたどりましたが、アノーは最後まで警察官として事件を解決します。最後の事件となる本作では、アノーは初期の頃とは違って、奇妙きてれつな英語を操り、間違いを指摘されても知らんぷりを決めこみ、あからさまなおべっかで友人をうまく利用したりして、なかなか人間くささを感じさせ、特徴的な容姿やこだわりが滑稽さや人間的な強い魅力を持つポアロとも似てきたようです。アノーの英語の間違いは最初の二作ではほとんど見られないのですが、本作では結構な頻度で登場します。本人は英語を使いこなせるところをみせようと、わざと慣用句を多用し、おまけにそれが間違っているのですから、なんとも滑稽です。大聖堂に〝飛ぶ尻〟があるなどと言いだし、周囲を愕然とさせてなお、本人は得意げなのですから、滑稽ではすまないのかもしれません。また、アノーの引用間違いは発音間違いから、意味の取り違えまで多岐にわたり、リカード氏の解説がないとなかなかの訳者泣かせの難問です。今回もできる限り調べてはみましたが、及ばなかった点もあります。さらに、アノーは珍妙な造語まで発明して、頭の固いリカード氏や、いかにもロンドン警視庁《スコットランドヤード》らしい堅物のモルトビーを悩ませるのでした。同じ警察官ですが、アノーとモルトビーは好対照で、あまりにも破天荒すぎるアノーのせいで、やや軋轢が生じたりします。アノーが大活躍する際に事件を直接担当する警官としての立場ではないことが多いのは、警察官の常識の範囲から逸脱するのも厭わないせいでしょう。リカード氏曰く、アノーは〝世界一の無法者〟なのです。その推理も、オースチン・フリーマンのソーンダイク博士、証拠重視で事実を組み立てていく死者の代弁者となる法医学者の手法とは異なり、証拠を踏まえつつも容疑者の心理を抜かりなく観察し、犯行の可否を探っていくちょっとした想像力を「盲導犬」とする、警察官よりも名探偵にふさわしいものでした。

　アノーのワトソン役、ジュリアス・リカード氏は『矢の家』を除く五作に登場しました。もっとも、

『矢の家』でもほんの少し顔を出し、登場人物の一人にアノーについての講釈を垂れています。このリカード氏は、喜劇役者にたとえられるアノーのような正体の捉えがたさはなく、わかりやすい平凡なおじさまです。悠々自適の身分で、フランスに旅行しては事件に巻きこまれ、アノーとタッグを組むわけですが、後半ではすっかりワトソン役が板についています。ただ、探偵としても友人としてもシャーロック・ホームズを敬愛してやまないワトソンとは違い、ときにはアノーと子供のような意地の張り合いをします。そして、アノーが困ったりすると、いかにも子供っぽく喜んだりするわけです。この点は、ときどき調子に乗りすぎるポアロとまじめなヘイスティングス大尉との関係に近いかもしれません。とはいえ、もちろんリカード氏はアノーに悪意を持っているわけではありません。基本的にお人好しで小市民的なリカード氏は、「力になってやりたい」一心で、自分の愛車であるロールスロイス二号を鉄くずの山にする覚悟のもとに、イギリスの左側通行を理解せず反対車線を走っていると言い張るアノーに貸してやったりするのです（フランスは右側通行）。だいたい都合のいいときだけすり寄ってきて、絶えず自慢話をぶち込んでくるアノーですから、リカード氏が時折密かに溜飲を下げていたとしても、やむをえない面があるでしょう。かくして二人は切っても切れない関係となって、さまざまな事件に取り組んでいくのです。「穏やかな海限定のヨットマン」でちょっとした見栄を張ったり、「二等の切符を使って一等で旅行するように」ちょっと得をした気分を味わうのが好きなリカード氏は、道化師のような滑稽さと不気味さを併せ持つアノーよりもずっと感情移入がしやすく、アノーがミステリ世界への門番なら、リカード氏はそのすばらしい案内人の一人なのです。

本作『ロードシップ・レーンの館』は一九四六年に発表され、これまでお膝元であるフランスの事件を手がけてきたアノーにとって、イギリスを舞台とする唯一の作品でもあります。

フランス警視庁のアノーは、旧知の宝石商から詐欺の被害金の回収を依頼され、休暇を利用して渡英し、旧友リカード氏のグロヴナー・スクエアの家に世話になることとなる。詐欺の黒幕、ダニエル・ホーブリーは国会議員だが、黒い噂が絶えない人物だった。ロンドン警視庁とも話し合いをした上で、対決の準備をするアノーのもとに、当のホーブリーが自殺したとの一報が舞いこむ。ヤードのモーダント警視、リカード氏とともに現場に乗りこんだアノーは、ホーブリーの若く美しい未亡人オリヴィアの態度に違和感を抱き、殺人ではないかと考えはじめる。リカード氏からも有力な情報を仕入れ、ますます疑いは強まるが、証拠はなく、アノーはパリへと帰ることになった。そんなとき、思いもよらないところで、事件の手がかりが発見される。スコットランドヤードも捜査に本腰を入れ、アノーは事件解決のために、再度イギリスに渡ることになった。

メイスンお得意の手法で、名探偵のアノーが謎解きを披露するのではなく、アノーの活躍により、真相は作品の半ば頃に判明し、後半部分で犯罪が再現されます。

メイスンは自ら、「非現実がひとかけらでも混じれば、作品全体がだめになる」（"Detective Novels", The Nation and the Athenaeum〔一九二五年二月七日付より〕）と述べていますが、本作で気になるのはあまりにも偶然がすぎることでしょう。広いイギリスで行方不明になった人物にたまたま通りかかっただけで巡り合うのは、さすがにご都合主義が感じられます。事件の主な舞台はイギリスですが、フランスやエジプトにも話は飛びます。そのエジプトでも事件で重要な役割を果たす人物が偶然顔を合わせることになるのです。ただ、メイスンは寒さを避けるため実際にエジプトで過ごしていたこともあり、情景描写は実際にその地を歩いているかのようで、充分楽しめます。

また、初期の作品では、善人はあくまでも純真無垢な犠牲者であり、悪人はとことん同情の余地のない非道な人物であるという、ある意味で安心感はあるものの幾分紋切り型の登場人物が多かったのですが、本作ではどの登場人物も深みを増し、あっさり底が割れてしまうことはありません。臆病な脅迫者、悪女とはいかないものの悪党を愛するどこか暗い熱情を秘めた女性、閉所恐怖症の大企業のワンマン会長など、一筋縄ではいかないキャラクターが物語を彩り、盛りあげていきます。

前述のように、メイスンは多才な人物で、その経験が本作を書くのに役だったのは間違いありません。ただ、さまざまな特徴ある人物《キャラクター》をはじめ、あれもこれもと盛りこんだ結果、舞台が広がりすぎた上、つながりを無視して突如として登場する挿話があるなど、やや消化不良の気味が感じられるかもしれません。読者の立場としては、本作の脇役のクロトル家の行く末ももう少し描いてほしいところです。そうやって、物足りなさを残して次回作につなげるのがメイスンの手だったのかもしれませんが、本作はメイスン八十一歳のときの作品で、アノーの活躍はこれが最後となってしまいました。まだまだ容疑者の自白が最重要視されていた年代に、犯人の心理を重視し、想像し、そこから証拠を積み上げていくアノーの手腕は、まさに「結構そのもの《オール・サー・ガーネット》」でした。

アノーとの思いがけない再会の機会に恵まれ、感無量です。

最後になりましたが、アノーの迷言についてともに頭を悩ませてくださった平岩実和子さま、横井司さま、論創社編集部の皆様に心から感謝申しあげます。

没後七十年、A・E・W・メイスン像を刷新するアノー警部最後の事件

横井　司（ミステリ評論家）

その昔、『必携ミステリー手帖』（オフィス211編、蝸牛社、一九七九・五〜六）というデータ・ブックが刊行されたことがあった。作歌別作品目録、アンソロジーに採録された短篇リスト、主要関連図書リスト、専門雑誌一覧、名探偵便覧、受賞リスト、複数のベストを集計したベスト表、推理小説史略年表、作家・評論家・翻訳家・出版社・関連団体（機関誌名付き）の住所ないし連絡先、ミステリー・カレンダーと読書短評欄などを二百ページ弱でコンパクトにまとめた新書サイズの一冊である。日本編と外国編の二冊に分かれており、データだけではなく、余白にスタッフによる匿名コラムも掲載されており、トリヴィアルな知識を提供してくれたものだが、外国篇（六月刊）のコラムのひとつに「読めないミステリ」というものがあった。エドマンド・クリスピンの『消えた玩具屋』（一九四六）において、お馴染みの名探偵ジャーヴァス・フェンとその仲間の詩人が、悪漢によって礼拝堂の食器戸棚に閉じ込められた際、不安と苦痛をまぎらわせるために、文学史上、有名でありながら読めない本を交互にあげていくというゲームに興ずる場面がある。それをミステリでやると何があがるか、というテーマのコラムである。そこで「思い付くままに」あげられているうちの一冊が、A・E・W・メイスンの『矢の家』*The House of the Arrow*（一九二四）であった。匿名の執筆者は、読

めない理由として「長大・難解・冗漫・悪訳・入手不能・高価」などをあげているが、『矢の家』はどれにあたるのだろう。

時代は下って一九八四年。瀬戸川猛資が「新・夜明けの睡魔／名作巡礼」という『ミステリマガジン』に連載中のエッセイの第十二回（一九八四・一二）で、メイスンの『矢の家』を取り上げた際、その冒頭で瀬戸川は以下のように書いている。

A・E・W・メースンの『矢の家』（一九二四）は、昔も今も、およそ人気のない長篇である。名作古典とは呼ばれているものの、読んでおもしろかったという話をあまりきいたことがないし、実際に読まれていない。（『夜明けの睡魔――海外ミステリの新しい波』早川書房、一九八七。引用は創元ライブラリ、一九九九から。以下同じ）

一九七九年から五年経っても、同じような状況だったことをうかがわせるが、そうした状況は現在でも変わっていないのではないだろうか。一九九五年に、国書刊行会から「探偵小説全集」の第六回配本として『薔薇荘にて』*At the Villa Rose*（一九一〇）が、本邦初訳から実に七十年ぶりに完訳されたが、これが話題となってメイスンの未訳・抄訳・旧訳が続々と新訳されるということには、残念ながら、ならなかった。

その後、両ミステリ作品への言及は、管見に入った限りでは、東京創元社の季刊誌『ミステリーズ！』に連載されていた杉江松恋の「路地裏の迷宮踏査」第11回（二〇〇五・六）で、『サハラに舞う羽根』*The Four Feathers*（一九〇二）や『モンブランの乙女』*Running Water*（一九〇七）を参照しながら、なされたぐらいである。

『サハラに舞う羽根』は、従来『四枚の羽根』という邦題で公開された映画の方で知られてきた作品で、二〇〇三年に映画がリメイクされたのに合わせ、リメイク版の邦題に変えて、同年に映画公開に先がけて完訳されたものである。それ以前にも、一九九七年になって、小学館から〈地球人ライブラリー〉叢書の一冊として抄訳されていたが、一九九〇年代の刊行であるにもかかわらず抄訳だというあたり（それは〈地球人ライブラリー〉の編集方針に則ったものだったのかもしれないのだが）、メイスン作品に対する待遇の悪さを象徴しているように思えてならない。

そうした中、本邦初訳長編『被告側の証人』*The Witness for the Defence*（一九一四）を二〇一四年に刊行した論創海外ミステリから、新たにパリ警視庁アノー警部シリーズの未訳長編が刊行されることになったのは欣快に堪えない。本書『ロードシップ・レーンの館』*The House in Lordship Lane*（一九四六）はアノー警部シリーズの第五作にして最終作であり、また本書発表の二年後に歿したメイスンの創作活動においては、白鳥の歌ともいうべき一冊となった。

『薔薇荘にて』に始まるアノー警部シリーズは、「セミラミス・ホテル事件」The Affair at the Semiramis Hotel（一九一六）他の短編を除いては、基本的にフランスを舞台としていたが、『ロードシップ・レーンの館』では珍しく、イギリスが舞台となっている。[1]『矢の家』を除く全編でワトスン役を務めるジュリアス・リカードが、フランスに滞在中、アノーがイギリスを訪れるという連絡を受けて、英仏海峡を小さなヨットに同乗して横断する場面で始まる本作品は、イギリスを舞台にしているという関係もあってか、常になくアノーの頓珍漢な英語表現が槍玉に挙げられる場面が多いように思われる。そのため、喜劇役者のような風貌を持つアノーの、滑稽なフランス人ぶりが強調されていて、アガサ・クリスティーが創造したエルキュール・ポアロに、特に初期のキャラクターに近いイメージを抱かせる。

アノーとポアロとの類似点はしばしば指摘されてきたことで、[2]ディクスン・カーはエッセイ「地上最高のゲーム」（一九四六年執筆）のなかで、「これまで何人かの評論家がそうしてきたように、ポアロがアノーをモデルにしていると主張するのはナンセンスである」（引用は森英俊訳『グラン・ギニョール』翔泳社、一九九九から。以下同じ）と述べている。しかし、カーがそこで述べているように、クリスティーがモデルにしたのは「ミュージックホールに出ているような小柄な外国人の芸人」だったとしても、フランス人（ポアロはベルギー人なのでフランス系外国人というべきだが）の操る英語を滑稽なものと見る認識が共有されていたことは否めないだろう。

英米作家が創造したミステリにおける名探偵のフランス人キャラクターは、エドガー・アラン・ポーが創造したオーギュスト・デュパンに端を発すると見てよい。そのデュパンにせよ、メルヴィル・デイヴィスン・ポーストが創造したパリ警視総監ムッシュウ・ジョンケルにせよ、またカーが創造したアンリ・バンコランにしても、アメリカ人作家が創造する場合、そのキャラクターに滑稽さは感じられないのに対して、ロバート・バーのウジューヌ・ヴァルモンやメイスンのアノー、クリスティーのポアロなど、イギリス人作家が創造するキャラクターがユーモラスに描かれる傾向が見られるのは興味深い。

もっとも、『薔薇荘にて』に登場した頃のアノーは、舞台がフランスということもあり、言葉の滑稽さよりも、その振る舞いの滑稽さが、控えめに描かれるくらいだった。むしろワトスン役のリカードの方が、「探偵熱」に取り憑かれた素人として滑稽に描かれることが多かった。メイスンの意図もリカードの滑稽さを描くことにあったと見るべきであろう。自国民を自虐的に描くといった体のユーモアは、イギリス人作家のお家芸である。

右に述べた「探偵熱」というのは、ウィルキー・コリンズの『月長石』(一八六八)に登場する善良な執事ガブリエル・ベタレッジが取り憑かれ、自ら名づけた〈病気〉である(以下『月長石』からの引用は中村能三訳、東京創元社、一九六一による)。ベタリッジは、何か迷いごとがあると、『ロビンソン・クルーソー』を開いて、託宣を得るといったキャラクターで、それ以外では温厚で善良なキリスト教信者として自らを任じていた。ところが、紛失したダイヤモンドの捜査のために訪れたロンドン警視庁のカッフ部長刑事の捜査に随伴するうちに、「つぎには何事がもちあがるかと、わくわく」して、「みぞおちのあたりに、いやな熱」を感じたり、「頭のてっぺんがガンガン鳴るような感じ」がしたりするようになる。「新しい謎をとく興味にわれを忘れ」、カッフが何を考えているのか知りたくなり、考えを伏せられたままだと、いらいらする。また、「自分からすすんで探偵の真似事」をやったりするといった具合。

リカードもまた、アノーが「寛大を装いながら、自分の推理と行動を知られまいとする探偵の秘密主義に」「憤慨」したりするし、「アノーに意見を求められたことを光栄に思い、自分の技量を十分に発揮しようと考え」、「全知の人アノーに情報を提供」し得た時には「無上のよろこびに浸」るのである(引用は『薔薇荘にて』富塚由美訳、国書刊行会、一九九五から。以下同じ)。リカードの方がベタレッジよりも、より滑稽に描かれているとはいえ、二人はよく似ている。アノーはアノーで、カッフのように真面目な常識人から逸脱する部分があるものの(3)、カッフとベタレッジとの関係はそのままアノーとリカードの関係に投影されているように思う。

アノーに「あなたのご意見はどんなおいしい料理にも勝りますからな」と言われたリカードは「その言葉の真意をつかみかねたが、あまりの嬉しさにそんなことはすぐに忘れてしま」い、「第三者の立場から自分の姿を眺めてみ」て「なんの根拠もなく、人々が自分に注目している光景を想像した」ところ、「あの人は薔薇荘の事件の捜査で来ているんだ」「あの人がその気になれば、きっとおもしろい話が聞けるに違いない」という「人々の声が」「聞こえるような気が」するのである。また、アノーたちとともに悪の巣窟へ乗り込む際のリカード氏は、次のように描かれている。

グロヴナー・スクエアでは洗練された主人である氏が、大陸の警察官と一緒に、塀の陰を這うように進んでいようとは。そのうえ、これからジュネーヴの湖のほとりにある悪の巣窟へ乗り込もうとしているのである。スリルは満点だった。恐怖と興奮がかわるがわる押しよせ、逃げ出したいという気持ちもあったが、人にはできない体験をしているのだという男のプライドが氏を支えていた。「友人たちがいまの私の姿を見たら、いったいどう思うだろう!」おなじみの虚栄心が氏の胸の内で騒いでいた。

このような、虚栄心をくすぐられるワトスン役の滑稽さを強調する描写は、メイスンのミステリに見られる特徴であり、ユーモア感覚と見るべきだろう。(4)

メイスンの作品にユーモアが重要な要素となっていること、『矢の家』が海外の目利きの批評家に対してアピールするのは、こうしたユーモア感覚に由来するのではないかということを示唆したのは、瀬戸川猛資だった。瀬戸川は先に引用した文章の中で、『矢の家』は「なんともオフビートなユーモアが全体を覆っている」といい、次のように述べている。

探偵アノーとワトスン役の弁護士のかけ合いのおかしみ。映画館で情報交換をするナンセンスと、夜の大通りでの粋なギャグ。凶器発見のくだりの意表をつくおとぼけ。ラスト、ノートルダム寺院の正面をまちがえてしまうおもしろさ。それらは、まじめな顔でバカなことをするという、いかにも英国風のユーモアである。

警察が封印をして人を入れさせなかった現場の部屋に、ある仕掛けが発見される場面についても、「なんじゃ、このズッコケは、あはははは、ばかみたい、というおふざけなのだ」といい、「『矢の家』がサタイアと呼ばれるのはこうした部分であり、そのオフビートな魅力ゆえに、どの名作表にも選ばれているのだとわたしは考える」と結論づけている。(5)

こうしたユーモア、サタイアに類するものは『ロードシップ・レーンの館』にも見出すことができる。犯行後に、自らの罪を暴露することになる書類を取り戻すために、犯行現場に戻ってきた犯人は、たまたまその場にかかってきた電話の受話器を、思わずといった体《てい》で取り上げるのである。緊張すべき場面では緊張すべきなのに、思わず日常的な振る舞いが自然と出てしまうあたりの滑稽味がよく出ている場面だが、それが結果的に、自殺ではなく殺人事件だというアノーの疑惑の根拠となる。普通のシリアスなミステリであれば、犯人が受話器を取ることはあり得ない。そうした犯人の、いってみればうっかりミスをしれっとして描くのが、メイスンのメイスンたるゆえんであり、真骨頂というべきかもしれない。

右で紹介したような瀬戸川の理解を前提とすると、『矢の家』で唯一のといってもいいトリックの扱いも、従来と違う解釈が要求されることに気づくだろう。子ども向けの推理クイズ本などでしばしば使用される時計をめぐるトリックは、犯人があらかじめ仕掛けておいたものではなく、偶然、成立したトリックだった。江戸川乱歩的には、犯人によって考え抜かれたという感じが少ないため、物足りなさを感じさせるかもしれないが、[6]メイスンの作品にはこの種の、予期せぬ偶然が犯人の計画に影響を与えるというシチュエーションが、しばしば見られる。『薔薇荘にて』においても、宝石の隠し場所が想定とは異なっていたために、計画の変更を余儀なくされ、それが犯行が露見するきっかけとなったことが思い出される。『ロードシップ・レーンの館』においてもまた、さまざまな偶然が犯人の計画を狂わせたり、事件を解決に導いたりといった展開が見られる。

こうした偶然の乱用は、謎解きの興味を中心とする、いわゆる本格ミステリの場合は、安易なプロットとして嫌われる傾向が強い。『薔薇荘にて』の解説で塚田よしとが『ロードシップ・レーンの館』について「偶然を多用した展開が、ストーリー全体の信憑性をそいでしまって」いると評しているのも、右に述べたような従来型の評価軸に沿ったものだといえよう。だがそもそもメイスンは、パズル的興味が横溢した本格ミステリに対しては否定的な立場に立っていたと思われる節がある。

ジュリアン・シモンズは『ブラッディー・マーダー』（一九七二／八五／九二）の中で、メイスンの言葉を引用して、『薔薇荘にて』の時は「ミステリーの解明と犯人の追及とを主眼にした単なる推理物ではなくて、より興味津々たるドラマティックな物語を書きあげること」が創作意図としてあったこと、後には「ストーリーの一断面に引きつけたうえ、登場人物それぞれの性格の絡み合いや衝突の場面を示すことで彼らの利害関係の複雑さに興味を抱かせる、異なった次元の表現」を意図すべきと考えるようになったことを紹介している（引用は宇野利泰訳、新潮社、二〇〇三から）。

謎の興味をないがしろにはしないものの、それ以上に、作者の操り人形ではない、自然なキャラクターを描くことに意を注ごうとした結果が、偶然の介入によって計画犯罪に齟齬をきたしたり、変更を強いられざるを得なかったりするというプロットの導入につながったのではなかったろうか。そうした偶然による変更に対して、臨機応変に対応するときにこそキャラクターの人間性が立ち現われるのである。そして現代のミステリにおける、たとえば都筑道夫のモダーン・ディテクティヴ・ストーリー論にも見られるような、偶然の導入によって謎を発生させることを通して謎解きミステリの復権をはかろうとする志向性に思いを至すなら、メイスンのミステリの先駆性、ミステリ観の先見性が、あらためてクローズアップされてくるはずだ(7)。

偶然の多用はまた、人間が限界のある存在だということを、言わず語らずのうちに示唆しているように思われる。『矢の家』でアノーは、幸運の女神の裾をつかむことを自らの探偵法だと述べていた。

「われわれはどんなに秀れた者でも、『幸運の女神』の僕《しもべ》なのです。われわれの腕前は、『幸運の女神』の裳裾が一瞬目の前にちらついた時に、それをすばやく捉えることにあるのです」（第3章。引用は福永武彦訳、創元推理文庫、一九五九から）

同じような、自己の限界に関する認識が、『ロードシップ・レーンの館』においても見られる。

「わたしたちは、世間が思うほど賢くもなければ愚かでもありません。犯罪が実行されるかもしれない。非常に悪賢い計画が犯罪を隠すために考案され、決して解明することができないかもしれない。それでも、ちょっとした不測の事態はかなり発生します。天候の変化。列車の出発が一時間変更になる。夜遅くの予期せぬ来客。そうです、窓から吹きこんできて順調に動く立派な機械をだめにする小石の欠片、その本当の意味を知るために、すばやく欠片をつかめるのなら、そのときは、マダム（略）その人はアノーになるのです」（第二十三章）

こうしたアノーのありようも、自分の限界を意識しているという意味では、保守思想を体現したきわめてイギリス的なキャラクターだといえるのではないだろうか。

シャーロック・ホームズが登場し、成功を収めてからは、さまざまな名探偵が登場した。いわゆるシャーロック・ホームズのライヴァルたちである。そうした探偵たちの多くは完璧な謎解きマシーンとしての個性を誇っていた。その最も象徴的な存在は、アメリカの作家ジャック・フットレルが創造した思考機械ことオーガスタス・F・X・ヴァン・ドゥーゼン教授だろう。思考する機械というあだ名は名探偵のありようを端的に示している。

メイスンは『ストランド・マガジン』に『薔薇荘にて』を連載するにあたって、ホームズ的な名探偵を排することを意図していた。同じようなキャラクターを創造して、それで良しとすることは、作家的良心が許さなかったのであろうし、セールス的にもアピールしないという計算も働いたのであろう。そこで天才型探偵とは違う、天才型探偵からはぼんくらとして蔑まれる警察官探偵を創造するに至った。それが結果的に、メイスンを「メジャーなシリーズ・キャラクターとなった有能な警官探偵を創造した最初のメジャーなイギリスの犯罪作家」としたのである。(8)

H・ダグラス・トムスンは『探偵作家論』（一九三一。以下、引用は広播州訳、春秋社、一九三七から）において、メイスンを「戦慄小説」thriller の作家の一人に加えている。スリラーと聞くと、探偵小説より一段劣ったものとして考えがちだけれども、トムスンが考えるスリラーとは、謎と探索を含む恐怖をテーマとした動きのある小説であり、探偵小説に属するテクストを指している。コリンズの『月長石』を「最初の戦慄小説とすべき」という発言からも、決してスリラーの要素を持つ探偵小説を貶めているのでないことは明らかだろう。

トムスンはまた、アノー警部シリーズ長編第三作であり、オカルトの要素が取り入れられた『オパールの囚人』*The Prisoner in the Opal*（一九二八）に言及して、オカルト絡みの騒動は、ジョン・バカンの「物語の形式を一寸借用した様な按配」だとも述べている。ここでバカンの名前が出てくるのが興味深い。『ロードシップ・レーンの館』の後半において、船会社の経営者が誘拐され、監禁された場所をつきとめる趣向なども、バカン風の冒険小説を連想させずにはいないだろう。冒頭の、小ヨットで海峡を横断する場面や、エジプトに対する某国による陰謀などは、メイスン自身の経験が活かされていると同時に、冒険小説的性格を強く感じさせる。メイスンはバカン風の冒険小説でも名を成していることや、登山やヨットを好み、取材のために砂漠へと出かける気質を持っていたこと、第一次世界大戦中には諜報活動に従事していたことなどが思い出される。(9)

メイスンの作品は、S・S・ヴァン・ダインが本名のウィラード・ハンティントン・ライト名義で書いた「推理小説論」（一九二七）以来、特に我が国では、いわゆる本格ものとして受容されてきたわけだが[10]、これまでに述べてきたことからも明らかなように、いわゆる本格ものとしてのみ捉えることは、メイスン作品の読みの可能性を狭めてしまうことになるだろう。

ここに訳された『ロードシップ・レーンの館』によって、本格ミステリ作家としての枠組みにとどまらない、メイスンの作家としての魅力が再評価され、アノーとリカードがコンビを組む未訳長編 *They Wouldn't Be Chessman*（一九三五）、リカードが単独で登場するスリラー *No Other Tiger*（一九二七）やアノーとリカードが共演する章を持つ *The Sapphire*（一九三三）が訳されたり、『オパールの囚人』が新訳されたりすることを期待したい。

註

（1）『ロードシップ・レーンの館』の刊行は、本文中にも記した通り一九四六年だが、作中の年代はそれ以前、第二次世界大戦が始まる前に設定されている。第二章にもはっきりと「当時は大戦前で」と書かれているが、第一章で救出された男がベネズエラで革命に参加し、裏切りにあって六年間、刑務所で過ごした後、ビセンテ・ゴメスが死んだために解放され、強制移送になったと語っていることから、一九三六〜一九三八年ごろではないかと考えられる。

（2）たとえばH・ダグラス・トムスンは『探偵作家論』（一九三一）において次のように書いている。

メーソン氏のハノードは我々の探偵画廊中最も立派な肖像の一つだ。種々な点から見て、彼はクリスティー夫人のポアロに似てゐる。(でなければ、ハノードの方がポアロより何年か先に現れたのだから、この言ひ方は逆にした方が好いのかもしれない。)(略)ハノードは一寸芝居掛つてゐるがポワロ《ママ》ーよりは威厳を有つてゐる。(略)ハノードは、ポワロ《ママ》程英語に苦しまない。(仏蘭西語の慣用的な挿入は同じ様に行はれてゐる。)(略)ハノードには何所か不良少年の様な気分があるが、と云つて決して漫画の様なぞんざいな描き方をされてゐる訳ではない。又彼には、ポワロ《ママ》式の嫌味や駄洒落が欠けてゐる。彼の虚栄心には、前から何度も云つてゐる様なマンネリズムは、結び着いてゐないのだ。(広播州訳)

田中潤司もまた、短編「セミラミス・ホテル事件」を収録した『名探偵登場②』(ハヤカワ・ミステリ、一九五六・三)の解説で、次のように書いている。

作者は作中でアノー探偵に自分のやり方は心理的探偵法だと云わせているが、この探偵法や、アノーの風采、挙措動作、特にココアを愛用する点などにクリスティー女史の創造したベルギー人のエルキュル・ポアロとの相似点が見出せるのも、興味深い事実である。

(3)『薔薇荘にて』においてリカードはアノーのことを「たちまち悪たれ小僧に変身してしまう、頭の切れる太った中年男」と形容している。もっとも語り手は「この言葉が今回の事件におけるリカードの最大の成果」だと、むしろからかっているため、話半分として受けとめるべきかもしれない。しかしながら、アノーの「悪たれ小僧」ぶりは、作品を重ねるに従って度を超していく。『矢の家』の冒頭では、パリ警視庁のアノーを訪れたイギリスの弁護士ジム・フロビッシャーの前で、ドアの外で内務大臣が立ち聞きをしていないかと「喜劇《コメディ》や笑劇《ファルス》で毎度お目にかかる、盗み聞きの現場を取りおさえるあの古典的な仕草」を見せるし、『オパールの囚人』では、巧みな変装をして案内も請わずに忍び足でリカードの許に現われて「わしはアノースキイ、なんぢや国の国王ぢやよ」と自己紹介するのである（引用は土屋光司訳、日本公論社、一九三七から）。

（4）『矢の家』では、リカードがワトスン役として登場することはないが、代わりにワトスン的な立ち位置にあるジム・フロビッシャーが、アノーが見落していたことを示唆し得たことを「やや誇らしげに」公証人のベクス氏に語るシーンがある。それを聞いたベクス氏もまた、リカードやフロビッシャーと同じ病に伝染してしまったことをうかがわせる描写がある。

ベクス氏はこのすばらしい思いつきに意気軒昂たるものがあった。（略）そしてアノーが、ディジョンの町をせかせか歩き廻りながら、人に訊かれるたびに、「これはベクス氏の思いつきなんですよ。え、ベクス氏――ほら、エチエンヌ・ドレ広場の公証人ですよ」と説明している光景が目に見えるようだった。（第16章。引用は福永武彦訳による）

プロの捜査官に対して助言を与え、世間の注目を浴びるという虚栄心を滑稽に描くところが、『薔薇荘にて』のリカードを髣髴させる。

（5）ちなみに瀬戸川が指摘する「おふざけ」については、作中でも、アノーの助手を務めるニコラ・モロー巡査が笑い出すという形で、いわばタグづけられている。封印をした部屋をめぐる発見に対して、モローが腹を抱えて笑う姿を評して、語り手は「おそらくモローのユーモアは、そこに居合わせた連中には少々職業的にすぎた」（福永武彦訳）と書いている。「職業的にすぎた」というのは、封印を施した署長（上司）と巡査（部下）という関係性の上に成り立っているユーモアだという謂いであろうか。そのユーモアを理解できない「居合わせた連中」をも笑いの対象にするという、かなりひねった形で、あるいは重層的な形で、ユーモアが演出されていることを付け加えておきたい。

（6）乱歩は、後に『海外探偵小説作家と作品』（一九五七）に収録されたハヤカワ・ミステリ版『矢の家』の解説（一九五三・九）において、「この作が理智探偵小説としていささか不満なのは、トリックが充分周到に考え抜いてないこと、心理的にはあれほど強烈でありながら、智能的にはどこか抜けていること、その方が自然かも知れないが、探偵小説としては、やはり考えに考え抜いた、少しの隙もないトリックの方が面白いこと」にあると述べている（引用は『江戸川乱歩全集30／わが夢と真実』光文社文庫、二〇〇五・六から）。

乱歩は解説の中で、『矢の家』を評価している読み手として、井上良夫の名をあげているが、当の井上もまた、遺稿として発表されたエッセイにおいて「この作品には、一読終生忘れ得ぬというほどの独創的大トリックや、それに伴う激情なく、（略）主人公探偵のアノーは（略）印象に留まる頼もしき人物でその魅力極めて大なるものがあるのに較べて、その相手となる犯罪者の犯罪に計画犯罪の恐ろしさの魅力が殆んどない。（略）本格探偵小説純粋の面白さを探るとき、幾分の減点をされるのである」と述べている（『新探偵小説』一九四七・七。引用は『探偵小説のプロフィル』国書刊行会、一九九四から）。本格ものとしての評価が、乱歩とほぼ同じである点に注目される。

（7）都筑道夫は『黄色い部屋はいかに改装されたか？』（晶文社、一九七五・六）において、以下のように書いている。

謎とき推理小説では、偶然をやたらにつかうことは、禁物とされています。けれども、もともと計画犯罪が崩れるのは、偶然によることが多いのです。なぜなら、本格推理小説の犯人たちは、成功の確率が高いことを計算して、計画犯罪を実行するか、あるいは激情から犯した罪を、理性でカモフラージュしようとするか、どちらかでしょう。つまり、後者は偶然からスタートして、前者は偶然から食いちがいを生じて、犯行が発覚するのが、ふつうだからです。

これに続けて「長篇の展開部で、あまり偶然を羅列すると、つごうがよすぎる印象をあたえて、安っぽくなります」と述べており、偶然の使用は短編小説でこそ活きる、というふうに展開されていくわけだが、別の箇所で横溝正史の『獄門島』（一九四九）に言及しながら「本格推理小説には偶然があってはならない、といわれますが、要はつかいかたで、うまくつかえば、生きるのです」と書いている。いってみれば偶然をきっかけとして起きた状況に始まって、その後、論理的に、いいかえれば必然性をもって出来事が進行していけば、その状況を分析する推理の面白さは、本格推理小説の面白さに通ずるというふうに考えられよう。

この点をふまえてメイスン作品の新しさをいうなら、人は論理的に行動しようとしても常にうまくいくとは限らない、という人間観に基づいてプロットを立てているところにあるように思われる。拙稿本文中でこの後に、アノーは保守思想を体現したキャラクターだといっているのも、右のような人間観をふまえている。メイスン作品が示唆しているのは、犯人の側が論理的ではなくとも、探偵の側が論理的に状況に対処すれば、謎とき推理小説の妙味を現出させることができる、ということなのだ。そう考えれば、メイスン作品の本格ミステリとしての可能性が見えてくるのではないだろうか。

(8) 引用は、マーティン・エドワーズの *The Story of Classic Crime in 100 Books*(二〇一七)による。

(9) ボワロー・ナルスジャックは『推理小説論』(一九六四。以下、引用は寺門泰彦訳、紀伊國屋書店、一九六七から)において、メイスンを、推理小説をアガサ・クリスティーと同様に「問題小説」roman problème(寺門泰彦の「訳者あとがき」の割注では「いわゆる〈本格派〉」と記されている)として捉えている一群の作家の一人としてあげている。ボワロー・ナルスジャックは、推理小説は「問題小説を放棄し「〈スリラー〉を考え直すことが必要」だったが、第二次世界大戦以前の時代においては「まだその時期は熟さなかった」と考えていた。その時期に「新しい道を切り開いていた」作家として、ジョン・バカンとフランシス・アイルズの名をあげている。バカンの小説に登場する主役級のキャラクターは「控え目な探偵」であり、「飾りけがなく、人間味があり、聡明で、〈日常的〉であり、いたずらに事件を挑発することを避ける。家まで追いかけてきて、彼らを駆けずり廻らせるのは、いつも事件の方だ」と述べ、またバカン作品の特徴を「今日の気難かしい小説家なら自らに禁じるであろうすべてのもの、あまりにも好都合な偶然の一致、あまりにも見えすいたどんでん返しに、にせの家屋などを、バカンは平気で笑いながら受け入れる。(略)彼にとって物語《コント》とは、一人の善良な人間が遭遇する一連の体験である」と論じている。ここでボワロー・ナルスジャックが述べているバカン作品の特徴は、それがメイスン作品について述べたものだといっても、おおむね当てはまるように思われる。拙稿本文の最後でふれたH・ダグラス・トムスンの分類と合わせると、これまでのメイスン像を洗い直す必要性に迫られてくるのではないか。

(10)「推理小説論」でヴァン・ダインは以下のように書いている。

われわれが推理的探偵と呼んでいいもののリストに、A・E・W・メースンが創作した、フランス・シュルテ（保安局）のすばらしいアノーの名を逸しては完全とはいえないだろう。アノーはほとんどシャーロック・ホームズのフランス版といって差しつかえない。この二人の探偵の方法はよく似ている。いずれも物的手がかりと自然発生的な思考を組み合わせたものに依存している。いずれも論理的で、骨身を惜しまない。そして、いずれも独自の策略と、欺瞞手段と、虚栄心を持っている。アノーが登場する二つの作品《ばら荘にて》と《矢の家》は慎重に組みたてられ、首尾一貫した構成を持ち、行文もみごとで、推理小説のりっぱな見本である。この二つの作品――とくに後者は――この型の娯楽文学のもっとも純粋な形式を代表している。（引用は井上勇訳『ウィンター殺人事件』創元推理文庫、一九六二から）

なお、本文中に示したもの以外に、以下の文献を参照した。
サザランド・スコット『現代推理小説の歩み』長沼弘毅訳、東京創元社、一九六一・七
ハワード・ヘイクラフト『娯楽としての殺人――探偵小説・成長とその時代』林峻一郎訳、国書刊行会、一九九二・三

〔著者〕
A・E・W・メイスン
本名アルフレッド・エドワード・ウッドリー・メイスン。1865年、英国ロンドン生まれ。95年に処女作となる長篇小説A Romance of Wastdaleを発表。1910年にフランス人のアノー警部を探偵役とする長編『薔薇荘にて』を刊行し、以降、『矢の家』(1924)や『オパールの囚人』(28)などのアノー探偵シリーズを含め、多くの作品を発表した。48年死去。

〔訳者〕
鬼頭玲子(きとう・れいこ)
藤女子大学文学部英文学科卒業。インターカレッジ札幌在籍。札幌市在住。訳書に『アプルビイズ・エンド』、『四十面相クリークの事件簿』、『ネロ・ウルフの事件簿 アーチー・グッドウィン少佐編』(いずれも論創社)など。

ロードシップ・レーンの館《やかた》
——論創海外ミステリ 208

2018年4月20日 初版第1刷印刷
2018年4月30日 初版第1刷発行

著 者 A・E・W・メイスン
訳 者 鬼頭玲子
装 丁 奥定泰之
発行人 森下紀夫
発行所 論 創 社
〒101-0051 東京都千代田区神田神保町2-23 北井ビル
電話 03-3264-5254 振替口座 00160-1-155266

印刷・製本 中央精版印刷
組版 フレックスアート

ISBN978-4-8460-1718-7
落丁・乱丁本はお取り替えいたします